다시 사는 인생 4권

생각정거장

생각정거장은 매경출판의 새로운 브랜드입니다. 세상의 수많은 생각들이 교차하는 공간이자 저자와 독자의 생각이 만나 신비로운 여행을 시작하는 곳입니다. 그 여정의 충실한 길잡이가 되어드리겠습니다.

다시 사는 인생 4권

초판 1쇄 2016년 5월 15일

지은이 마인네스
펴낸이 전호림 **제2편집장** 권병규 **담당PD** 이승민 **펴낸곳** 매경출판(주)
등 록 2003년 4월 24일(No. 2 - 3759)
주 소 우)04557 서울시 중구 충무로 2(필동 1가) 매일경제 별관 2층
홈페이지 www.mkbook.co.kr
전 화 02)2000 - 2610(기획편집) 02)2000 - 2636(마케팅) 02)2000 - 2606(구입 문의)
팩 스 02)2000 - 2609 **이메일** publish@mk.co.kr
인쇄 · 제본 (주)M - print 031)8071 - 0961

ISBN 979-11-5542-448-3(04810)
ISBN 979-11-5542-451-3(set)
값 12,000원

다시 사는 인생

마인네스 장편소설

4권

생각정거장

"하하하, 리 사장님. 날씨가 매우 화창합니다."

"감사합니다. 미스터 브라운. SHJ는 휴스턴에 뿌리를 내리는 기업이 될 것입니다. 또 휴스턴은 우주산업과 석유산업, 더불어 무선통신과 IT산업을 선도하는 도시가 될 것입니다."

휴스턴 시와의 조인식에 앞서 리 브라운이 경환에게 다가와 반갑게 인사를 건넸다. 기자들이 경환과 리가 악수하는 모습을 찍기 위해 연신 카메라 셔터를 누르고 있었지만, 정작 현 휴스턴 시장은 뒷전에 물러서 있을 수밖에 없었다. 리와의 밀약이 소문나기 시작하면서 현 시장은 경환의 마음을 돌리기 위해 파격적인 제안을 추가했지만, KBR이 가진 SHJ-화성플랜트의 지분 23%를 대신할 정도는 되지 못했다.

"제임스, 오래간만일세. SHJ는 나날이 성장하는구면."

약간은 어색한 웃음을 지으며 말을 건넨 윌리엄은 기자들과 리를 의

식한 듯 과장된 모습으로 경환과 포옹을 나누었다. 경환은 그의 출현이 달갑지는 않았지만, 리를 의식했기 때문에 속 보이는 윌리엄의 행동에 싫은 내색을 하지는 않았다.

"아직 KBR의 발끝에도 미치지 못하는데, 아직 멀었다고 봅니다. 지분 23%를 넘겨주셔서 감사합니다. SHJ-화성플랜트는 제가 잘 키워보겠습니다. 아! 제가 경황이 없어 말을 전하지 못했는데, JSC의 LNG기술과 정유플랜트 기술이전이 한창 진행되고 있는 건 알고 계실 겁니다. 조만간 SHJ이 KBR과 직접적인 승부를 볼 날도 얼마 남지 않았는데 윌리엄의 명성에 누가 되지 않도록 열심히 노력하겠습니다."

경환은 가시 돋친 말로 윌리엄을 자극하고 나섰지만, 윌리엄은 얼굴만 붉힐 뿐 아무런 대꾸를 하지 않았다. 경환과 윌리엄의 날 선 대화가 거북했던지 리가 중간에 끼어들자 윌리엄은 서둘러 자리를 피했다.

"리 사장님. 좋은 날 아닙니까. 오늘은 제 얼굴을 봐서라도 참아주셨으면 합니다."

"별 뜻 없이 한 말입니다, 신경 쓰지 마십시오. 그나저나 사람들이 예상보다 많이 모인 거 같습니다. 절 보러 온 건 아닐 테고, 앞으로 잘 부탁합니다. 미스터 브라운."

SHJ와 휴스턴 시 정부와의 조인식에는 기자들 외에도 각계각층의 유명 인사들이 참석해 빈자리 하나 없을 정도였다. 250에이커라는 넓은 토지를 무상으로 제공한 것이 이슈가 되긴 했지만, 차기 시장이 유력한 리에게 눈도장을 찍기 위해 모인 사람들이 대부분이었다.

여론조사는 아직 과반을 넘기지 못하고 있었지만, SHJ가 롱포인트로 이주를 결정하자 멕시칸 단체와 중국인 단체에서 환영의 뜻과 브라운에 대한 공식적인 지지성명을 발표하고 나섰다. 백인사회의 지지표가 분열된 상태에서 두 단체의 지지는 저울추가 급격히 리 쪽으로 기우는 계기가 될 수밖에 없었다.

"이번 조인식이 끝나고 시간을 한번 만드세요. 딕 체니가 리 사장님을 한번 만나고 싶어 하더군요."

홀리버튼의 사장이라는 직함을 넘어 미국의 보수주의와 군수업체를 대표하는 네오콘의 대표주자인 딕 체니는 경환으로서도 무시할 수 없는 인물이었다. 또한, 미래에 부시의 러닝메이트로 부통령에 당선되는 그와 아직은 척을 질 수 없었다. 그런 딕 체니가 자신에게 관심을 보이고 있다는 것을 알게 된 경환은 생각을 정리할 시간이 필요했다.

"한국 출장을 다녀온 후에 시간을 만들어 보겠습니다. 신경 써주셔서 감사합니다. 조인식이 체결되면 부지에 대한 절토 및 성토 작업이 바로 시작될 것입니다. 약속된 연결도로와 전기, 상하수도 공사에 차질이 생기지 않도록 도와 주시기 바랍니다."

"그건 걱정하지 않으셔도 됩니다. 이미 추가예산을 확보해 두었으니 일정에 문제가 없을 겁니다."

확실한 지배력을 확보하기 위해서 다른 건물들보다 SHJ-퀄컴의 사옥을 먼저 시공할 생각이었다. SHJ-퀄컴만큼은 이른 시일 안에 휴스턴으로 이전해야만 했다.

"사장님, 시간이 되었습니다. 자리에 착석해 주시기 바랍니다."

그동안 SHJ타운의 중책을 맡아 동분서주한 탓인지 초췌해진 최석현을 따라 경환이 자리를 잡자, 컨벤션센터의 불이 꺼지며 SHJ타운의 조감도가 화면에 펼쳐졌다. 친환경을 테마로 삼은 조감도답게 구역별로 들어설 건물과 공원, 복지시설과 주택 등은 최대한 자연과 어우러지게 설계되었고, 휴스턴의 더위를 감안해 도심지처럼 지하공간으로 각 건물을 연결했다. 화면이 넘어가면서 최석현의 설명이 더해지자 참석자들은 탄성을 자아내고 있었지만, 경환은 기뻐할 수만은 없었다. 땅은 무상으로 받았지만, 최소 30억 달러에 달하는 공사비가 머리를 지끈거리게 하고 있었기 때문이었다. 단계적으로 타운을 조성해 유동자금에 최대한 부담을 주지 않겠다는 계획을 세웠지만, 그만큼 완공은 지연될 수밖에 없었다.

"이상으로 SHJ타운에 대한 개요를 마치고 조인식을 거행하겠습니다."

짧지 않은 시간을 할애한 프레젠테이션이 성공적으로 마무리되었다. 그러나 경환은 시 정부와 거창한 조인식을 마친 후, 리의 요청에 따라 기자들과 인터뷰를 한 후에야 공식적인 조인식을 끝낼 수 있었다. 석유산업과 플랜트업계의 불황으로 위축된 휴스턴의 경기가 SHJ타운 건설로 다시 활성화될 것이라는 호의적인 여론이 조성되기도 했지만, 일부 언론에서는 SHJ타운이 SHJ의 성장에 걸림돌이 될 수도 있다는 우려 섞인 기사를 내보내기도 했다. 그러나 SHJ는 이 두 종류의 여론에 대해 아무런 반응을 보이지 않아 궁금증은 증폭되어갔다.

조인식이 끝난 후 최석현의 주관하에 시 정부에서 불하받은 토지를 측량하는 것을 시작으로 기초 작업이 준비되었다. 한편 SHJ 본사에서는 그토록 기다리던 검색엔진인 구글의 최종 점검이 진행되고 있었다.

"슈미트 사장님, 수고 많았습니다. 시작하시죠."

"알겠습니다. 우선은 화면을 봐 주시기 바랍니다."

에릭을 비롯해 래리와 세르게이, 수석 연구원들이 모두 모인 자리에

8

는 비장함마저 흐르고 있었다. 에릭은 경환을 가운데 두고 구글을 가동하기 시작했고, 에릭의 조작으로 대형 모니터의 화면은 빠르게 바뀌고 있었다. 떠워진 화면에 야후의 검색결과가 동시에 모니터링되자 구글의 차별성이 한층 강조되었다. 래리의 추가 설명으로 구글이 이상 없이 가동되는 모습을 확인한 경환과 참석자들은 그제야 안도의 한숨을 내쉴 수 있었다.

"내일 서비스 시작엔 이상이 없을 거 같군요. 초기 홍보가 중요하다고 생각되는데 이에 대한 지원은 잘 이뤄지고 있겠지요?"

"네, 현재 본사의 대대적인 지원으로 홍보에 전념하고 있습니다. 내일부터 서비스가 시작되면 2차 홍보와 함께 에드센스에 대한 기대심리를 심어주며 출시 일자를 조율해 보겠습니다."

경환의 아이디어를 근거로 세상에 일찍 선보이게 된 구글과 에드센스에는 마케팅과 경영의 귀재인 에릭이 합류해 빠르게 자리를 잡아가고 있었다. 경환은 부족한 자금상황에서도 SHJ-구글에 대한 지원을 아끼는 법이 없었다.

"그렇게 하세요. 에릭 존슨 부장이 SHJ-구글에 대한 지원 업무를 당분간 맡아 주시고, 특별한 문제가 없는 한 슈미트 사장님 선에서 처리하십시오."

아쉽게도 경환은 린다와 코이치, 실무팀을 이끌고 서울 출장을 계획하고 있었기 때문에 구글의 서비스 시작은 직접 확인할 수 없었다. 랜딩페이지로 무장한 구글은 초기 홍보에 집중하면서 기존 검색업체들이 놓치고 있는 틈새시장을 공략한다는 전략을 세웠다.

"래리, 세르게이. 수고 많았어. 요새도 연구실에만 틀어박혀 있지는 않겠지? SHJ타운에 들어설 구글관은 자네 둘의 의견을 100% 반영했다고 하더군. 오락실부터 시작해서 사우나, 체육시설까지 모두 갖춰진 구글관을 나도 많이 기대하고 있어. 그러니 건강에 신경 쓰라고."

두 사람의 의견대로 구글관을 만들기 위해 최석현은 린다와 황태수의 잔소리를 감수해야만 했다. 고위간부 입장에서는 놀이터나 다름없는 구글관이 마음에 들 수가 없었다. 하지만 경환은 자유로운 분위기에서 창의적인 생각이 나온다며 구글관을 수정 없이 통과시켰다. 물론 구글관이 완공되려면 최소 몇 년은 더 기다려야 했지만, 래리와 세르게이는 자신들의 의견이 반영되었다는 사실에 크게 기뻐했다.

"제임스, 영양사와 트레이너까지 배치된 덕에 우리 의지와는 상관없이 하루에 2시간은 꼼짝없이 헬스장에서 살고 있습니다. 스스로도 할 수 있는데……."

경환은 햄버거와 피자로 식사를 때우면서 연구에 몰두하는 연구원들을 위해 특별히 영양사와 트레이너를 고용해 식단과 건강까지 살피고 있었다. 래리와 세르게이는 몇 번 항의해 보긴 했지만, 경환의 강경한 태도에 뜻을 이룰 수 없었다.

"자네 두 사람의 건강이 곧 우리의 재산이란 사실을 항상 기억하도록 해. 지분 10%를 제대로 써 보지도 못하고 골골거리고 싶은 건 아니겠지? 최종점검은 이걸로 마치도록 하죠. 다들 수고 많았습니다."

이 한마디로 투정을 잠재운 경환은 서둘러 회의를 마무리했다. 린다와 황태수만 대동한 채 자신의 집무실로 돌아온 경환은 전과는 다르게 굳은 얼굴로 두 사람을 바라보았다.

"이번 한국 방문은 한국 정부의 요청에 의한 것이기는 하지만, 우리의 이익이 우선시되어야 할 것입니다. 쿡 부사장님은 어윈 사장과 함께 휴대폰 단말기 제조업체와 미팅을 진행해 주십시오."

"물론 OEM방식을 채택하게 된다면 비용-절감에는 큰 성과를 볼 수 있겠지만, QC(품질관리)와 기술유출이라는 문제가 발생할 수도 있습니다."

OEM방식에는 양면이 존재하기 때문에 린다의 지적은 충분히 타당성이 있는 말이었다. 그러나 SHJ-퀄컴이 QCP라인부터 대대적으로 증설하는 것 또한 큰 부담이 될 수밖에 없었다.

"QCP라인만으로는 생산에 차질을 빚을 수도 있다고 생각합니다. OEM 생산업체의 신뢰가 쌓이기 전까지는 구형 모델을 생산하기로 하고 최신모델은 QCP라인으로 자체 생산하는 것으로 방향을 잡아 주세요."

수정을 통해 디자인한 휴대폰은 극비리에 기능을 추가하는 설계작업을 진행하고 있었다. 아직 시간이 필요한 작업이 남아있었지만, 경환은 한국 방문에 앞서 문기석과의 담판을 통해 얻어낸 기회를 최대한 활용할 생각이었다. 경환의 계획을 듣고 있던 황태수가 조용히 입을 열었다.

"사장님, 이번 한국 방문에 코이치를 대동한 건 엔지니어링 법인을 설립하기 위한 사전조사 차원으로 알고 있습니다. 사설경비업체까지 법인 설립을 준비하는 마당에 그룹화를 서두를 필요가 있다고 생각합니다. 사실 현재 우리의 경영방식은 기형적이라고밖에는 볼 수 없습니다."

경환은 물끄러미 황태수를 바라보며 입을 쉽게 열지 못했다. 경환은 황태수의 의견에 동의하면서도 SHJ-퀄컴이나 SHJ-구글이 아직 제자리를 찾지 못하고 있다는 것 때문에 망설였다. 그러나 회사의 조직이 늘어나자 부사장이 사장을 지휘하고 감독하는 기형적인 형태가 간혹 혼선을 빚기도 했다.

"황 부사장님의 말씀이 맞는 것 같습니다만, 고민이 되는 것도 사실입니다. 황 부사장님께서 우선 그룹화에 따른 조직체계 구성을 만들어 주십시오. 결정은 한국에서 돌아온 후에 하겠습니다."

부족한 자금에도 불구하고 SHJ타운을 서둘러 착공하려는 이유에는 SHJ-퀄컴과 SHJ-구글의 지배력을 확고히 장악하겠다는 의도가 숨겨져 있었다. 이런 경환의 의도를 알고 있던 황태수는 전면적인 조직개편을 통해 지배구조를 확실히 챙길 준비를 하려고 했다.

"사장님, 저는 딕 체니와의 만남이 신경이 많이 쓰입니다. 윌리엄은 딕 체니와 비교하자면 어린아이 수준밖에는 되지 않으니까요."

경환도 딕 체니와의 만남이 부담되었지만, 한 번은 부딪혀야 할 사람이라면 미뤄봐야 머리만 아플 거라 생각했다. 란다는 자신에게 지장을 초래하는 인물과 기업을 철저하게 제거하는 보수주의자 딕 체니가 경환을 주목하고 있다는 것이 마음에 들지 않았다.

"저도 야심가인 딕 체니를 경계하고는 있습니다. 그러나 그가 우리를 주목하고 있다면 마냥 피할 수만은 없지 않습니까? 윌리엄에게 압력을 행사한 사람이 딕 체니라면 아직은 우리에게 호의를 가지고 있다고 생각합니다. 신중하게 그와의 만남을 추진할 생각이니 너무 걱정하지는 마세요."

"사장님, 차량과 출장자들이 대기 중에 있습니다. 출발할 시간입니다."

경호팀의 준비상황을 확인하고 있던 하루나의 보고에 대화는 중단되었다. 이번 한국 방문에 SHJ는 각 분야의 전문가팀을 조직해 경환을 수행하게 했고, 코이치가 이끄는 실무팀은 이미 한국에 도착해 경환의 한국 방문에 대한 정지작업을 하고 있을 정도로 경환은 이번 한국 방문에 신경을 많이 쓰고 있었다.

"고마워요. 하루나. 제가 없을 동안 회사를 잘 부탁합니다."

황태수에게 SHJ를 맡긴 경환은 알의 경호를 받으며 차량에 탑승했고 경호 차량의 호위를 받으며 차량은 공항을 향해 속도를 내기 시작했다.

한보철강 부도사태의 여파가 가시기도 전에 삼미그룹과 진로그룹의 자금난이 더욱 악화되고, 기아자동차에 대한 모종의 작업이 시작되면서 한국의 외환위기는 서서히 그 실체를 드러내기 시작했다. 경제지표와 외환수급에 빨간불이 켜지게 되자 문기석은 이례적으로 경제수석과 경제부장관을 자신의 집무실로 불러들였지만, 회의는 아무런 대책이나 결과물없이 지루하게 흘러갔다.

"강 장관, 삼미그룹의 법정관리 신청이 초읽기로 들어간 상황에서 그룹의 해체는 어쩔 수 없는 상황이라고 하더군요. 그나저나 강 장관에 대한 이상한 소문이 들려오고 있는데, 사실 여부를 떠나서 자중하셔야 될 겁니다."

"그, 그게 무슨 말씀이십니까? 저에 대한 이상한 소문이라니요?"

"오성그룹에서 기아자동차를 노리고 강 장관과 물밑작업을 하고 있다고 하더군요. 기아자동차까지 무너진다면 그 여파는 삼미그룹과는 비교할 수 없다는 것을 아시리라 봅니다."

친 오성그룹으로 알려진 강석주는 오성자동차 부산유치위원장을 맡았던 인물이었다. 1995년 오성그룹은 무리하게 자동차산업에 진출했고 현재 독자 회생이 불가능할 정도로 망가져 그룹 전체에 큰 부담이 되고 있었다. 그러자 그룹 비서실은 오성자동차를 회생시키고 대현자동차에 필적할 생산능력을 갖추기 위해 기아자동차를 전략적으로 인수하려 했다. 이들은 정부를 움직이기 위해 강석주를 파트너로 삼아 물밑작업을 진행하고 있었다. 강석주는 개별 기업의 문제에 정부가 관여할 수 없다는 말로 오성자동차의 첨병 역할을 충실히 수행했다.

"어디서 그런 소문을 들으셨는지 모르겠지만, 저를 음해하려는 세력이 퍼트린 헛소문입니다. 문 실장님께서 그런 헛소문에 현혹되시다니 안타깝습니다."

"가뜩이나 어려운 경제상황에 정부를 원망하는 목소리가 늘어가고 있습니다. 이런 때일수록 처신을 잘하셔야 한다는 말입니다."

침을 튀겨가며 부정하는 강석주의 모습에 문기석은 입술을 지그시 깨물었다. 청와대 사정팀에 의해 이미 강석주와 오성 간의 작은 만남이 포착되었지만, 레임덕이 시작된 상태에서 강석주를 통제할 명분은 그리 많지 않았다.

"제 걱정은 하지 않으셔도 됩니다. 언제까지 방만한 경영을 일삼는 기업들의 뒤만 봐줄 수는 없지 않겠습니까. 이번 기회에 정부 지원만 바라는 기업은 정리해야 한다는 소신에는 변함이 없습니다."

문기석은 한마디를 더 하려다 입을 닫았다. 오성그룹은 오성생명과 종금사를 통해 기아자동차의 차입금 5,500억 원을 회수한다는 시나리오를 만들어 놓고 있었고, 강석주는 이에 맞춰 수출 D/A 한도 및 L/C와 진성어음의 할인거부 정책으로 기아자동차의 손발을 묶을 준비를 하고 있었다.

"오늘 SHJ 이경환 사장이 입국합니다. SHJ가 한국에 투자하고 법인 설립을 준비하고 있다는 것은 잘 아실 겁니다. 미국에서도 차입금 없이 30억 달러 규모의 타운을 건설할 정도로 유능한 기업이니만큼 소홀함이 없어야 할 겁니다. 더욱이 SHJ-퀄컴은 우리의 무선통신사업과도 밀접한 관계가 있다는 점을 기억하시고요."

문기석이 경환의 한국 방문을 언론에 흘리자 언론에서는 미국에서 이슈가 된 SHJ의 오너가 한국인이란 사실에 주목하며 연일 특별 기사를 보도하고 있었다. 강석주는 경환의 방문에 호들갑을 떠는 청와대와 언론이 맘에 들지 않았지만, 기업들의 부도사태와 각종 경제지표가 바닥을 기고 있는 상황에서 반기를 들 입장은 되지 못했다.

"너무 띄워주는 거 아닌지 모르겠습니다. 정부에서 외국기업인 SHJ에 일방적으로 퍼주는 게 아니냐는 우려가 있습니다."

"올해 들어 한국에 투자된 해외자본이 빠지고 있다는 것 모르십니까? 제가 보고받기에는 이경환 사장을 만나기 위해 오성그룹은 물론이고 대현그룹과 금성그룹, 거기에 대후와 제일까지도 선을 대보려 안달이라는데 경제부 수장인 강 장관께선 아주 태평하십니다."

박재윤의 경질에서부터 시작된 문기석과 강석주의 알력은 한보철강의 부도사태 이후 극에 달해 있었다. 문기석의 비아냥거림에 강석주의 얼굴은 굳어져 갔지만, 오성그룹도 자신에게 경환과의 만남을 주선해 달라는 요청을 해 오고 있어 무시할 수도 없었다.

"아쉬운 건 우리지 이경환 사장이 아니란 것을 염두에 두서야 할 겁니다."

데일경제신문의 김 기자는 라이벌인 선조경제의 황 기자를 발견하고 쓴웃음을 지어 보였다. 미국에서 잘 나가는 SHJ의 오너가 한국인이란 것과 투자를 위해 한국을 방문한다는 사실은, 요즘처럼 우울한 경제 소식이 신문을 도배하는 시기에는 사막의 오아시스와 같았다. 이를 증명이라도 하듯 공항은 언론사와 방송사의 기자들로 북새통을 이루고 있었다.

"어이, 황 기자. 삼미그룹이 쓰러지기 일보 직전이라는데, 거기는 안 가고 여긴 웬일이야?"

"하하하, 사돈 남 말 하시네. 자네가 가는 곳에 내가 있다는 거 아직도 몰라?"

김 기자는 히죽거리며 자신의 어깨를 가볍게 건드린 황 기자를 웃음으로 받아주었다. 이미 경환의 방한 목적이 널리 알려진 상태였기 때문에 딱히 특종이라 할 수도 없었다. 두 사람의 관계는 라이벌이 아닌 동료로 돌아와 있었다.

"생각나? 7년 전 화성산업과 KBR 간의 계약을 이끌어 낸 사람이 이경환 사장이란 사실 말이야. 그 당시엔 대수롭지 않게 생각했는데 행적을 조사하면 할수록 대단한 거 같더라고."

"생각나지. 기술이전 계약과 국내 최초로 ISO인증을 받은 게 그 사람 머리에서 나온 아이디어라고 하더군. 정확한 투자 목적은 아직 알려지지 않았는데, 뭐 좀 아는 거라도 있어?"

집요하게 캐묻는 황 기자에게 묘한 미소를 보여 긴장감을 주었지만, 김 기자 자신도 SHJ의 투자 정보는 아직 손에 쥐지 못하고 있었다.

"나 먼저 가네. 나중에 소주나 한잔 하자고."

입국장으로 한 무리의 사람들이 빠져나오자 기자들이 달려들어 취재 경쟁에 돌입했고, 알은 자신이 이끄는 경호팀을 지휘하며 기자들이 경환

16

에게 접근하지 못하도록 제지하기 시작했다.

"이경환 사장님. 이번 방한의 목적은 무엇입니까?"

"이경환 사장님. 아무런 근거도 없이 한국의 외환위기 가능성을 제기하셨다고 하는데, 책임지실 수 있으십니까?"

황 기자가 쉴 새 없이 경환에게 질문을 퍼붓자 김 기자는 이를 어이없는 듯 쳐다보았다. 외환위기 가능성을 제기했다는 사실은 어디에서도 들을 수 없던 정보였기 때문이었다. 경환은 자신의 방한이 언론에 알려진 사실에 대해 어느 정도 이해하고 있었지만, 외환위기에 대한 정보까지 기자들의 입에 오르내리기 시작하자 알의 제지에도 불구하고 얼굴을 찡그리며 기자들 앞에 나섰다.

"이렇게 환대해 주셔서 감사합니다. 저는 한국 정부의 요청으로 방한했습니다. 지금은 어떠한 말씀도 드릴 수 없지만, 일을 마치고 출국하는 날 여러분의 궁금증을 풀어 드리도록 하겠습니다."

경환의 답변이 끝나자 기자들은 다시 벌떼처럼 달려들어 경환을 에워싸려고 했지만, 경호팀의 강력한 제지를 받을 수밖에 없었다. 뒤늦게 나타난 공항 경비대의 도움으로 공항을 빠져나온 경환과 일행은 준비된 차량에 탑승해 빠르게 공항을 빠져나갔다.

"린다, 하루나. 모두 괜찮나요?"

"우리는 괜찮아요. 이중 플레이를 하는 한국 정부의 모습이 애처롭기까지 하네요."

기자들에게 많이 시달려서인지 린다는 고개를 절레절레 흔들어대고 있었다. 경환은 린다의 말에 대꾸하지 않은 채, 차 밖의 풍경을 바라보고 있었다. 자신의 방한을 탐탁지 않게 생각하는 조직이 있다는 것을 확인한 경환은 이번 일정이 쉽게 흘러가지 않을지도 모른다고 짐작했다.

"하루나, 대현그룹과의 만남을 서두를 필요가 있겠네요. 정상길 사장에게 전화를 넣어 오늘 저녁 약속을 잡아 줬으면 해요. 그리고 휴대폰은 OEM방식에서 벗어나 직접 한국에 생산라인을 갖추는 것이 유리할지에 대해 검토해보세요."

경환의 지시를 받은 하루나는 급히 휴대폰을 꺼내 대현중공업에 전화를 돌리기 시작했고, 린다는 경환의 즉흥적인 제안에 반론을 제기하지 않았다. 차량이 천호대교를 넘어 위커힐 호텔에 도착했고, 사전에 연락받은 호텔 직원들과 SHJ 경호팀의 삼엄한 경호에 기자들은 호텔 안으로 진입할 수 없었다.

"하하하, 이 사장님. 오랜만에 뵙겠습니다."

"정 사장님, 바쁘신데 제멋대로 일정 조정을 해서 죄송합니다. 이해 부탁합니다."

"이 사장님이 부르면 달려와야죠. 우리 대현 이외에도 이 사장님을 만나려는 그룹들이 줄을 서고 있는데요. 그나저나 삼풍백화점 건은 죄송했습니다. 제가 신경을 써야 했는데, 그런 일이 벌어지리라곤 상상조차 하지 못했습니다."

호텔 지하에 있는 중식당엔 정상길이 먼저 도착해 있었다. 삼풍백화점 사고 이후 대현그룹과 더는 합작을 진행하고 있지 않아 정상길은 애를 끓이고 있었다.

"다 지나간 일입니다. 사람의 힘으로 막을 수 있었던 사고도 아니었고요. 너무 신경 쓰지 마십시오. 정 사장님과 조용히 저녁이라도 같이 했으면 해서 실례를 무릅쓰고 연락을 드렸습니다. 우선 식사부터 하시죠."

깔끔한 요리가 끊임없이 탁자 위에 놓였고, 경환과 정상길은 술을 곁들이며 조용히 만찬을 즐기기 시작했다. FPSO 1기는 이미 건조를 완료해 넘겨졌고 2기는 마무리 단계에 돌입했다는 소식에서부터 현재 한국의 경제위기에 돌파구가 보이지 않는다는 얘기까지 주고받으며 식사를 마친 두 사람은 후식으로 나온 차를 마셨다.

"강석주 장관과 척을 지고 있다는 소문이 들리고 있더군요. SHJ는 한국기업이 아니라 별 상관은 없겠지만, 개인적인 야심이 많은 사람이니 항상 염두에 두셔야 할 겁니다."

예상은 하고 있었지만, 기자에게 외환위기 가능성에 대한 정보를 흘린 사람이 강석주란 사실을 확인하는 순간이었다.

"신경 쓰지 않습니다. 강 장관의 뒤에 오성그룹이 있다는 사실도 어느 정도 파악하고 있으니까요. 제가 오늘 정 사장님을 모신 이유는 대현전자 반도체의 휴대폰 제조부문을 인수하고 싶기 때문입니다. 물론 정 사장님께서 관여할 일은 아니지만, 중간에 다리를 놓아 주셨으면 합니다."

정상길은 마시던 찻잔을 탁자에 내려놓았다. 오성과 금성이 휴대폰 제조에 참여하자 대현에서도 울며 겨자 먹기로 휴대폰 제조에 뛰어들긴 했지만, 점점 애물단지가 되어가고 있었다. 그러나 정상길은 쉽게 답변을 줄 수가 없었다.

"대현그룹 차원에서 검토해 보십시오. 제가 알기로 대현전자에서 반도체를 중점사업으로 키우기 위해 차기 정권과 반도체사업 통합 얘기를 하고 있다고 들었습니다. 물론 금성에서 반대하겠지만, 차기 정권에 줄을 대고 있는 대현이라면 어렵다고 보지는 않습니다. 단지 2조 원이 넘어가는 인수자금을 어떻게 마련하느냐가 문제긴 하겠지만요."

　정상길은 FPSO 인수에서도 느꼈지만, SHJ의 정보력에 혀를 내두르고 있었다. 반도체 통합 건은 그룹 내에서도 거의 아는 사람이 없을 정도로 극비로 진행하는 사업이었기 때문이었다.

　"허, 도대체 이 사장님은 모르는 게 뭡니까? 이렇게 대놓고 말씀하시니 부인하기도 힘드네요. 그렇지만, 휴대폰 제조부문에 대한 매각은 제가 답을 드릴 수가 없습니다."

　"금성전자의 반도체를 먹기 위해선 휴대폰 제조부문을 포기하거나 매각하는 게 순서 아니겠습니까? 반도체를 가지고 있는 휴대폰 제조부문을 1,000억 원에 매입할 의사가 있습니다. 만약 거절하신다면 저희는 폰택과 접촉할 생각입니다."

　휴대폰 단말기는 오성과 금성, 그리고 중소기업인 폰택이 3강 체제를 구축하고 있었다. 오성과 금성과 달리 자금력의 한계를 느끼고 있는 폰택이라면 인수는 힘들더라도 지분매입은 충분히 가능할 거란 계산을 마친 상태였다.

　"흠, 이 사장님의 제안을 그룹에 보고하겠습니다. 정보가 SHJ에 들어간 이상 줄다리기는 무의미하다고 생각되네요. 만약 인수제안을 받아들인다면 FPSO 이후로 중단된 플랜트 합작을 진행한다는 의미로 받아들여도 되겠습니까?"

　"SHJ는 단순한 컨설팅 업무에서 벗어나기 위해 준비 작업을 하고 있습니다. 컨설팅이 아닌 공동입찰이라면 긍정적으로 검토하겠습니다."

　경환의 답변에 정상길은 마음이 급해지기 시작했다. 플랜트 시장에서 컨설팅으로는 타의 추종을 불허하는 SHJ가 독자적으로 입찰 경쟁에 뛰어든다면 그 여파는 상상을 초월할 수도 있다는 생각이 스쳐갔다. 정상길은 애물단지인 휴대폰 제조를 넘기고 SHJ와의 공동입찰 전선을 구축할 수만 있다면 본전은 뽑고도 남는다는 판단에 서둘러 경환과의 식사를 마치고 급히 본사로 향했다.

"하루나, 커피 한 잔 주세요. 아침은 생각이 없으니 치워주시고요."

하루나는 아침 일찍부터 서류를 챙기느라 식사를 거르는 경환을 안타까운 눈빛으로 바라보며 커피를 건네주었다. 구글 서비스의 시작을 체크하고 신기능을 탑재한 휴대폰 디자인 점검도 해야 하다 보니 경환은 잠잘 시간까지 쪼개 쓰고 있었다.

"구글에 대한 반응은 어떤가요?"

"서서히 입소문이 나며 가입자가 늘고 있습니다. 애드센스에 대해 지속적으로 광고하다 보니, 광고주와 개인 웹사이트 소유주들의 관심이 증가하고 있다는 보고입니다. 다음 달 서비스 시작에는 큰 문제 없을 것 같습니다."

아직 야후나 MS에서는 애드센스의 폭발력을 과소평가하고 있었다. 애드센스가 성공리에 안착하게 되면 퍼블리셔 네트워크나 MS 애드센터를 선보이게 되겠지만, 3년이나 앞서 출시되는 애드센스를 따라가기엔 역부족일 것이다. 린다는 구글에 대한 반응이 자신의 예상과 달리 확대되어 가는 모습에 놀라지 않을 수 없었다.

"흠, 슈미트 사장이 실리콘밸리에 지사를 설립하자는 의견을 보내왔는데, 린다는 어떻게 생각합니까?"

"타당성이 있다고 봅니다. 휴스턴은 빠르게 변화하는 IT 산업의 정보를 확보하는 데 한계가 있다고 생각합니다. 구글이 커 나가기 위해서라도 실리콘밸리에 지사를 운영하면서 기술개발과 인수를 추진해야 할 것 같습니다."

경환은 의외로 슈미트 사장의 의견에 동조하는 린다를 물끄러미 쳐다보며 미소를 지었다. 퀄컴과 구글의 성과를 보면서, 린다는 주위의 반대를 무릅쓰고 무모할 정도로 IT에 집중한 경환의 투자가 올바르게 진행되고 있다는 사실을 알게 되었다.

"린다의 의견이 그렇다면 저도 반대하지는 않겠습니다. 슈미트 사장과 협의해서 지사를 설립하도록 하세요. 대현전자의 휴대폰 제조부문을 인수하게 된다면 신형 모델을 미국과 한국에서 동시 생산하도록 해야겠어요. 눈앞의 경쟁자는 노키아와 모토로라가 되겠지만, 장기적으로는 오성전자를 경쟁 상대로 삼아야 할 겁니다."

"원화로 1,000억 원이면 우리에게도 부담되는 금액은 아니라고 봅니다. 어윈 사장과 협의를 해서 진행하도록 하겠습니다. 오성전자는 후발주자지만, 차별화된 디자인으로 어필하고 있다고 봅니다. 한국에 생산라인을 갖추게 된다면 오성전자와의 경쟁이 불가피한 상황이니 관심 있게 살피도록 하겠습니다."

린다는 경환의 의도를 잘못 이해했다. 경환은 한국에서가 아닌 세계무대를 상대로 오성전자와의 경쟁을 얘기하고 있었지만, 아직 세계시장에서 노키아와 모토로라의 아성을 깨트릴 업체는 없다고 생각한 것이다. 린다와의 짧은 회의를 마친 경환은 창밖으로 보이는 한강을 바라보았다. 오랜만에 찾은 한국이었지만, 본가에도 찾아가지 못하고 겨우 전화통화만 할 정도로 일정이 바쁘게 짜여 있었다.

"사장님, 지금 나가셔야 제시간에 도착하실 수 있을 거 같습니다."

시간 가는 줄 모르고 창밖을 바라보고 있는 경환에게 하루나는 양복 상의를 걸쳐주며 약속된 시간을 알려주었다. 비뚤어진 넥타이를 고쳐 매어 주는 하루나의 행동은 경환을 어색하게 만들었지만, 그녀의 행동을 제지하지는 않았다.

"사장님, 컨보이 해 줄 경찰 차량이 도착했다고 합니다. 나가시죠."

알은 경환의 경호에만 집중하며 호텔 문을 나섰다. 경호팀에 지시를 내린 알은 경환이 탑승한 선도차의 조수석에 자리를 잡았고 경찰 차량의 선도에 따라 대규모의 차량 행렬이 호텔을 빠져나가기 시작했다.

"실장님, 차량이 과천에 진입했다고 합니다. 5분 후 도착 예정입니다."

문기석은 경환의 도착에 맞춰 청사 앞에 나와 있었다. 문기석과 함께 한 강석주의 표정은 그리 밝지만은 않았다. 막 서른 살에 접어든 젊은 친구를 맞이하기 위해 경제부 수장과 대통령 비서실장이 문 앞까지 나와 있다는 사실이 맘에 들지 않았기 때문이었다. 문기석이 시계를 확인하기 위해 손목을 들었을 때, 경찰 차량을 선두로 행렬이 청사 정문을 통과하는 모습이 눈에 들어왔다. 차량이 멈춰 서자 알과 경호원들이 빠르게 내려 경환의 차량으로 다가섰고 경환이 그 사이로 모습을 드러냈다.

"반갑습니다. 제가 문기석 실장입니다."

"강석주라고 합니다."

"환대해 주셔서 감사합니다. SHJ의 이경환입니다."

반갑게 경환과 악수를 나누는 문기석과는 달리 강석주는 아랫사람 대하듯 건성으로 악수를 건넸고, 경환은 강석주와 눈을 마주친 후 개의치 않는 듯 가벼운 미소만 지어 보였다.

"오시느라 고생 많았습니다. 자, 여기서 이러지 마시고 회의실로 올라갑시다."

"청사 안은 총기 휴대가 불가능합니다. 이해 부탁합니다."

경환은 문기석의 요청을 받아들이면서 경호팀의 총기휴대를 강력히 주장했고 동의를 얻어냈었다. 알의 요청도 있었지만, 한국 정부와의 싸움에서 밀리지 않겠다는 경환의 의지를 나타낸 것이었다. 퉁명스러운 강석주의 말에도 경환은 일절 대응하지 않고 알에게 조용히 지시를 내렸다. 알은 자신과 경환을 근접 경호할 인원 두 명의 총기를 대기 인원에게 맡긴 후에야 청사 안으로 들어설 수 있었다. 회의실에 도착한 경환은 린다를 포함한 SHJ의 직원들을 문기석과 강석주에 소개한 후 문기석의 맞은편에 자리잡고 앉았다.

"같은 한국인으로서 이경환 사장님이 자랑스럽습니다. 30만 평 규모의 SHJ타운을 조성한다는 소식을 들었습니다. 축하드립니다."

"감사합니다. 제가 한국인이란 사실은 변하지 않겠지만, SHJ는 엄연히 미국법의 테두리 안에 있는 미국기업입니다. 그리고 저를 제외하고는 모두 한국인이 아니다 보니 회의는 영어로 진행했으면 합니다."

경환의 신상은 안기부와 해외 공관들을 통해 보고받았지만, 젊은 나이라고는 믿을 수 없을 정도로 냉철한 모습에 문기석은 긴장하지 않을 수 없었다. 문기석은 어색한 미소를 보이며 화제를 돌렸다.

"우선 한국에 투자를 결정해 주신 점 감사하게 생각합니다. 아울러 SHJ의 투자에 맞춰 정부도 적극적으로 협조해 나갈 것을 다시 한 번 말씀드리는 바입니다."

"감사합니다. 투자를 위해 방문한 것은 사실이지만, 아직 결정된 것은 아무것도 없습니다. 이번 미팅의 결과에 따라 투자와 투자내용이 결정될 것입니다. 양해해 주십시오."

문기석이 먼저 투자 얘기로 말문을 트자 경환은 표정변화 없이 빠르게 답변해 나갔다. 자신의 말을 단칼에 끊어 버리자 문기석의 입은 쉽게 열리지 못했다. 경환은 공치사를 남발하며 회의를 길게 끌어가고 싶지 않았다.

"제게 방한을 요청하신 이유가 투자인지 아니면 다가올 외환위기에 대한 내용인지 정확히 알고 싶습니다. 제가 경영진의 반대를 무릅쓰고 박재윤 수석님께 드린 내부문건을 생각해볼 가치도 없다고 판단하신 것으로 알고 있습니다."

다분히 도발적인 경환의 질문에 강석주의 얼굴은 붉어져 갔다. 외환위기의 원인으로 지목되었던 OECD 가입을 위한 금융자율화 조치와 종금사 확대는 모두 자신의 손에 의해 만들어졌기 때문이었다.

"거 말씀이 지나치십니다. 저는 아직도 한국이 외환위기에 노출되었다는 것에 동의할 수 없다는 사실을 아셔야 할 겁니다."

경환은 애써 항변하는 강석주를 보며 두 팔꿈치를 탁자에 대며 손을 마주 잡았다. IMF 구제신청은 정부에서 할 수 있는 최선책이었다고 방송에서 떠들던 모습이 눈앞을 스쳐 지나갔다.

"동의하시든 안 하시든 시나리오는 이미 진행되기 시작했고, 지금 이 순간에도 계획에 따라 흘러가고 있습니다. 강 장관님께 말씀드리겠습니다. 오성생명과 종금사에서 기아자동차의 자금 5,500억 원을 회수하려고 계획하고 있는데, 한국 정부는 이를 방조한다는 인상을 풍기고 있더군요.

한국의 외환위기는 기아자동차의 이상 신호와 함께 시작될 것입니다."

강석주는 가슴이 덜컥 내려앉았다. 기아자동차의 합병 건은 오성그룹의 계획서로만 존재할 뿐, 외부로는 전혀 노출되지 않은 내용이었다. SHJ의 정보력은 오성을 통해 익히 알고 있었지만, 이 정도일 줄은 전혀 생각하지 못했었다.

"그, 그게 무슨 망발입니까? 정부에서 방조하고 있다니요. 말을 삼가세요!"

강석주는 넥타이를 풀어 제치며 언성을 높였지만, 경환은 대응할 가치를 느끼지 못하고 있었다. 사전에 막을 수도 있었던 IMF 사태를 방조한 경제 관료들이 자신의 앞에 앉아 있다는 사실 자체가 불쾌했다. 막상 IMF 사태가 터지자 자신들의 노력으로 최악의 위기는 막았다고 떠들어대던 관료들의 모습을 떠올리며 경환은 분노하고 있었다.

"강 장관은 자중하세요. 지금 이게 무슨 추태입니까?"

경환과 강석주의 격돌로 격앙된 회의 분위기를 가라앉히기 위해 문기석이 중간에 끼어들었다. 문기석은 강석주가 오성그룹과 밀착되어 있다는 사실은 알고 있었지만, 자세한 내용까지 파악하고 있는 SHJ의 정보력에 놀라지 않을 수 없었다.

"박재윤 수석이 만든 보고서를 살펴보았습니다. 현재의 한국 경제가 흘러가는 내용과 일치한다는 사실을 주목하지 않을 수 없더군요. 그러나 쉽게 동의하기 힘든 것도 사실입니다. 이에 대한 근거나 설명을 해 주실 수 있으십니까?"

"원인을 찾으려고 하지 마십시오. 원인은 여기 계신 모든 분이 알고 있으리라 봅니다. 제가 박재윤 수석님께 자료를 넘겼을 때 준비했다면 큰 상처 없이 넘길 수도 있었겠지만, 지금은 늦었습니다. 지금 논의되어야 할 것은 피해를 어디까지 줄일 수 있는지입니다. 피해를 줄이든 줄이지 못하든 여기 계신 분들은 국민들의 지탄에 자유로울 수 없으리라 생각합니다."

헤지펀드의 대규모 자금이 이미 한국에 유입되어 작전이 시작되고 있는 상황에서 원천적으로 피해를 막을 방법은 없었다. 아쉽지만, IMF 구제금융을 막느냐 못 막느냐가 지금으로선 가장 중요한 선택일 수밖에 없다고 경환은 생각했다.

"린다, 현재의 한국 상황을 객관적으로 평가한 자료를 설명해 주시겠습니까?"

"알겠습니다. 사장님. 현재 헤지펀드의 대표주자인 퀀텀과 타이거의 자금은 이미 한국에 유입된 상태입니다. 한국의 현 외환보유고는 292억 달러지만, 80억 달러는 해외 점포 예치금으로 빠져 있어 가용 외환은 218억 달러에 불과합니다. 가장 심각한 것은 경상수지의 3년간 누계적자가 340억 달러를 넘어서고 있다는 것입니다. 헤지펀드의 주 목표는 역외시장에서 한국의 채권선물과 유가증권의 가격을 끌어내려, 이상 신호를 감지한 외국 자본이 투자금을 회수하도록 하는 것에서부터 시작할 것입니다. 이에 따라 한국의 환율은 폭등하게 되며 가수요까지 겹치면 200억 달러의 외환보유고는 바닥을 치게 됩니다. 한국이 디폴트선언이나 IMF 구제금융으로 고민할 때, 헤지펀드는 차익을 실현하고 빠지게 되는 시나리오입니다. 헤지펀드는 대만을 시작으로 홍콩, 동남아를 돈 후 최종적으로 한국에서 멈출 거라고 판단됩니다."

"그, 그런 말도 안 되는……."

린다의 장황한 설명에 강석주는 안색이 변하며 고개를 세차게 저었지만, 경환은 강석주를 철저히 무시해 버렸다. 문기석은 린다의 설명이 끝나자 굳게 닫힌 입을 열었다.

"잘 들었습니다. 단기 외채까지 포함하게 되면 이미 한국은 부도상태나 다름이 없겠군요. 죄송하지만, 피해를 최소화할 수 있는 방도가 있겠습니까?"

문기석은 외환위기를 피하기에는 이미 시기를 놓쳤다는 경환의 말에 동의하지 않을 수 없었다. 이미 한국은 깊은 수렁에 빠져 있다는 것을 체감하고 있었기 때문이었다. 문기석은 자신이 책임을 지더라도 피해를 최소화하고 싶었다. 경환은 그런 문기석의 모습에서 진심을 느꼈다.

"서두에서 말씀드렸듯이 막을 수는 없습니다. 그러나 제2의 멕시코가 되지 않기 위해서는 지금 당장 시장 환율제를 도입해야 합니다. 1년 전에 움직였다면 900원대에서 조정되었겠지만, 지금 상황에서는 1,100원에서 1,200원대로 조정이 될 것입니다. 또한, 부실한 종금사들에 대한 통제 기능을 강화해 단기 외채의 폭을 줄이고, 오성그룹이 기아자동차를 합병하려는 계획을 사전에 방지하십시오. 이러한 노력이 없다면 한국은 디폴트 선언이나 IMF에 구제금융을 신청하는 방법밖에는 없을 겁니다. 이런 사태가 오게 된다면 한국의 공기업과 우량기업들은 해외자본에 종속되게 될 것입니다."

긴 한숨을 내뿜으며 회의실 천장을 하염없이 바라보던 문기석은 이마에 손을 얹었다. 정치적 입지를 위해 박재윤 수석의 경질을 막지 못했던 것이 너무나 부끄러웠다.

"이, 이런 말도 안 되는 말로 한국 정부를 기만하지 말아요. SHJ가 뭘 노리고 이런 헛소리를 하는지 모르겠지만, 절대 좌시하지 않을 겁니다."

강석주는 분을 이기지 못하고 자리에서 일어나 경환에게 삿대질해 대고 있었지만, 경환은 그런 강석주를 비릿한 웃음을 보이며 빤히 쳐다보고만 있었다.

"강 장관, 당신은 가만히 있어! 당신은 지금까지 직무유기를 한거야. 내 정치 생명을 걸고 당신은 가만두지 않을 테니까."

강석주를 향한 문기석의 분노는 극에 달해 있었다. 분위기가 심상치 않음을 느낀 강석주는 얼굴을 돌리며 자리에 앉을 수밖에 없었다.

"지금 당장 한은총재와 금융연구원장을 청와대로 호출하도록 해."

회의를 마친 경환은 일행들과 함께 호텔로 돌아왔다. 많은 기업이 SHJ와의 만남을 요청하며 연락해 오고 있었지만, 경환은 기업들의 요청에 응하지 않았다. 특히 오성그룹에서는 집요할 정도로 접근해 오고 있었다.

"한국 정부에서 움직이게 될까요? 지금 움직인다 하더라도, 상당한 피해는 감수를 해야 할 텐데요."

"강석주와 문기석의 파벌 싸움에서 누가 승리를 하느냐에 달려 있다고 봅니다. 한국의 정치권이 복잡하게 얽혀있다 보니 쉽게 장담을 할 수는 없어 보이네요."

문기석이 회의를 주도했다고는 하지만, 곳곳에 숨겨져 있는 강석주의 지원세력들을 무시할 수도 없는 상황이었다. 한국의 외환위기는 두 사람의 파워게임의 향방에 따라 달라지겠지만, 경환은 더 이상은 관여할 생각이 없었다.

"그래도 좀 아쉽기는 하네요. 한국 정부의 결정에 따라 우리의 움직임도 달라져야 할 거 같습니다. 그러나 저는 제임스의 결정을 지지하겠어요."

"고마워요, 린다. 그래도 적지 않은 혜택을 한국 정부로부터 얻어 냈으니 우선은 그걸로 만족합시다. 한국 정부가 움직인다 하더라도 주가 폭락은 막을 수 없을 겁니다. 우량기업을 선정해서 지분을 확보하는 쪽으로 방향을 잡아 보도록 하세요."

린다는 혹시라도 한국 정부가 경환의 제안대로 움직이게 된다면 그동안 준비한 투자전략을 전면적으로 수정해야 한다는 것이 못내 아쉬웠다. 물론 문기석과의 담판으로 SHJ가 투자해 설립한 법인이나 인수하는 기업에 대한 법인세를 5년간 전액 면제받고 10년간 50% 감면을 받는 조건과, 휴대폰 제작업체 인수를 승인한다는 조건을 받은 게 그나마 위안이라고 할 수 있었다.

"사장님, 타케우치 부장과 박화수 사장이 도착했습니다."

하루나의 안내에 코이치와 박화수가 들어왔다.

"자리에 앉으십시오. 두 분 고생 많으셨습니다."

코이치는 박화수의 도움을 받으며 법인 설립에 따른 사전 작업을 진행하고 있었다. JSC 서울사무소에 근무한 경력이 있어서인지, 코이치는 큰 무리 없이 법인 작업을 소화해 내고 있었다. 경환의 맞은편에 앉은 두 사람은 그동안의 진행 상황을 간단히 보고하며 추후 지시사항을 기다리고 있었다.

"기초 조사는 다 되었습니다. 청와대의 지시를 직접 받아서인지는 모르겠지만, 관공서도 협조적인 모습을 보이고 있습니다. 법인 작업이 시작되면 두 달 안에 절차를 완료할 수 있을 거 같습니다."

"다행이네요. 문기석 실장이 신경을 많이 쓰긴 한 거 같습니다. 법인 작업을 진행하면서 어떠한 뒷거래도 용납하지 않을 생각이니 타케우치 부장님은 이 점 명심하시기 바랍니다."

"무슨 말씀이신지 알겠습니다. 정치권에 끌려다닐 일은 만들지 않겠습니다."

한국에서 기업을 키우려면 관공서와 정치권의 결탁 없이는 불가능하단 것을 경환은 알고 있었지만, 정치권에 목줄을 잡힐 생각은 전혀 없었다.

"강석주 장관의 비호 세력이 방해할 수도 있으니, 박 사장님과 타케우치 부장님은 항상 신경을 쓰셔야 할 겁니다. 한국이 아니더라도 우리를 유치하기 위해 접촉을 시도해 오고 있는 곳에 있다는 걸 이용해서 그들에게 끌려다니지 마세요."

강석주가 이대로 물러나지 않을 거란 생각이 들었지만, 경환은 크게 신경을 쓰이지는 않았다. 현재 일본은 적극적으로 SHJ를 끌어들이기 위해 정부가 직접 나서고 있었기 때문에, 한국 정부가 약속을 지키지 않는다면 미련을 버릴 생각이었다.

"그리고 현재 SHJ-화성플랜트의 특수플랜트 설계에 대한 노하우는 새로 설립될 SHJ엔지니어링으로 이관작업을 서두르도록 하세요. 본사에서도 KBR과 JSC, KENTZ에서 이전된 기술을 이관토록 하겠습니다."

경환의 지시사항을 듣고 있던 린다는 입 주위를 만지며 깊은 고민에 빠져들었다. 경환이 모국인 한국에 너무 집착한다는 생각을 지워버릴 수 없었기 때문이었다. 그동안 경환의 폭주에 쓴소리를 마다치 않았던 린다였지만, 이번만큼은 조심스러울 수밖에 없었다. 한참을 망설이던 린다는 입에서 손을 내리며 입을 열었다.

"사장님께서 한국에 대한 애착이 많다는 건 충분히 이해가 됩니다. 그러나 그 이전에 SHJ의 수장이란 사실을 기억해 주셨으면 합니다. SHJ의 투자가 너무 한국에만 집중되고 있다는 게 우리의 약점이 될 수도 있습니다. 한국이 남북이 분단되었고 정치적으로 안정되지 않은 나라라는 것을 기억해야 한다고 봅니다."

경환은 린다의 조언에 사심이 없다는 걸 알고 있었다. 황태수와 더불어 SHJ 안에서 자신을 제어할 수 있는 인물인 린다를 인정하고 신뢰했다. 경환은 심각한 표정으로 자신을 바라보는 린다에게 고개를 끄덕였다.

"지적해 줘서 고마워요. 아시아는 SHJ로서도 포기할 수 없는 지역입니다. 시장성으로만 보자면 중국에 진출하는 게 올바른 선택이라고 할 수 있지만, 한국이나 일본보다도 제어하기 어려운 나라가 중국이라고 생각합니다. SHJ 아시아 본부는 한국과 일본, 두 곳의 상황의 지켜보며 결정을 할 생각입니다."

경환은 자신이 한국인이란 사실에서 벗어날 수 없다는 걸 알면서도, 자신이 가장 먼저 지켜야 할 곳은 SHJ란 것을 가슴에 새겼다.

"타케우치 부장님은 법인 작업을 시작하세요. 자본금은 1,000억 원으로 하시고, 자본금 납입은 한국의 환율변동 추이를 지켜보며 본사에서 결정하게 되겠지만, 올 연말은 넘기지 않을 겁니다."

"알겠습니다. 저는 계속 남아서 투자법인 설립을 진행하도록 하겠습니다."

요동치는 한국 경제와는 상관없이 창밖으로 보이는 한강은 평온해 보이기까지 했다. 투자에 대한 세부사항을 조율하기 위해 직원들이 빠져나가고 있을 때, 하루나가 조용히 다가와 휴대폰을 건넸다.

"사장님, 대현중공업의 정상길 사장입니다."

생각보다 이른 전화에 경환은 급히 휴대폰을 받아들었다.

"이경환입니다. 네, 네. 그렇게 하도록 하겠습니다."

평일이라서 그런지 서울의 도심은 차량의 홍수 속에 가다 서기를 반복하고 있었다. 경찰차의 캄보이를 정중히 거절한 경환은 경호원 일부만 대동한 채 대현그룹이 있는 계동에 도착했다. 이미 대현그룹의 정문 앞에는 정상길이 나와 경환을 반갑게 맞아주었다.

"바쁘신데 이곳으로 오시게 해서 죄송합니다."

"아닙니다. 호텔에만 있어 답답했습니다. 오랜만에 서울 시내를 나오게 돼서 나쁘지만은 않았습니다."

기업들의 면담을 모두 거절하고 있는 상태에서 경환의 일거수일투족은 여러 눈으로 관찰되고 있었기 때문에, 이번 대현그룹 방문은 다른 그룹이나 정부의 촉각을 곤두서게 하는 일이라는 것을 알고 있었지만, 경환은 정상길의 제안을 순순히 받아들였다.

"저희 회장님께서 이 사장님을 꼭 한번 뵙고 싶어 하셨습니다."

경환을 여기까지 오게 한 것이 미안했던지, 그룹 회장실에 들어설 때까지도 정상길은 경환의 비위를 맞추기 위해 애를 쓰고 있었다. 그룹 회장실 안에서 얼굴에 검버섯이 가득한 노쇠한 인물이 자리에서 일어나 경환을 향해 악수를 청했다.

"말씀 많이 들었습니다. 대현그룹을 이끄는 정규병이라고 합니다."

"처음 뵙겠습니다. SHJ 사장 이경환입니다."

한국의 건설신화의 주인공을 마주한 경환은 고개를 숙여 정규병이 내민 손을 잡았다. 지난 대선 참패의 여파로 문민정부의 집중견제를 받아서인지 초췌해 보이기까지 했지만, 날카로운 눈빛만큼은 예사롭지 않았다.

"대현그룹을 방문해 주셔서 감사합니다. 이경환 사장과의 회의가 끝난 후 청와대가 발칵 뒤집혔다는 소식을 들었습니다. 한은총재와 금융연구원장까지 소환되었다고 하더군요. 문 실장과 강 장관 둘 중 하나는 옷을 벗게 될 거란 소문도 들리던데, 대단하십니다."

경환은 어이가 없었다. 반나절도 지나지 않은 상태에서 회의의 내용과 결과가 이미 대현그룹에까지 알려질 정도로 레임덕이 심각하다는 것에 기가 막힐 따름이었다. 정부의 견제를 받는 대현그룹까지 소식이 들어갔다면, 자신이 거론한 기아자동차 건으로 인해 오성그룹은 비상이 걸리고도 남았을 거란 생각에 경환은 쓴웃음을 지을 수밖에 없었다.

"글쎄요. 결과는 아무도 장담을 할 수 없다고 생각합니다. 단지 예측을 할 뿐이지 실제로 상황이 발생한 것은 아니니까요."

정규병은 아직 서른밖에 되지 않은 경환의 눈을 쳐다보았다. 자신의 눈을 흔들림 없이 똑바로 마주 보며 질문을 교묘히 피해 가는 경환의 모습에 정규병의 입가엔 가벼운 미소가 흐르기 시작했다.

"우리 대현중공업과의 합작을 성공한 이후, 그룹 전체에 대한 컨설팅 의뢰를 한 것으로 아는데 사업이 진행되지 못해 아쉽게 생각합니다."

"다 때가 있는 법이라고 생각합니다. 급하게 먹는 떡이 체한다는 말도 있지 않습니까? 저는 대현그룹의 행보를 지켜보고 있었습니다."

"하하하, 그럼 이제 때가 되었다고 판단을 내린 거군요. 반도체와 함께 휴대폰 제조부문은 우리 대현그룹에서 집중적으로 육성하고 있는 사업이란 것도 잘 아실 거 같은데요."

정규병은 경환의 반응을 일단 한번 찔러보았다. 경환은 정규병의 허세에도 표정의 변화 없이 정규병을 바라보며 탁자 위에 놓인 커피를 한 모금 넘겼다.

"그럼 육성을 하시면 되겠군요. 저는 금성반도체를 먹기 위해 차기 정권에 줄을 대고 있는 줄 알았습니다. 반도체를 먹기 위해선 사업성이 떨어지는 휴대폰 제조부문이 골칫거리가 될 텐데 따로 육성계획을 가지고 있으실 줄은 몰랐습니다."

정규병은 정상길의 보고를 받았을 때만 해도 SHJ가 물밑작업 중인 반도체 통합계획을 알고 있다는 사실을 믿지 않았다. 정규병은 눈 한번 깜빡이지 않고 자신을 앞에 두고 육성을 해 보라고 도발하는 경환을 한참 동안 바라보고 있었다. 나이는 어리지만, 결코 만만하게 대할 상대가 아니란 것을 깨달았다.

"흠, 흠. SHJ의 정보력이 대단하다고 하더니, 허장성세가 아니군요. 내이 사장을 시험해서 미안합니다. 한 가지 묻겠습니다. 만약에 반도체가 통합된다면 사업적 가능성은 어느 정도라고 봅니까?"

"아직 제가 드린 제안에 회장님의 답을 받지 못했습니다. 비록 나이는 어리지만, 저도 한 기업의 오너란 점을 이해해 주시기 바랍니다."

아직 정규병의 위치엔 미치지 못하고 있지만, 경환은 숙이고 싶지 않았다. 아직도 SHJ를 컨설팅 기업으로 대하는 것이 못마땅했던 경환은 정규병과의 만남을 질질 끌 생각이 전혀 없었다.

"대현그룹의 골칫거리를 SHJ가 떠안겠다는 게 싫으시다면, 저도 미련을 버리겠습니다."

태도를 바꿔 강경한 발언을 하자, 정규병의 기세는 한풀 꺾일 수밖에 없었다.

"허허, 내가 이길 수 있는 싸움이 아니군요. 아까 한 질문의 답변과 대현중공업과의 플랜트합작을 이어간다는 조건이라면, SHJ가 제시한 금액에 휴대폰 제조부문을 넘기도록 하겠습니다. 답변해 주시겠습니까?"

정규병은 무슨 이유로 오성그룹이 SHJ와의 합작에 매달리는지 알 수 있을 거 같았다. SHJ와의 끈을 이어가며 합작을 추진한다면, 휴대폰 제조부문을 넘기는 게 전혀 아깝지 않다는 계산을 이미 마친 상태였다. 경환은 아무리 정규병의 확답을 받았다 하더라도 반도체 부문은 망한다는 말은 할 생각이 없었다.

"우선 회장님의 결단에 감사드립니다. 먼저 반도체 통합 부문은 회장님의 뜻대로 흘러가게 될 거라고 저희는 판단하고 있습니다. 그러나 대현그룹은 건설과 중공업으로 잔뼈가 굵은 기업인만큼, 반도체나 전자와 같은 세밀함이 필요한 업종과는 맞지 않는다고 분석하고 있습니다. 결과적으로 오성전자를 누르기 위해선 더 많은 노력이 필요할 것입니다."

정규병은 고개를 끄덕여 경환의 의견에 동의를 표했지만, 대선 패배 후 그룹의 성장이 급속도로 위축된 상태에서 차기 정권과의 밀약을 위해서라도 반도체 통합작업은 진행할 수밖에 없었다. 두 사람의 대화를 가슴 졸이며 듣고 있던 정상길은 극적인 합의가 이뤄지게 되자 굳었던 얼굴을 펼 수 있었다.

"자, 인수절차에 대한 세부 사항은 밑에 직원들에게 맡기고, 가볍게 술 한잔 하러 나갑시다."

몸이 불편한 정규병을 대신해 경환을 접대하려는 정상길이 자리에서 일어났지만, 경환은 정중히 정상길의 요청을 거절할 수밖에 없었다.

"죄송합니다. 오늘 저녁은 식구들과 할 예정입니다. 그리고 회장님께 드릴 말씀이 하나 더 있습니다."

경환은 나가려던 발걸음을 멈춰 자신을 배웅하려 일어서는 정규병을 바라보았다.

"너무 수구초심에 매달리다 보면 자신이 이뤄 놓은 것을 허물 수도 있습니다. 차기 정권이 들어서게 되면 회장님께서는 이 문제에 대해 고민하시게 될 겁니다. 현명한 결단을 하시길 바랍니다."

차기 정권이 들어선 후, 그룹이 대북사업에 모든 역량을 집중하다가 결국 조각나게 된다는 사실을 직접 말해 주고 싶지는 않았다. 정규병은 느닷없이 수구초심에 대해 장황하게 설명하는 경환의 의중을 파악하지 못해 고개를 갸우뚱했다.

오성그룹에는 때아닌 찬바람이 몰아치고 있었다. 극비로 진행되고 있던 기아자동차의 합병전략이 경환에 의해 낱낱이 공개되면서 청와대에선 강석주를 배제한 대책회의가 지금까지 진행되고 있었고, 문기석의 묵인하에 일부 언론에까지 정보가 흘러들어 가는 상황이었다. 그룹 회장인 이형우는 심각한 표정을 감추지 않았다.

"도대체 SHJ가 우리와 각을 세우는 이유가 뭐라고 생각합니까? 북미지역의 휴대폰 독점권을 줬고, 플랜트입찰도 공동으로 성공했는데 무슨 문제가 있다는 겁니까?"

건설 사장인 이수혁과 전자 사장인 이세일은 이형우의 눈치만 살필 뿐 떨어지지 않는 입을 억지로 열 수 없었다.

"언론이야 물타기를 하면 된다고 치더라도 청와대가 주목하고 있다는 게 문제란 말입니다. 아무리 레임덕이 시작되었다고는 하지만, 기업 하나 죽일 시간은 충분하단 사실을 모르지는 않겠지요?"

이형우의 계속된 질책성 발언에 회의에 참석한 계열사 사장들은 고개를 들어 이형우와 눈을 마주칠 엄두를 내지 못하고 있었다. 조용히 상황을 파악하고 있던 기획실 실장인 탁주훈이 어렵게 입을 열었다.

"청와대의 노기는 얼마든지 다스릴 수 있다고 생각합니다. 그러나 문제는 우리의 예상을 뛰어넘는 정보력을 가진 SHJ와의 반목을 어떻게 푸느냐는 점입니다. 이경환 사장은 사업 초기만 하더라도 우리와 좋은 관계를 유지하려 노력했었습니다. 그러나 건설과 엔지니어링의 잘못된 판단으로 감정의 골이 생기기 시작했고, 전자에서 무리한 인수제안을 한 후부터 돌이킬 수 없는 관계가 되었다고 판단됩니다. 이번 기아자동차 인수 정보가 청와대에 흘러들어 간 원인도 이것이라고 생각합니다."

"그게 무슨 말입니까? 이수혁 사장이 자세하게 설명을 해 보세요."

SHJ의 인수제안은 자신의 지시로 진행되었기 때문에 어느 정도 알고 있었지만, 건설과 엔지니어링과의 일은 보고받지 못했던 내용이었다. 이형우의 불같은 노여움에 이수혁은 눈을 질끈 감았다. 이수혁은 깊은 한숨을 내쉰 후 화성플랜트의 제안을 거절한 내용과 KBR과의 물밑접촉, 엔지니어링의 화성플랜트 합병 실패에 대한 내용을 설명했고, 이형우는 얼굴색이 급변해 주먹을 쥐어 탁자를 내리쳤다.

쾅, 쾅.

"도대체 무슨 일을 그 지경으로 만든 겁니까?"

이형우의 분노에 이수혁은 연신 죄송하다고 연발하며 고개를 조아릴 수밖에 없었다. 화성플랜트가 KBR과 기술이전 계약을 체결할 때만 하더라도 경환이 이 정도로 사업을 키우리라고는 전혀 예상하지 못했었다. 황태수의 의견을 무시하고 그를 회사에서 밀어낸 것을 후회해 봤지만, 이미 상황은 최악으로 치닫고 있었다.

"회장님, 문제는 저희가 미래 산업으로 투자를 집중하고 있는 휴대폰과 단말기 부문에 SHJ가 직접 연관이 되어있다는 점입니다. 우리가 CDMA를 포기하고 GSM에 집중한다면 간단한 문제지만, 올해부터 PCS 사업이 시작되고 러시아와 중국, 북유럽이 CDMA방식을 도입하려고 움직이는 마당에 황금시장을 포기할 수는 없습니다."

탁주훈의 말이 끝나자 이형우는 지끈거리는 머리를 손으로 눌러가며 인상을 쓰기 시작했다. 퀄컴의 투자요청을 받아들이고 발 빠르게 인수를 추진했다면 오늘 같은 상황은 벌어지지 않았겠지만, 자신이 간을 보는 사이에 퀄컴은 SHJ의 손아귀에 들어가 버렸다. 30억 달러 규모의 타운을 조성할 정도로 규모가 커진 SHJ는 오성그룹이 어찌해 볼 수 없는 곳으로 멀찌감치 도망가 있었다.

"이세일 사장, 전자는 아직 SHJ와 관계를 맺고 있다고 생각하는데, 틀어진 상황을 개선할 방안이 있습니까?"

이세일은 회장의 호출을 받았을 때부터 SHJ와 연관된 일이라 예상하고 답안지를 만들어 왔다는 것에 가슴을 쓸어내렸다. 이수혁이 회장의 질책에 사정없이 박살나는 것을 지켜본 이세일은 준비해온 자료를 넘기며 숨을 고르기 시작했다.

"현재 우리는 SHJ, MS와 함께 WIP 개발에 공동으로 참여하고 있습니다. 또한, SHJ-퀄컴과의 관계도 아직은 금성전자보다 앞서 있다고 판단됩니다. 주목할 것은 SHJ가 휴대폰 제작에 적극적으로 참여하고 있다는 점입니다. 물론 경쟁해야 하긴 하지만, 디자인과 기능 면에서는 저희가 아직 앞서 있습니다. 이런 점을 이용해 우리는 디자인과 기능, SHJ는 기술적인 측면에서 합작을 추진한다면 플랜트에서 틀어진 관계를 회복할 수 있다고 생각합니다."

이수혁은 자신을 한 번 더 죽이는 이세일을 어이없다는 듯 바라보았지만, 이세일은 그의 시선을 무시해 버렸다. 우선은 자신이 살아남아야 했다. 이세일은 GSM 측이 개발하는 WAP과의 경쟁을 위해서라도 오성전자를 버릴 수 없다고 생각했지만 SHJ가 준비한 새로운 형태의 휴대폰에는 생각이 미치지 못했다.

"이제부터 SHJ와의 문제는 비서실과 기획실에서 직접 챙기도록 하세요. 각 계열사, 특히 건설과 전자는 SHJ와의 개별 접촉을 금하겠습니다. 그리고 탁 실장은 이경환 사장과의 면담을 급히 추진해서 보고하시고요."

탁주훈은 경환이 한국에 오기 전부터 SHJ와의 만남을 추진하고 있었다. 아무런 답변을 얻지 못하던 마당에 이형우의 지시까지 받게 되자 좌불안석이 되었다. 그때, 회장실 문이 조용히 열리고 메모지 한 장이 자신의 탁자 위에 놓였다. 무의식적으로 메모지를 확인한 탁주훈은 놀라지 않을 수 없었다.

"저, 회장님. 이경환 사장이 호텔에서 나와 지금 대현그룹을 방문했다고 합니다. 어떤 목적이 있는지는 확인되지 않고 있습니다."

"뭐라고요? 대현그룹이라고요? 하, 남의 집을 휘저어 놓고 태연하게 옆집을 찾아가는 저의가 도대체 뭐라는 겁니까?"

흥분한 이형우는 회의실에 모인 사람들을 닦달했지만, 다들 꿀 먹은 벙어리가 될 수밖에 없었다.

오성그룹이 경환의 파격적인 행보를 해석하기 위해 동분서주할 때, 경환은 숙소인 호텔에 도착해 휴식을 취하고 있었다. 하루나는 경환의 곁을 지키며 방을 떠나지 않았다.

"하루나, 쿡 부사장과 제이콥스 사장이 돌아온 거 같은데 두 분을 불러주시고 방에 가서 쉬도록 해요."

"아닙니다, 사장님. 저는 괜찮습니다."

룸과 거실이 분리된 스위트룸이라 하더라도 같은 방에 계속 있다는 것이 부담되었지만, 하루나는 통 움직일 생각을 하지 않았다. 폰택과 인수 협상을 마치고 돌아온 린다와 어윈은 경환의 호출을 받고 급히 객실로 찾아왔다.

"폰택의 박 사장은 어떻습니까?"

"야망이 큰 사람이라는 느낌을 받았습니다. 우리의 제안을 단번에 거절하더군요."

오성과 금성의 틈바구니에서 유일하게 중소기업으로 휴대폰 사업에 뛰어든 폰택은 급성장하는 상태였기에 SHJ의 인수제안에 큰 관심을 보이지 않았다. 오너가 30대 중반으로 저돌적이고 야망이 있다고 생각한 경환은 자신의 제안을 받아들이지 않을 것이란 판단을 이미 하고 있었고, 단지 대현그룹을 압박하기 위한 수단으로 폰택과 접촉을 시도했기에 큰 실망은 하지 않았다.

"대현그룹의 휴대폰 제조부문을 인수하기로 정규병 회장과 합의를 했습니다. 두 분은 실사팀을 구성해서 빨리 인수를 마무리하시기 바랍니다. 인수 대금은 원화로 1,000억 원이니 한국의 환율변동을 주시하면서 대금 납입 시기를 결정하시면 될 겁니다."

"어렵다고 생각했었는데 의외로 쉽게 합의가 되었군요."

"그냥 넘겨 준 건 아닙니다. 반도체를 통합하기 위해서도 휴대폰 사업은 정리돼야 했을 겁니다. 또한, 우리와의 플랜트 합작으로 재미를 봤기 때문에 휴대폰보다는 플랜트를 키우겠다는 생각이 있었겠지요."

정규병이 아무런 계산 없이 휴대폰 사업을 SHJ에 넘겼다고 생각하지는 않았다. 건설과 자동차, 중공업이 강세인 대현그룹에게 전자는 무리일 수밖에 없었다. 반도체와 대북사업으로 큰 곤욕을 치르게 될 대현그룹이었기에, 경환은 대현건설이 아닌 대현중공업과의 플랜트 합작에만 동의한 상태였다.

"알겠습니다. 휴스턴과 샌디에이고에서 직원들을 불러들이겠습니다. 당분간 제가 서울에 남아 진두지휘를 하겠습니다."

"그렇게 하세요. 쿡 부사장님이라면 제가 안심할 수 있겠군요. 그리고 제이콥스 사장님, 휴대폰 신모델은 언제쯤 확인할 수 있겠습니까?"

"지난번 보고드렸듯이 준비는 끝난 상태입니다. 일부 디자인 수정 작업만 완료되면 시제품을 확인하실 수 있으실 겁니다. 사모님의 도움이 가장 컸습니다."

경환의 아이디어이긴 하지만, 수정이 도안한 모델은 기존의 휴대폰 제품을 뛰어넘는 획기적인 디자인이었다. 경환은 알과 카일이 훈련한 10명의 보안팀을 파견할 정도로 신경을 쓰며 제작에 심혈을 기울였다.

"수고하셨습니다. 미국에 돌아간 후 시제품을 확인할 수 있도록 준비해 주시고, 쇼케이스는 최대한 화려하게 준비하십시오."

"알겠습니다."

"SHJ타운이 건설되면 휴스턴으로 이전해야 하는데 직원들의 반응은 어떻습니까?"

SHJ-퀄컴이 하루가 다르게 성장세를 보이자 경환의 마음은 다급할 수밖에 없었다. SHJ의 핵심인 SHJ-퀄컴을 마냥 샌디에이고에 둘 수 없었던 경환은 최석현을 독촉해서라도 올해 안으로 휴스턴으로 이주시킬 생각이었다.

"반발이 없지는 않았지만, 맞벌이 부부들의 고용문제를 해결해 주고 주택 구입에 우선권을 주겠다는 조건을 제시한 후로 많이 잠잠해졌습니다. 아직 샌디에이고 시 정부와의 문제가 남아있기는 한데, 크게 걱정하지 않으셔도 됩니다."

"다행입니다. 그동안 살아왔던 터전을 옮긴다는 게 쉽지 않다는 건 잘 알고 있습니다. 직원들의 불편한 점을 최대한 다독여 주세요."

경환은 이주에 망설이는 맞벌이 부부들의 고충을 해결하기 위해 원하는 배우자는 SHJ 계열사에 취업을 보장주기로 했고, 타운 내에 조성 중인 주택 구입에도 우선권을 제공하겠다고 약속해 직원들의 반발을 무마시켰다.

"오성그룹에서 계속 연락이 오고 있습니다. 사장님께서 답변을 주시지 않다 보니 저에게까지 하소연하고 있는데, 내일쯤 한번 만나시는 것도 좋지 않겠습니까?"

"계속 놔두세요. 이번 방문에서는 만날 생각이 없습니다. 아쉬우면 휴스턴으로 오라고 하십시오. 내일은 오성그룹보다 중요한 기업과 만나야 합니다. 대현그룹의 휴대폰 부문과 비교할 만큼 큰 사업이니 준비해 두세요."

경환의 머리엔 오성그룹이 차지할 공간이 남아있지 않았다. 박화수의 물밑작업을 통해 어느 정도 마무리를 해 두었던 사업을 차지할 수만 있다면, 애플의 경영자로 나선 스티브 잡스를 곤혹스럽게 만들 수도 있다고 판단하고 있었다.

"사장님, 양가 부모님들이 도착하실 시간입니다."

"시간이 벌써 이렇게 되었군요. 대현그룹의 일은 두 분께 맡기겠습니다. 신모델이 한국과 미국에서 동시에 생산될 수 있도록 서둘러 주세요."

회의를 마친 경환은 서둘러 호텔을 나섰다.

"죄송합니다. 제가 찾아뵀어야 했는데, 주위의 시선 때문에 번거롭게 해 드렸습니다."

"괜찮다. 네가 쉽게 움직이지 못한다는 걸 알고 있었다."

"이 서방, 괜찮아. 언론이 주목할 정도로 성장한 자네가 늘 자랑스럽네."

경환은 호텔 앞에 진을 치는 기자들과 수많은 눈 때문에 양가 부모님을 호텔로 모실 수밖에 없었다. 다행히 경환의 아버지와 장인이 사정을 충분히 이해해 주어 마음은 한결 가벼워졌다. 양가 부모님을 모시고 지하 중식당을 다시 찾자, 홍보 효과를 톡톡히 보고 있는 총지배인은 경환의 곁을 떠나지 않았다. 총지배인의 감독하에 준비된 음식이 나오자 화기애애한 분위기에서 식사가 시작되었다.

"경환아, 정우와 희수가 너무 보고 싶구나. 조만간 사돈과 함께 미국에 가야겠다."

"거, 당신은 쓸데없이 왜 미국에 자꾸 가겠다고 그래. 얘가 얼마나 바쁜지 방송을 봐도 몰라? 바쁜 애 정신 사납게 하지 말고 좀 가만히 있어."

아버지의 핀잔에 머쓱해진 어머니를 경환은 웃으며 바라보았다.

"얼마나 보고 싶으시면 그러시겠어요? 다음 달 비행기로 어머니와 장모님 일정을 준비해 드릴게요. 제가 진작 신경을 썼어야 했는데 죄송해요."

"이 서방, 고마워. 희수를 보고 온 지 얼마 되지 않았지만, 계속 눈에 밟히고 있었거든."

경환은 어머니와 장모님의 밝은 모습을 흐뭇하게 바라보며, 회귀 전과 달라진 자신의 삶을 다시 한 번 느낄 수 있었다. 희생이 있긴 하지만, 경환은 다시 찾은 인생을 후회하지 않았다. 식사가 끝나고 늦은 저녁까지 부모님들과 시간을 보낸 경환은 오랜만에 가족들의 정을 느끼며 고단했던 하루를 정리했다.

"래리, 오늘은 인터뷰가 몇 건이야? 난 벌써 10명이 넘었어. 인터뷰는 슈미트 사장이 해야 하는 거 아냐?"

세르게이는 손에 들려 있는 이력서를 래리 앞에 던지며 하소연을 늘어놓았다. 구글의 서비스가 시작되고 주춤하던 가입자 수는 SHJ의 철저한 홍보 덕분인지 수직 상승했지만, 기존 검색사이트를 넘기에는 한참 부족한 상태였다. 에릭은 미래를 준비하기 위해 대대적인 인원확충과 설비의 증강을 SHJ에 요청했고, 경환은 에릭의 요청을 아무런 조건 없이 받아들였다. 연구실에서 살다시피 하던 래리와 세르게이는 할당된 잡 인터뷰를 소화하느라 울상이었다.

"우는 소리 하지 마. 나도 오늘만 15명과 인터뷰를 해야 해. 슈미트 사장은 20명이라고 하더라고. 제임스의 뜻이라니 하소연할 곳도 없고…… 미치기 일보 직전이야."

IT분야에 막대한 투자를 하는 기업이라는 소문에 미국 전 지역에서 온 지원자가 넘쳐났다. 그중에서도 실리콘밸리의 고급인력을 충당하는 스탠퍼드대와 버클리대의 지원자가 특히 많았다. IT 열풍이 불고 있는 상황에서 이례적일 정도였다. 래리는 다음 인터뷰를 할 사람의 이력서를 쳐다보며 고개를 갸우뚱거렸다.

"세르게이, 이번에 인터뷰할 친구가 재밌는 친구네. 제임스와 같은 한국 출신이야. 아직 대학도 마치지 않은 상태고."

"한국 대학은 아직도 코볼과 C언어에서 벗어나지 못하는 수준 아닌가? 특별한 게 있겠어?"

"그렇긴 한데, 군대를 다녀온 경력이 있고 의지도 상당히 강한 거 같아. 이번 인터뷰를 위해 한국에서 직접 온 걸 보면."

"내가 맡은 인터뷰는 아니니, 네가 알아서 해. 난 그만 간다! 나중에 맥주나 한잔 하자."

세르게이는 귀찮다는 듯이 뒤도 돌아보지 않고 빠르게 래리의 연구실을 빠져나갔다. 지원자 대부분의 조건이 화려한 것에 비해 한국에서 온 대학생의 이력서는 초라하기 그지없었다. 처음 우편으로 배달된 이력서를 열어 봤을 때만 해도 큰 관심을 두지는 않았지만, 그 속에 담긴 지원자의 열정을 확인한 래리는 숙소란에 적힌 모텔에 전화를 걸어 직접 인터뷰 날짜를 통보하고야 말았다.

"미스터 스캇 리와의 인터뷰를 진행하겠습니다. 들여보내세요."

인터폰이 끊기자 연구실 문이 열리고 동양인치고는 큰 체격의 사내가 들어왔다.

"반갑습니다. 스캇 리라고 합니다."

"SHJ-구글에 오신 걸 환영합니다. 미스터 리의 인터뷰를 맡은 래리 페이지라고 합니다."

서글서글한 웃음을 보이며 자리에 앉은 스캇은 전혀 주눅드는 모습이 아니었다. 래리는 낯설지 않은 스캇을 보며 고개를 갸우뚱했지만, 이내 동양인들은 생김새가 비슷하다는 생각으로 넘겨 버렸다.

"미스터 리, 한국 대학에서 전산학과를 전공하고 계시더군요. 우리는 서비스를 시작한 지 얼마 되지 않은 기업입니다. 어떻게 지원하게 되었습니까?"

"컴퓨터 공학을 전공하면서 프로그래밍 언어에 관심을 많이 가지고 있었습니다. 이왕이면 큰물에서 놀아보고 싶다는 생각에 졸업하기 전이지만 관광비자로 무작정 미국에 건너왔습니다. 사실 SHJ-구글에 처음 이력서를 제출한 것은 아닙니다. JAVA의 매력에 빠져 선마이크로시스템에 지원했지만, 통과하지 못했습니다. SHJ-구글은 두 번째로 지원한 회사입니다."

유창한 영어 실력은 아니었지만, 이해 못 할 정도는 아니었다. 지원자 대부분이 SHJ-구글의 발전 가능성을 언급하며 자신의 능력을 과대 포장하려는 것에 비해, JAVA를 언급하며 선마이크로시스템에 떨어져서 지원했다는 스캇의 솔직한 표현에 래리는 가벼운 미소를 보였다.

"평소 프로그래밍 언어에 관심을 보였다니 의외군요. 한국 대학의 수준을 잘 알지 못하는데 설명을 해 주시겠습니까?"

"한국 대학의 수준보다는 제가 공부한 내용을 설명하겠습니다. 코볼과 C언어는 기본이고 포트란, 파스칼, C++, 오브젝티브-C 까지 습득한 상태입니다. 개인적으로는 JAVA에 빠져있는 상태고요."

스캇의 대답에 래리는 의외라는 생각이 들었다. 한국의 컴퓨터공학 수준은 초보 단계라고 알고 있었기 때문이었다. 자신의 생각이 틀렸을 수도 있다고 판단했지만, 면밀히 살펴본 스캇의 능력은 자신이 요구하는 선에는 미치지 못했다.

"솔직히 말씀드리면 당신의 능력과 우리가 원하는 수준은 좀 차이가 있습니다."

"제가 한참 모자란다는 것은 잘 알고 있습니다. SHJ가 퀄컴을 인수하고 구글을 설립한 것은 미래 산업을 육성하겠다는 의도라고 생각합니다. 두 업체에서 얻을 수 있는 시너지 효과가 뭔지 생각하다 하나의 결론을 얻을 수 있었습니다."

래리는 스캇의 답변에 관심을 두기 시작했다. 자신도 무턱대고 경환을 찾아가 자신에게 투자하라는 소리를 하지 않았다면 지금의 자리는 오지 못했으리라 생각한 래리는 스캇에게서 예전 자신의 모습을 봤다.

"그게 뭐라고 생각하십니까?"

"무선통신과 인터넷을 결합하는 새로운 방식의 OS를 개발하겠다는 거 아니겠습니까? OS를 개발하면서 기본이 되는 프로그래밍 언어를 만들지 않는다면 나중에 특허소송에 빠질 수도 있다고 생각합니다. 저는 아직 부족하지만, 새로운 프로그래밍 언어를 개발해 보고 싶습니다. 저를 써 주세요."

래리는 스캇의 답변에 정신이 번쩍 들었다. 그동안 인터뷰를 진행해 오면서 미래를 내다보는 답변을 들은 것은 처음이었다. 빈약한 능력과 유창하지 않은 영어 탓에 슈미트 사장이 반대하더라도 스캇을 자신의 사람으로 만들겠다는 충동에 사로잡혔다. 부족한 부분은 자신이 가르치면 된다고 생각한 래리는 결심을 굳히고 굳게 닫혀있던 입을 열었다.

"언제까지 미국에 있을 예정입니까?"

"사실 1주일 후면 체류기간이 끝나 돌아가야 합니다."

"좋습니다. 저와 같이 일해 봅시다. 한국에 돌아가서 주변을 정리하고 제 연락을 기다리세요. 취업비자는 우리가 해결해 놓겠습니다. 미스터 리를 퇴짜 놓은 선마이크로시스템을 제대로 엿 먹여 봅시다."

"감사합니다. SHJ-구글에서 제대로 놀아 보겠습니다."

자리에서 일어나 기쁨을 주체하지 못하는 스캇을 래리는 뜨겁게 포옹하며 반겨 주었다.

빡빡한 일정에도 수정과의 통화를 잊지 않았던 경환은 정우와 희수의 목소리를 확인한 후에야 수화기를 내려놓을 수 있었다. 나무가 우거진 호텔 주위를 산책하고 싶은 생각이 간절했지만, 아직도 진을 치고 있는 기자들 때문에 호텔 밖을 나선다는 것은 엄두도 내지 못하고 있었다. 아침 식사를 간단히 마친 경환이 업무를 시작하자 박화수가 조용히 다가왔다.

"사장님, 10분 후면 도착한다는 연락을 받았습니다."

"그래요? 우리도 준비해야겠네요. 쿡 부사장과 제이콥스 사장에게 준비하라고 전달해 주세요."

호텔에 마련한 회의실에 먼저 내려가 손님을 기다리는 동안 경환은 이번 출장의 백미를 장식한다는 생각에 가볍게 몸이 떨리는 것을 느꼈다. 얼마 지나지 않아 회의실 문이 열리고 세련된 중년의 여자가 아들로 보이는 30대 중반의 사내와 함께 들어왔다.

"반갑습니다. 이 회장님, SHJ의 대표를 맡은 이경환입니다. 이후의 대화는 영어로 진행한다는 점을 미리 양해 부탁하겠습니다."

"한새그룹을 맡은 이자영입니다. 이쪽은 이관우 부회장입니다."

가볍게 악수한 세 사람은 자리에 앉아 상대방의 의중을 파악하기 위해 지루한 탐색전을 펼쳤다. 경환이 한새그룹과 만남을 추진한 것은 수정의 휴대폰 디자인을 돕고자 기능을 설명하던 중 우연히 떠오른 기억 때문이었다. 한새그룹은 오성그룹과는 형제 관계로, 경영권 다툼에서 패배한 차남이 일찌감치 독립해 설립한 기업이었다. 처음엔 미디어그룹으로 시작했지만, 91년 창업자가 사망한 이후 부인이 경영권을 인계받아 제2의 창업이란 타이틀로 공격적인 경영을 진행하고 있었다. 오성그룹과는 지분을 완전히 정리한 후, 구미공장에 1조 원을 투자했지만, 올해부터 시작된 불경기와 섬유필름 사업의 침체로 경영은 서서히 악화되고 있었다.

"주변의 여건이 좋지 못한 관계로 두 분을 이쪽으로 모신 점 사과를 드리겠습니다."

"아닙니다. 이 사장님의 방한에 많은 기업이 관심을 둔다고 들었습니다. 이번 만남이 좋은 결과로 나타나기를 바랍니다."

차분한 이자영과는 달리 이관우의 표정은 거만해 보이기까지 했다. 경환은 그런 이관우를 보며 내실 있던 기업이 잘못된 투자와 인사로 허물어졌음을 파악했다. 자식이라고 준비되지 않은 사람에게 경영권을 넘겨준다면 잘 나가던 기업도 모래성처럼 허물어진다는 것을 여실히 보여주고

50

있었다.

"박화수 사장을 통해 저희가 드린 제안에 긍정적인 답변을 주셨다고 들었습니다. 저도 회장님과 마찬가지로 좋은 결과가 있기를 희망합니다."

"흠, 흠. SHJ가 원하는 것이 우리 한새정보시스템에서 개발한 MPEG 방식을 이용한 휴대용 음향재생장치 및 방법의 원천기술이라고 들었습니다. 조건을 조금 바꿔서 한새정보시스템을 인수하시면 어떻겠습니까?"

한새정보시스템은 MP3의 원천기술을 가지고도 제대로 사용을 하지 못하고, 특허 출원도 제대로 진행되고 있지 않았다. 무리한 투자로 자금 압박이 시작된 한새그룹 내에서도 특별한 성과 없이 연구개발비만 축내는 한새정보시스템은 미운 오리 새끼였다. 이관우는 이번 기회에 한새정보시스템을 치워버리려 했지만, 경환은 이관우의 뜻대로 움직일 생각이 없었다.

"한새그룹에서 특허 문제를 해결할 수 있다고는 보지 않습니다. 또한, 그 기술을 가지고 제작된 제품이 성공한다는 보장도 없는 상태고요. 이 부회장님은 저를 아주 쉽게 생각하시는 거 같습니다. SHJ를 그 정도로밖에 생각하지 않으셨다면 이번 만남은 큰 의미를 찾을 수 없겠군요."

이자영은 급히 이관우의 입을 틀어막았다. 오성그룹도 어쩌지 못해 애를 먹고 있는 경환을 이관우가 상대하는 것은 무리라는 것을 알고 있었다.

"제 아들의 생각이 짧았습니다. 사과드립니다. SHJ와 깊은 관계를 맺고 싶다는 의미로 받아들여 주셨으면 합니다."

"회장님께서 그렇게 말씀하시니 받아들이겠습니다. 솔직히 말씀드리자면 오성그룹을 견제하기 위해 한새그룹과 관계를 맺고 싶었기 때문에,

특허 문제도 해결하지 못한 기술을 원한 것입니다. 저희가 기술을 인수한다 해도 사장될 확률이 높습니다."

시제품으로 나온 앰피맨F10은 그룹 내에서도 성공 가능성을 낮게 보고 있었기 때문에 이자영은 SHJ가 기술을 원하는 이유를 이해할 수가 없었다. 오성그룹을 견제한다는 말이 경환의 입에서 나오자 그제야 고개가 끄덕여졌다. 필요 없는 기술을 팔고 SHJ와 인연을 맺게 된다면 오성그룹에게 당한 설움을 어느 정도 보상받을 수 있겠다는 생각이 이자영의 머리에서 떠나지 않았다.

"좋습니다. 이미 박화수 사장과 합의한 대로 50억 원에 기술을 넘기겠습니다."

특허 문제만 해결할 수 있다면 퀄컴의 CDMA 원천기술과도 맞먹을 수 있는 MP3 원천기술이 경환의 손에 들어오는 순간이었다. 경환은 미국의 대형 로펌을 동원해 이 원천기술의 라이선스 문제를 올해 안으로 해결할 생각이었다. 경환은 만세라도 부르고 싶었지만, 고민이 많은 듯한 표정을 지어 보이며 이자영을 불안하게 만들었다. 사실 50억 원은 가치에 비해 헐값이었지만, 이자영에겐 기술개발에 부은 투자금을 회수하고도 남는 금액이었기 때문이었다.

"약속했으니 지켜야 하겠죠. MOU는 생략하고 본 계약으로 바로 들어가도록 하시죠. 그리고 회장님께 무례한 점 사과드리겠습니다. 그런 의미로 SHJ에 부담이 되지 않는 선이라면 한새정보시스템 인수를 긍정적으로 검토해 보겠습니다. 원천기술 매각 계약이 체결되면 저희에게 오퍼를 넣어 주십시오. 밀고 당기는 일은 없을 겁니다. 오퍼 금액이 합당하지 않다고 판단되면 인수는 없던 일로 하겠습니다."

"감사합니다. 합당한 금액을 산출해 오퍼를 드리겠습니다. 앞으로 한새그룹과 SHJ는 같은 곳을 향하게 되겠군요."

이자영은 이 만남이 한새그룹의 돌파구가 될 수도 있다는 생각에 흥분하고 있었지만, 경환은 경영실패로 몇 년 지나지 않아 해체되는 한새그룹과 더는 볼일이 없었다. 회의를 지켜보던 린다와 어윈은 경환의 연기력에 벌린 입을 다물지 못했다. 출장 전 한새정보시스템의 원천기술을 분석한 어윈은 몇억 달러를 들여서라도 이 기술을 확보해야 한다고 침을 튀겨가며 주장했다. 그 기술을 1,000만 달러에도 미치지 못하는 금액으로 확보한 경환의 연기력은 감탄할 만했다. 한편으로는 자신도 그런 경환의 연기력의 희생자였을 수도 있다는 생각이 든 어윈은 씁쓸한 웃음을 지으며 창밖으로 흐르는 강물을 무심히 바라보았다.

어둠이 깔리기 시작한 무교동 뒷골목은 고단한 하루를 소주로 풀려는 샐러리맨들로 북적거렸다. 삼겹살이 구워지는 불판 위로 소주잔들이 넘나들었고, 넥타이를 풀어헤친 김 과장은 신규 사업 프레젠테이션에서 자신을 박살 낸 본부장을 안주와 함께 씹고 있었다.

"젠장. 어떤 새끼는 부모 잘 만나 힘들이지 않고 본부장 자리에 앉아, 손가락으로 지시나 하고 자빠졌고. 내 더러워서 정말⋯⋯"

"김 과장님, 적당히 좀 드세요. 그 인간 지랄하는 거 하루 이틀도 아니잖아요."

"아, 쓰바. 세상이 엿 같아서 그러는 거야. 곽 대리, 한 잔 더 따라 줘."

중견 기업에 다니는 두 사람의 상사로 미국으로 도피유학을 떠났던 사장의 아들이 본부장 직함을 달고 들어왔다. 본부장이 안하무인격으로 전횡을 일삼자 실력이 있는 직원들은 이미 회사를 떠났다. 지방대를 졸업하고 내세운 경력도 없는 김 과장에게는 이직이 그림의 떡일 수밖에 없었다.

"내가 취해서 하는 말이 아니야. 이 회사 오래 못 간다. 곽 대리 너도 살길부터 찾아."

이미 SHJ엔지니어링에 지원서를 제출해 최종 면접만 남겨 놓고 있었지만, 김 과장의 사정을 알고 있는 곽 대리가 그 사실을 말할 수는 없었다.

"제가 알아서 할게요. 과장님이야말로 살길을 찾아보세요."

"난 이미 결심했어. 밀린 월급만 들어오면 마누라 데리고 고향에 내려가 농사나 지을 거야."

경기가 급격히 나빠지고 거래처인 대기업들의 자금악화가 시작되면서 월급이 벌써 4개월째 나오지 않는 상황이었다. 적금까지 해약하며 근근이 버티고 있었지만, 그것도 이번 달이 한계였다. 두 사람의 술잔이 오가고 있을 때, 식당 안에 있는 TV에선 뉴스가 흘러나왔고 자연스럽게 두 사람의 눈은 TV를 향했다.

"김상철 기자. SHJ에서 공식 투자 발표를 했다고 하던데, 그 소식을 전해 주시기 바랍니다."

"네, 그렇습니다. 조금 전 SHJ의 린다 쿡 부사장이 총 8억 달러 규모의 투자를 공식 발표했습니다. 정확한 투자 부문은 밝히지 않았지만, SHJ의 주 업종인 플랜트와 무선통신 관련 사업이 되리란 얘기가 흘러나오고 있습니다. 정부는 SHJ의 투자를 적극 환영한다는 논평과 함께 관련 부서에 협조를 지시했습니다."

"SHJ의 이경환 사장과 만남이 이뤄진 뒤, 청와대가 급히 움직이고 있다는 소식이 있는데, 어떤 내용인가요?"

"경제 관련 인물들을 청와대로 불러 장시간 회의를 나눴다는 소식이 전해지고 있지만, 자세한 내용은 확인되지 않고 있습니다. 그러나 이 회의에 강석주 장관이 배석하지 않았다는 점에서 청와대와 경제부 간의 이상 기류가 흐르고 있다는 추측이 나오는 상태입니다."

"김상철 기자, 수고하셨습니다. SHJ의 창업자는 한국인인 이경환 사장입니다. 그의 투자를 적극 환영하는 바입니다."

뉴스 앵커는 이 말을 끝으로 다음 뉴스로 내용을 넘겼고, 얼큰하게 취기가 오른 김 과장은 술잔에 남아있던 소주를 입에 털어 넣었다.

"나이도 서른 밖에 안된 친구가 대단하네. 나 같은 놈은 흉내도 못 내겠다."

"SHJ는 차입금이 10원도 없다는데, 그게 가능한 일이에요?"

"글쎄, 이경환이란 사람이 엄청 도덕적이거나 아니면 욕심이 무지 많거나 둘 중 하나 아니겠어? 우리 같이 넥타이 맨 거지랑은 생각하는 게 다르겠지. 아줌마! 여기 소주 한 병 더 줘요."

김 과장은 빈 술병을 흔들며 소주 한 병을 추가로 주문했고, 불판 위에는 먹다 남은 삼겹살이 시커멓게 타들어 갔다.

정우와 희수를 재우고 나서야 수정은 혼자만의 시간에 빠져들 수 있었다. 경환과 통화할까 시계를 쳐다본 수정은 한창 잠에 빠져 있을 남편을 깨우지 않기로 결정했다. 아이 둘을 키운다는 게 결코 쉬운 일은 아니었지만, 수정은 경환과의 결혼생활에 만족하고 있었다. 대학 신입생 때 만나 여러 우여곡절을 겪으면서도 서로의 사랑을 확인했기에, 많은 것을 포기하면서도 굳건히 사랑을 지켜낼 수 있었다. 회사를 경영하면서 가끔 초조해 하는 경환이 불안하기도 했지만, 희수가 태어난 후로는 경환도 한결 안정되었다. 수정은 지금의 행복이 깨지지 않기를 간절히 바랐다.

커피를 한 잔 내려 창가로 다가간 수정은 집안을 비추는 따스한 햇살을 받으며 휴대폰 디자인 수정안을 살폈다. 경환의 적극적인 지지로 참여하게 된 디자인 작업은 단조로울 수 있었던 수정의 생활에 활력을 불어넣는 청량제로 작용했다.

따리리, 따리리.

인터폰이 울리자 수정을 마시던 커피를 내려놓고 급히 뛰어가 수화기를 들었다. 어렵게 잠재운 정우와 희수가 깨기라도 한다면 수정의 개인 시간은 끝이기 때문이었다.

"네, 말씀하세요."

'미시즈 리, 1층 프런트의 제이미입니다. 다름이 아니라, 친척이란 사람이 방문을 요청하는데 확인해 주시겠습니까?'

경환이나 자신에게는 미국에 친척이 없는데 무슨 소리인지 의아해 할 수밖에 없었다. 혹시나 하는 생각이 든 수정은 급히 제이미에게 말했다.

"제이미, 제가 통화를 먼저 하고 싶으니 바꿔주시겠어요?"

"형수님, 저 승연이에요. 무작정 찾아와서 죄송하지만, 좀 올라가게 해주세요."

"어머, 도련님! 연락도 안 주시고 어쩐 일이세요?"

인터폰의 작은 화면에 시동생의 얼굴이 나타나자, 놀란 수정은 급히 프런트에 신분을 확인해 주었지만, 승연은 방문 수속을 마친 후에야 엘리베이터에 오를 수 있었다. 정우와 희수 때문에 제대로 씻지도 못한 수정은 급하게 머리띠를 찾아 두르고는 현관문을 열어 승연을 맞아 주었다.

"도련님, 정말 어떻게 된 일이에요? 형은 알고 있는 거예요?"

무슨 일이 있었는지는 모르겠지만, 큰 배낭을 둘러맨 승연의 모습은 노숙자와 별 차이가 없었다.

"형한테 아무 말 하지 않고 왔어요. 원래는 샌프란시스코에만 머물 생각이었는데 일이 생겨서 휴스턴까지 오게 되었어요."

"아무리 그래도 저한테는 미리 말을 해 주셨어야죠. 휴스턴에 오셨으면 바로 여기 오지 않고 뭐하신 거예요?"

제대로 먹지도 못했는지 수염까지 덥수룩한 승연의 모습은 초췌해 보이기까지 했다. 수정이 급히 일어나 간단히 식사를 준비해 주자 승연은 며칠 굶은 티를 내며 반찬까지 싹싹 긁어 깨끗하게 접시를 비웠다.

"그동안 아르바이트 한 돈을 모아 미국에 왔는데, 일정에 없던 휴스턴에 오느라 비상금까지 다 써버렸어요. 정말 신세 안 지고 조용히 돌아가려고 했는데, 자꾸 경찰의 검문을 받다 보니 어쩔 수 없이 찾아왔어요. 죄송해요, 형수님."

"무슨 말씀을 그렇게 하세요? 저 지금 얼마나 속상한지 알아요? 제가 그렇게 도련님을 불편하게 해 드렸나요?"

왜 미국에까지 와서 형을 찾지 않았는지 이유를 몰라 답답해하던 수정이 눈물을 글썽거리자 승연은 당황했다.

"어휴, 절대 아니에요. 저 일자리 찾으러 미국 온 거예요. 형이나 형수님이 아시게 되면 가만있었겠어요? 형 도움 없이 제 힘으로 찾아보려고 했어요. 제가 미국에 온 거 담당 교수님 외에는 아무도 몰라요."

승연의 설명을 들은 후에야 수정의 얼굴이 펴졌다. 제 힘으로 앞날을 개척하겠다는 말에 수정은 어리게만 느꼈던 승연을 대견스럽게 바라보았다.

"그럼 일은 구하신 거예요?"

"하하하, 제가 누굽니까? 오라는 곳이 많아서 고르는 데 시간이 걸렸지만, 장래가 밝은 회사를 선택했습니다. 그나저나 조카들 얼굴이 보고 싶은데……"

"지금 잠들어 있어요. 그런데 도련님, 샤워부터 하셔야겠어요. 배낭 안에 있는 빨랫감도 빨리 꺼내 놓으세요."

이틀 동안 노숙한 덕에 무더운 날씨에도 샤워하지 못한 승연의 몸에선 악취가 진동했지만, 막상 승연 자신은 그 냄새를 느끼지 못했다. 수정의 명령 아닌 명령에 승연은 샤워실로 직행했고 수정은 창문을 열어 환기하며 빨랫감을 세탁기에 넣었다.

알라모 전투의 영웅 동상들 뒤로 고풍스러운 텍사스 주 정부 청사가 보였다. 오스틴은 유럽풍과 현대식 건물이 잘 조화를 이루고 있는 도시였다. 주지사인 조지 부시의 사무실로 가족이나 다름없는 딕 체니가 들어가고 있었다.

"딕, 오랜만이야. 홀리버튼 사장 자리가 국방장관보다 좋은가 보지? 아버지가 안부를 많이 묻더군. 가끔 연락 좀 드려 봐."

"그동안 바닥에 있다 보니 좀이 다 쑤시더군. 슬슬 워싱턴으로 돌아가야 하지 않겠어. 준비는 잘 되고 있지?"

1993년까지 국방장관으로 재직하며 강력한 리더십을 발휘해 깊은 인상을 남겼던 딕 체니는 화려한 부활을 꿈꾸며 조지를 막후에서 조종하고 있었다. 어수룩해 보이는 조지의 러닝메이트로 나서 그를 대통령으로 만든다면 미국 역사상 가장 강력한 부통령이 되는 것도 어려워 보이지 않았다.

"지금부터 자네를 차기 대통령으로 만드는 작업이 시작될 걸세. 클린턴의 대외정책에 국민들이 많이 지쳐있는 상태인 만큼, 자네는 강력한 국방정책을 펴나가는 전략을 써야 할 거야. 이라크와 이란, 북한을 잘 이용하면서 미온적인 태도를 보인 민주당을 공격한다면 다음 정권은 우리 손에 들어오게 될 걸세."

"한번 잘 만들어 봐. 어차피 정책은 자네의 몫이잖아."

신보수주의를 표방하는 네오콘의 수장인 딕은 봉쇄와 억지의 안보정책에 반기를 들며, 강력한 미국을 재건하기 위해서는 불량국가를 선제공격해 새로운 국제질서를 확립해야 한다고 주장했다. 공화당의 보수주의와는 그 성격이 사뭇 다른 것이었다.

"휴스턴에 SHJ란 기업이 요즘 잘 나간다고 하더군. 들어봤어?"

"기억이 또렷하지는 않지만, 한 번 만났던 거 같아. 타운을 조성한다고 캘리포니아와 좀 시끄러웠거든. 자네가 SHJ를 주목하는 이유가 있는 건가?"

"홀리버튼 계열사로 있는 KBR이 가지고 있는 지분을 넘기면서 알게 됐어. 제임스라는 친구가 좀 당돌하더라고. 지금 한국에 있나 본데, 조지 소로스의 심기를 불편하게 만들고 있는 모양이야."

경환이 한국 정부에 경고한 내용은 그날로 조지 소로스의 귀에까지 흘러들어갔다. 많은 시간과 자금을 투입해 준비해 온 돈벌이가 경환에 의

해 까발려지자, 조지 소로스는 딕을 찾아 불편한 심기를 토로했다. 딕은 같은 유대인이면서 네오콘의 핵심 자금줄을 담당하고 있는 조지 소로스를 무시할 수 없는 입장이었다.

"그래? 재밌는 친구군. 아직 한국 국적을 가지고 있다고 하더니 애국심을 발휘한 건가? 그건 그렇고, 조지 소로스의 계획은 어떻게 알아차렸지?"

"SHJ의 정보력이 상당히 뛰어나다는 소문이 있어. 플랜트 업계에선 이미 검증된 상태더군. 이번 조지 소로스의 계획도 이미 2년 전에 예상하고 한국 정부에 흘렸다는데, 정보원이 어디인지 도대체 알아낼 방법이 없었어."

딕은 깊은 신음을 흘리며 인상을 찡그렸다. KBR이 가지고 있는 지분을 넘길 때만 해도 SHJ는 딕의 안중에 들어오지도 않았다. 단지 휴스턴 시장으로 나서는 리의 부탁을 받아들여 제임스와의 만남을 추진한 정도였지만, 지금은 상황이 그때와는 많이 달라져 있었다.

"자네가 보기엔 어때? SHJ를 날리는 건 일도 아닐 텐데, 우리의 앞길에 방해된다면 크기 전에 싹을 자르는 것도 좋지 않겠어?"

"퀄컴뿐만 아니라 이번에 서비스를 시작한 구글의 성장세가 무섭더군. 비선조직을 통해 확인해 보니 퀄컴과 구글의 기술력만 보면 MS와 필적할 수준으로 발전할 가능성이 있다는 분석이야. 그리고 이번 한국 방문에서도 휴대폰 제조업체와 플랜트 기업을 설립한다는 정보가 있거든. 싹을 자르기엔 아깝다는 생각도 들어."

자신보다 과격한 딕이 심각한 표정으로 고민하는 모습을 바라보던 조지는 경환과의 만났던 기억을 떠올렸지만, 특별히 주목할 내용은 없었다.

"자네가 고민하는 걸 보니, 내가 제임스라는 친구를 잘못 판단한 거 같군. 정보력이 있고 미래를 판단할 줄 아는 친구라면 우선 그 친구의 의중을 파악하는 것도 좋지 않겠어? 그런 다음에 죽일지 살릴지 결정해도 늦지 않을 거 같은데."

차기 정권을 노리는 작업이 예정대로 진행되는 시기, 자금줄을 담당하는 조지 소로스를 방해하고 나선 SHJ는 딕을 고민에 빠지게 만들었다. 정권을 잡으려면 아직 많은 시간이 필요했지만, 지금부터 주변을 깨끗하게 정리해야만 했다. 자칫 SHJ를 잘못 건드려 흙탕물이 튄다면 대선과정에 악영향을 끼칠 수도 있었다.

"조만간 제임스란 친구를 만나기로 했으니, 우선은 그의 의향을 파악해 볼 생각이야. 같이 갈 수 있다면 좋겠지만, 그렇지 않다고 판단되면 무리해서라도 정리해야 하겠지."

경환이 한국 일정을 마치고 정리하는 시간, 오스틴에선 경환이 알 수 없는 일이 진행되어 갔다.

한국 일정을 모두 마친 경환은 출국 전 정리를 위해 린다와 코이치를 불러들였다. 말도 많았고 탈도 많았지만, 이번 한국 방문이 성공적이라고 생각한 경환은 후속조치를 위해 린다를 총책임자로 서울에 남겨 놓기로 했다.

"쿡 부사장님이 남아 인수와 법인설립 등 총지휘를 맡아 주세요. 타케우치 부장도 당분간은 쿡 부사장님에게 진행과정을 보고해 주시고요."

SHJ의 모든 자금을 관리하는 린다를 서울에 남겨 놓는다는 건 어려운 결정이긴 했지만, 급하게 돌아가는 한국의 경제상황에 빠르게 대처하기 위해서는 어쩔 수 없는 선택이었다. 이미 휴스턴과 샌디에이고에서 린다를 보조할 팀이 구성돼 서울로 향하고 있었다.

"알겠습니다. 그리고 오성그룹의 회장이 곧 휴스턴을 방문하겠다는 의사를 전달해 왔습니다. 우리가 대현과 한새와 접촉한 사실에 몸이 달아 있더군요."

"오겠다는 사람을 막고 싶지는 않습니다. 제이콥스 사장과 일정을 조율해서 통보해 주세요. 금성그룹에도 넌지시 정보를 흘려주시고요."

경환의 뜻을 알아 듯은 린다는 입꼬리를 말아 올리며 미소를 지어 보였다. 반도체를 제외한 전자제품 관련 사업은 금성이 오성보다 한 발짝 앞서 있다는 판단에, 경환은 오성의 독주가 시작되기 전까지는 금성을 최대한 활용할 생각이었다.

"한국 정부가 대처하든 못하든 한국 경제는 요동을 치게 될 거라고 봅니다. 이에 따라 원화 환율은 급상승하게 될 테니, 시기를 잘 판단해 투자하시기 바랍니다. 이제부터는 SHJ의 이익을 최대화해야 할 시기입니다."

경환은 더는 외환위기 상황에 관여할 생각이 없었다. 전에는 IMF 사태로 벌어지게 될 일들이 경환의 머릿속을 떠나지 않았다. 한국은 IMF 사태로 인해 중소기업이 몰락하고 중산층이 붕괴되었지만, 재벌들은 이를 호기로 삼아 팽창을 지속했고, IMF의 권고에 순응한 한국 정부는 해외 자본의 지분제한을 철폐해 공기업과 알짜기업을 종속시키는 실책을 저질렀다. 이후 한국 경제는 한국의 의지와는 상관없이 해외 자본의 헤게모니에 춤추는 꼭두각시 신세로 전락하고 말았다.

경환의 제안을 받아들이더라도 상당한 피해는 감수해야 했기에 이번 정부는 국민들의 손가락질에서 벗어날 수 없었다. IMF라는 거대한 파도가 한국을 덮칠 준비를 하는 지금, 파도를 막을 방파제를 조금이라도 높게 쌓기를 바랄 뿐이었다.

"사장님, 이번에도 느꼈지만, 영주권만으로는 한계가 있습니다. 시민권을 얻으시는 게 좋지 않겠습니까?"

생각에 잠겨있던 경환은 린다의 조언에 정신을 차렸다. SHJ타운 계획을 공표한 이후 주변에서 시민권을 취득하라는 압력이 서서히 들어오고 있었다. 특히 SHJ의 규모가 하루가 다르게 커가고 있는 반면 기업공개에 소극적인 자세를 취하자, SHJ-퀄컴과 연결된 국방부의 압력은 도를 넘기 시작했다. SHJ와 계약한 로펌에서는 계속 경환의 시민권 취득을 종용하기에 이르렀다.

"좀 더 생각해 보겠습니다. 딕 체니와 만나고 나서 결정을 하지요."

황태수를 비롯해 한국 직원들 대부분은 이미 시민권을 취득한 상태였다. 경환도 시민권을 취득해야 한다는 사실엔 동의하고 있었지만, 30년을 한국인으로 살아온 삶을 하루아침에 바꾼다는 것이 망설여졌다. 그러나 이젠 결정해야만 했다.

"타케우치 부장님, 아, 이젠 사장님이군요. 최대한 인재를 끌어모으세요. 외환위기가 시작되면 고급인력들이 시장에 쏟아져 나오게 될 겁니다. 옥석을 가려 채용하시되, 국적에 연연하지 마십시오. 어차피 SHJ엔지니어링은 한국 시장을 보고 만든 기업이 아닙니다."

"맡겨 주십시오. 전 세계를 아우르는 기업으로 성장시키겠습니다."

"그렇게 말씀해 주셔서 고맙습니다. 타케우치 사장의 뒤에는 SHJ와 제가 버티고 있겠습니다. 소신 있게 뜻을 펼쳐보세요. 식구들은 준비되면 바로 부르시고요."

일본으로 금의환향시켜주겠다는 약속을 지키지는 못했지만, 경환은 코이치에게 약속한 플랜트기업을 안겨주며 날개를 달아주었다.

"사장님, 출발하실 시간입니다."

경환의 옆으로 다가와 조용히 시간을 알리는 하루나를 힐끗 바라본 경환은 회의를 빠르게 마무리했다.

"그래요. 출발합시다. 다들 고생해 주세요. 이번 투자는 한국을 아시아 전초기지로 만들 가능성을 검토하는 잣대입니다. 그 점 충분히 숙지하셔서 최선을 다해 주시기 바랍니다. 휴스턴에서 여러분들을 기다리고 있겠습니다."

서울에 남게 될 직원들은 박수치며 환호했고 경환은 이들과 악수를 누며 호텔 밖을 나섰다. 많은 기자가 경환과 인터뷰를 하기 위해 모여들었지만, 경호팀의 제지를 뚫을 수는 없었다.

"사장님, 청와대에서 걸려 온 전화입니다."

당분간 한국을 찾을 생각이 없었던 경환은 올림픽대로의 풍경을 바라보며 깊은 사색에 잠기다 하루나가 건네는 휴대폰을 무의식적으로 받아들었다.

"이경환입니다."

"문기석입니다. 오늘 출국인데 제대로 인사도 못 해 미안합니다. 다시 만나지 못해 아쉬움이 많이 남습니다."

문기석은 경환을 청와대로 초청했지만, 경환은 몸이 좋지 않다는 핑계를 들어 그의 제안을 거절했다. 어차피 현 정권은 국민의 눈 밖에 날 수밖에 없는 상황에서 이번 정권과의 끈을 지속할 필요가 없다고 판단해서였다. 물론 경환의 방문 동안 차기를 노리는 여당과 야당의 대선 후보들이 접촉을 시도해 왔지만, 경환은 그런 제안들을 모두 거절해 현 정권의 선택 폭을 넓혀주었다.

"저는 기업가지, 정치가가 아닙니다. 한국 정부가 현명한 판단을 했으리라 생각합니다."

"미국에 돌아가시면 소식을 들으실 수 있으실 겁니다. 한국 정부가 약속드린 내용은 이행되겠지만, 차기 정부가 들어서면 상황이 바뀔 수도 있다는 것을 미리 말씀드립니다."

모종의 계획이 진행되고 있다는 인상을 받은 경환은 짧은 인사와 함께 문기석과의 통화를 마쳤다. 그 외 끝말이 개운치 않은 것에 대해 경환은 크게 의식하지 않았다. 외환위기의 여파는 어떤 상황이든 차기 정부에 부담으로 작용하게 될 것이고, 미국의 눈치를 봐야 하는 상황에서 SHJ에게 주어진 혜택을 임의대로 변경하거나 압력을 행사할 수 없으리란 계산을 이미 마쳤기 때문이었다. 공항에 도착한 경환은 문기석의 배려로 VIP 통로를 통해 비행기에 탑승했고, 긴박했던 한국 일정은 이륙하는 비행기와 함께 막을 내렸다.

최석현은 지적측량 작업이 한창인 롱포인트 지역의 현장사무실에 살다시피 하며 일정을 챙기고 있었다. 대형 플랜트 물량이 줄어들고 있는 가운데 30억 달러에 달하는 SHJ타운 건설은 미국의 많은 EC(종합건설) 업체들의 표적이 될 수밖에 없었다. 턴키(일괄수주)방식으로 진행된 업체 선정엔 수많은 로비와 압력들이 가해졌지만, SHJ는 이를 모두 뿌리치고 SHJ가 원하는 친환경적 타운 건설에 가장 합리적으로 접근한 파슨스를 선정했다.

경환은 MOU를 체결할 당시부터 모든 건물에 대한 비밀 서약과 함께 정보 누설 시, 파슨스가 휘청거릴 정도의 배상 조항을 삽입해 달라고 요청했다. 또한, SHJ 보안팀의 사전 검색을 통과하지 못한 인원은 현장에 배치할 수 없다는 조항도 추가해 파슨스를 곤란하게 만들었다. 강경한 SHJ에 파슨스는 백기를 들고 계약에 사인할 수밖에 없었다. SHJ-퀄컴의 신사옥부터 완공시키라는 경환의 지시를 받은 최석현은 아예 사무실을 현장으로 옮겨 놓고 출퇴근하고 있었다.

"지적측량을 서둘러야 하지 않겠습니까? 일정에 나와 있는 가설공사가 많이 늦어지고 있는데 좀 걱정이 되네요."

파슨스의 현장관리자인 로버트 베일은 최석현의 독촉에 죽상을 하고 있었다. 현장사무실이 세워진 후부터 감리회사의 직원들과 현장 구석구석을 돌아다니는 최석현은 눈엣가시 같은 존재였다.

"보안이 강화된 후로 인부들의 수급이 어려워서 그런 거 아닙니까. 보안 등급을 조정해 주시지 않으면 일정을 맞추기 힘든 상황입니다."

로버트는 그동안 참아왔던 울분을 토해냈다. SHJ는 무장한 보안팀을 사방에 배치해 출입을 철저히 통제했고, 불법체류자들이나 의심되는 인물들의 진입도 금지했다. SHJ타운과 외부를 단절시키라는 경환의 명령 때문이기도 했지만, SHJ타운에 조성될 여러 비밀 공간이 유출되는 것을 막기 위한 조치였다. 최석현은 로버트의 하소연을 이해하면서도 이 문제만큼은 양보할 생각이 없었다.

"미스터 베일의 고충은 이해하지만, 보안 문제는 내 소관이 아닙니다. 파슨스에서도 충분히 인지하고 계약을 했다고 생각하는데요. 일정이 늦어지면 파슨스의 손해도 증가한다는 것을 기억하셔야 할 겁니다."

"그, 그게……"

로버트는 말을 잇지 못했다. 30개월 내 완공을 요청한 SHJ와 40개월을 주장한 파슨스 간에 지루한 협의를 통해 35개월로 합의한 상태였다. 일정 지연으로 페널티가 발생하게 된다면 현장관리자인 자신이 그 책임을 질 수밖에 없었다.

"당신이나 나나, 완공되기 전까지는 한 배를 탄 사이입니다. 책임을 질 사람은 우리 두 사람밖에는 없다는 말 이해하실 겁니다. 저도 최대한 협조할 것은 할 테니, 본사 책임자의 멱살을 잡아서라도 인원을 충당하십시오."

"좋습니다. 현장에 문제가 발생하면 나도 살아남기 어려울 테니, 인정을 봐 주긴 어렵겠군요. 지반공사가 끝나면 RBM(수직갱도설비)공사를 해야 하니 도로가 연결될 수 있도록 시 정부를 독촉해 주세요."

"알겠습니다. 우리 직원이 시 정부에 주재하고 있으니 도로뿐만 아니라 상하수도도 타운까지 끌어오도록 하겠습니다."

로버트는 수직갱도를 파는 이유에 대해선 자세히 알지 못했다. 단지 비밀공간의 하나라고만 생각했고, 그런 내용을 알아봐야 이득도 없다고 판단했기에 관심도 없었다. 뜨거운 태양이 내리쬐는 현장엔 직원들을 재촉하는 로버트의 고함이 울려 퍼졌다.

일본을 경유하는 비행일정에 경환은 녹초가 된 상태로 휴스턴에 도착했다. 회사로 가려는 계획을 바꿔 집으로 향한 경환이 피곤한 몸을 이끌며 초인종을 누르자 집 안에선 밝은 수정의 목소리가 들렸다. 아직도 자신을 설레게 만드는 아내를 생각하며 경환은 흐뭇한 미소를 지었다.

"누구세요?"

"나야, 보고 싶으니까, 빨리 문부터 열어."

문이 열리자마자 경환은 수정을 포옹하려 했지만, 수정은 그런 경환의 팔을 뿌리치며 어색한 표정을 지었다.

"형, 거 애정행각은 나중에 하면 안 될까? 조카들 교육에도 상당히 안 좋을 텐데."

수정의 뒤로 정우를 안고 있는 승연이 나타나자, 경환은 어리둥절할 수밖에 없었다. 부모님과의 식사 자리에도 나오지 못할 정도로 공부에 매진한다고 알았던 승연이 미국에 있으리라고는 상상도 하지 못했다.

"학교 다녀야 할 네가 여기 웬일이야? 자식, 웃기는 놈이네. 너 사실대로 불지 않으면 형수 보는 앞에서 얻어터질 줄 알아."

"돈만 떨어지지 않았으면 이런 수모는 당하지 않는 건데."

경환은 주먹부터 들어 보이자, 승연은 안고 있던 정우를 급히 경환에게 넘겼다. 오랜만에 만나서인지 정우는 경환의 품에서 재롱을 부리고 있었고, 승연은 멀찌감치 수정의 뒤로 숨어버렸다.

"알았어, 말하면 되잖아. 사실 나 취직하러 왔다고. 휴스턴까지 올 생각은 없었는데 피치 못할 사정이 생겨서 여기까지 오게 된 거라고."

"자기는 도련님 말도 다 듣지도 않고 화부터 내요? 가서 옷부터 갈아입고 나오세요. 희수 자고 있으니 깨우지 마시고요."

씩씩거리던 경환은 수정의 핀잔을 듣고서야 샤워를 하기 위해 안방으로 향하면서도 승연을 노려보았다. 경환은 급하게 샤워를 마치고 나오자마자 승연을 불러 세웠다. 그동안의 일들을 듣게 된 경환은 자신의 미래를 개척하려는 승연이 대견했지만, 미국이란 험한 나라에서 잘못될 수도 있었다는 생각에 가슴부터 쓸어내렸다.

"전공과 관련된 직업을 찾았다니 우선 축하해 주겠지만, 네 행동이 얼마나 무모했는지 반성부터 해. 적어도 나하고는 상의를 해야 했잖아."

"내 롤모델이자 경쟁자가 형인데 어떻게 부탁을 해? 형을 이기겠다는 목표로 공부할 때마다 내가 얼마나 좌절을 했는지 알면 놀랄걸? 결과는 해피엔딩이니까 용서해주라. 웅?"

경환은 자신의 인생을 개척하려는 승연을 바라보며 가슴이 짠해져 오는 것을 느꼈다. 회귀한 후에도 동생에게는 신경 써주지 못했기 때문이었다.

"휴스턴 어떤 회사에 취직한 거야? 내가 좀 알아볼 테니까 말해 봐."

"나중에 알려줄게. 지금은 내 힘으로 커 보고 싶어. 휴스턴에선 그래도 형이 좀 먹어 주더라고. 괜히 형 도움받았다는 소리 듣고 싶지 않아."

형제간의 분위기가 풀어지고 있다는 것을 감지한 수정이 술상을 차려오자, 경환은 안 보는 사이 훌쩍 커버린 승연에게 술을 한 잔 따라 주었다. 다음날 승연은 주변 정리를 위해 샌프란시스코를 거쳐 한국으로 들어갔다.

일주일 동안의 한국 방문을 마치고 찾은 SHJ 본사는 어느 때보다 활기찬 모습이었다. 늘어가는 부서와 직원들로 빌딩의 두 층을 더 임대해 사용했지만, 이마저도 포화상태에 이르러 있었다. 본사 사옥이 완공되기 전까지는 이곳에서 버텨야 하는 점을 감안해 건물주와 두 층을 더 임대하는 계약을 추진했지만, SHJ의 명성으로 빌딩의 가치가 높아져 빈 층 확보에 어려움을 겪고 있었다.

하루나가 말끔하게 정돈한 사무실에 들어선 경환은 책상 위에 놓인 커피 잔을 보며 고개를 절레절레 흔들었다. 하루나를 비서로 임명한 후부터 스스로 커피를 내린 적이 거의 없었기 때문에 하루나가 내린 커피 맛에 적응되어 가는 자신이 놀라웠다.

"강석주가 경질되고 박재윤이 장관에 임명되었다는 소식입니다."

해외 지점에서 들어온 정보동향보고서를 확인하던 경환은 급히 문을 열고 들어오는 황태수의 보고에 하던 일을 멈췄다.

"강석주의 배경도 무시할 수 없었을 텐데, 빠른 결단을 내린 거 같군요. 시기적으로 늦긴 했지만 최악의 상황은 모면해야 할 텐데, 안타깝네요."

사람 하나 바꿨다고 코앞으로 다가선 위기상황이 급변할 수는 없었다. 악화되는 유동자금으로 중견그룹이었던 삼미가 무너졌고, 진로그룹마저 휘청거리고 있었다. 문제는 당분간 이런 기업들의 줄도산을 해결할 마땅한 대안이 없다는 데 있었다.

"린다가 진두지휘를 맡은 이상, 한국 정부의 정책변화에 수위를 조절하며 투자를 집행하리라 생각합니다. 린다의 지시에 맞춰 자금이 집행되도록 준비를 끝냈습니다."

"좋습니다. 한국 정부에 얻을 수 있는 것은 다 받아냈으니, 최대한 이득을 봐야겠지요. 다른 보고 내용은 없습니까?"

경환과 린다가 동시에 한국에 있던 탓에 SHJ의 모든 보고가 황태수로 집중되었지만, 그의 깔끔한 일 처리로 업무 공백은 전혀 발생하지 않았다. 경환은 일일 보고를 통해 휴스턴의 업무 내용을 알고 있었지만, 직접 보고를 받을 필요가 있다고 판단했다.

"SHJ-구글은 인원과 설비의 증강을 요청할 정도로 예상을 뛰어넘는 성과를 보이고 있습니다. 수시 채용을 통해 50명의 인원을 보충했는데도 인원이 모자란다고 아우성이네요. 최 부장이 맡은 타운 건설은 예정대로 큰 무리 없이 진행되고 있습니다."

"수고하셨습니다. 시간을 내서 현장에 다녀와야겠습니다. 당분간 슈미트 사장의 요청 그 이상으로 지원해 주십시오."

아직 특별한 수익은 발생하지 않았지만, 경환은 SHJ-구글의 성공을 믿어 의심치 않았다. 경영을 맡은 에릭 슈미트는 본사의 대폭적인 지원에 힘입어 자신이 구상한 구글의 확장 사업에 전념할 수 있었다. 아직 기존 검색 업체들은 구글의 애드센스 서비스에 큰 반응을 보이지 않았다.

"지난번에 말씀드렸던 우리도 조직을 체계화할 시기입니다. 계열사를 묶는 중심점이 없다 보면 연결고리가 약해질 수밖에 없습니다."

황태수는 경환에게 두툼한 서류철을 건네주었다. SHJ그룹 경영이란 제목으로 작성된 보고서를 천천히 넘기던 경환은 아직 탄탄한 자금력이 뒷받침되지 못한 상황에서 SHJ를 그룹으로 묶는다는 것을 고민할 수밖에 없었다. 황태수는 경환의 표정이 시시각각으로 변하며 쉽게 답을 내리지 못하자 경환을 설득하기 위해 그룹화의 타당성을 다시금 설명했다.

"사장님의 걱정을 모르는 건 아니지만, 시작이 반이라는 말도 있지 않습니까? 때를 기다리는 것보다 우리 스스로 때를 만들어 가는 것도 중요합니다."

때를 만들어 가자는 황태수의 말이 경환의 가슴에 비수처럼 박혔다. 앞뒤 재지 않고 달려왔던 자신이 어느새 나약해지고 있다는 생각이 경환을 질책하는 것 같았다. 경환은 두 손을 들어 자신의 뺨을 두들긴 후 황태수를 바라보았다.

"부사장님의 말씀이 맞습니다. 제가 배가 불렀나 보네요. 우리는 상장된 기업이 없는데 SHJ홀딩스를 설립할 필요가 있을까요? 설명을 부탁하겠습니다."

경환의 결심을 확인한 황태수는 안도의 한숨을 내쉬며 보고서의 내용을 설명하기 시작했다.

"물론 그렇습니다. 그러나 지분을 관리하고 차후 기업공개에 대비하기 위해서라도 홀딩스를 설립하는 게 필요하다고 판단했습니다."

SHJ는 투자처를 찾지 못하고 있는 많은 펀드와 은행자본들의 투자 제안을 받고 있었지만, 이익을 나눠 가지지 않겠다는 경환의 방침에 따라 모든 제안을 거절하고 있었다. 그러나 대규모 자금이 소요되는 신규 사업이 생기게 된다면 일부 기업에 대한 상장은 불가피할 수도 있었기 때문에 경환은 황태수의 의견에 반론을 제기하지는 않았다.

황태수가 만든 그룹화 계획은 SHJ홀딩스와 그룹기획실, SHJ시큐리티를 회장실 직속으로 두고, SHJ플랜트에 SHJ-화성플랜트와 SHJ엔지니어링을 하부 기업으로 둔다는 것이었다. 또한, SHJ-퀄컴과 SHJ-구글을 계열로 두면서 SHJ투자와 휴대폰 판매망을 구축하고 있는 SHJ에이전트, SHJ타운을 관리할 SHJ매니지먼트를 설립한다는 계획이었다.

"SHJ시큐리티는 경호팀과 보안팀을 확대하겠다는 내용이군요."

"그렇습니다. 외부의뢰는 가급적 삼가고, SHJ타운의 자체 경비와 해외 사업장의 보안을 책임지게 한다면 큰 문제는 없을 거라고 봅니다."

경환은 황태수의 설명을 들으며 보고서를 뒤졌지만, 계열사를 이끌 인물들에 대한 인선 작업을 찾을 수가 없었다. 경환이 보고서를 뒤지자 황태수가 나지막이 속삭였다.

"경영자에 대한 인선은 사장님의 몫이라고 생각했습니다."

황태수는 경환의 고유권한을 침범하고 싶지 않았다. 인선 작업을 하지 않은 의미를 파악한 경환은 황태수의 뜻에 감탄했다.

"알겠습니다. 제가 검토하겠습니다. 쿡 부사장이 한국에서 돌아오면 최종 검토하는 것으로 하죠. 수고하셨습니다."

황태수가 빠진 사무실에 홀로 남은 경환은 그동안 줄여왔던 담배를 찾아 입에 물었다. 나약함을 보일 때마다 중심을 잡아주는 황태수와 린다는 자신에게 없어서는 안 될 존재였다. 타들어 가는 담배를 재떨이에 던진 경환은 급히 하루나를 찾았다.

"하루나, 알에게 바로 내려간다고 통보해 주세요."

창밖으로 보이는 휴스턴의 정경은 아름답기만 했다. 국방장관으로 재직하던 시절부터 암암리에 특혜를 제공했던 홀리버튼은 딕 체니가 자리에서 물러나자 서둘러 그에게 CEO자리를 제안했다. 딕 체니는 이에 화답이라도 하듯 교묘히 법망을 피해가며 미국의 최대 골칫거리인 이라크와 이란, 리비아와 거래하며 막대한 이익을 냈고, 홀리버튼은 1,800만 달러의 주식옵션을 딕 체니에게 제공해 매년 1,000만 달러가 넘는 돈을 쥐여주고 있었다. 악어와 악어새의 관계와 다름없는 둘의 관계는 정권을 노리는 부시의 든든한 자금줄 역할을 하고 있었다.

"곧 제임스 리가 도착한다는 연락을 받았습니다."

창밖을 바라보며 시가를 입에 물고 있던 딕의 뒤로 에릭 프린스가 다가왔다. 자신의 지원 아래 정부요원들의 훈련을 목적으로 설립한 블랙워터는 민주당 정권의 눈을 피하기 위한 술책에 지나지 않았다. 정권이 바뀐다면 언제든지 PMC(민간군사기업)로 변환시켜 자신이 계획하는 새로운 세계질서를 수행하는 첨병으로 활용할 생각이었다.

"시간이 벌써 그렇게 되었나? 여기서 바라보는 휴스턴은 정말 아름다워. 블랙워터는 계획대로 진행되고 있나?"

"알 클라크와 카일 디푸어가 SHJ에 붙어 버리는 바람에 실력 있는 자원들이 그쪽으로 흘러갔다는 것을 제외하고는 큰 문제 없습니다."

딕은 언제부터인가 SHJ의 이름이 오르내리는 상황이 유쾌하지 않았다. 워싱턴 재입성을 노리는 시기에 손을 더럽힐 생각은 없지만, 경환이 위험인물이라고 판단된다면 가지고 있는 힘을 동원해서라도 SHJ를 나락으로 떨어트릴 생각이었다.

"대표이사님, SHJ의 제임스 리 사장님이 도착하셨습니다."

팔등신의 늘씬한 비서를 앞에 두고 경환과 알이 뒤따라 들어왔다. 딕은 오래된 친구를 만나는 것처럼 과장된 웃음을 보이며 경환에게 악수를 청했다.

"하하하, 휴스턴에서 명성을 떨치는 SHJ의 사장님을 만나게 돼서 영광입니다. 홀리버튼의 대표이사 딕 체니라고 합니다. 딕이라고 불러줘요."

"반갑습니다. 제임스 리라고 합니다. 저도 제임스라고 불러 주십시오."

경환은 딕과 악수하며 온화한 인상과는 달리 매섭게 빛나는 딕의 눈에 시선을 고정했다. 환생 후 사람들과의 만남에서 이렇게까지 긴장되고 떨리는 기분을 느낀 적이 없을 정도로 쉽게 넘을 수 없는 벽이었다.

국방장관을 지내고 차기 부통령을 노리는 인물이 아직 무명이나 다름없는 자신을 주목한다는 사실은 정계에 큰 영향력이 없는 경환에게 부담으로 작용했다.

"하하하, 그래요. 한국은 잘 다녀왔습니까? 들리는 소문엔 제임스의 한국 방문 뒤에 경제부 장관이 바뀌고 정책 혼선이 발생했다고 하던데."

경환은 표정과는 달리 긴장할 수밖에 없었다. 딕의 질문에는 분명 의도가 있었지만, 그것이 무엇인지 확신할 수 없었기 때문이었다. 자신의 대답 한마디에 따라 지금까지 쌓아 온 SHJ가 모래성이 될 수도 있다는 것을 느끼자 등허리에 한줄기 굵은 땀방울이 흘러내렸다.

"크게 주목하실 일은 아닙니다. 헤지펀드의 패턴을 연구하며 이익을 얻어 볼까 생각하던 참에, 동남아 외환 공격이 임박했다는 것을 예측할 수 있었습니다. 2년 전에 만들어 놓은 분석 자료가 한국에 흘러가게 되었나 봅니다. 저는 중국과 북한의 군사력을 방어하는 최전선이 외환위기로 무너지는 걸 반대하는 입장입니다."

경환은 자신과 한국 정부와의 관계가 이미 딕에게 노출되었다는 것을 어렵지 않게 유추할 수 있었다. 뻔한 거짓말로 심기를 건드릴 필요가 없다고 판단한 경환은 군수 작업과 연결된 네오콘의 수장이 딕이란 사실을 기억하며 외환위기보다는 군사대치 상황을 들어 관계를 풀어가려 마음먹었다.

"중국과 북한이요? 거, 재미있는 발상이군요. 미국의 방어선이 일본이 될 수도 있지 않겠습니까?"

"딕도 아시겠지만, 중동 문제는 미국이 손을 뗄 수 없는 상황입니다. 지금 정권은 중동 정세를 낙관하고 있지만, 저는 차기 정권은 강한 미국을 재건설할 수 있는 후보가 집권할 거라고 봅니다. 그러나 중동의 상황보다도 시급하게 해결해야 하는 것이 중국의 급성장이라고 생각합니다.

중국이 태평양으로 나서려 할 때 일본이 막을 수 있겠습니까? 한국의 경제가 무너져 중국에 종속된다면 미국은 태평양에서 중국과 맞서야 할 겁니다."

환하게 웃고 있던 딕이 얼굴을 굳히며 경환을 쏘아보았다. 선제공격으로 안보전략을 바꿔 중동과 아시아의 질서를 재편한다는 계획이 말 속에 들어있었다. 딕은 경환의 뒤에 다른 조직이 있다고 판단했다.

"차기 정권은 그럼 우리 공화당으로 옮겨온다는 말인가 보군요. 하하하, 제임스의 말대로 된다면 더 바랄 것이 없겠습니다. 그런데 중국을 언급한 의도를 모르겠습니다."

딕은 군사전문가들의 연구 자료를 통해 앞으로 20년 후에는 중국이 미국의 군사력에 맞서는 국가로 성장한다는 경고를 받았다. 아직 세계의 하청공장에 불과한 중국의 군사적 성장을 예상하는 경환에게 날을 세우기 시작했다.

"국방장관을 역임했던 딕이 모르실 리 없다고 봅니다. 중국의 급격한 경제 성장에서 축적된 자금과 기술이 어디로 흘러갈지는 갓난아기도 알 수 있지 않겠습니까?

"그래요? 뭐, 그럴 수도 있겠군요. 개인적인 질문이지만, 이후의 미국 정세는 어떻게 변한다고 봅니까?"

경환은 웃는 얼굴이었지만, 어금니를 물었다. 참기 힘든 이 자리를 박차고 일어나지 못하는 처지에 분노하며, 자그마한 성공에 안주하려던 자신을 반성하고 있었다. 경환은 끓어오르는 울분을 참으며 딕을 향해 밝게 웃어 보였다.

"하하하, 딕. 저는 정치가나 외교관이 아닙니다. 단지 사업상 필요해서 국제정세에 관심을 둘 뿐입니다. 미국 국민은 이란과 이라크, 북한에 미온적인 태도를 보이는 민주당 정권을 떠나게 될 거라고 봅니다. 차기 정권은 좀 더 강력한 메시지 혹은 군사적 타격까지 고려하지 않겠습니까? 저는 이번 정권은 포기하고 차기 정권이 들어서면 중동에 미친 듯이 진출해 볼까 생각 중입니다."

덕은 할 말이 없었다. 자신이 머릿속에서 계획하고 하부 조직에서 실행 중인 내용이 경환의 입에서 나올 줄은 생각하지 못했기 때문이었다. 덕은 조지 소로스와 경환을 비교하기 시작했다. 아직 조지 소로스의 발끝에도 미치지 못하는 수준이지만, 분석력과 예측력까지 갖춘 젊은 친구를 버리기 아깝다는 생각이 덕의 마음을 요동치게 했다. 대화가 중단된 상태에서 굳게 닫혀있던 그의 입이 열렸다.

"제임스, 한 가지 궁금한 게 있는데…… 플랜트로 성공한 과정도 그렇고 혼자서는 도저히 알 수 없는 정보라고 생각하는데, 제임스에게 귀중한 정보를 제공하는 정보원이 궁금하군요."

경환은 올게 왔다는 생각에 잠시 눈을 감았다가 떴다. 자신을 주목했다면 그동안의 성장 과정, 아니 한국과 중국에서의 생활까지도 다 조사를 했을 거라고 판단하자 쉽게 말을 꺼내지 못했다.

"덕의 눈을 피하기는 어렵군요. 그러나 이미 관계를 정리했습니다. 저야 상관없지만, 제 식구들의 생명과도 연결된 부문이라 기억에서 전부 지워버렸습니다. 덕에게도 해가 될 수 있으니 더 묻지 말아 주십시오."

경환은 웃음기를 거둬들이고 심각한 표정을 지으며 곤혹스러워했다. 쉽게 입을 열지 않는 경환을 의심의 눈초리로 바라보던 덕은 경호팀을 항상 대동하고 다니는 이유가 조직과의 갈등일 수도 있다는 생각이 들었지만, 자신이 알지 못하는 정보조직이 미국에 존재한다는 것이 마음에 들지 않았다.

"여긴 미국 땅입니다. 그런 조직이 있다면 밝혀내야 하지 않겠습니까? 잘못하면 제임스가 의심을 받아 다칠 수도 있어요. 내가 안타까워서 하는 말입니다. 러시아입니까?"

"휴, 러시아는 명함도 내밀지 못합니다. 전 세계를 아우르는…… 아, 아닙니다. 제가 실언을 했습니다. 딕, 잊어 주십시오."

경환은 극도로 불안한 듯 주위를 살피며 엉덩이를 들썩거렸다. 경환의 표정을 살피던 딕은 식은땀까지 흘리며 사정하는 경환을 완전히 믿을 수는 없었지만, 잘하면 이것을 빌미로 경환을 자신의 세력으로 끌어들일 수도 있다는 판단을 내렸다.

"마음을 추스르고 내 도움이 필요하면 언제든지 연락을 해요. 힘닿는 데까지 제임스를 도와주겠습니다."

"감사합니다. 저도 당신의 호의에 성의를 표하고 싶습니다. 제 분석으로는 중동을 재편하기 위해서라도 군사작전은 필수불가결하다고 판단되더군요. 그러기 위해선 당신이 워싱턴에 입성해야 한다고 생각합니다. 제 도움이 필요하다면 아끼지 않겠습니다."

공화당 내부에서도 대선 후보에 대한 논의는 진행되지 않았기 때문에 자신의 계획을 알고 있는 사람은 소수에 불과했다. 아직 아군인지 적군인지 판단을 유보할 수밖에 없었던 딕은 경환에게 확답을 줄 수 없었다.

"난 아직 정치에 다시 나설 뜻이 없는 사람입니다."

"대세는 이미 정해져 있다고 봅니다. 저는 텍사스의 두 사람을 주목하고 있었습니다."

딕은 경환의 분석력에 높은 점수를 주고 있었다. 무선통신과 인터넷이 미래를 이끌어 가는 원동력이 될 거란 사실은 이미 딕도 알고 있었고, 두 사업을 모두 손에 틀어쥔 경환이 자신을 지지한다는 생각이 들자, 조지 소로스의 얼굴은 더는 떠오르지 않았다.

"나중에 오스틴에서 식사라도 같이 합시다. 펜타곤에서 SHJ를 주시하고 있는 만큼 처신을 잘해야 할 겁니다. 나이 많은 사람의 조언이 필요할 때도 있습니다."

"오늘 만남은 저에게 유익한 자리였습니다. 오스틴에서의 식사를 기대하겠습니다."

악수를 나눈 경환은 서둘러 딕의 사무실을 나와 엘리베이터 안으로 사라졌다. 재떨이의 시가를 집어 다시 입에 문 딕은 묘한 웃음을 흘렸다.

"에릭, 자네가 보기엔 저 제임스란 친구가 어떤가?"

"글쎄요. SHJ의 오너라고 해서 기대를 했었는데, 실망스럽더군요."

"그런가? 눈을 보니, 날카로운 칼을 감추고 있더군. 재밌는 친구야."

딕은 시가를 입에 문 채 어디론가 급히 전화를 돌렸고 한동안 심각한 대화를 주고받은 후에야 수화기를 내려놓았다.

"사장님, 잘 참으셨습니다."

경환이 차에 오르자 알은 급히 담배 한 개비를 건네주었다. 폐 속 깊게 담배 연기를 마신 후 내뿜은 경환은 모멸감과 분노를 삼키고 있었고, 수치심을 참기 위해 깨물었던 입안에는 피가 고여 있었다.

"비굴해 보이지 않던가요? 오늘의 수치심은 평생 잊지 않을 겁니다."

"그렇지 않았습니다. 오늘의 수모를 갚아 줄 날이 오지 않겠습니까?"

차 안에 비치된 생수로 입을 행군 경환은 알의 답변에 웃음을 지어 보였지만, 모멸감은 쉽게 사라지지 않았다. 경환은 회사로 향하던 차를 돌려 SHJ타운의 건설 현장으로 향했다. 강한 세력들이 자신을 주시하고 있다는 것은 아직 제대로 된 무기가 없는 경환을 초조하게 만들었다. 하지만 당분간 딕의 비위를 맞춰가며 무기를 만드는 시간을 버는 방법 외에는 좋은 수가 보이지 않았다.

"알, 딕은 에릭이란 사람을 통해 PMC까지 자신의 용병으로 활용할 생각인 거 같더군요. 알이 PMC를 같이 만들겠다던 사람이 맞죠?"

"네, 맞습니다. 블랙워터란 기업의 대표를 맡고 있습니다."

경환은 이라크 침공이 시작된 후 딕 체니의 지원으로 PMC기업으로 급성장하는 블랙워터를 주목하지 않을 수 없었다. 혹시라도 딕 체니와 대립각을 세우게 된다면 블랙워터가 첨병 노릇을 하게 된다는 것은 뻔한 이치였기 때문이었다.

"우리도 서둘러야겠군요. 보안과 경호를 주목적으로 하는 SHJ시큐리티를 설립할 계획이 있다는 것은 알도 알고 있을 겁니다. PMC를 지향하는 것은 아니지만, 그만큼 성장할 기반을 만들 필요는 있겠습니다. 인원과 장비를 최대한 확대하는 계획을 만들어 주십시오. 용병이 아닌 SHJ직원이라는 개념으로 인성을 우선시해 주세요."

딕과의 만남은 경환을 다시금 채찍질하는 계기가 되었다. 비포장도로에 접어들어서인지 차는 좌우로 심하게 흔들렸고, 생각에 잠겨있던 경환은 고개를 들어 주위를 살폈다. 대형 덤프트럭이 쉴 새 없이 지나가는 현장은 막 시작된 성토 작업으로 흙먼지가 날리고 있었지만, 경환은 차에서 내려 천천히 주위를 둘러보며 깊은 감회에 빠져들었다. SHJ의 오너가 나타났다는 소식은 전체 현장으로 퍼졌고, 그 소식을 들은 최석현과 로버트는 급히 현장 사무실로 달려왔다.

"사장님, 오셨습니까? 미리 연락이라도 주시고 오셨으면 정리라도 해 놨을 텐데."

"번거롭게 그럴 필요 없습니다. 특별한 문제는 없나요?"

"보안을 강화하다 보니 인부 수급에 문제가 좀 있었습니다만, 일정에 맞춰 진행되고 있습니다. 시 정부에서도 협조를 아끼지 않고 있고요. 참, 이 친구는 파슨스 현장책임자인 로버트 베일입니다."

"반갑습니다. 앞으로 잘 부탁하겠습니다. SHJ의 지원이 필요하시다면 언제든지 연락 주시기 바랍니다."

로버트는 경환의 내미는 손을 엉거주춤하게 잡아 악수했다. 기업의 오너답지 않게 소탈한 모습이 생소했지만, 최석현과 격의 없이 대화를 나누는 경환을 보며 소문으로만 듣던 SHJ의 기업문화를 확인할 수 있었다. 로버트가 현장 안내를 위해 분주하게 움직였고, 알은 보안 점검을 위해 자리를 떴다.

"최 부장님, SHJ타운의 건설과 관리를 맡을 회사를 만드셔야겠습니다. 부장님이 현장에 계시니 스미스 차장과 팀을 이뤄 작업하시고, 알과도 협조 체계를 구축하십시오."

딕과의 만남은 황태수가 제안한 조직개편을 서둘러 결심하는 계기로 작용했다. 가파른 상승곡선을 그리며 쉴 새 없이 달려온 SHJ는 피로도가 누적되고 있었고, 경환은 숨 고르기가 필요하다는 판단을 내렸지만, 큰 착각이었다. 직접적인 위협을 느낄 정도는 아니라 하더라도 함부로 대할 수 없을 정도의 동등한 위치까지는 도달해야 한다는 생각이 경환을 다

그치고 있었다. 그러나 우선은 딕 체니의 관심에서 벗어나는 일이 시급했다. 그 첫 번째 열쇠를 제공할 공사 현장을 안내받아 살피는 것으로 풀어지는 마음을 다잡고 있었다.

"부사장님, 경제부 수장이 바뀐 후로 경제정책이 너무 급진적이고 빠르게 변화하고 있습니다. 오히려 역효과가 나지 않을까 우려될 정도입니다."

박재윤이 장관으로 임명된 이후 한국 정부는 시장환율제를 도입함과 동시에 급격한 변화의 피해를 최소화하기 위해 관리변동환율제로 운영하겠다고 공식발표를 했다. 이 여파로 환율은 950원을 넘어 1,000원을 향해 수식 상승을 하고 있었지만, 정부가 개입하려는 움직임은 어디에서도 보이지 않았다. 환율의 수직상승으로 수출경쟁력이 호조를 보이며 경상수지 적자 개선에 파란불이 들어오기 시작했지만, 원자재를 확보하지 못한 기업들의 경영은 악화 일로에 있었다.

이와 동시에 외환위기의 단초를 제공한 종금사에 철퇴가 내려지기 시작했다. 청와대가 중심이 되어 금융감독원과 감사원, 검찰까지 동원해 무분별하게 이뤄진 핫머니의 유입과정을 조사했다. 또한 서류 조작으로 이루어진 부실기업 대출과 회사채 구입 과정에서의 부실채권문제도 끄집어냈다. 레임덕 시기의 정부라고는 믿을 수 없을 정도로 영업정지 및 민형사상의 책임까지 물으며 파격적인 행보를 보이고 있었다.

급격한 원화 상승은 금리 인상을 부채질했고, 정부의 공격에 긴장한 금융권은 대출금 회수를 진행했다. 원자재 상승과 대출이자의 증가로 자금력이 약한 중소기업들은 자금압박을 견디지 못하고 줄도산했다. 그러자 국민들의 원성을 등에 업은 야당과 일부 여당의원이 가세해 정치권은 연일 청와대를 성토하기 시작했다. 무디스와 S&P 등 국제신용평가기관에서도 한국의 신용등급을 조정할 수 있다는 경고성 발언을 하는 등 한국 경제가 살얼음판을 걷는 중이었다.

"아직 주가가 큰 폭으로 내리지 않았으니 좀 더 관망하기로 하고, 대현그룹과 한새그룹의 납입금, 엔지니어링의 투자금은 1,300원대를 1차 기준점으로 삼아 준비하세요."

헤지펀드의 조정으로 형성된 핫머니는 한국 정부와 종금사의 끈질긴 설득에도 기간연장을 거부했다. 이에 놀란 해외 자본들이 분위기를 살피며 발을 뺄 준비를 하고 있어 당분간 환율 상승은 막을 수 없을 듯 보였다. 한국 정부는 가용 외환을 늘리기 위해 국내 은행의 해외시장 예치금을 동결하거나 줄여나갔고, 오성그룹에 경고를 보냄과 동시에 기아자동차에 적극적으로 개입했다. 또한 기업 내부의 외환자금을 확보하기 위해 세무조사로 압박을 가했다.

"한새그룹은 어떻게 돼가고 있습니까?"

"막바지 협상을 벌이고 있다고 합니다. 이번 주 안으로 오퍼를 주겠다고 연락이 왔습니다."

살펴보니 MP3 원천기술은 한새정보시스템과 디지털시스템이 공동으로 소유하고 있었다. 이 사실을 확인한 린다는 한새그룹에 항의했고, 이자영을 중심으로 디지털시스템을 설득하는 과정이 추가되었다. 디지털시스템의 거부에 애를 먹긴 했지만, 린다가 한새정보시스템과 디지털시스템을 묶어 인수하겠다고 제안하자 막혀있던 협상은 급물살을 타기 시작했다. 경환의 한국 방문으로 SHJ에 대한 기대감이 증폭되기도 했지만, 디지털시스템도 빈약한 자금력에 한계를 느꼈기 때문이었다.

린다는 경환이 보낸 전문을 확인했다. 그룹 경영은 전부터 찬성하고 있었지만, 전문 속에는 숨길 수 없는 초조감이 배어 나오고 있었다. 린다는 자신이 모르는 일이 긴박하게 진행되고 있음을 짐작했다. 사실 새롭게 설립될 SHJ홀딩스의 사장으로 내정된 린다는 한국의 일을 서둘러 마무리하기 위해 수면 시간까지 줄이고 있었다.

"타케우치 사장, 한국의 금리가 급상승한다면 필연적으로 부동산 시장에 영향을 끼칠 겁니다. 이 기회에 좋은 매물을 잡아 사옥을 만드는 것도 괜찮은 방법일 거 같으니 박화수 사장과 협의해 보세요. 만약 한국이 아시아 본부 역할을 하게 된다면 퀄컴뿐만 아니라 구글도 진출할 겁니다."

"저도 부사장님과 같은 생각입니다. 부동산이 바닥을 칠 시기에 매물을 찾아보겠습니다. 그때까지는 SHJ-화성플랜트 건물에 입주할 생각입니다."

SHJ엔지니어링의 설립은 청와대의 지원을 얻어 잡음 없이 진행되고 있었다. SHJ의 위상을 알려주듯 직원 모집은 24:1이라는 엄청난 경쟁율을 기록했다. 코이치는 1:1 면접을 통해 실력 있는 직원을 직접 선발하는 동시에 해외의 헤드헌터 기업을 통해 경력자를 스카우트하고 있었다.

"대현그룹의 실사가 끝나고 본사에서 에릭이 도착하면 저는 휴스턴으로 바로 돌아갈 계획입니다. 필요한 사항은 에릭과 협의하시면 될 거예요."

"본사에 급한 일이라도 생긴 겁니까? 투자가 마무리될 때까지는 서울에 계시는 것으로 알고 있었습니다."

린다는 휴스턴에서 들어온 전문을 코이치에게 건네주었다. 전문을 살펴 코이치는 조심스럽게 린다에게 축하인사를 전했다.

"우선 축하드립니다. 사장님. 예상은 하고 있었지만, 갑작스러운 소식이군요. 해외 법인이 SHJ엔지니어링 소속으로 바뀌게 되면……"

해외 거점을 마련해 정보력에서 앞서야 한다는 계획은 코이치가 입사 초기부터 주장한 내용이었기 때문에 해외 법인을 엔지니어링 관할로 이전시키는 것은 당연하다고 볼 수 있었지만, 사우디 법인엔 잭이 있었다. 졸지에 잭의 상관이 된 코이치는 부담스러울 수밖에 없었다.

"너무 신경 쓰지 마세요. 시간이 지나면 잭도 자리를 찾아 돌아오겠지만, 지금은 잭이 인내심을 보여줄 때라고 생각하니까요."

코이치의 걱정을 읽은 린다는 개의치 말라는 지시를 내렸다. 린다의 마음은 이미 휴스턴으로 향하고 있었다.

서울에서 복귀한 린다가 그룹화 작업을 황태수로부터 인수하자 빠르게 개편작업이 시작되었다. 휴스턴 시 정부는 롱포인트 지역을 대대적으로 개발하는 SHJ의 변모를 환영했고, SHJ는 전폭적인 지지를 받으며 그룹화 작업에 박차를 가하기 시작했다.

"승연이 이 자식은 비행기 도착한 시간이 언제인데 아직 들어오지도 않는 거야?"

"도련님이 애도 아닌데 뭘 걱정을 해요? 어련히 들어오시겠죠."

비자가 해결된 승연은 대학의 동의를 얻어 2학기를 마치기도 전에 한국을 떠날 수 있게 되었다. 승연은 경환에게 끝내 자신이 다니게 될 회사 이름을 말하지 않았고, 같이 살자는 경환의 제안도 거절하며 집을 구할 때까지만 머물겠다고 통보했다.

"희수는 정우와는 다른 거 같아요. 여자애가 잘 울지도 않고 웃기만 해서 한편으로 걱정도 돼요."

자신의 품에 안겨 있는 희수는 아빠의 얼굴을 바라보며 생글생글 웃었다.

"희수야. 많이 먹고 빨리 커야 돼. 이번엔 하고 싶은 거 다 해보렴."

"이번엔 다 해보라니 그게 무슨 말이에요?"

"아, 아니야. 정우나 희수, 애들이 하고 싶어 하는 일을 시키겠다는 말이었어. 난 절대 강요할 생각 없거든. 자기도 그랬으면 좋겠고."

무의식적으로 뱉은 말에 수정이 되물어오자 경환은 화들짝 놀라며 말을 돌렸다. 희수는 그 말을 알아듣는 듯 여전히 웃으며 경환이 내민 손가락을 움켜쥐고 있었다.

"아빠 희수만 좋아해. 나도 안아 주세요."

경환의 품 안에 안긴 희수가 샘이 났는지 정우가 비집고 들어왔다. 경환은 다른 손으로 정우를 안아 올렸다. 희수가 태어난 후부터 자신의 관심이 딸에만 집중되는 것이 사실이었다. 미안했던 경환은 아들의 머리를 쓰다듬어 주었다.

"아빠는 정우랑 희수, 똑같이 사랑해. 희수는 여자애고 아직 말도 못하는 아기잖아. 정우가 희수를 끝까지 보호해 줘야 해. 정우는 씩씩한 남자니까."

"헤, 나도 희수 좋아요. 내 말도 잘 듣고."

정우는 희수의 얼굴을 쓰다듬었고, 희수는 정우의 손길이 싫지 않은 듯 입을 벌려 방긋거렸다. 경환은 자신의 양팔에 안겨있는 정우와 희수의 머리에 입을 맞췄다. 회귀 전에는 상상할 수 없을 정도로 성공적인 인생을 살고 있었지만, 여기서 멈출 수는 없었다. 경환은 희수가 태어나면서 치열한 삶을 바꿔볼까 며칠을 고민에 빠지기도 했다. 하지만 안주하는 순간 지금의 행복이 무너지리란 생각이 머릿속을 떠나지 않고, 다시금 전투에 나설 것을 강요했다.

"와, 삼촌이다!"

경환이 주위를 잊은 채 생각에 빠져 있을 때, 현관을 들어오는 승연이 보이자 정우가 경환의 품을 벗어나 삼촌에게 뛰어갔다.

"왜 이렇게 늦은 거야?"

"하하하, 형은 내가 길이라도 잃어버렸을까 걱정하는 거야? 회사에 잠깐 들렀다가 오는 길이야. 정우야, 잘 있었냐."

승연은 달려오는 정우를 양팔로 번쩍 안아 들어 볼을 비벼대기 시작했다. 자신과 잘 놀아주던 삼촌과 부쩍 친해졌는지 정우는 승연의 팔에 매달려 떨어질 줄 몰랐고, 경환은 배고픔에 보채기 시작하는 희수를 수정에게 맡기고 승연과 함께 서재로 들어갔다.

"네 형수가 많이 서운해한다. 꼭 나가 살아야 되겠어?"

"그렇지 않아도 형수가 엄마한테 전화하는 바람에 내가 애를 많이 먹었어. 형수가 걱정하는 그런 거 아니니까 걱정 마. 언제까지 형 뒤만 바라보고 살 수는 없잖아."

승연의 독립의지가 생각 이상으로 강하다고 느낀 경환은 더는 잡을 생각이 들지 않았다. 승연이 끝까지 함구했지만, SHJ-구글에 입사했다는 것은 우연한 기회를 통해 알게 되었다. 에릭의 보고를 받는 자리에서 신규 채용된 직원들의 명단을 확인하던 경환은 한국 대학에 재학 중인 스캇 리의 이력서를 발견하고 깜짝 놀랐다. 승연의 증명사진이 버젓이 이력서에 붙어있었기 때문이었다.

에릭은 같은 한국인에게 관심을 보이는 경환을 예상이라도 했다는 듯이 래리의 강력한 요청으로 채용되었으며 독자적인 프로그래밍 언어를 개발하는 부서에 배치할 예정이라는 말을 전했다. 경환은 자신에게 SHJ-구글에 입사한 사실을 말하지 않는 승연의 고민을 이해하고, 에릭에게 사실을 밝히지 않았다. 대견하게 동생을 바라보고 있을 때 서재 문을 열고 수정이 들어왔다.

"정우가 도련님을 많이 따르는데, 같이 살면 얼마나 좋아요?"

"헉, 형수님이 저를 보모로 쓰시려고 같이 살자고 하셨다니…… 하하하, 농담이에요. 그만 오라고 할 때까지 자주 찾아올 생각이니, 너무 걱정하지 마세요."

수정은 눈을 흘기며 승연의 등을 가볍게 내리쳤고, 승연은 엄살을 부리며 두 손을 모아 비는 흉내를 지어 보였다.

"그래, 네가 결정을 했으니, 나도 네 의견을 존중할 생각이야. 네가 선택한 회사이니만큼 최선을 다해 봐."

"걱정하지 마. 형 앞에 결과물을 가지고 당당하게 찾아갈 때까지 지켜봐 줘."

아직 인종차별이 남아있는 미국 사회에서 승연이 잘 버텨낼지 걱정이 되긴 했지만, 긍정적인 승연의 모습은 경환을 안심시켰다.

"도련님, 제가 해 드릴 건 없고 가까운 곳으로 아파트와 승용차를 구해 놨어요. 이거까지 싫다고 하시면 정말 인연 끊을 각오하셔야 해요."

"그래, 네 형수 맘 상하게 하지 말고 그냥 들어가 살아. 보증금하고 1

년치 월세 이미 낸 거 같더라. 차는 나중에 돈 벌어서 더 좋은 거 장만하고."

경환은 집과 가까우면서도 승연이 부담을 느끼지 않을 정도의 원룸 아파트를 구했고, 대현자동차에서 수출한 차도 한 대 장만해 놓았다. 수정은 승연이 딴 생각을 하지 못하도록 엄포를 놓았고, 승연은 뒤통수를 쓰다듬으며 어색한 미소를 짓고 있었다.

"형, 이거까지 싫다고 하면 형수님한테 혼나겠지? 형수님, 감사합니다. 아주 나중에 제가 돈 많이 벌면 다 갚겠습니다."

"자식이 떼먹을 생각을 했나 보네. 나중에 돈 모아서 이자까지 쳐서 갚아."

"햐, 고리대금업자보다도 무섭네. 난 조카들하고 놀러 나갑니다."

서재 문을 잡고 승연이 나오기만을 기다리는 정우의 모습에 승연을 서둘러 정우를 들쳐 업고 현관을 나섰고, 경환은 수정의 손을 잡아 고마움을 표시했다.

"그래도 다행이네요. 도련님이 SHJ-구글에서 일해서요."

"내색하지 말자고. 우리에게 말하지 않은 이유가 있지 않겠어? 난 지켜볼 생각이야."

희수는 뭐가 좋은지 경환의 무릎 위에서 손을 흔들고 있었다. 며칠 더 경환의 집에 머무른 뒤에야 짐을 옮길 수 있었던 승연은 드디어 휴스턴에서의 새로운 삶을 시작했다.

회의실 밖은 SHJ시큐리티 보안팀들이 철통같이 지키고 서 있었다. 회의실을 비추던 햇빛까지 블라인드로 막은 채 회의가 진행되었고 경환의 곁엔 수정이 자리를 잡고 있었다.

"SHJ에이전트와 공동으로 다음 달 뉴욕에서의 쇼케이스에 맞춰 생산에 들어간 상태입니다. 우선 미국 시장에 집중한 후 한국 시장에 접근할 생각입니다. 한국의 PCS 사업 전에는 한국에서의 생산이 가능하도록 준비하고 있습니다."

어원이 길었던 보고를 마치고 자리에 앉자, 경환은 세틀러(SETTLER)-1, 2라고 이름 지어진 두 시제품을 살펴보았다. 폴더 폰과 달리 슬라이드 폰은 경환이 생각한 세련한 디자인은 구현되지 않았지만, 올해 초 노키아에서 선보인 슬라이드 폰과는 두께와 기능 면에서 큰 차이를 보고 있었다.

"수고하셨습니다. 앞으로의 가전이나 IT 제품은 기능뿐만 아니라, 디자인의 중요성이 커지게 될 거라고 봅니다. 세틀러-1,2에 대한 소비자의 반응과 기호도를 철저히 조사하시기 바랍니다. 후속 모델의 디자인 작업은 어떻게 진행이 되고 있습니까?"

"미시즈 리와 공동 작업을 하고 있지만, 원거리로 인해 소통에 문제가 있습니다. 디자인팀을 확대 개편하면서 외부 디자인업체에 아웃소싱을 의뢰하는 방법을 병행할 계획입니다."

이전의 디자인팀장은 수정과의 잦은 의견 대립과 능력 부족으로 SHJ-퀄컴을 떠날 수밖에 없었다. 수석 디자이너가 없는 상황에서 진행되는 신모델 작업은 수정에 의해 진행되고 있다고 봐도 과언이 아니었다. 하지만 휴스턴과 샌디에이고는 너무 먼 거리였다. 전화와 팩스로 진행되는 디자인 작업은 전혀 속도를 내지 못해 차기 모델 작업을 더디게 만들고 있었다.

타운이 건설되면서 그룹이 들어설 건물보다도 SHJ-퀄컴의 빌딩을 먼저 건설하고는 있지만, 1년 후에나 이전이 가능한 상태였다. 수석 디자이너가 해결되기 전까지는 아웃소싱이 대안이 될 수 있다는 생각에, 어원의 계획에 큰 이의를 달지는 않았다.

"아웃소싱에 너무 의존하지는 마십시오. 보안에도 신경을 쓰시고요."

"알겠습니다. 그리고 CHINA UNICOM에서 한국과 같은 조건으로 로열티 계약을 하겠다는 통보해 왔습니다. 수입설비 공급업체 선정도 포함되었습니다."

97년 하반기에 접어들게 되자 SHJ-퀄컴의 매출과 이익은 급성장했다. 또한, 중국을 위시로 러시아와 일본, 북유럽 국가들과의 계약이 진행되고 세틀러 출시를 기다리고 있어 SHJ-퀄컴은 SHJ-구글과 함께 IT업계에서 가장 뜨거운 뉴스를 제공하는 기업으로 성장하기 시작했다. 주목받지 못하던 퀄컴과 구글이 동종업계를 위협하는 공격적인 경영을 펼치며 매출이 급성장하자 이 두 회사의 모회사인 SHJ에 전 미국의 관심이 쏠리는 것은 어쩌면 당연한 수순이었다.

일반적인 기업과는 다르게 기업 공개를 하지 않으면서도 차입금이 제로라는 사실이 미국인들에게 큰 신선함과 충격을 주었다. 한 유명 일간지에서는 IT전문가를 동원해 SHJ의 자산가치가 최소 100억 달러 이상이며, 퀄컴과 구글의 도약 여부에 따라 가치가 기하급수적으로 늘어나게 될 것이란 기사를 써, 다시 한 번 미국인들을 놀라게 했다.

"SHJ에이전트는 AS부문에 차질이 발생하지 않도록 신경을 쓰시고 SHJ-구글과 연계한 온라인 홍보 전략을 수립해 보시기 바랍니다."

"대도시를 제외한 지방 중소도시의 AS센터 지정이 늦어지고 있어 죄송합니다. 대리점들과 이 문제를 논의하고 있으며 내년까진 중소도시까지 AS구축망을 확보하겠습니다. 쇼케이스가 끝나고 애드센스에 대대적인 홍보를 시작할 예정입니다."

미국에서 전국적인 AS구축망을 확보한다는 것은 말처럼 쉬운 작업이 아니었다. 중소도시의 소비자들은 AS를 받으려면 AS센터가 있는 대도시로 제품을 보내거나 방문해야만 했다. 사비로 수리를 하는 경우도 있었다. 경환은 후발주자인 SHJ가 시장을 확보할 길은 새로운 기능과 디자인을 제시하며 전국적인 AS망을 구축하는 것이라 판단했다. 김창동은 경환의 지시를 수행하기 위해 전 지역을 자기 집처럼 돌아다니며 기존의 방식에 익숙한 대리점들을 설득해 나갔다.

"다들 고생하셨습니다. 쇼케이스가 얼마 남지 않았으니 보안에 특히 유념해 주십시오. 그리고 제이콥스 사장님은 돌아가기 전에 자리를 만들겠으니 같이 식사라도 하시죠."

이후 SHJ-퀄컴의 미래 육성사업과 기술 개발에 대한 전폭적인 투자를 약속한 경환은 길었던 회의를 마칠 수 있었다. 경환은 수정과 함께 자신의 사무실로 이동해 하루나가 내린 커피를 마셨다.

"회의에 참석해 보니까 어때?"

"뭐가 뭔지 하나도 모르겠어요. 자기가 이렇게 고민하며 고생할 줄은 몰랐어요. 한편으로 미안하기도 했고요."

"그랬어? 진작 자길 회사에 데리고 올 걸 그랬어. 남편이 얼마나 고생하는지 지금에서야 알다니. 앞으로 종종 같이 오자고."

수정은 처음 온 경환의 사무실을 구석구석 살폈다. 넓지는 않지만, 잘 정돈된 사무실은 서재보다 깔끔한 느낌을 주었다. 수정은 유리벽 넘어 하루나를 쳐다보고는 고개를 좌우로 저었다. 블라인드를 걷어 유리 밖으로 보이는 휴스턴 시내의 정경을 한참 쳐다본 수정은 고개를 돌려 경환을 보며 밝은 미소를 지었다.

"나 오늘 근사한데 가서 저녁 사 줘요. 술도 한잔 하고 싶어요."

아이들이 태어난 후론 둘만의 시간을 제대로 가질 수 없었다. 큰 맘 먹고 아이들을 조안나에게 맡기고 회의에 참석한 수정은 오늘만큼은 연애하던 처녀 시절로 돌아가고 싶었다.

"네, 사모님. 이미 예약해 놓고 명령이 떨어지기를 기다리고 있었습니다. 제가 오늘 멋지게 모실 테니, 같이 나가시죠."

수정은 슈트 상의를 걸친 경환의 팔짱을 끼고 둘만의 시간을 가지러 회사를 나섰다. 그런 두 사람이 사라지는 모습에 하루나의 시선은 고정되어 있었다.

오늘도 하루나는 보고서를 챙기고 내일의 스케줄을 파악하고 나서야 회사를 나섰다. 어둠이 깔린 휴스턴의 밤거리는 고요했다. 주차장에 차를 세우고 저녁거리인 샌드위치를 챙겨 엘리베이터에 올라 9층 버튼을 눌렀다. 기다려 주는 사람이 없다는 것은 그녀를 지치게 했고, 언제부터인가 귀가 시간은 늦어지고 있었다.

"저기요! 잠시만 기다려 주세요."

문이 닫히기를 기다리고 있을 때, 급한 외침과 함께 사내가 허겁지겁 뛰어 들어왔다. 하루나는 정지버튼을 눌러 엘리베이터를 멈춰 그를 기다려 주었다.

"헉, 헉. 감사합니다. 저도 9층인데 같은 층이네요. 전 904호에 삽니다."

　가쁜 숨을 몰아쉬며 땀에 젖은 사내가 인사를 건넸지만 대꾸하고 싶은 생각은 들지 않았다. 살짝 고개를 숙이는 것으로 인사를 대신하자 문이 닫히고 엘리베이터는 9층을 향해 서서히 움직이기 시작했다. 어색한 분위기를 풀기 위해 사내는 연신 헛기침을 하며 자신에게 말을 걸기 위해 노력했지만, 기분이 처진 오늘만큼은 가벼운 이야기조차 나누고 싶은 생각이 없었다.

　땡.

　지루한 시간이 흐르고 엘리베이터의 문이 열리자 무의식적으로 엘리베이터에서 내려 집 앞에 섰다.

　"어? 903호에 계신 분이군요. 하하, 이것도 인연이네요. 저는 미국에 온 지 얼마 되지 않아서 적응 중입니다. 앞으로 잘 부탁합니다."

　몸과 마음이 지쳐서인지 사내의 말이 귀에 들어오지 않았다. 열쇠를 꽂고 집안으로 들어서는 순간에도 그의 목소리가 들려왔다.

　"저는 스캇 리라고 합니다. 스캇 리요."

　승연은 가방을 탁자 위에 올려놓고 좀 전의 미녀를 머릿속에 떠올리며 잔잔한 미소를 입가로 흘렸다. 첫눈에 빠져든다는 표현이 지금 자신의 상황과 똑같다는 생각이 들었다. 회사에서 받은 스트레스는 이미 눈 녹듯 사라져 버렸다.

　자신의 역할을 찾겠다는 큰 포부는 출근 첫날부터 여지없이 무너져 내렸다. 대학에서 전공수업도 열심히 듣고 나름대로 미국 원서도 구해가며 공부했던 지실은 래리의 특별교육 앞에 처참할 정도로 박살이 났다.

래리의 수준은 승연의 상상을 뛰어넘고 있었다. 같은 나이라고는 생각할 수 없을 정도였다.

'죽을 각오로 파면 래리의 발끝엔 도달할 수 있겠지.'

승연은 뺨을 세차게 내리친 후 책을 펼쳐 들었다. 9시를 훌쩍 넘긴 시계의 시침을 확인한 승연은 집중하기 위해 책을 노려보았지만 도대체 글이 눈에 들어오지 않았다.

'젠장, 무슨 샴푸를 쓰기에 아직까지 향기가 나는 것 같지.'

승연은 한참을 망설이다 벽에 귀를 대 보았다. 옆집에서는 아무런 소리에 들리지 않았다. 답답한 마음에 맥주를 집어 목 안으로 넘긴 승연은 머리에 찬물을 적시고 책상에 앉았다. 미국에 온 이후 회사와 집만 오가며 잠도 줄여가며 공부했다. 하지만 인정 없는 래리의 문답식 교육 앞에선 하루도 지나지 않아 꿀 먹은 벙어리가 되었다. 그나마 다행인 것은 승연이 가랑비에 옷 젖는다는 생각으로 꾸준히 래리의 지식을 자기 것으로 만들고 있다는 것이었다.

띠리링, 띠리링

정리된 노트와 책을 가지고 씨름하던 승연의 휴대폰에 래리의 이름이 찍힌 번호가 뜨고 있었다.

"래리, 무슨 일이야?"

"스캇, 네 집 근처 바에서 세르게이와 맥주 한잔 하고 있어. 나와."

"둘이 마셔. 네가 내준 숙제하느라 정신없어."

"내가 네 보스라는 사실 잊었어? 환영회도 못했는데, 어서 나와."

여러모로 오늘은 공부에 집중할 수 없다는 생각에 펼쳐놓은 책을 덮으며 승연은 자리에서 일어났다. 집 밖을 나선 승연은 903호를 물끄러미 바라보다 도착음과 함께 열린 엘리베이터 안으로 사라졌다.

집에 돌아온 하루나는 저녁으로 준비한 샌드위치를 거들떠보지도 않고 샤워부스로 들어가 쏟아지는 물줄기를 알몸으로 맞고 있었다. 물에 젖은 긴 머리를 뒤로 쓸어 넘기고 전면의 거울 속에 비친 자신의 나신을 무심코 바라보았다. 누구에게도 보여주지 않았던 흠집 하나 없는 굴곡진 몸으로 물줄기가 흘러 내리며, 감정을 건드리고 있었다.

미국에서의 삶은 경제적으로 풍요롭지만 모든 걸 채워주지는 못했다. 각오하고 온 미국행이었지만, 오늘은 특히 공허함을 느꼈다. 하루나는 터져 나오는 설움에 몸을 주체하지 못하고 바닥에 무너져 갔다. 샤워기에서 쏟아져 내리는 물줄기와 눈물이 타일에 떨어졌다. 그녀는 그렇게 오랫동안 바닥에 앉아 있었다.

'하.'

감정을 추스른 후 샤워를 끝내고 맥주를 꺼내 단번에 들이켰지만, 갈증은 해소되지 않았다. 순간 옆집의 문이 열리는 소리에 하루나의 신경이 곤두섰다. 스캇이라고 자신의 이름을 밝힌 사내의 밤늦은 외출에 왜 자신이 신경을 쓰는지 몰랐다. 하루나는 오늘보다 나은 내일을 위해 조용히 침대에 누웠다.

팟.

모든 전등이 일시에 꺼지자 웅성거리던 행사장은 일순간 적막에 휩싸였다. 의자가 배치되어 있지 않아서인지 자리에 서 있던 참석자들은 영문을 몰라 어리둥절했다. 참석자들이 비상구의 위치를 확인하기 위해 고개를 돌리려는 순간, 은하계의 모습이 단상 뒤의 대형스크린을 가득 채우며 이들의 시선을 사로잡았다. 우주의 장대한 아름다움에 참석자들의 탄성이 들려올 즈음, 거대한 우주 함선이 쏜살같이 스크린을 스쳐 지나갔고, 영상은 선미에서 시작해 우주 함선 전체를 담아내기 시작했다.

"와, 저거 스타트렉 엔터프라이즈 아니야?"

"오, 〈넥스트 제너레이션〉 시리즈야."

화면은 급히 바뀌어 지휘실을 비추기 시작했고, 함장인 장뤽 피카드와 부함장인 윌리엄 라이커, 전술장교인 워프를 비롯한 넥스트 제너레이션의 등장인물이 작전회의를 진행했다. 현재 방영되는 시리즈는 〈딥 스페이스 나인〉이었지만 있었지만, 미국인들의 뇌리에 강하게 남은 인물들이 등장하자 행사장은 흥분으로 달아올랐다. 엔터프라이즈의 정면에 거대한 정체불명의 우주선이 나타나 광자포를 쏘기 시작하자 화면은 전투 지휘실의 혼돈과 함선의 방어막에 피해가 누적되는 모습을 담아냈다.

곧이어 엔터프라이즈도 페이저 뱅크 레이저를 발사하며 맞대응했고, 적 함선은 엔터프라이즈의 측면과 후미를 공격하기 위해 검은 전투기를 출격시키기 시작했다. 다시 지휘실에서 전투기 출격명령을 내리는 장뤽 함장의 모습이 나타나고, 빠르게 출격하는 타원형의 은색 전투기들이 적 함선의 전투기들과 맞서는 장면이 등장했다. 권선징악의 스토리를 따라 아군이 승리하고 윌리엄 부함장과 장뤽 함장이 악수하는 모습을 끝으로 대형스크린의 불이 꺼졌다. 5분밖에 되지 않았지만, 스타트렉에 대한 향수 때문인지 행사장을 찾은 참석자들은 화려한 쇼케이스에 아낌없이 박수를 보내주었다.

"그런데 엔터프라이즈에 전투기가 있었어?"

"아니 없던 걸로 아는데, 장뤽이 전투기를 세틀러라고 부르는 거 같
아."

영상의 여운이 가시지도 전에 단상 위로 청바지 차림의 어원이 등장
했다. 대형스크린에는 세틀러-1이라는 글씨와 함께 은색의 전투기가 변신
한 SHJ-퀄컴의 새로운 휴대폰이 등장했다.

"행사장에 참석해 주셔서 감사합니다. 스타트렉은 제 삶이기도 합니
다. 이 영상을 만들기 위해 1주일 동안 제임스를 설득하느라 고생을 했더
니 목이 다 메는군요."

"하하하."

어원의 농담에 행사장에는 웃음이 퍼지기 시작했다. 어원은 청바지
주머니에서 은색의 휴대폰 하나를 꺼내 손에 쥐었다. 대형스크린에는 어
원의 손에 들려진 휴대폰이 확대되어 보였고, 어원은 엄지손가락을 이용
해 휴대폰을 열었다. 기존의 휴대폰보다 확연히 큰 액정화면이 참석자들
의 관심을 끌기 시작했다.

"하하하, 눈이 침침해서 화면을 좀 키워 봤습니다. 컬러 구현에는
STN-LCD 패널을 이용했습니다."

곡선의 핸드폰은 지금까지 직선 일색의 핸드폰과는 확연히 차이가 있
었다. 특히 검은색 일색에서 벗어나 화려한 은색을 사용했다는 것과 컬러
액정을 소형화했다는 것이 참석자들의 호기심을 자극했다.

"휴대폰이 단순히 전화를 걸고 받는 시대는 막을 내리게 될 것입니다.
앞으로의 휴대폰은 생활 속에 깊숙이 자리 잡으며 여러분들의 품격을 좌
지우지하게 될 것입니다. 언제까지 까만 벽돌을 들고 다니시겠습니까?"

참석자들은 영상에 나온 적 전투선이 모토로라의 스타텍과 비슷하다

는 생각을 떠올리며 SHJ의 광고 전략에 고개를 절레절레 흔들었다. 어원은 세틀러를 접었다 폈다를 반복하며 컬러 액정을 강조하기 시작했다. 어원은 인상을 찡그리더니 한 손을 이용하여 번호판을 누르기 시작했다.

"제임스? 내가 할 말이 있는데 전화 좀 빨리 받으세요."

어원이 구두로 바닥을 탁탁 치자 귀에 익은 팝송이 울려 퍼지며 조명이 경환을 비추기 시작했다. 참석자들은 그동안 단음 벨소리와는 차원이 다른 벨소리에 벌린 입을 다물지 못했다. 경환은 어깨를 들썩이며 양복 호주머니에서 세틀러를 꺼내 천천히 전화를 받았다.

"무슨 할 말이 있습니까? 영화까지 찍게 해 줬는데."

"하하하."

휴대폰과 연결된 스피커로 경환과 어원의 목소리가 흘러나오자 경환의 농담에 행사장은 웃음으로 가득 찼고 어원은 불만 섞인 표정으로 세틀러를 노려보았다.

"제가 주연으로 나서겠다는 걸 반대한 이유가 도대체 뭡니까? 연기학원까지 다녔는데 너무 한 거 아닙니까?"

"무슨 말입니까? 당신이 선택한 거 아닙니까? 영화 주연을 하려면 4POLY 벨소리 연구를 포기하라고 했잖습니까? 난 잘못 없습니다."

신경질적으로 전화를 끊은 어원은 세틀러를 바닥에 내던졌다. 그 뒤 정신을 차렸는지 세틀러를 집어 들어 멀쩡한 액정을 급 확인하는 모습이 대형스크린으로 실시간으로 참석자들에게 전달되었다.

"제임스는 제가 영화계로 진출하는 걸 질투하는군요. 세틀러는 발상의 전환을 통해 여러분들에게 다가갈 것입니다. 또한 세틀러 시리즈는 스타트렉과 함께 지속될 것입니다, 감사합니다."

이후 세틀러-1과 함께 세틀러-2의 제원을 설명하는 화면이 나타나며 화려했던 쇼케이스는 막을 내렸다.

"제임스, 쇼케이스에 직접 등장하지 않은 이유가 있나요?"

경환의 곁을 지키고 있던 린다가 조용히 말을 건넸다. 린다는 쇼케이스의 주인공이 경환이라 주장했지만 경환은 어윈을 단상에 세웠다.

"아이디어는 제가 제공했지만, 어윈의 피나는 노력과 연구가 없었다면 오늘 이 자리는 오지 않았을 겁니다. 오늘의 주인공은 어윈이 되는 게 맞습니다."

어윈은 세틀러의 성공을 위해 샤프와 공동연구로 휴대폰에 적용할 수 있는 STN-LCD 소형패널 개발을 완성했고, 4POLY 벨소리 연구에도 많은 투자를 집행했다. 경환은 이에 보답하기 위해 화려한 쇼케이스를 김창동에게 준비시켰고, 난색을 보이는 파라마운트를 설득해 홍보용 스타트렉 영상을 제작하기에 이르렀다. 단 5분의 영상이지만, 제작비가 웬만한 영화 한 편에 달하는 150만 달러다 보니 최종적으로 쇼케이스 준비에 소요된 금액은 상상을 초월했다.

경환은 대규모의 투자에 난감해하는 린다와 황태수를 설득했다. 실패하더라도 SHJ에 대한 긍정적인 기업이미지를 만들 수 있다면 큰 손해는 아니라는 논리였다. 하지만 속으로는 4년이나 앞서 출시된 세틀러-1에 대한 확실한 믿음을 가지고 있었다. 모든 행사가 끝났음에도 불구하고 참석자 대부분이 자리를 뜨지 않고 행사장 곳곳에 설치된 부스로 이동해 신제품을 조작했다. 행사장의 열기 속에서 SHJ직원들은 참석자들의 질문공세에 시달리면서도 와중에도 미소를 잃지 않고 궁금증을 해소해 주고 있었다.

"행사장의 열기가 그대로 구매로 직결됐으면 좋겠군요."

"저는 이제야 제임스가 쇼케이스에 노력을 기울인 이유를 알겠어요. 스타트렉이 압권이었네요."

"자, 그만 나갑시다. 오늘 주인공은 SHJ-퀄컴이 돼야 하지 않겠습니까?"

세틀러의 출시로 동종업계에는 긴장감이 조성될 것임이 확실했다. 이런 상황에서는 세틀러-1,2의 차기 모델을 빠르게 준비해야 했다. 경환은 기자들에게 둘러싸여 인터뷰하는 어윈을 바라본 후 행사장을 빠져나갔다.

쇼케이스는 SHJ의 예상을 뛰어넘어 엄청난 반향을 불러일으켰다. 쇼케이스에서 방영된 스타트렉이 화제가 되어 공중파들이 앞다투어 파라마운트와 SHJ에 정식으로 방영을 요청해 오기 시작했다. 방송사가 SHJ가 제안한 세틀러의 제원과 일정 기간의 무료광고 조건을 받아들이자 미방영분까지 더해 30분짜리의 스타트렉 세틀러가 전국으로 방송을 타기 시작했고, 스타트렉 골수팬을 중심으로 세틀러의 입소문이 빠르게 퍼지기 시작했다.

스타트렉에 향수를 느낀 시청자들은 현재 방영 중인 딥 스페이스 나인 시리즈와는 별개로 종료된 넥스트 제너레이션 시리즈의 재제작을 강력히 요구했다. 제작사인 파라마운트는 고민에 빠졌고, 이런 분위기를 파악한 방송사의 토크쇼들이 스타트렉 세틀러에 출연한 배우들을 모셔가기 위해 전용기까지 제공하는 웃지 못할 상황까지 발생했다.

토크쇼에 출연한 배우들은 하나같이 SHJ-퀄컴의 세틀러를 손에 쥐고 나타나 시청자들의 궁금증을 부풀리는 데 일조하고 나섰다. 이것은 잊혀 가는 자신들을 다시 한 번 화려하게 복귀시켜 준 SHJ에 보답하려는 자발적인 행동이었다.

9시가 되려면 아직 한참 멀었지만, 스프린트 통신사 매장 밖으로는 줄이 길게 늘어서 있었다. 생각보다 많은 인원이 몰리자 스프린트는 일부 직원을 배치해 번호표를 나눠주며 입장순서를 정하기도 했다.

"젠장, 나 같은 놈들이 이렇게 많을 줄은 생각도 못 했어. 80번이 뭐냐고."

"네놈이 서둘렀으면 이 번호표 순서는 한 자리 숫자였을 거야. 더워 죽겠는데 불편은 나중에 하라고."

"그나저나 CDMA로 갈아타도 문제가 없을까? 신호가 터지지 않는 지역도 있다고 하던데."

"난 상관 안 해. 당분간 뉴욕을 떠날 일도 없고, SHJ가 스프린트와 손을 잡았는데, 곧 해결되지 않겠어?"

친구로 보이는 두 남자의 대화 중에 매장문이 열리고 입장이 시작되었다. 모든 고객이 여러 종류의 휴대폰을 무시한 채 SHJ-퀄컴의 부스로 향하자, SHJ에이전트의 직원뿐만 아니라 스프린트의 직원들까지 고객들을 응대했다. 그러나 몰려드는 고객들은 끝이 없었다. 부스 안에는 세틀러 시리즈와 함께 오성전자의 OSH-290 시리즈가 전시되어 있었지만 고객들은 세틀러-1 이외의 제품에는 눈길조차 보내지 않았다.

SHJ가 처음부터 스프린트로 이동통신사 파트너를 선정한 것은 아니었다. SHJ의 적극적인 설득에도 AT&T, 벨아틀랜틱, 나이넥스, GTE는

GSM 안정적인 수입원을 두고 불안정한 CDMA 서비스에 나서지 않으려 했다. 확답을 뒤로 미루기에 급급한 이들 사이에 합작을 제안한 업체가 스프린트였다.

무료 핸드폰 제공 등 과열된 무선통신업체들의 경쟁에 돌파구를 찾겠다는 의도였다. SHJ는 다른 방도가 없는 상태에서 이를 받아들였다. 아직 서비스가 안 되는 지역이 남아 있었지만, SHJ의 대대적인 투자와 맞물려 미개통지역은 급속도로 줄어들고 있었다. 그동안 정상을 지켜오던 모토로라의 스타텍은 사람들의 기억에서 사라지고, 그 자리를 세틀러가 조금씩 차지하기 시작했다.

한국에서 PCS 서비스가 시작된 지도 한 달이 넘어가고 있었다. 오성전자를 비롯해 금성전자와 폰택의 삼파전은 각 이동통신사의 경쟁과 맞물려 극도의 긴장감을 조성하며 보이지 않는 전쟁을 벌이고 있었다.

5월부터 시작된 한국 경제의 추락은 환율이 1,600원을 찍은 후 소강상태에 들어섰고 환율은 1,300원대로 조정되어 갔다.

급격한 경제정책 변화의 첫 표적은 부실 종금사였다. 정부가 강경하게 법을 집행하고 사주까지 구속하며 업무정지와 퇴출의 칼날을 들이대자 이들은 급격히 위축되었다. 박재윤이 직접 BIS 8%를 충족시키지 못하는 은행은 퇴출하겠다고 발언하자 은행 사이의 합병도 급하게 진행되었다. 정부가 이런 합병작업에도 참여를 못 한 부실은행 두 곳을 본보기로 퇴출하자 금융권과 국민들은 경악했다. 야당의 장외투쟁과 노조의 파업이 잇따랐지만, 정부는 꿈쩍도 하지 않았다. 급기야 여당과 야당의 대선후보들이 정부의 독주를 경고하는 사태까지 벌어졌고 박재윤 장관을 경질하라는 요구가 봇물 터지듯 쏟아졌다.

한여름에 접어들면서 대만과 홍콩이 외환 공격을 받고 있다는 뉴스가 나오기 시작했다. 태국을 시작으로 인도네시아, 필리핀 등 동남아시아가 연이어 무너졌다. 국민들은 정부가 경고한 외환위기 상황이 실제로 벌어지고 있다는 사실에 경악했다.

동남아시아 국가들이 백기를 들며 투항하자 일본을 시작으로 한국에 투자된 해외 자본이 급격히 빠져나가며 환율이 요동치기 시작했다. 준비하기엔 시간이 너무 짧았기에 환율은 급격히 상승하며 1,400원을 가볍게 넘어섰다. 기업과 국민들의 불안감이 극에 달하자 정부는 현 상황을 국민들에게 정확히 알리며 불안감을 해소하는 데 주력했다. 가용 외환이 급격히 줄어들자 정부는 그동안 준비했던 마지막 카드를 꺼내 들었다.

박재윤은 장관에 임명된 후 먼저 미국으로 건너가 통화스와프 체결을 위해 협상에 나섰다. 하지만 미국은 일본을 제외한 아시아 국가와는 통화스와프 거래에 회의적인 반응을 보여 협상은 난항을 겪었다. 박재윤은 한국정부가 보유한 미국 국채 전부를 국제 결제에 사용할 준비를 마쳤다고 단언했고, 미국은 한국과 100억 달러 규모의 통화스와프를 체결하기에 이르렀다. 이후 한국은 호주와 100억 달러, 일본과 150억 달러, 중국과 50억 달러 규모의 통화스와프를 체결했다.

한국 정부가 총 450억 달러의 통화스와프 자금을 들여오자 환율은 1,600원을 찍은 후 서서히 안정기에 접어들었다. 그러나 그 여파는 상상을 초월했다. 환율의 폭등은 기준금리 인상을 불러왔고, 자금압박을 견디지 못한 기업들이 쓰러지고 부동산이 폭락했다. BIS가 낮은 은행들이 문을 닫자 국민들의 체감경기는 얼어버릴 지경이었다. 그나마 구제금융이나 디폴트, 모라토리엄까지는 진행되지 않고 위기를 벗어났다는 것이 다행이었다. 하지만 국민들의 정부에 대한 불신은 극에 달하고 있었다.

이형우는 불편한 심기를 토해내기 시작했다. 기아자동차 합병 계획이 정부의 강력한 경고로 무산된 후, 야심 차게 준비했던 휴대폰 사업도 강력한 적군의 출현에 고전을 면치 못하고 있었기 때문이었다.

"당신들 도대체 뭣들 하는 인간이야? 이세일 사장, SHJ의 휴대폰 제작은 실패한다는 한 말 난 아직도 똑똑히 기억해. 지금 이게 실패한 건가?"

회의 탁자 위로 세틀러를 신경질적으로 던져 놓은 이형우는 아직도 분이 풀리지 않은 듯 이세일을 노려보며 대답을 재촉했다.

"죄송합니다. 회장님. SHJ가 이 정도까지 준비했는지 몰랐습니다. STN-LCD 컬러 액정이나 4POLY 벨소리는 협력업체들과 연구를 진행하고 있는 내용인데 어떻게 먼저 출시했는지는 모르겠습니다. 게다가 여기 있는 세틀러는 저희 콘셉트와 너무 흡사합니다."

"그래서 우리 콘셉트를 훔쳤다고 SHJ를 고소라도 하잔 소리야 뭐야!"

이세일은 쏟아지는 질책에 고개를 들지 못했다. 콘셉트가 비슷하다고는 하지만, STN-LCD만 하더라도 오성전관과 협의만 진행하는 상황에서 1, 2년 내로는 시제품이 나오기 힘들다고 예상했기 때문이었다.

"탁 실장, 지금 상황을 가감 없이 여기 있는 사람들에게 말해 봐."

평소 꼬박꼬박 존칭을 썼던 이형우의 반말은 사장단을 긴장시키기에 충분했다. 탁주훈은 머뭇거림 없이 냉정한 목소리로 기획실의 분석 자료를 보고하기 시작했다.

"세틀러의 출시 이후 저희 제품의 판매 속도가 현저히 줄어들고 있습니다. 한국에서 생산된 세틀러를 출시한다는 SHJ의 발표에 소비자들의 기대심리가 작용, 휴대폰 구매를 미루고 있다는 것이 원인으로 분석되고 있습니다. 가장 큰 문제는 야심 차게 준비했던 미국진출이 부진하다는 것과 샤프의 STN-LCD 패널이 SHJ를 통해 국내로 들어오기 시작했다는 점입니다. 특단의 조치가 없는 이상 세틀러의 독주는 막기 어렵다는 판단입니다."

PCS 서비스를 시작으로 크게 판을 벌여 놓은 한국 시장을 스텔러를 등에 업은 SHJ에게 내준다면, 그동안 막대한 투자를 한 휴대폰사업이 휘청거릴 수도 있었다. 오성전관이 국내 시장을 장악한 STN-LCD 액정을 샤프에게 내줄 수는 없었다. 이형우의 고민이 갈수록 커졌다

"국내 이동통신사들의 분위기는 어떤가?"

"제일텔레콤과 신세계가 공급계약을 체결한 상태입니다. 다른 이동통신사들도 SHJ-퀄컴에 사정하는 상황이지만, 주파수 광역대 차이로 시간이 필요할 거 같습니다. 통신사들은 세틀러로 인한 가입자들의 이탈을 걱정하는 분위기입니다."

이형우는 휴스턴을 방문하지 못한 것을 뼈저리게 후회했다. 상세 일정까지 잡아 놓은 상황에서 기아자동차 문제가 불거지고, 연이어 터지기 시작한 외환위기로 한국을 벗어날 입장이 되지 못해 부득이 미국행을 취소했던 것이 오판이었다.

"회장님, 이번 판은 뒤집을 방도가 없다고 생각합니다. 획기적인 모델이 개발되기 전까지는 GSM 방식의 휴대폰생산에 주력하면서 국내 PCS는 저가공세로 파이를 키우는 방법이 최선이라고 판단합니다."

"이 사장, 당신 마지막 기회란 것을 기억해야 할 거야. 세틀러를 바닥

에 처박을 수 있는 새로운 휴대폰을 1년 안에 개발하지 못한다면 다시 얼굴 볼 일은 없다는 것 명심하시오."

이세일은 마른침을 삼켰다. 명백히 자신의 퇴출을 언급하는 이형우의 눈빛을 볼 자신이 없었다. 이세일의 의기소침한 모습을 보며 탁주훈은 급히 말을 꺼냈다.

"SHJ는 신규법인 설립을 마무리하고 그룹경영 선포만 남아있다고 합니다. 이번 기회에 축하사절단을 이끌고 휴스턴을 한번 방문하시는 게 어떻습니까?"

"탁 실장이 SHJ에 의사를 전달해 보세요."

이성을 다시 찾은 이형우는 세틀러를 열어 한참을 살피더니 중간 부분을 잡아 꺾어버렸다.

세틀러의 급격한 매출 신장은 SHJ를 전 미국에 알리는 가교역할을 충분히 수행했다. 애드센스 서비스를 시작한 구글은 세틀러의 광고를 통해 가입자를 지속적으로 끌어올리고 있었다. 그러나 후속 제품의 디자인 시안이 늦어지자 경환의 고민은 점차 가중되기 시작했다. 잠에서 깨어난 희수가 몸을 뒤척이자 경환은 희수를 안아 가볍게 뽀뽀해 주었다.

"아바바바-."

"희수 배고픈가 보구나. 우리, 엄마한테 같이 가 볼까?"

돌이 가까워지면서 희수는 제법 소리를 내는 일이 빈번해졌다 서로 말이 통하지 않아도 둘만의 시간은 하루가 다르게 길어졌다. 희수를 번쩍 안아 든 경환은 정우를 재우고 나와 점심을 준비하는 수정에게 다가갔다.

"희수가 배고픈가 봐. 내가 먹이면서 같이 먹을 테니까 준비 좀 해 줘."

"누가 딸바보 아니랄까 봐 끼고 사네요. 정우가 소외감 느끼지 않게 요령껏 잘해요."

희수를 무릎에 앉혀 입에 밥을 떠 먹여주던 경환은 흐뭇한 미소를 지으며 맞은편에 앉아 있는 수정을 바라보았다.

"정우는 승연이를 더 따르는 거 같아. 남자애는 좀 강하게 키우고 싶은데. 참, 디자인 작업은 잘 되는 거야?"

디자인이란 말에 수정의 얼굴엔 그늘이 지기 시작했다. 자신도 모르게 한숨을 크게 내쉬었다.

"전공자가 아니다 보니 생각보다 힘들어요. 세틀러를 넘어서야 한다는 부담감에 샌디에이고 직원들도 방향을 잘 잡지 못하는 거 같고요."

후속 시리즈에 장착될 기능 업그레이드 작업은 순조롭게 진행되고 있었지만, 문제는 소비자들의 욕구를 자극할 만한 디자인 작업이 제 속도를 내지 못하고 있다는 점이었다. 디자인이 기업의 경쟁력을 좌지우지한다는 점을 강조하기는 했지만, 정작 경환 자신은 디자인과는 인연이 전혀 없었다.

"좋은 방법이 없을까? 나보다는 자기가 잘 알잖아."

"흠. 디자인은 소비자의 욕구 창출과 피드백, 그리고 미래 트렌드를 얼마나 빨리 읽느냐가 중요한 거 같아요. 공모전 같은 것을 열어서 능력 있는 디자이너를 채용하고, 기회를 봐서 전문 디자인연구소를 세우는 방향으로 가도 좋겠다는 생각이 들어요."

수정의 말을 되새기며 생각에 빠져들자 희수가 밥을 달라는 표시로 식탁을 손으로 두들겼다.

"어, 어. 희수야 미안."

급히 이유식을 희수의 입에 넣어주며 경환은 충분히 검토해 볼 만한 제안이라고 판단했다.

"좋은 방법일 거 같은데. 난 젊고 신선한 디자이너가 필요하다고 생각했거든. 공모전 그거 괜찮겠다."

예전 디자인팀장과 같이 두 번 실패는 하고 싶지 않았다. 전 세계의 젊은 디자이너를 대상으로 공모전을 연다면 예상외의 좋은 결과를 얻을 수도 있다는 생각이 들었다.

세틀러의 인기에 힘입어 SHJ-퀄컴의 매출은 급격한 상승곡선을 그렸고 반사 이익은 그대로 SHJ-구글까지 흘러들어, 야후를 위협하는 차세대 검색엔진이라는 평가를 받기 시작했다. 플랜트사업에서 시작해 무선통신과 인터넷으로까지 업무를 확대한 SHJ의 성장에 사람들의 이목이 쏠렸다. 아메리칸 드림을 이룬 경환의 성공담이 방송을 타기 시작하자, 경환은 자신도 모르는 사이 미국의 주요인사로 입방아에 오르기 시작했다.

"세틀러의 인기에 힘입어 금년도 SHJ-퀄컴의 매출은 26억 달러로 예상됩니다. SHJ플랜트의 예상매출은 15억 달러지만, SHJ엔지니어링의 활약에 따라 40억 달러까지 상승 가능성이 있습니다. SHJ-구글의 매출은 사업 초기인 만큼 8,000만 달러 수준으로 올해까지는 적자경영이 예상됩니다. SHJ홀딩스에서 관리하는 주식의 가치는 전월기준 9억 달러를 유지하고 있습니다. 현재 그룹의 가용금액은 한국에 투자된 6억 달러와투자주식 9억 달러를 제외하고 6억 달러입니다."

93년 린다를 통해 투자된 주식의 가치가 9억 달러까지 상승한 것에는 IT열풍이 시작되기 전 시스코에 투자된 1,500만 달러가 결정적인 역할을 하고 있었다. 그러나 SHJ타운 건설을 맡은 파슨스에 지급되어야 할 10억 달러를 감안하면 가용금액 6억 달러는 아슬아슬한 수준이었다. 경환은 SHJ-퀄컴의 매출이익 대부분을 연구개발에 재투자했고, 아직 적자인 SHJ-구글에도 막대한 개발비를 쏟아 부었다. 결국 SHJ플랜트가 그룹의 경영자금 대부분을 맡는 상황이었다.

"제 예상보다 빠른 성장이라고 봅니다. 제이콥스 사장님과 슈미트 사장님은 기뻐하거나 실망하지 마시고, 기술연구 개발에 더욱 박차를 가하시기 바랍니다. SHJ플랜트에 진 빚을 갚아야 하지 않겠습니까?"

"네, 회장님."

폭풍 같았던 97년이 지나가고 98년이 시작되자, 그동안 움츠렸던 SHJ가 기지개를 피기 시작해 SHJ홀딩스를 시작으로 에이전트, 시큐리티, 매니지먼트, 엔지니어링 등 신규법인을 설립하며 그룹화 경영에 본격적으로 나섰다. 회장님이란 호칭이 아직은 어색했던지 경환은 급히 말을 돌렸다.

"제이콥스 사장님, 공모전은 이상 없이 진행되고 있나요?"

"그렇습니다. 기업과 개인 부문으로 나눈 게 주효했다고 봅니다. 전 세계의 디자인 업체와 디자이너들에게 큰 자극제가 된 것 같습니다."

수정의 제안을 받아들인 SHJ-퀄컴은 총 상금액 500만 달러와 함께 기업에겐 3년간의 아웃소싱 계약을, 개인에겐 수석디자이너 자리를 상품으로 내걸었다. 이런 파격적인 SHJ의 공모전이 구글의 광고를 통해 유럽까지 전해지게 되자, 디자인 업체에 소속된 디자이너들이 개인작으로 작품을 출품하는 사태까지 벌어졌다. 경환은 심사위원장을 맡아 외부의 입김이 작용하는 것을 사전에 방지하고자 노력했다.

"공정한 심사를 하십시오. 강조하지만, 경쟁업체들과의 경쟁에서 우위를 점하기 위해선 기술과 디자인이 반드시 접목되어야 합니다."

"알겠습니다. 저희도 이번에 세틀러에 반응하는 시장을 보며 디자인의 중요성을 다시 확인했습니다. 우리를 거들떠보지도 않았던 AT&T와 벨아틀랜틱이 아주 몸이 달았습니다. 노키아 측이 원천기술 교환방식을 통해 CDMA휴대폰 제작에 진출하고 싶다는 제안을 해 왔는데 긍정적으로 검토하는 게 좋을 거 같습니다."

GSM연합에서 가장 많은 원천기술을 확보한 노키아 측의 제안은 의외였다. GSM 휴대폰 제작이 절실한 상태에서 노키아 측의 제안을 거절할 이유가 없었다.

"한국을 시작으로 빠르게 퍼지는 CDMA 시장을 놓칠 수가 없었겠죠. 우리가 디자인과 기능으로 경쟁한다면 오히려 GSM 시장을 세틀러 시리즈로 점령할 수도 있으니, 나쁜 제안은 아니군요."

미국과 한국을 시작으로 한 세틀러의 인기몰이를 GSM의 강자인 노키아와 에릭슨, 모토로라는 일시적인 현상으로 치부하고 있었다. 이들은 단지 벨소리와 컬러 액정 등 기능을 강조한 후속 모델에 박차를 가할 뿐, 내놓는 디자인은 기존 콘셉트를 크게 벗어나지 않고 있었다.

"최석현 사장님, 금년 SHJ-퀄컴 입주엔 지장이 없겠습니까?"

"일정대로 진행되고 있습니다. 10월 입주엔 큰 문제가 없습니다. 시 정부와 추가되는 750에이커에 대한 협상을 진행 중입니다."

SHJ는 주택단지 확보와 사설비행장 운용을 위해 시 정부와 협의 중이었다. 사실 경환은 리 브라운과의 물밑접촉을 통해 이미 합의를 끝낸 상태였다. 개발 시기는 불투명하지만, 도시가 확대되기 전에 대지를 선점해 놓을 필요가 있다는 최석현의 제안을 받아들였기 때문이었다.

계열사 업무보고를 마친 회의실엔 직원들과 함께 박희철이 자리했다. SHJ-퀄컴미디어란 이름으로 합병되면서 수석 연구원을 맡은 박희철의 손에는 땀이 흐르고 있었다. 첫 미국 출장이라는 긴장감에 더해 모든 계열사 사장들이 모인 회의실의 분위기에 압도되었기 때문이었다. 굳은 얼굴을 풀지 못하는 박희철 곁으로 경환이 다가와 인사를 청했다.

"박희철 연구원이시죠? 이경환입니다. 한국어는 이번이 마지막입니다. 이제 영어로 진행하지요."

"회, 회장님. 불러 주셔서 감사합니다."

자신을 살갑게 대하며 악수를 청하는 경환에게 고개를 숙인 박희철은 회장이란 타이틀이 주는 무게감을 실감했다. 박희철은 디지털시스템의 수석 연구원으로 세계 최초 MP3인 가칭 F10 개발을 주도해 왔었다. SHJ는 합병 후 대대적인 투자를 집행해 한새그룹에서 미운 오리 새끼 취급을 당하던 설움을 잊게 해주었다. 이번 미국 출장은 시제품인 모델명 F10을 직접 설명하라는 경환의 지시로 이루어진 자리였다. 탁자 위엔 이미 두툼한 두께의 F10이 놓여있었다.

"흠."

경환이 둔탁해 보이는 F10을 만져보며 깊은 신음을 흘리자 박희철은 식은땀을 흘리며 긴장했다. 오성전자의 YP시리즈와 애플을 바닥에서 건져낸 아이팟을 기억하는 경환에게 F10은 어딘가 모르게 부족해 보였다. 두 회사를 합병하고 원천기술에 대한 라이선스를 획득하기 위해 노력한 결과치고는 만족할 만한 수준은 아니었다. 경환의 인상이 굳어지는 것을

112

바라보던 박희철은 급히 입을 열어 F10의 제원을 설명하고 나섰다.

"모델명 F10은 16MB의 플래시메모리를 장착했고, PARALLEL(프린터포트) 전송방식을 사용하고 있습니다."

"잘 들었습니다. 세계 최초라는 타이틀보다도 상업성에 중점을 둬야 해서 제가 작년 출시를 막았습니다. 이 점 이해해 주세요."

SHJ는 인수 작업을 진행하면서 F10의 출시를 막았다. 하루라도 빨리 결과물을 보여주기 위해 노심초사하던 박희철은 그 이유가 궁금할 수밖에 없었다. 경환은 F10을 살피며 말을 이어갔다.

"노래 한 곡이 평균 3MB라고 한다면 최대 6곡밖에는 저장이 안 되지요. 또 PARALLEL방식의 낮은 전송속도, 건전지를 이용한 충전방식 때문에 매출에 한계가 있다는 판단이 들었습니다."

내부적으로도 지적이 나왔던 부분이라 박희철은 아무 말도 하지 못했다. 상업성까지 고려하는 날카로운 지적이 그를 궁지로 몰고 있었다.

"그렇다 하더라도 세계최초로 발명된 제품을 평가절하할 생각은 없으니 너무 의기소침하지 마세요. 제이콥스 사장님, F10의 단점을 보완하는 작업은 진행되고 있나요?"

회의실 정면에 위치한 프로젝터에 F10의 단점을 보완한 MP3플레이어의 도면이 펼쳐졌다. 기존 F10보다 슬림하고 모서리를 곡선으로 처리해 한결 부드러워진 모습이 눈에 들어왔다. 도면 위에 적혀진 컴페니언(COMPANION)이란 이름이 돋보였다.

"새롭게 선보일 컴페니언 시리즈는 기본 32/64MB로 저장능력을 높이고, USB 전송방식과 내장형 배터리를 장착했습니다. 곧 미국과 한국 시장에 동시 출시할 예정입니다."

"MP3플레이어의 앞날은 무궁무진하다고 생각합니다. SHJ-구글에서는 컴페니언 시리즈를 관리할 수 있는 인터페이스 개발을 서둘러 주세요. 음악부터 시작해 동영상과 영화, 서적까지 분야를 넓혀가야 합니다."

어윈과 에릭은 그제야 경환이 퀄컴과 구글에 애정을 보이며 대규모의 투자도 망설이지 않는 이유를 체감했다. 기존의 카세트테이프와 CD플레이어는 MP3플레이어로 넘어가게 될 것임이 분명했다. 따라서 이를 관리할 인터페이스는 마켓에 큰 영향력을 행사할 수도 있다는 예측을 어렵지 않게 할 수 있었다. 박희철의 의도와는 상관없이 퇴근 시간을 넘긴 후에야 회의는 마무리되었다.

승연은 여러 파트에 속하며 정신을 차릴 수가 없었다. 프로그래밍 언어를 개발하는 작업에 참여하면서 인터페이스 개발팀에 속하자 하루가 언제 가는지 알 수 없을 정도였다. 래리의 혹독한 교육 덕분인지 승연의 실무 능력은 빠르게 향상되었고, 특유의 친화력을 발휘해 어눌한 영어에도 불구하고 팀원들과 격의 없이 지내고 있었다. 지금도 승연은 자신의 뒤로 접근하는 인기척을 느끼지 못할 정도로 작업에 집중했다.

"스캇, 퇴근 좀 해라. 직원들이 너 때문에 스트레스 받는다고 불평하는 거 못 들었어?"

긴 회의에 갈증을 느꼈는지 냉장고에서 콜라를 꺼내 든 세르게이가 승연의 어깨를 손으로 누르며 장난을 쳐 왔다.

"뭔 회의를 그렇게 길게 한 거야? 그리고 나 오버타임 페이 안 받고 있으니까 너무 그러지 말라고 해."

승연은 모자란 지식을 쌓기 위해 저녁 시간을 활용해 공부에 매진하면서도 시간외수당을 청구하지 않았다. 농담을 뼈있는 말로 되받아치자 세르게이는 두 어깨를 들썩여 보이고는 승연의 책상 위에 엉덩이를 걸쳤다.

"근데 한국인들은 도대체 어떤 인간들이야? 너도 그렇고 우리 보스인 제임스도 그렇고 무섭다 무서워."

"리 회장이 어떤데 그래?"

승연은 자신의 형 얘기가 나오자 자판에서 손을 떼 의자를 세르게이에게 돌렸다. 아직 자신이 동생이란 사실을 밝히지 않았기에 조심스럽게 접근할 수밖에 없었다.

"아, 스캇 너는 제임스를 아직 못 봤지? 너와 같은 한국에서 태어났는데, 카리스마 죽이거든. 퀄컴을 인수할 때만 해도 무모한 투자라고 비난했었는데 사실은 철저히 계획된 일이었다는 게 오늘 밝혀졌어. 아직 보안이라 말해줄 수 없지만, 인터페이스 작업이 완료되면 놀랄 일이 생기게 될 거야."

인터페이스 개발팀과 작업은 같이 하고 있었지만, 일부 핵심 직원을 제외하고는 컴페니언에 대해 알지 못했다. 세르게이의 평가가 싫지 않던 승연은 별거 아니라는 표정을 지으며 다시 컴퓨터의 자판기에 손을 얹었다.

"스캇, 넌 연애도 안 해? 네 휴대폰은 시계 말고 기능을 전혀 발휘하지 못하는 거 같더라. 야, 너 혹시……?"

세르게이가 갑자기 승연의 자리에서 멀어지며 옷매무시를 바로 잡는 시늉을 하자 승연은 기가 막혔는지 주먹을 쥐며 자리에서 일어났다.

"할 일 없으면 일찍 퇴근이나 해. 괜한 헛소문 퍼트릴 생각하지도 말고. 태어나서 처음으로 눈에 들어온 여자 때문에 고민 많은 사람한테 뭔 소리야!"

순간, 입 싼 세르게이에게 쓸데없는 말을 했다는 자책감에 승연의 얼굴이 어두워졌다. 특종을 잡은 세르게이는 역시나 그 기회를 놓치지 않고 달려들었다.

"너 뭐야? 좋아하는 여자 생긴 거야? 그런 당연히 나한테 조언을 구했어야지. 누구야? 어떻게 생긴 여자야?"

쉴 틈 없이 쏟아지는 질문에도 승연의 입이 열리지 않자, 세르게이는 회사에 소문을 내겠다는 협박으로 승연의 자백을 받아 내는 데 성공했다. 승연은 세르게이의 어르고 달래는 전략에 빠져 그동안의 일을 털어놓기 시작했다.

"거, 무지 도도한 여자네. 너 정도면 뭐 A는 아니더라도 B정도는 되는데 말이지. 당분간 일찍 퇴근해서 문 앞을 지켜. 뭐가 되었건 얼굴을 봐야 일을 시작할 수 있는 거니까. 흠, 생김새를 들어보면 제임스의 비서와 비슷한 거 같기도 하고……"

경환의 비서와 비슷하다는 말에 승연의 눈이 반짝거렸다. 승연이 많은 노력을 했음에도 두 번째 만남이 성사되지 않아 애간장이 녹던 참이었다. 밑져야 본전이란 생각으로 승연의 계획이 서서히 구체화되기 시작했다.

"잠시만, 스캇 너 혹시, 아직 동정이야? 푸하하, 네 표정을 보니 내 말이 맞는 거 같은데? 햐, 스캇이 동정이었다니 이거 무지 큰 뉴슨데?"

변명할 틈도 주지 않고 세르게이가 빠르게 승연의 자리를 벗어나자,

황당한 표정을 짓고 있던 승연은 내일부터 회사에 퍼지게 될 소문을 생각하며 눈을 감아 버렸다.

"아빠!"

"아바바."

현관문을 열고 경환이 집안에 들어서자 희수와 그림을 그리던 정우가 현관을 향해 뛰어갔다. 아직 보행기 신세를 면하지 못한 희수는 자신의 마음대로 움직이지 않는 보행기를 좌우로 흔들어가며 정우의 뒤를 따라 현관을 향해 걸어왔다.

"내 새끼들, 잘 놀고 있었어?"

환하게 웃는 정우와 희수를 양쪽 팔로 안아든 경환은 주방에서 나오는 수정에게 가볍게 입맞춤을 건넸다. 후속모델을 디자인하고 공모전에 출품된 작품들을 살피느라 수정도 바쁜 하루를 보내고 있었다. 가사 부담을 줄이기 위해 베이비시터와 가사도우미를 고용한 와중에도 식사 준비만큼은 손수 하고 있었다.

"정우하고 희수는 아빠 힘드시니까 어서 내려와."

"괜찮아. 아빠 씻고 나와서 같이 그림 그리자, 조금만 기다리고 있어."

보행기에 희수를 다시 내려놓자 정우는 경환에게서 벗어나지 않으려 발버둥치는 희수의 보행기를 끌고 그림 그리던 책상으로 향했다. 넥타이를 풀며 남매의 다정한 모습을 바라보는 경환의 얼굴에 환한 미소가 피어올랐다.

"아이들이 어서 커서 자기 앞가림을 했으면 좋겠어. 그래야 둘이 오붓하게 여행하면서 지낼 수 있을 텐데."

경환은 양복 상의를 받아드는 수정의 엉덩이를 가볍게 두들겼고, 수정은 싫지 않은 듯 손길을 뿌리치지 않았다.

"아이들이 보면 어쩌려고 그래요? 어서 씻어요. 된장찌개 끓여 놨어요."

한국 음식만 고집하는 경환 때문에 한동안 아파트 관리사무소와 신경전을 벌이기도 했지만, SHJ가 중요한 기업으로 휴스턴 사람들에게 자리 잡자 서로 조금씩 양보하는 선에서 신경전은 일단락되었다. 간단하게 샤워를 마친 경환은 오랜만에 맛보는 된장찌개로 허기를 달래고 그림 삼매경에 빠진 정우와 희수 곁으로 다가갔다.

"아빠, 이거 희수하고 같이 그린 거예요."

정우가 건네는 스케치북엔 우주를 날고 있는 세틀러에 올라탄 세 사람이 그려져 있었다. 그림 중간중간엔 희수의 손길로 보이는 울퉁불퉁한 선들이 보였다. 아이답지 않게 상당히 꼼꼼하게 그린 그림이었다.

"와, 정말 잘 그렸는데? 희수는 보행기를 타고 세틀러에 올라탔네. 그런데 정우는 어디 있는 거야?"

"에이, 나는 세틀러를 조종하잖아요. 아빠는 그것도 몰라요?"

경환은 정우와 희수의 머리를 쓰다듬으며 그림을 꼼꼼히 살폈다. 아기 때부터 그림에 소질을 보여서인지 정우의 그림은 또래들과는 수준이 달랐다. 안아달라고 보채는 희수를 번쩍 안은 경환은 다시 그림에 집중하려는 정우의 곁에 조용히 앉았다.

"정우는 나중에 커서 어떤 사람이 되고 싶어?"

"음, 난 그림 그리는 것도 좋은데, 세틀러 조종사가 되고도 싶어요."

"그렇구나, 그림을 잘 그리는 우주조종사가 되면 되겠다."

정우는 자신이 생각하지 못한 답을 얻었다는 듯 고개를 돌려 웃어 보였다. 경환은 희수를 안은 채 정우의 머리에 입을 맞추고는 한동안 아무 말 없이 정우가 그림 그리는 모습을 지켜보고 있었다. 종일 놀아서인지 희수는 경환의 품에서 깊은 잠에 빠져들었다. 경환은 침대에 희수를 내려놓고 거실로 돌아왔다.

"커피 한잔 하세요."

소파에 앉아 그림에 집중하는 정우를 바라보고 있자 수정이 커피를 한 잔 건네면서 경환의 옆에 앉았다. 경환은 수정의 머리를 끌어 품 안에 안고는 커피를 한 모금 입에 넣었다. SHJ에 전문경영인 책임경영체제가 정착되면서 경환은 가족들과 보내는 시간이 많아졌다. 희수가 태어나면서 아이들과 함께 시간을 보내려는 뜻도 있었지만, 책임경영을 정착시키기 위해 중요한 업무 결정이나 사업방향을 제외하고는 개입을 줄였기 때문이었다.

SHJ 초기부터 경환과 함께한 초기 멤버는 2~3%의 스톡옵션을 통해 수억 달러에 달하는 지분을 소유했다. 경환은 이익을 나눈다는 생각으로 전문경영인에겐 적당한 지분을 주어 그들의 사기를 고취했다. 전문경영인이 아니면서 지분을 가지고 있는 사람은 래리와 세르게이가 유일했지만, 전문경영인과 엔지니어를 우대한다는 인식이 퍼져 SHJ와 합병하고자 하는 기업이 줄을 잇고 있었다.

"출품작이 많다고 들었는데, 공모전은 잘 되고 있지?"

경환의 가슴에 머리를 파묻은 수정은 한숨을 내쉬며 고개를 들었다. 입술을 삐죽 내미는 수정이 마냥 예뻐 경환은 가볍게 입을 맞췄다.

"심사위원들이 참여하고는 있지만, 1차로 걸러진 작품이 모두 저에게 오고 있어요. 디자인 전공도 아니고 솔직히 너무 힘들어요. 세틀러도 자기가 말한 걸 그린 게 전부잖아요."

세틀러 도안자가 수정이란 것이 알려지자 사람들은 어느새 그녀를 SHJ 수석 디자이너로 인식하고 있었다. 수정은 이런 시선에 부담감을 느낄 수밖에 없었다.

"자긴 잘할 거야. 출품작 선정하는 거 같이 봐 줄까?"

"그럴래요? 자기가 봐 주면 나도 힘이 날 거 같아요."

경환의 말이 끝나기가 무섭게 수정은 노트북을 펼쳐 사진으로 찍어 전달된 출품작을 하나씩 보여주었다. 수많은 작품이 노트북 화면으로 지나갔지만, 기존의 틀을 깨며 새로운 발상을 도입한 작품은 눈에 띄지 않았다.

"자기가 보기엔 어때요? 간혹 눈에 띄는 것이 보이긴 하지만, 세틀러를 이길 만한 작품은 없어 보이지 않아요?"

"흠. 나도 자기 생각과 같아. 휴대폰은 이래야 한다는 선입견이 너무 강한 작품밖에 없는 거 같아. 하지만 아직 기간이 남아있으니까 포기하지는 말자고."

울상짓는 수정의 머리를 쓰다듬으며 경환은 아직 그림 그리기에 집중하고 있는 정우의 뒷모습을 바라보았다.

나츠미와 저녁을 함께하고 집으로 돌아가는 하루나의 마음은 텅 비어 있었다. SHJ엔지니어링이 설립되고 본격적으로 해외 입찰을 준비하자 코이치는 식구들을 서울로 불러들였다. 하루나는 같은 일본인으로 자신을 친동생처럼 대해주던 나츠미가 서울로 이주한다는 사실이 못내 섭섭했다. 나츠미는 SHJ 안에서 유일하게 자신의 속마음을 털어놓을 수 있는 사람이었기 때문이었다. 한국으로 떠나는 나츠미를 저녁 식사가 끝날 때까지 밝은 표정을 지으며 축하해 주었지만, 혼자가 되자 결국 눈물이 터져나왔다.

빵, 빵.

신호가 파란 등으로 바뀐 것도 모른 채 멍한 상태로 핸들을 잡고 있었던 하루나는 뒤차의 경적을 듣고서야 급히 차를 움직였다. 텅 빈 집만이 자신을 기다리고 있었지만, 하루나에겐 다른 선택이 없었다. 차를 주차하고 엘리베이터로 향하던 하루나는 뒤따라오는 인기척에 긴장하며 서서히 걷는 속도를 높였다. 신경이 곤두서는 것을 참았지만 인기척은 점점 가까워져 하루나의 불안감을 서서히 자극했다. 뛰다시피 달려가 엘리베이터의 버튼을 눌러댔지만, 엘리베이터보다 뒤따라온 사람이 빨랐다. 이마에서 떨어지는 식은땀과 함께 눈을 감아버린 하루나의 귀에 어눌한 영어가 들려왔다.

"바쁘셨나 봐요. 그동안 통 얼굴을 볼 수가 없던데."

마침 엘리베이터의 문이 열리자 구석진 곳으로 급히 피한 하루나는 그제야 자신에게 말을 건넨 남자를 바라보았다. 몇 주 전 옆집으로 이사온 사람이란 것을 확인한 하루나는 안도의 한숨을 내쉬면서도 긴장의 끈을 놓지 않았다.

"9층이시죠? 지난번에도 말했지만, 저는 스캇 리라고 합니다."

아직 신경이 곤두선 하루나는 그의 질문에 대꾸하고 싶지도 않았다. 스캇이란 남자는 자신의 얼굴을 뚫어지게 바라보고 있었지만, 엘리베이터가 9층에 도착할 때까지 그녀의 입은 열리지 않았다. 자신을 쫓아오는 시선을 무시하고 열쇠 구멍에 열쇠를 밀어 넣었다.

"이봐요. 사람이 이러면 안되죠. 싫으면 싫다고 말이라도 한마디 해야 하는 거 아닙니까? 옆집에 살면서 너무한 거 아닙니까?"

사내는 문을 열고 들어가는 하루나의 앞을 가로막으며 눈을 똑바로 바라보았다. 몇 번 사내를 밀치고 집에 들어가려다, 힘으로 이길 수 없다고 판단한 하루나는 한 발짝 뒤로 물러서 휴대폰을 핸드백에서 꺼내 들었다.

"대답해 드리죠. 싫어요. 싫다고요! 더 방해하면 경찰에 신고하겠으니 빨리 집 앞에서 물러나세요."

황당한 표정을 짓는 남자의 손을 밀치고 나서야 하루나는 집에 들어설 수 있었다. 급히 문이 닫히는 것을 멍한 표정으로 바라보던 그는 얼굴을 찡그리며 발길을 돌렸다.

'젠장, 내가 앞으로 너한테 말을 걸면 사람 새끼가 아니다. 자기가 예쁘면 얼마나 예쁘다고 사람을 무시해? 쪽팔려 죽겠네.'

제대로 무시당했다고 생각한 승연은 엘리베이터에 올라타며 휴대폰을 꺼내 들었다.

"세르게이, 너 때문에 얼굴 들고 회사를 못 다니고 있거든. 지금 너희 집 쳐들어가니까 술이나 준비해 놔. 내가 오늘 래리한테 플레이보이 잡지까지 선물 받았다. 오늘 너 죽고 나 죽어 보자고!"

알 수 없는 긴장감이 SHJ 회의실 전체를 감싸며 회의실로 들어오는 긴 행렬을 맞이하고 있었다. 경환은 린다와 황태수를 이끌며 나가 악수를 건넸다.

"SHJ에 오신 걸 환영합니다, 이형우 회장님."

"하하하. 환영해 주셔서 감사합니다, 이경환 회장님."

회의실에 마주 앉은 두 그룹의 임원들은 덕담을 주고받으며 화기애애한 분위기를 연출하기 위해 노력하고 있었다. 경환을 얕보다 여러 번 뒤통수를 맞은 이형우는 아들과 비슷한 나이인 경환을 기업가의 시선으로 냉철하게 분석하고 있었다. 재벌 2세란 꼬리표를 반도체를 비롯한 전자기기로 털어버린 이형우를 경환도 만만히 대할 수 없었다.

"이번 오성중공업 회사채 발행에 참여해 주셔서 감사합니다."

"별말씀을 다 하십니다. 28%의 이자를 보고도 참여를 안 하는 게 오히려 이상하지요. 좀 심하시긴 하셨습니다. 저희는 회사채를 발행할 정도의 위기는 아니라고 생각을 했는데, 역시 정부의 눈을 돌리는 방법으로는 그쪽이 제격이지 않겠습니까?"

오성그룹은 외환위기가 발생하면서 필요한 자금을 확보하겠다는 취지로 오성물산과 오성중공업을 통해 28%의 이자로 회사채를 발행했다. 경환은 다른 의미가 숨겨져 있다고 판단해 급히 1억 달러의 자금을 투자해 이를 매입했다. 경환과의 끈을 연결하기 위해 회사채를 부각하려던 이형우는 뼈있는 말로 응수하는 경환의 능글거리는 얼굴을 바라보며 입맛을 다실 수밖에 없었다.

"아닙니다. 정부의 눈을 돌리다니요. 그건 회장님이 오해하신 거 같습니다."

이형우를 대신해 탁주훈이 나서자 경환의 얼굴이 급격히 굳어졌다. 분위기가 급격히 가라앉고 있음을 느낀 황태수가 급히 사태를 수습하고자 나섰다.

"지금 이 자리는 탁 실장님이 나설 자리가 아닌 거 같은데요. 음, 제가 오성그룹 회장님께 질문을 드려도 되겠습니까?"

"탁 실장! 자중하세요. 내 얼굴에 먹칠하겠다는 겁니까? 회장님, 제가 대신 사과드립니다."

탁주훈을 통해 경환의 반응을 살피려던 이형우는 초반부터 SHJ가 반격해 오자 급히 사과했다. 경환은 기업의 이익을 위해서 아들뻘인 자신에게 머리까지 숙이는 이형우를 바라보며 속으로 놀라움을 금치 못했다.

이형우에 대한 소문만 듣고 판단했지만, 자신의 생각이 틀렸을 가능성도 존재했다. 그 정도로 이형우는 파격적인 모습을 보여주었다. 딕 체니가 자신의 뒤를 신경 쓰이게 하는 지금 오성그룹과는 관계를 풀어야 한다고 판단한 경환은 표정을 풀며 입을 열었다.

"아닙니다. 제가 좀 민감했나 봅니다. 실무자들끼리 할 얘기가 많을 거 같은데, 회장님은 저와 따로 자리하시는 게 어떻겠습니까? 제가 커피를 아주 잘 내립니다."

"하하하, 그게 좋겠습니다. 이 회장님이 내려주시는 커피를 맛볼 기회를 놓칠 수야 없지요."

경환은 황태수에게 실무협상 진행을 맡기고 하루나를 앞세워 이형우를 자신의 집무실로 인도했다. 직접 커피를 내려 이형우에게 건넨 경환은 맞은편 소파에 자리를 잡았다.

"SHJ 회장님이 내려서 그런지 커피가 아주 맛있습니다. 하하하."

이형우의 너스레를 웃으며 바라보던 경환은 마시던 커피를 내려놓고 입을 열었다.

"회장님, SHJ와 오성그룹은 일들이 많았습니다. 그동안은 오성그룹의 작전을 SHJ가 방어하면서 역공을 펼쳤습니다. 그런 점에서 세틀러의 출시는 회장님의 심기를 불편하게 만들었기도 했고요. SHJ와 오성그룹이 어떤 관계를 만들어야 한다고 보십니까?"

미소를 머금고 커피 향을 즐기던 이형우는 서서히 고개를 들어 경환을 바라봤다.

역시 그는 노련했다. 한국 재계 1위라는 명성은 그냥 얻어지는 게 아니었다. 경환은 이형우의 날카로운 눈빛을 통해 충분히 그 진가를 알 수 있었다. 흐트러짐 하나 없이 커피를 입에 넘긴 이형우는 조용히 잔을 탁자 위에 내려놓았다.

"글쎄요, 어려운 질문을 하시는군요. 오성그룹의 손을 잡을 기업들은 SHJ 말고도 많이 있습니다. 그건 SHJ도 마찬가지라고 봅니다. 많은 부문에서 우리가 경쟁해야 한다고 생각하지만, 역으로 본다면 또 여러 곳에서 협력할 수 있지 않겠습니까? 둘 다 IT 강자라고 말할 수 없는 상황에서 이 회장님도 저와 같은 고민을 하시리라 생각하는데요."

이형우는 경환의 도발에도 평정심을 잃지 않고 SHJ의 아픈 곳을 찔렀다. 세틀러의 출시 휴대폰 시장에 새로운 바람을 불러일으키긴 했지만, 전체 시장에 미치는 영향은 그리 크지 않았다. GSM은 아직 넘기 힘든 철옹성이었다. SHJ가 연구개발에 올인하며 심혈을 기울이고 있는 CDMA 2000 1X는 GSM의 아성을 파고드는 중요한 기술인 만큼 CDMA 종주국인 한국, 특히 오성그룹과의 협조가 경환으로서도 필요한 부분이었다. 그런 의미에서 이형우의 답변은 현 상황을 정확히 판단하는 것이었다. 경환은 조용히 대답했다.

"회장님의 고견에는 반론을 제기할 수가 없네요. 오성이 CDMA 칩셋을 개발 중이라는 소문을 들었습니다. 회장님께서 말씀하신 경쟁의 의미로 해석할 수 있겠지요. 저희는 이 칩셋이 우리의 기술을 침해했다고 보고 법률적인 검토를 시작했습니다. SHJ 내부에서는 중대한 계약위반으로 보고 있습니다."

CDMA의 시장성을 확인한 오성은 몇 년 전부터 칩셋 개발을 시작해 완료단계에 와 있었다. 자체기술력을 확보한다는 이형우의 방침으로 진행된 칩셋이 원천기술을 가지고 있는 이쪽을 위협할 정도는 아니었다. 하지만 경환은 방심하지 않았다.

"하하하, 제가 원래 욕심이 좀 많습니다. SHJ의 원천기술을 침해하지는 않았다고 생각을 합니다. SHJ-퀄컴의 시장을 잠식할 수 없다는 걸 잘 알고 있기도 하고요. 좋습니다. 비록 개발이 완료되었긴 하지만, 깨끗하게 포기하겠습니다."

꼬투리를 잡아 이형우를 몰아세우려던 계획이었지만, 깔끔하게 포기하겠다는 말에 경환은 순간 당황했다. IMT 2000이라는 3세대 무선통신 경쟁에서 GSM의 WCDMA 방식에 참패하는 CDMA 2000을 역전시키기 위해서는 오성그룹과의 업무제휴가 필요했기 때문이었다. 칩셋을 포기하겠으니 넌 무엇을 주겠느냐는 이형우의 노림수를 인정하지 않을 수 없었다.

"휴, 오히려 저를 자빠트리시네요. 회장님께 많이 배우고 있습니다. 다시 질문을 드리겠습니다. SHJ와 어떤 관계를 원하시나요?"

경환이 엄살을 피우는 모습을 바라보면서도 이형우는 긴장의 끈을 놓지 않았다. 이런 허허실실 전법으로 상대의 허점을 집요하게 노리고 들어와 한순간에 역전시키는 경환의 전략이 오성그룹의 데이터베이스에 저장

되어 있었기 때문이었다.

"우리 오성은 메모리반도체 부문에 강점이 있습니다. 현재 비메모리반도체 부문에 그룹의 역량을 집중하고 있습니다. 저는 2000년 이후 발전할 IT분야에서 오성그룹과 SHJ가 동반자 역할을 하며 시장을 개척했으면 합니다. "

"흠, 현재 TSMC에서 생산 중인 칩셋 물량을 원한다는 말씀이시군요. 건설과 중공업의 플랜트 합작도 필요하시겠죠?"

SHJ는 R&D(연구개발)에 막대하게 투자하는 오성그룹을 잠재적인 경쟁자로 선정하고, 끊임없는 구애에도 칩셋 생산물량을 주지 않고 있었다. 말을 돌리며 허점을 보이지 않으려는 이형우의 전략에 경환은 직설화법으로 방향을 전환했다. 이런 식의 대화라면 밤새 본론에 들어가지 못하고 끌려다닐 수도 있다는 판단이 들어서였다. 경환의 생각이 유효했는지 이형우의 입꼬리가 가볍게 흔들리고 있었다. 기회를 잡았다고 판단한 경환은 급히 다음 말을 이어갔다.

"칩셋 물량과 플랜트 합작은 당장 드릴 수도 있습니다. 하지만 오성그룹에 쌓이는 기술이 나중에 부메랑이 되어 제 목을 날릴 수도 있는데, 동반자가 되자는 회장님의 말씀만 가지고 결정을 내리기는 쉽지 않네요. 회장님이 저라면 어떤 판단을 내리시겠습니까?"

이형우는 쉽게 대답하지 못했다. 자신이 경환이라도 CDMA 원천기술을 소유하고 플랜트의 다크호스로 영향력을 발휘하는 상태에서 호시탐탐 1위의 자리를 노리는 경쟁자에게 기술을 넘겨준다는 것은 있을 수 없는 일이었다.

"허허, 골치 아픈 답변을 원하십니다. 저라면 칩셋 물량을 주지도, 합작하지도 않을 겁니다. 이 회장님 말씀대로 부메랑이 될 수밖에 없으니까요. 이렇게 긴장감을 맛본 지가 언제였는지 모르겠군요."

의외의 솔직한 답변에 경환은 살짝 당황하며 묘한 웃음을 입가로 흘렸다.

"솔직한 답변 감사합니다. 저도 이 회장님 말씀대로 변화하는 IT산업에 대응하기 위해서는 독불장군은 안 된다고 생각합니다. 한 가지 조건을 들어 주신다면 TSMC와의 계약이 종료되는 시점에서 물량의 반을 오성에 넘기는 것을 적극적으로 검토하겠습니다. 그러나 플랜트 부문은 대현중공업과 겹치지 않는 분야에서의 합작만 가능하다는 점을 미리 말씀드리겠습니다."

대현전자의 휴대폰 제조를 인수하면서 대현중공업과의 업무제휴를 약속한 경환은 우선권을 대현중공업에 줄 수밖에 없는 처지였다. 대현그룹과의 관계가 오성보다는 밀접하다는 것을 알고 있는 상태에서 이형우는 경환의 조건이 꽤 신경이 쓰였다.

"대현그룹과의 관계는 잘 알고 있습니다. SHJ의 조건이 무엇인지 궁금하군요."

"저는 플래시메모리 개발에 진출하고 싶습니다. 생산시설을 갖추겠다는 것은 아니지만, SHJ는 이 분야에 상당한 연구개발비를 할당해 놓고 있습니다. 회장님께서 플래시메모리 사업에 적극적이란 말을 들었습니다. 오성과 공동으로 연구하며 투자하고 싶습니다."

세계 최초로 1G 플래시메모리를 개발하면서 강자의 위치를 확고히 하는 오성그룹의 밥상에 숟가락을 올리는 경환은 급할 것이 없었다. 지금은 이형우가 자신보다 급하다는 것을 알고 있었기 때문이었다. 예상한 대로 이형우의 표정은 급격히 굳어졌다. 자신과 똑같은 곳을 바라보며 손쉽게 진출하려는 경환이 괘씸했다.

"물론 SHJ의 기술력이 더해진다면 개발속도는 빨라지겠지만, 많은 투자가 필요한 분야입니다. 사공이 많으면 배가 산으로 간다는 말을 아시리라 봅니다."

명백히 거절의 뜻이었다. 경환은 MP3플레이어의 출시가 얼마 남지 않은 현 상황에서 스마트폰까지 생각한다면 플래시메모리 분야는 포기할 수 없었다. 이형우의 대답을 이미 알고 있었다는 듯 경환의 입가엔 미소가 그려지고 있었다.

"알겠습니다. 저라도 회장님과 같았을 겁니다. 그러나 플래시메모리의 강자는 아직은 도시바란 것을 회장님도 부인하시지 못하실 겁니다. 제가 오성에게 합작을 제안했듯이 도시바에서 우리에게 손을 내밀더군요. 오늘 회장님과의 대화 즐거웠습니다."

이형우의 머리는 복잡해져 갔다. SHJ가 도시바와 손을 잡고 플래시메모리 분야에 진출하게 된다면 상황은 자신의 예측을 벗어나 혼전 양상에 빠질 수 있었다. 세틀러로 휴대폰 생산에 타격을 받았기에 SHJ가 도시바와 손을 잡는 것은 막아야 했지만, 쉽게 대답을 할 수는 없었다.

"허허, 이 회장님을 당할 수 없군요. 그러나 지금 쉽게 답을 드리지 못하는 것도 이해해 주셔야 합니다."

"물론입니다. 제가 옵션을 하나 추가하겠습니다. CHINA UNICOM과 계약하면서 수입 설비업체를 저희가 선정하게 되었습니다. 자격을 맞춰 주신다면 오성에 우선권을 드리겠습니다. 이 정도면 나쁜 조건은 아니라고 보는데요."

이형우는 빠르게 머릿속 계산기를 두들겼다. CDMA는 중국뿐만 아니라 아시아를 비롯해 동유럽에 진출하고 있었고, CDMA 설비를 중국에 공급하게 된다면 이 분야의 선두에 올라설 수도 있었다. 자신이 빠져나오지 못하도록 올가미를 치는 경환의 철저함에 이형우는 혀를 내둘렀다.

"좋습니다. 실무진에게 지시를 내리겠습니다. 이 회장님과 이야기를 나눴더니 허기가 드네요. 좋은 곳에서 밥이나 한 끼 사십시오."

"하하하, 별말씀을 다 하십니다. 모실 테니 같이 나가시죠."

경환은 자리에서 일어나 이형우와 함께 사무실을 나섰다. 큰 틀에서 합의한 오성그룹 실무팀은 란다와 황태수의 집요함과 철저함을 경험할 차례였다. 이렇게 오성그룹의 회사채와 플래시메모리에는 SHJ의 입김이 스며들기 시작했다.

"스캇, 요즘 정시에 퇴근하던데 그 여자와는 진도 좀 나갔어?"

승연은 두들기던 자판 위로 고개를 파묻었다. 세르게이 덕분에 자신이 동정이라는 사실이 회사 전체에 퍼져있었다. 직원들은 승연을 희귀한 동물 대하듯 했다. 특히 여자 직원들이 민망한 농담을 던질 정도로 승연은 화제의 중심이 되어 있었다. 인터페이스 개발에 정신이 없는 승연에게 래리가 곁으로 다가왔다.

"래리 너까지 그러기야? 세르게이에겐 꼭 복수하고 말겠어."

래리는 씩씩거리는 승연의 어깨를 치며 가벼운 웃음을 보였다. 많은 반대를 뚫고 채용한 승연은 자신의 기대를 저버리지 않고 스펀지처럼 지식을 빨아들였다. 아직 핵심 연구원에 미치지 못하는 실력이긴 하지만, 두 개의 프로젝트팀에 참여하면서 서서히 실력을 발휘하고 있었다.

"하하하, 내가 세르게이에겐 입조심 하라고 했잖아. 악의는 없으니까 너무 심각하게 생각하지 마. 스캇의 진가를 몰라주다니 그 여자도 대단하네."

"말도 마. 포기했어. 스토커도 아닌데 나 싫다는 여자 쫓아다닐 생각 없어."

승연은 하루나의 얼굴이 떠오르자 부르르 떨며 고개를 흔들었다. 싫다는 여자를 따라다닐 정도로 한가하지도 않았고, 자존심에 상처를 입힌 여자에게 꼬리를 흔들 정도로 마음이 넓지 않았기 때문이었다. 승연의 인상이 구겨지는 걸 바라보던 래리가 화제를 급히 돌렸다.

"컴페니언이 다음 주에 구글에 오픈되는 거 알지? 보스가 인터페이스 진행 상황을 확인하길 원하더라고, 내일 브리핑이 있을 거니까 너도 준비해."

"내가 왜?"

아직 팀의 중심 연구원이 아닌 자신이 브리핑 자리에 참석한다는 게 이해가 되지 않았다. 극도의 보안을 유지하며 출시시기를 저울질하던 컴페니언의 출시 일정이 확정되면서 승연도 시제품을 볼 수 있게 되었다. 세틀러가 강세를 보이고 있는 시기에 컴페니언의 출시가 어떤 반향을 일으킬지에 대해서는 의견이 분분했지만, 비교적 젊은 인재들로 구성된 SHJ-구글에선 그 성공을 믿어 의심치 않았다.

"보스가 인터페이스 개발팀 전체를 소집했어. 뭐, 격려해 주려는 거 아니겠어?"

승연의 얼굴이 긴장감으로 달아올랐다. 아직 형은 자신이 여기서 일한다는 사실을 모른다고 믿었다. 아직 보여줄 만한 실력을 갖추지 못한 상태에서 그 앞에 서고 싶지 않았다.

"난 정식 팀원도 아니고, 프로그래밍팀에서의 일도 남아 있는데 좀 빠지면 안 될까?"

"무슨 소리야? 다른 직원들은 제임스를 못 봐서 안달인데 너는 왜 그래? 잔말 말고 인터페이스팀에 가기나 해. 브리핑 준비한다고 너 찾고 있으니까."

에릭이 사장이 되어 경영을 맡자 구글의 성장세는 무서울 정도로 빨라졌다. 비록 올해 적자경영이 예상되긴 하지만, 이윤을 생각하지 않고 연구개발에 무지막지하게 투자했으니 어쩔 수 없었다. 경환은 에릭의 공격적인 영업과 기술개발에 전폭적인 지지를 보내주어 SHJ-구글 직원들의 사기는 경쟁업체를 누르고도 남았다.

친구처럼 지낸다고는 하지만, 래리는 엄연히 자신의 상사였다. 승연은 래리의 지시에 노트북을 들고 자리에서 일어날 수밖에 없었다. 래리는 도살장에 끌려가는 소처럼 무거운 발걸음을 옮기는 승연에게 농담을 건넸다.

"스캇, 너무 기죽지 마. 내 수제자인 너에게 눈이 돌아갈 정도의 여자를 소개해 줄 테니까. 진정한 남자가 되어야지."

승연은 발걸음을 멈추고 뒤를 한 번 돌아봤다. 여유 있는 표정으로 손을 흔들어 보이는 래리를 확인한 승연은 한숨을 내쉰 후 발걸음을 돌렸다.

다음날 브리핑은 편안한 분위기 속에서 진행되었다. 자유로운 소통을 강조하는 SHJ-구글의 분위기에 맞는 토론식이었다. 기존의 딱딱한 기업 브리핑의 이미지를 지우고자 경환은 청바지에 티셔츠를 입고 등장했다.

"세르게이, 깔끔한 디자인이 사람의 시선을 끄는 데는 성공한 거 같아. 하지만 음악을 브라우징하는 방식이 좀 복잡한 거 같은데."

심각한 부도설에 휩싸였던 애플은 넥스트스텝을 4억 달러에 매입하고 스티브 잡스를 전면에 배치, 경영난을 해소하고 반전을 노리기 위해 불철주야 고심하고 있었다. 아직은 혁신적인 디자인의 일체형 컴퓨터인 아이맥 개발에 동분서주하고 있었지만, 아이맥의 성공 이후 MP3 시장에 스티브가 눈을 돌리기 전에 이 시장을 선점해야 했다. 적어도 MP3플레이어와 인터페이스에 대한 특허출원을 서둘러 아이팟과 아이튠즈에 제동을 걸 생각이었다.

"이 정도의 인터페이스라면 획기적이라 할 수 있습니다. 기존의 운영체계와 독립적으로 운용되도록 설계되었습니다. 기존의 운영체계-응용프로그램의 관계와는 다른 프로그램입니다."

"너무 어려운데? 내가 비전문가라고 너무 전문용어만 골라 쓰는 거 아냐?"

"하하하."

회의는 시종일관 화기애애한 분위기 속에서 진행되고 있었지만, 끝자리에 앉아 있는 승연은 웃음마저 사라진 얼빠진 모습이었다. 경환은 힐끗 승연을 한 번 쳐다본 후 말을 이어갔다.

"소비자의 입장에서 평가하는 겁니다. 음악을 고르거나 찾는 방법을 세분화한다면 접근하기 쉽겠다는 생각이 들거든요. 예를 들자면 노래의 장르, 작곡가, 가수, 제목 혹은 발표 연도 이런 식으로 말이지요."

"흠, 그건 어렵지 않을 거 같습니다. 컴페니언의 출시가 일주일밖에 남지 않았으니 업데이트를 통해 구글스토어를 수정하면 괜찮을 거 같네요. 패치 작업을 바로 시작하겠습니다."

인터페이스의 이름은 구글스토어로 정해졌다. 음악을 시작으로 동영상과 서적 등 전반적인 미디어 분야까지 진출해 환경이 조성되면 온라인 판매로 연결할 계획이었기 때문이었다. 업데이트를 통해 단점을 보완해 가겠다는 세르게이의 답변에 경환이 질문했다.

"슈미트 사장님, RIAA(음반저작권협회)와의 협상은 어떻게 진행되고 있습니까?"

"아직 P2P 방식의 음원 다운로드에 대한 기본 틀이 없는 상태입니다. 계속 협의를 진행하고 있습니다."

"언젠가는 큰 문제로 비화할 가능성이 많습니다. 구글을 통해 저작권에 대한 인식을 소비자들에게 각인하는 작업을 하세요. 후발주자들을 견제하기 위해서도 RIAA에 우리 입김을 불어넣어야 합니다."

경환은 무분별하게 생길 파일공유서비스 업체 때문에 저작권 문제가 큰 이슈가 되리라 생각하고, 이를 방지하기 위해 RIAA와의 협상을 지시했다. 사실 저작권 문제라기보다는 아이튠즈를 선보일 애플을 견제하기 위한 수단으로 이용하려는 것이 더 큰 목적이었다. 이런 경환의 생각을 스티브 잡스가 알았다면 땅을 치겠지만, 그는 지금 아이맥 개발에 애플의 사활을 거는 중이었다.

"1주일 남았습니다. 세틀러에 이어 세상을 다시 한 번 놀라게 해 봅시다. 그런데 저기 끝에 앉아 있는 친구는 뭐 불만이라도 있습니까? 회의 시작 전부터 좀비 같은 표정이라 무섭군요."

모두의 시선이 끝자리에 앉아 있는 승연에게 쏠렸다. 경환의 말이 들리지 않은 듯 승연의 얼굴이 계속 굳어 있자 옆에 있던 직원이 급히 승연의 어깨를 건드렸다. 모든 시선이 자신에게 쏠려 있는 걸 느낀 승연은 그제야 상황을 파악하고 급히 자리에서 일어났다.

"다른 생각을 하느라 회장님 말씀을 듣지 못했습니다. 죄송합니다."

"제임스, 이 친구는 인터페이스 개발과 프로그래밍 언어 개발에도 참여하고 있습니다. 아마 그쪽 일을 생각했나 봅니다."

래리가 나서 승연을 두둔하자 경환은 크게 개의치 않고 다시 회의를 진행했다. 경환의 지적에도 승연의 시선은 경환의 뒤에 서 있는 하루나에게 고정되어 있었다. 분명 눈이 마주쳤는데도 불구하고 자신을 의식하지 않고 태연히 서 있는 하루나를 보자 절로 입술이 깨물어졌다. 볼펜으로 벅지를 찍으며 승연은 다시 회의에 집중하기 시작했다.

스프린트 매장은 세틀러의 인기에 힘입어 SHJ와 함께 성장하고 있었다. 매장에 가득한 손님 대부분은 세틀러를 구매하기 위해 SHJ 부스에 몰려들었다. 공급이 수요를 따라가지 못하자 한국에서 생산되는 세틀러를 급히 수입하는 사태까지 발생할 정도로 인기가 식을 줄 몰랐다.

스프린트 매장을 찾은 존은 오랜 망설임 끝에 세틀러 구입을 결정했다. 스타텍과 세틀러를 사이에 두고 고민에 빠져 있었던 존은 여자 친구의 권유와 주위 친구들의 후한 평가를 들으며 세틀러를 구매하기로 결론 내렸다.

"저, 후속 시리즈가 출시된다는 소문이 있는데 지금 세틀러-1을 구입하는 게 솔직히 망설여지네요."

부스의 직원은 존의 망설임을 이해한다는 듯 밝게 웃으며 존에게 설명을 시작했다.

"그 말은 사실이에요. 아직 일정이 잡히긴 않았지만, 연말 정도가 될 거 같습니다. 세틀러-1 구입이 망설여지신다면 연말에 후속 모델이 출시될 때까지 기다리셔도 되고요. 그러나 세틀러 시리즈의 후속 모델은 계속해서 나오게 될 텐데 기다리기만 하시기는 무리겠지요"

반년 이상을 기다려야 후속 모델이 나온다는 소리에 존은 일찍 세틀러를 구입하지 않은 자신의 우유부단함을 후회하며 한숨을 내쉬었다.

"그 말이 맞네요. 세틀러를 구입하겠어요."

직원이 박스를 꺼내기 위해 자리를 비운 사이 큰 광고판이 그의 눈에 들어왔다. '세계 최초의 MP3P'라는 카피와 컴페니언-1이라는 제품명에 이어 이어폰과 연결된 사각형 기계가 보였다. 그제야 주변을 살핀 존은 세틀러를 손에 든 고객들이 컴페니언이란 제품을 사기 위해 줄을 선 모습을 보았다. 직원이 세틀러 박스를 손에 들고 돌아오자 존은 기다렸다는 듯 질문했다.

"저기 광고판에 나와 있는 컴페니언-1이 무슨 기계입니까?"

"아, 손님은 구글을 이용하지 않으시나 보군요? 얼마 전부터 구글에서 대대적으로 광고를 시작한 제품인데. 잠시만 기다리세요."

구글은 자신과 맞지 않는다며 야후를 검색엔진으로 이용하는 존은 직원의 말을 이해할 수 없었다. 직원은 홍보용으로 매장에 비치된 컴페니언을 꺼내 이어폰을 존에게 건넸다. 별 생각 없이 직원이 건넨 이어폰을 귀에 꽂은 존은, 순간 멈칫했다. CD플레이어에 뒤지지 않을 정도의 음질이 바로 전달되었기 때문이었다. 직원이 버튼을 눌러 다른 음악을 틀자

존은 직원의 양해를 구하며 직접 컴페니언을 조작하기 시작했다. 담배케이스보다 얇아 와이셔츠 주머니에 들어가도 표시가 나지 않는 것을 확인한 존은 또 망설일 수밖에 없었다. 평소 음악 감상을 즐기는 그에게 휴대가 불편한 CD플레이어를 대체할 컴페니언은 흥미로웠지만, 세틀러와 컴페니언 둘 다 살 수는 없었기 때문이었다.

"음악은 어떤 방법으로 저장되는 건가요?"

"컴페니언을 구입하시면 구글스토어란 응용프로그램을 같이 드려요. 자세한 설명은 구글을 통해 확인하시는 게 빠르실 거 같네요."

존의 결정이 길어지자 직원은 양해를 구하고 다음 손님과 상담을 시작하려 했다. 존은 급히 직원을 불러 세웠다.

"컴페니언을 살게요."

친구들이 다 가진 세틀러를 한 달 늦게 사도 크게 불편한 건 없어 보였다. 늦은 결정을 컴페니언으로 만회하겠다는 생각에 존은 망설임을 끝냈다. 컴페니언을 손에 든 존은 구글에 접속하기 위해 서둘러 집으로 향했다.

세틀러와 더불어 컴페니언이 세상에 모습을 드러내자 SHJ는 또 한 번 사람들의 입에 오르기 시작했다. 특히 GSM의 영역인 유럽 진출이 노키아와의 협상 지연으로 늦어지는 것과는 다르게 컴페니언의 소문은 구글을 통해 빠르게 전달되었다.

아직 미국과 한국에만 출시하는 컴페니언을 수입하기 위해 유럽의 대형 무역회사들이 앞다퉈 SHJ-퀄컴의 문을 두드렸다. 어윈이 생산라인을 확충하기 위해 서둘러 한국을 찾을 정도로 컴페니언의 판매량은 세틀러와 함께 고공행진을 시작했다.

경환은 아이들과 시간을 보내며 주말을 한가롭게 보내고 있었다. 희수는 보행기를 벗고 걸음마를 시작하면서 정우의 뒤를 졸졸 쫓아다니고 있었다. 정우는 그런 희수를 귀찮아하지 않고 손을 잡아 주었다. 경환은 정우와 희수를 안아 들었다.

"우리 엄마가 뭐 하는지 가 볼까?"

주말인데도 수정은 서재에 들어가 통 나올 생각을 하지 않았다. 공모전 마감일이 다가오면서 경환보다도 바쁜 하루를 보낼 정도였다. 아이들을 안고 서재에 들어서자 경환의 예상대로 수정은 작품들을 보며 심사위원들의 코멘트를 확인하고 있었다.

"좀 쉬면서 하지그래? 그러다 몸 상할까 걱정이네."

"난 공모전 하나 처리하는 것도 이렇게 힘든데, 자기는 어떻게 회사를 키운 거예요? 참, 이 작품 한번 살펴볼래요? 좀 특이해서 눈에 들어오네요."

경환은 수정의 노트북으로 눈을 돌려 모니터에 나와 있는 작품을 살폈다. 기존의 휴대폰과는 확연히 다른 기능과 함께 세틀러-2의 단점을 보완할 수 있는 슬라이드 폰이었다.

"다른 것들과는 차별점이 있는데? 잘하면 작품 하나 만들 수 있을 거 같네. 오늘은 그만 정리하고 아이들 데리고 허먼파크에 가서 산책이나 하자."

정우까지 자신을 끌어당기자 수정은 노트북을 접을 수밖에 없었다. 세틀러의 후속 모델의 디자인 작업은 지연되고 있었지만 세틀러의 인기는 미국과 한국을 넘어 CDMA를 테스트하는 중국에까지 스며들었다. 급

한 대로 컬러 액정의 화소를 높이고 16POLY 벨소리를 장착시키는 선에
서 세틀러-2를 선보일 생각이었다. 공모전을 통해 수석 디자이너를 선정
하기 전까지 세틀러-3의 출시는 연기될 수밖에 없었다. 경환은 좀 전에 확
인한 작품을 머릿속에 주입하며 차기 모델의 윤곽을 잡아갔다.

"형수님 문 좀 열어 주세요."

"와! 삼촌이다."

수정이 외출 준비를 하러 방으로 들어가자 승연의 목소리가 들렸다.
정우가 먼저 반응하며 현관을 향해 뛰어 나가자 희수는 뒤뚱거리며 그 뒤
를 쫓았다. 승연은 웃음을 띠고 정우와 희수를 안아 들었다.

"자식, 한동안 안 오더니 뭔 바람이 분 거야? 오려면 전화라도 하고 왔
어야지."

"구글스토어 패치 작업 하느라 정신없었어. 형이 얄밉기도 했고. 언제
안 거야?"

승연은 몇 주 전 있었던 회의를 생각하며 몸서리를 쳤다. 회의가 끝나
고 래리에게 깨진 것은 어쩔 수 없는 일이라고 넘겼지만, 자신이 구글에서
일한다는 것을 뻔히 알면서도 내색하지 않은 경환이 얄미웠다. 하지만 정
우와 희수가 눈에 밟혀 더는 참을 수가 없었다.

"내가 아는 척하면 상황이 달라지기라도 했을까 그래? 넌 초짜 연구
원일 뿐이야. 그리고 구글은 내가 심혈을 기울인 작품인데 너를 몰랐다는
게 더 이상한 일이지. 당분간 모른 척 넘어갈 테니까, 래리나 세르게이 섭
섭하지 않게 기회 봐서 잘 설명해. 미국 애들 은근히 뒤끝 심해."

"도련님, 구글에서 일하셨던 거예요?"

승연의 등장에 외출 준비를 서두르던 수정은 다시 평상복으로 갈아입

고 거실로 나오며 내심 놀라는 표정을 지어 보였다. 승연은 두 부부의 작당이 못마땅했는지 입을 한자나 내밀어 보였다.

"형수님까지 그러시기에요? 형이 꽉 잡혀 사는 걸 뻔히 아는데, 적어도 저에게 귀띔이라도 해 주셨어야죠."

"야, 사내자식이 쫀쫀하게 아직도 안 풀렸냐? 그러게 진작 말했으면 좋잖아. 그나저나 여긴 무슨 일로 온 거야? 패치 작업에 정신없다는 놈이."

승연은 한참을 망설이면서도 쉽게 입이 떨어지지 않았다. 현관문을 들어서기 전까지만 해도 자신감에 넘쳐있었지만, 막상 경환과 수정의 얼굴을 보자 자신감은 급격히 사그라졌다. 오랜만에 만난 삼촌과 놀 생각에 마음이 급한 정우가 승연을 잡아챘다.

"동생이 형 집에 오는 게 뭐 잘못되기라도 했어? 사랑하는 조카들 얼굴 보고 밥 한 끼 먹으러 왔지. 형수님, 저 애들 데리고 놀러 나갔다 올 테니 밥 좀 차려 주세요."

도둑질하다 들킨 것처럼 급히 정우와 희수를 데리고 사라지자, 경환은 승연을 바라보며 입꼬리를 말아 올렸다. 구글에 퍼진 소문이 자신의 귀에까지 들어왔기 때문이었다.

시애틀 근교에 위치한 레드먼드는 MS의 본사가 있는 도시로 유명세를 타고 있었다. 1975년 설립된 MS는 IBM PC 운영체제로 MS-DOS를 개발하며 세상에 이름을 알리기 시작했지만, 창립 당시에는 크게 주목을 받지 못했다. 애플이 PC에 처음 도입한 GUI(그래픽사용자인터페이스) 운영체제인 맥OS에 대항하기 위해 1985년 윈도1.0을 출시했지만, MS-DOS

를 기반으로 했기에 운영체제라기보단 소프트웨어에 가깝다는 한계성을 가지고 있었다.

그러나 MS는 내부분열로 기술개발에 힘을 쏟지 못하는 애플의 틈을 비집고 지속적인 업그레이드로 힘을 비축했고, MS-DOS를 통합한 최초의 32비트 윈도 95를 출시하면서 PC의 운영체제를 장악해 버렸다.

MS의 추월을 바라보며 손가락만 빨던 애플은 스티브 잡스를 다시 불러들여 반격을 시도하고 있었지만, 이미 MS는 애플의 손이 닿지 않는 곳으로 멀어진 상태였다. 애플이 심혈을 기울여 출시한 아이맥이 확고한 소비자층을 형성한 윈도 95를 넘을 수 있다고 보는 사람은 많지 않았다. 스티브 발머와 빌 게이츠는 오랜만에 대화를 나누고 있었다.

"아이맥에 맞춰 출시한 윈도 98의 반응이 나쁘지 않은 거 같더군."

"하하, 그러게 말이야. 우리가 너무 스티브 잡스를 의식한 거 아닌가 싶어."

썩어도 준치라는 말처럼 애플의 반격을 내심 걱정했던 두 사람은 예상수치 내에서 움직이는 아이맥의 매출보고서를 보고 안도의 한숨을 내쉬었다. 애플의 반격을 예상하며 준비한 윈도 98은 다중모니터 및 웹TV, USB, FAT32를 지원해 2GB의 파티션 제한을 벗어났다. 그러나 윈도 98은 윈도 98SE가 나오기 전까지 큰 성공을 거뒀다고 볼 수는 없었다.

"윈도 98의 출시를 앞당길 수 있었으면 좋았을 텐데, 좀 아쉽기는 해. 그때 문제만 발생하지 않았어도 아이맥과 격차를 더 벌릴 수 있었을 텐데 말이지."

빌은 4월에 진행된 쇼케이스를 생각하며 아쉬운 듯 입맛을 다셨다. 윈도 98을 시현하는 과정에서 이미지 스캐너를 연결해 자동 설치를 하려던 순간 아무런 이유 없이 컴퓨터가 다운되었던 것이다. 결국 윈도 98은 두 달 후로 출시일정을 조정할 수밖에 없었고 그때의 일이 계속 회자되어 윈도 98은 윈도 95 이상의 성과를 거두지 못하고 있었다.

"아이맥으로 죽어가는 애플에 산소 호흡기를 달아 준 것만 해도 대단하다고 봐. 내가 아는 잡스라면 아이맥으로 기반을 잡고 뭔가를 다시 준비하려고 할 거야."

잡스를 극도로 경계하는 빌을 바라보던 발머는 따로 준비한 보고서와 함께 탁자 위에 세틀러와 컴페니언을 올려놓았다.

"애플도 강력한 경쟁 상대이지만, 난 SHJ가 상당히 신경이 쓰여. 퀄컴을 인수할 때만 해도 크게 신경을 쓰지 않았는데, 작년에 서비스를 시작한 구글이 나타나면서 판세가 복잡하게 흘러가는 거 같아."

SHJ-퀄컴과 WIP를 공동개발할 때만 해도 SHJ는 무선통신과 인터넷의 조화라는 연결고리를 제외하고 MS의 시선을 끄는 기업은 아니었다. 그러나 구글이 서비스를 시작하고 독립적인 인터페이스인 구글스토어를 무료배포하면서 상황이 변하기 시작했다. 빌은 컴페니언에 연결된 이어폰을 귀에 꽂으며 익스플로러를 열어 구글에 접속을 시도했다.

"자네 말이 맞아. 단순한 검색엔진이라고 생각했는데 뒤통수를 얻어맞은 기분이야. 아마 애플도 바짝 신경을 쓰고 있겠지."

"구글스토어의 호환성이 상당히 눈에 거슬려. 그리고 구글의 사장이 에릭 슈미트라는 건 분명 주목할 일이거든."

구글스토어는 맥과 윈도 환경에 모두 구동된다는 호환성을 강조한 인터페이스였다. 또한 MS OS의 독점적 운영체제에 반기를 들며 JAVA 개발에 주도적인 역할을 한 에릭이 사장으로 있다는 것은 독립적인 OS 개발을 시도할 수도 있다는 것을 의미했다. 정부와 IBM의 전폭적인 지원으로 PC OS를 장악하며 애플을 밀어낸 빌에게는 SHJ가 여러 가지로 신경 쓰일 수밖에 없었다.

"SHJ의 제임스 리란 사람에 대해서 알아봤어?"

"통 이해가 안 되는 친구야. 대학에서 중국어를 전공하고 군대를 다녀와서 SHJ를 설립했는데, 플랜트에서 갑자기 무선통신과 IT로 사업영역을 확대한 이유가 설명되질 않아. 이 정도 성공이면 나스닥에 상장할 수도 있었을 텐데, 모든 기업이 비공개야."

발머의 말에 빌은 놀라지 않을 수 없었다. 가치를 최대한 끌어올린 다음 기업공개를 통해 자금을 확보한다는 논리를 깨는 이유가 궁금했다. 빌은 컴페니언을 손으로 돌려가며 구글스토어를 살펴보았다. 응용프로그램이면서도 윈도 98과 독립적인 형태로 운영되는 구글스토어는 빌의 신경을 긁었다.

"이 컴페니언이 IT시장에서 큰 물줄기가 되리라는 생각이 들어. 지금까지 보여준 SHJ의 저력이 멈출 리가 없겠지. 제임스 리가 뭘 생각하느냐에 따라 우리의 대응도 달라져야 할 거야. 최악의 경우 잡스와 손을 잡는다는 것도 포함해서."

상극인 MS와 애플의 합작까지 말하는 빌에게 발머는 고개를 끄덕이면서도 물과 기름같은 두 회사의 합작은 쉽지 않을 것이라고 생각했다. SHJ가 차후 MS의 강력한 경쟁자가 될 수도 있다고 받아들인 발머는 애플과 SHJ가 손을 잡는 것을 경계하기 시작했다.

"빌, 적의 적은 아군이란 소리가 있잖아. 애플과 SHJ가 손을 잡기라도 한다면 우리도 고전할 수 있다고 생각해. 교활하고 자기중심적인 잡스의 성격을 봤을 때 우리는 애플과 맞지 않아. 그래서 하는 말인데, 제임스 리란 친구와 친분을 가져 보는 게 어떻겠어? 마침 퀄컴과 공동 개발한 WIP 브리핑이 얼마 남지 않았잖아. 그때 맞춰 자연스럽게 만남을 계획하는 것도 좋지 않겠어?"

"좋은 방법이네. 퀄컴을 통해 선을 연결해 봐. 내 감이 맞는다면 애플이 아니라 SHJ를 주목해야 할 거 같아."

발머가 전화를 연결하는 동안 빌은 컴페니언과 세틀러를 비교하며 깊은 고민에 빠져들었다.

"미스터 리, 미국 역사에 조예가 깊으시군요."

시민권 마지막 절차인 인터뷰가 경환의 사무실에서 진행되고 있었다. SHJ의 규모가 커지고 그룹경영이 시작되면서 주 정부와 각종 협회에서 시민권을 취득하라는 압력이 들어왔고 경환은 많은 고민 끝에 시민권 취득을 결심했다. 그러나 한국 정부에서 문제를 제기하지 않는다면 한국 국적도 포기할 생각은 없었다. 휴스턴 이민국은 경환의 사정을 참작해 직원을 직접 SHJ에 파견해 주었다.

"마지막 질문을 하겠습니다. 미국의 시민으로 납세의 의무를 성실히 수행하고 충성하시겠습니까?"

경환은 눈살을 찌푸렸다. 시민권의 마지막 절차인 선서식에 있는 충성 맹세를 인터뷰 질문에 포함한 이유가 의심스러웠기 때문이었다. 이례적으로 직원을 사무실에 파견 보낸 것은 감사할 일이었지만, 경환은 질문의 의도를 알아야만 했다.

"선서식도 아닌데 충성 맹세를 묻는 이유가 뭔가요?"

느닷없는 경환의 질문에 인터뷰를 참관하던 린다와 변호사의 얼굴이 파랗게 질려가고 있었다. 그룹 회장이라 하더라도 인터뷰에서 통과하지 못한다면 시민권 취득은 어려울 수밖에 없었고, SHJ의 오너가 충성 맹세를 거절했다는 소문은 SHJ를 흔들 수도 있는 중대한 리스크가 될 수 있었기 때문이었다.

"저, 선서식에는 따로 참석하지 않으셔도 됩니다. 주 정부의 특별한 요청으로 인터뷰로 선서를 대신하기 때문에 이 질문은 중요합니다. 답변해 주십시오."

경환은 주 정부가 자신을 선서식의 번거로운 절차에서 벗어나게 해 주는 이유를 생각하지 않을 수 없었다. 주지사를 움직일 수 있는 사람은 딕 체니밖에 없다는 생각이 들자 경환은 씁쓸한 미소를 머금고 이민국 직원의 질문에 답변했다.

"납세의 의무를 성실히 수행하고 불의에 대항하며 충성하겠습니다."

"답변해 주셔서 감사합니다. 선서식을 생략하기 때문에 시민권 증서는 다음 주에 발급될 예정입니다. 영주권은 그때 반납해 주십시오."

경환은 이민국 직원과의 악수를 끝으로 모든 절차를 마쳤다. 영어 이름으로 전환하면서 통상적으로 최소 2개월 이상이 걸리는 시민권이 바로 나온다는 것은 이들이 경환의 시민권 취득을 반기고 있다는 것을 대변했다. 직원들의 축하인사에도 경환은 착잡한 심정에서 벗어날 수 없었다.

"하루나, 알에서 SHJ타운을 방문하고 싶다고 전달해 주세요. 타운을 둘러보고 바로 퇴근할 생각이니 기다리지 말고 하루나도 퇴근하세요."

시민권을 취득했음에도 기뻐하는 내색을 보이지 않는 경환을 본 린다는 황태수에게 귓속말한 뒤 모인 직원들을 이끌고 서둘러 사무실을 빠져

나갔다. 홀로 남은 사무실 창가에 한쪽 어깨를 기댄 경환은 쏟아지는 햇볕을 몸으로 맞으며 조용히 눈을 감았다. 단지 한국 정부를 미워했을 뿐, 한국인이란 사실을 부끄러워하거나 싫어한 기억은 없었다. 이제 한국계 미국인이 된 자신의 처지를 받아들일 마음의 준비가 되지 않았다. 쓸쓸한 경환의 뒷모습을 바라보던 하루나가 조용히 입을 열었다.

"회장님, 차량이 준비되었습니다. 제가 동행하겠습니다."

"아니에요. 알과 따로 할 얘기도 있고, 하루나는 퇴근하세요."

하루나가 건네준 양복 상의를 받아 든 경환은 알의 경호를 받으며 서둘러 사무실을 벗어나 준비된 차량에 몸을 실었다. 차량은 앞뒤로 경호 차량을 대동한 채 다운타운을 벗어나기 시작했고 경환은 담배를 꺼내 입에 물었다.

"알, SHJ시큐리티의 채용인원이 급격히 늘어나고 있다고 들었는데, 다른 지원은 필요하지 않습니까?"

"정규직으로 채용하다 보니 특수부대 출신들의 지원이 늘어나고 있는 건 사실입니다. 회장님께서 배려해 주신 덕분에 직원들의 사기와 충성심도 높아지고 있습니다. 게일이 이 분야 전문가니 크게 걱정하지 않으셔도 됩니다."

딕 체니와 만난 후 경환은 다른 법인보다 먼저 SHJ시큐리티 설립을 강행했다. 용병이 아닌 정규직으로 안정적인 생활을 보장하자 실력 있는 특수부대 출신들이 대거 지원했고, 지금은 400명이 넘는 인원을 훈련시키는 중이었다. SHJ의 주요인물 경호와 SHJ타운과 해외사업장의 외곽경비를 맡길 계획이었기 때문에 400명이란 인원도 결코 많은 숫자는 아니었다.

"직원 복지에 신경을 쓰면서 훈련 강도를 높이는 방안을 찾아보세요. 필요한 장비에 관해서는 전권을 드리겠으니 법에 저촉되지 않는 범위에서 최대의 화력을 보일 수 있는 것들로 구입하세요. 그리고 SHJ타운 완공이 얼마 남지 않았으니 그때까지 최대한 많은 인원을 채용하시고요."

"알겠습니다. 회장님."

알은 자신과 동료들에게 아낌없는 지원과 믿음을 보여주는 경환을 실망시키고 싶지 않았다. 그런 이유로 경환의 만류를 무릅쓰고 사장인 자신이 직접 회장을 경호했다. 알과의 대화가 마무리될 무렵 차량은 검문소를 통과해 현장사무실에 다다랐다.

"회장님 오셨습니까?"

뜨거운 햇볕에 검게 그을린 최석현이 현장사무실 밖을 서성이다 경환을 맞이했다. 최석현은 SHJ타운 건설이 시작되면서 사무실을 현장사무실로 옮겼고 SHJ매니지먼트도 현장사무실 임시주소로 등록해 버렸다. 임시 건물이라는 열악한 환경 속에서도 SHJ매니지먼트는 최석현의 지휘 아래 회사의 체계를 잡아가고 있었다.

"기분이 가라앉아서 최 사장님 얼굴 좀 보러 왔습니다. 퀄컴이 들어올 건물은 일정상 문제가 없겠지요?"

"가 보시면 아시겠지만, 마무리 작업을 하고 있습니다. 이르면 다음 달부터 이주 작업을 진행할 수 있습니다."

"수고하셨습니다. 현장을 확인하고 싶은데 최 사장님이 안내해 주세요."

경환은 최석현의 안내를 받으며 퀄컴이 들어설 건물에 들어섰다. 설명을 들으며 사무실과 연구실, 생산설비가 들어설 공간을 일일이 확인한 경환은 구글과 그룹 본사가 들어서는 현장으로 발걸음을 옮겼다. 퀄컴과 달리 아직 반 정도의 공정만 진행된 건물들이었지만, 우울했던 경환의 마음을 풀어주기에는 충분했다.

"1차 주택단지가 곧 완공됩니다. 퀄컴과 시큐리티 직원에게 우선으로 입주권을 줄 예정입니다. 1차 주택단지가 완공되면 2차 주택단지와 회장님 저택을 동시에 시공할 예정입니다."

되도록 자연과 가깝게 아이를 키우고 싶었던 경환은 시공사인 파슨스에 저택 설계를 맡겼고, 파슨스는 SHJ 오너인 경환의 저택 설계에 엄청난 심혈을 기울였다. 경환은 새로운 인생을 사는 자신과 희수의 꿈이 펼쳐질 SHJ타운을 말없이 바라보았다.

한국은 외환위기를 힘겹게 막아내며 국가 부도사태라는 최악의 상황에서 벗어났다. 그러나 불패신화를 자랑하던 대기업의 부도, 부실 은행의 파산, 부동산과 주식 폭락 등 만만치 않은 후폭풍으로 국민들의 소비는 급격히 줄어들어 끝이 보이지 않는 불황이 이어졌다. 이러한 문민정부의 경제정책 실패는 헌정사상 초유의 여야 정권교체로 이어져 국민정부가 탄생했다.

경제정책이 실패하면 국가 부도사태까지 일어날 수 있다는 것을 뼈저리게 느낀 정부는 민주주의적 시장경제라는 슬로건을 내걸고 기존의 권위주의적 관치재벌경제를 바꾸고자 했다. 이를 실행하기 위한 방침으로 강력한 재벌개혁 정책, 해외 자본 유치, 중소기업과 자영업 육성, IT산업 투자를 추진하며 바닥으로 떨어진 경제성장률을 끌어올리고 실업률을 낮추고자 했다.

그러나 37년 만에 이뤄낸 정권교체는 재벌개혁을 실행하는 과정에서 공정한 잣대를 허락하지 않았다. 또한, 국민정부는 남북 대결구도를 완화하기 위해 동분서주하다 깊은 수렁에 빠져들어 갔다.

최준석은 통 잠을 이룰 수 없었다. 방탕한 재벌 2세란 타이틀을 리비아 공사로 잠재운 그였지만, 금융권을 이용한 정치권의 압박을 견디기란 여간 힘든 게 아니었기 때문이었다. 주거래 은행장과의 통화에서도 좋은 답변을 받지 못한 최준석은 수화기를 내던졌다.

"회장님, 여론이 호의적이지 않습니다. 곧 검찰 수사가 진행될 거란 정보가 들어왔는데 마땅한 대처법이 보이질 않습니다."

최준석은 허공을 바라보며 깊은 한숨을 내쉬었다. 정권이 바뀌면서 재벌개혁이란 명분으로 시시각각 다가오는 올가미가 느껴졌다. 외화 밀반출혐의로 외환위기를 겪은 국민들의 따가운 시선을 받았고, 어렵게 쌓아 올린 신뢰도 하루아침에 무너지고 있었다.

"외화 밀반출 문제에 자유로운 그룹이 어딨다고 이런답니까? 자금 상황은 어떻습니까?

"제2금융권이 약점을 잡고 늘어지고 있지만, 리비아 정부에서 공사대금을 선지급하겠다는 의사를 전달해왔습니다. 한국통운의 유동자금을 활용한다면 큰 문제는 없을 것으로 보지만, 문제는 그룹 해체를 정부가 바란다는 점입니다."

금융권에서 자금줄을 막는 것도 문제였지만, 아동그룹은 자산이 부채보다 많은 상황이었다. 공사 중단을 우려한 리비아 정부도 공사대금을 선지급하겠다는 의사를 보이고 있어 큰 위기는 넘길 수 있는 상태였다. 그러나 재벌개혁이란 칼을 빼 든 정부는 그 끝을 보고자 했다.

"내가 호락호락 죽을 수는 없습니다. 아동그룹 다음은 신아동과 대후라는 소문이 돌기 시작하더군요. 도대체 이놈의 나라는 정권이 교체돼도 같은 짓을 반복하는군요."

재계에선 이번 정부와 척을 진 기업들의 살생부가 은밀하게 나돌고 있었다. 최준석은 얼굴을 감싸 머리를 쓸어 올렸다. 한국에서 집권 초기 정부에 맞서 살아날 기업은 없을 거라는 절망에 빠져들었다.

"회장님, SHJ를 한번 만나보시는 게 어떻겠습니까? 알제리 입찰 때 엔지니어링 투자를 이경환 회장이 약속하지 않았습니까? 우선 자금압박에서 벗어나야 할 거 같습니다."

정기명 사장의 말에 최준석은 잊고 있던 경환의 약속이 생각났다. 지나가는 말로 치부했던 그 말이 물에 빠진 자신에게는 구명줄이 될 수도 있다는 생각에 최준석은 서둘러 SHJ로 향했다.

SHJ는 강남역 뱅뱅사거리의 15층 건물을 300억이란 헐값에 사들인 후 계열사들의 업무효율을 높이기 위해 이곳으로 이주시켰다. SHJ 아시아 본부를 한국에 둘 가능성이 높다는 소문과 기존의 한국 기업과는 차원이 다른 복지정책, 자유로운 근무환경은 취업 목표 1위에 SHJ를 올려놓고 있었다. 그러나 까다로운 인성검사와 철저한 실무능력 검증이라는 채용 방침 때문에 SHJ는 일류대 졸업자라도 쉽게 입사할 수 없는 기업으로 소문나게 되었다.

"사장님, 아동그룹 최준석 회장님께서 오셨습니다."

경환으로부터 SHJ엔지니어링의 지분 10%를 부여받은 코이치는 JSC의 서자라는 딱지를 떼고 SHJ엔지니어링을 플랜트 업계의 강자로 만들기 위해 정력을 집중하고 있었다. 자신의 첫 작품인 사우디의 열병합발전소 프로젝트를 잭의 도움을 받아 성공시킨 후 두 번째 입찰을 준비하느라 하루를 분 단위로 쪼개 쓸 정도였다. 경환의 지시를 받아 아동그룹과의 만남을 계획하고 있던 코이치는 연락도 없이 온 최준석에게 웃음을 보이며 악수를 청했다.

"반갑습니다. 회장님. 요즘 여러모로 바쁘시다는 소식은 듣고 있었습니다."

"하하하, 한국어가 유창하십니다. SHJ가 휴대폰과 MP3P를 선보일 줄은 꿈에도 생각하지 못했습니다."

JSC 서울사무소장 시절부터 배운 한국어는 어눌하긴 했지만, 의사소통에는 전혀 지장을 주지 않을 정도였다. 최준석의 방문 목적을 어렵지 않게 추측할 수 있었던 코이치는 경환의 지시를 상기하며 최준석과 자리를 마주했다.

"이경환 회장님의 생각을 저 같은 노가다가 알겠습니까? 그건 그렇고, 바쁘신 회장님께서 여긴 어쩐 일이십니까?"

양수겸장을 당한 최준석이 찾아온 이유는 묻지 않아도 뻔했다. 여기 밖에 찾아올 곳이 없는 최준석이 한편으로 애틋하게 느껴졌지만, 코이치는 동정심을 빠르게 털어냈다. 어쨌거나 자신은 이득을 취하기만 하면 되었고 정권의 눈 밖에 나 그룹을 통째로 말아먹은 것은 본인이 감당할 짐이었기 때문이었다.

"잡다한 변명은 하지 않겠습니다. 알제리 입찰 때 약속된 투자를 집행해 주셨으면 합니다. 엔지니어링이라는 단서를 이경환 회장님이 붙이긴 했지만, 일시적인 유동자금만 해결된다면 아동그룹은 다시 재기할 수 있습니다."

"죄송합니다. 새롭게 들어선 정부와 척을 질 수는 없는 노릇 아니겠습니까? SHJ는 현 정부와 좋은 관계를 유지하고 있습니다. 그리고 아동그룹과 관련해서는 회장님의 지시를 받은 적이 없습니다."

SHJ는 외환위기를 경고했다는 사실만으로도 현 정부의 지속적인 러브콜을 받고 있었지만, 정치권과 1원도 거래하지 말라는 경환의 엄명에 따라 일절 응대를 하지 않고 있었다. 코이치가 명백한 거절의사를 보이자 최준석의 안색은 급격하게 어두워졌다. 모든 기업과 금융권이 서슬 퍼런 정부의 눈치를 보고 있는 상태에서 SHJ마저 등을 돌린다면 아동그룹은 살아남기 어렵다는 생각이 최준석의 발을 붙잡고 있었다.

"다른 방도가 없겠습니까?"

한국 10대 재벌이란 체면도 조여 오는 검찰수사와 정부의 압박을 감당할 수 없었다. 최준석의 사정에 코이치는 깊은 탄식과 함께 고민에 빠져들었다.

"회장님의 사정을 모른 척할 수도 없고 난감하네요. 자금압박을 해결하지 못하면 아동그룹은 해체되고 리비아공사는 연대보증을 선 한국통운으로 넘어가게 될 텐데, 유동자금만 확보하시면 위기를 넘길 수 있다고 보십니까?"

"그, 그렇습니다. 우리는 부채보다 자산이 많습니다. 쉽게 무너질 그룹이 아닙니다."

코이치는 경환의 말을 다시금 상기했다. 여성편력이 심한 최준석은 이미 정치권 실세의 눈 밖에 난 상태로 이번 정권 밑에서 살아남기는 어렵다고 판단했다. 최준석은 일말의 기대로 코이치의 다음 말을 목 빠지게 기다렸다. 코이치는 애가 타는 최준석을 아랑곳하지 않고 뜸을 들인 후에 천천히 입을 열었다.

"그렇게 말씀하신다면 제가 이경환 회장님을 설득할 방안을 말씀드리겠습니다. 아동엔지니어링을 인수할 용의가 있습니다. 리비아 공사가 아동건설의 손에서 마무리될 때까지 아동엔지니어링에 속한 원천기술의 사용을 인정한다는 조건입니다."

아동엔지니어링은 대수로 공사의 핵심 설계기술을 가지고 있었기 때문에 최준석은 코이치의 제안에 쉽게 답변할 수 없었다. 그러나 검찰 조사가 시작되고 자신의 구속이 결정된다면 그룹의 해체를 막을 수단은 전혀 없었기 때문에 최준석은 굳게 닫았던 입을 열 수밖에 없었다.

"좋습니다. 그 대신 인수협상을 빠르게 진행합시다."

최준석의 빠른 결정은 코이치를 당황하게 했다. 대수로 공사의 핵심기술을 확보함으로써 중동 세일즈에 탄력을 받을 수 있는 계기를 마련했다는 기쁨에도 코이치의 얼굴은 펴지지 않았다. 잘 나가는 기업도 정권에 따라 한순간에 무너지는 한국의 현실이 답답하기만 했다.

세틀러의 뒤를 이어 출시한 컴페니언은 SHJ의 여유자금에 파란불을 켜며 구글스토어를 통한 구글의 동반성장을 이끌어 주었다. 적자가 예상되었던 SHJ-구글은 구글스토어와 애드센스가 시너지를 일으키면서 가입자 수를 폭발적으로 끌어올려 설립된 지 2년 만에 흑자로 돌아서는 기염을 토했다.

경환이 시민권을 취득했다는 내용이 지역 방송을 통해 보도되면서, 휴스턴 시민들은 SHJ가 진정한 휴스턴 기업이 되었다며 찬사를 보내주었다. 경환은 이런 분위기가 달갑지 않아서인지 모든 인터뷰 요청을 거절했다.

"회장님, SHJ-퀄컴의 이주 작업은 순조롭게 진행되고 있습니다. 최고급 마감재를 사용해서 그런지 주택단지에 입주한 직원들의 반응도 괜찮습니다. 다만 소음으로 인한 불편함을 호소하는 경우가 제법 많습니다. 파슨스와 대책을 협의하는 중입니다."

오랜만에 본사를 찾은 최석현이 이주 상황을 보고했다. 서부지역에서 생활 터전을 일궜던 직원들을 동부로 이주시킨다는 것은 쉬운 일이 아니었다. 여러 혜택에도 불구하고 퇴사하는 직원들이 속출해 경환의 애간장을 녹였지만, 세틀러와 컴페니언의 출시로 후에는 더 이상의 이탈은 발생하지 않고 있었다.

"생활 환경이 바뀌니 스트레스가 많다는 것을 이해하셔야 합니다. 최 사장님은 작은 부분이라도 불편 사항이 있다면 사전에 해결해 주세요."

"알겠습니다, 회장님. 최우선적으로 이 문제를 해결하겠습니다."

퀄컴이 이주를 시작했다고는 하지만, 아직 본사와 구글을 이전하기 위해서는 내년 말까지 공사를 진행해야만 했다.

"쿡 사장님, 공사비 지불은 마친 상태겠죠?"

"네, 회장님. 2차 대금 지불 완료했습니다. 파슨스에서 오히려 놀라더군요."

컴페니언의 매출 증가와 SHJ엔지니어링의 입찰 성공으로 여유자금이 증가해 시스코에 투자된 주식을 건드리지 않고도 2차 공사대금을 지불할 수 있었다. SHJ의 급성장에 놀란 각종 펀드와 금융권이 제안한 투자액을 세 배로 높여 설득에 나섰지만, 경환은 거들떠보지도 않았다.

"우리가 보유한 IT관련 주식은 내년 상반기에 전부 처분하세요. 외부 투자로 보유한 원천기술은 모두 홀딩스로 넘기시고요."

"알겠습니다. 저도 IT열풍은 끝자락에 다다르고 있다고 판단합니다. 준비하겠습니다. 그리고 한국의 아동엔지니어링 인수제안이 들어왔는데 계획대로 진행하겠습니다."

SHJ엔지니어링이 설립된 후라 아동엔지니어링이나 대후엔지니어링은 사실상 경환의 관심을 끌지 못했지만, 헐값에 합병할 수 있다면 손해 보는 장사는 아니라고 판단한 경환은 코이치에게 두 기업의 동향을 조사하라는 지시를 내렸었다.

"회장님, MS의 빌 게이츠 회장이 은밀하게 만남을 제의해 왔습니다. 우습지만 애플에서도 같은 제안을 해 왔고요. 세틀러보다는 컴페니언과 구글스토어에 반응을 보인다고 생각합니다."

두 기업의 제안을 동시에 받은 어윈은 회의가 끝나갈 무렵에야 경환에게 보고할 수 있었다. 경환은 MS와 애플의 현재 상황을 비교하며 SHJ를 위한 최선의 선택을 고민하다 에릭에게 질문을 던졌다.

"슈미트 사장님. 두 기업을 무시할 정도로 우리의 입지가 크다고 보지는 않습니다. 어떤 판단을 내려야겠습니까? 저는 전적으로 슈미트 사장님의 의견에 따를 생각입니다."

MS OS의 독과점이나 맥 OS에 반감을 가진 에릭의 의견을 무시하고 싶지 않았다. 에릭은 한참을 고민한 후 입을 열었다.

"MS나 애플 모두 우리가 넘어야 할 벽입니다. 그러나 우리의 여력이 아직 거기엔 미치지 못한다는 것이 안타깝습니다. 둘 중에 하나를 선택해야 한다면 MS입니다. 개인적으로 빌 게이츠도 탐탁하지는 않지만, 스티브 잡스보다는 말이 통한다고 생각합니다."

경환은 수시로 MS의 독과점에 울분을 토해내던 에릭이 MS를 선택하자 놀랄 수밖에 없었다. 회사를 위해 자신의 감정을 다스리는 에릭을 경환은 흐뭇하게 바라보았다.

"좋습니다. MS의 빌 게이츠 회장과 만남을 주선해 보세요. 제이콥스 사장님과 슈미트 사장님은 저와 동행해 주시고요."

자신의 생각과 같은 에릭의 답변에 힘을 얻은 경환은 애플이 MP3 시장에 접근할 수 없도록 열심히 계획을 짜기 시작했다.

휴스턴으로 이전을 완료한 SHJ-퀄컴은 나날이 체계를 잡아 갔다. 경환은 이주한 직원들의 복지를 위해 투자를 아끼지 않았다. 그중에서 가장 신경을 쓴 부분이 자녀 교육이었다. 퀄컴의 이주에 맞춰 직원의 자제들을 위해 유치원부터 고등학교까지의 교육기관을 설립했다. 동시에 미국 전 지역에서 선생들과 교직원을 선별해 초빙했고, 학생들의 능력을 최대한 개발할 설비에 자금을 아끼지 않았다.

경환은 초대 재단이사장 자리를 수정에게 맡기긴 했지만, 학교를 개인 소유물로 만들지 않겠다는 취지를 고수했다. 재단기부금 모금에 직원들의 참여를 독려했고, 기존 이사진을 20명으로 확대해 학부모이 선출하는 방법을 선택했다. 이를 위해 수업비를 사립학교의 1/5 수준인 연간 3,000 달러로 책정해 학부모들의 참여의식을 고취했다. 현재는 교직원이 학생들보다 많았지만, 이주한 퀄컴 직원들의 큰 호응과 함께 SHJ 직원들의 전학 열풍으로 학교는 제 모습을 갖추어가고 있었다.

SHJ타운에 가장 먼저 발을 디딘 퀄컴은 계속되는 공사로 어수선한 분위기였지만, 직원들은 근무환경을 최우선적으로 고려한 새 사옥에 만족하며 휴스턴 생활에 빠르게 적응하고 있었다. SHJ-퀄컴을 찾은 경환은 빠르게 안정을 찾는 직원들을 보며 그동안의 우려를 지울 수 있었다.

성황리에 공모전을 마친 SHJ-퀄컴은 디자인팀을 연구소로 승격시키는 작업을 진행했고 여기에는 SHJ플랜트와 구글까지 참여했다. 공모전에서 수상한 디자이너들이 연구소에 소속되면서 세틀러의 후속 모델작업에 활력이 되고는 있었지만, 그들을 이끌만한 인물이 없다는 것이 SHJ 디자인 연구소의 가장 큰 약점으로 나타나기 시작했다.

"반갑습니다. SHJ의 제임스 라고 합니다."

"반갑습니다. 프랭크 누오보라고 합니다. 프랭크라고 불러 주십시오."

간편한 복장으로 SHJ-퀄컴을 찾은 경환은 30대 중반의 프랭크를 유심히 바라봤다. 공모전에 출품한 그의 작품에 관심을 둘 뿐이었지만, 노키아의 디자이너라는 경력을 확인한 순간 경환 놀라지 않을 수 없었다. 아직은 무선통신업계의 최강자인 노키아의 수석디자이너가 SHJ 공모전에 자신의 작품을 출품했으리라고는 상상할 수 없었기 때문이었다.

"좋아요, 프랭크. 궁금해서 묻겠습니다. 왜 공모전에 작품을 출품하셨나요? 프랭크의 경력이라면 모셔갈 기업들이 줄 서 있을 텐데요."

이 질문은 프랭크를 떠보는 것이 아니었다. 노키아의 수석디자이너라는 명성만으로도 그를 스카우트하려는 기업은 헤아릴 수 없을 정도로 많았기 때문이었다. 경환의 질문을 받은 프랭크는 조용히 얼굴에 미소를 보였다.

"저를 높게 평가해 주시니 감사합니다. 디자인에 대한 제 감각이 어느 정도인지 확인하고 싶었습니다. 이 자리에 제가 있다는 걸 보면 감각이 무더진 건 아닌가 봅니다."

자신감 넘치는 프랭크의 답변을 들으며 경환은 슬쩍 웃음을 보였다. 프랭크 노오보란 인물이 노키아의 핵심 디자이너란 사실은 기억에 없었지만, 시대의 흐름을 잘못 읽어 최강자의 자리를 애플과 오성에 넘겨주며 MS에 인수되는 처지에 놓인다는 것은 분명 기억에 남아있었다. 또한, 노키아 제품에서 혁신적인 디자인을 찾아볼 수 없었던 경환은 프랭크에게 좋은 점수를 줄 수는 없었다.

"솔직히 프랭크가 디자인한 휴대폰은 특별한 기능이 추가되었다고는 하지만, 세틀러-2를 모티브로 삼지 않았나 생각합니다. 기분 나쁘셨다면 이해해 주세요."

"하하하, 모티브라뇨. 천만의 말씀입니다. 노키아가 한발 늦었을 뿐입니다. 자체 보안시스템을 점검하는 소동이 벌어질 정도였으니까요. 노키아 8100 후속 모델이 세틀러-2와 비슷했기 때문에 큰 충격을 받았습니다."

노키아 8100 모델은 노키아가 선보인 최초의 슬라이드 폰이었다. 그러나 세틀러-2는 바나나형의 노키아 8100 모델과는 근본적으로 차이점을 보이고 있었고 노키아의 후속 모델들과도 확연히 달라 프랭크의 답변은 경환에게 신뢰감을 주지 못했다.

"SHJ가 디자인을 도용했다면 칼을 세우고 있는 노키아에서 관망만 하지는 않았을 거라고 봅니다. 뭐, 저도 실수한 부분이 있으니 비겼다고 생각하겠습니다. 작품으로 돌아가서 휴대폰 상단에 디지털카메라를 장착한 것과 휴대폰 숫자판을 일체형으로 디자인한 것만 본다면 디자이너의 작품이라기보단 엔지니어의 작품이라는 느낌을 받는군요. 노키아의 제품으로 출시할 수도 있었을 텐데, 왜 저희 공모전에 출품했는지 설명해 주시겠습니까?"

SHJ-퀄컴은 경환의 지시에 따라 출시를 준비 중인 세틀러의 후속 모델에 디지털카메라를 장착하는 것을 연구 중에 있었다. 경환은 프랭크가 무슨 의도로 공모전에 디지털카메라가 장착된 슬라이드 폰을 출시했는지 궁금했다. 혹시라도 세틀러의 대항마로 노키아가 준비하는 모델이라면 휴대폰 시장의 후발주자인 SHJ에겐 큰 타격이 될 수 있는 문제였다. 웃음기를 거둔 경환의 눈이 자신을 바라보고 있다고 느낀 프랭크는 꼬았던 다리를 풀며 호흡을 가다듬었다.

"공모전을 준비하면서 노키아와는 결별했습니다."

"뭐라고요?"

의외의 대답에 경환은 허리를 의자에서 떼며 몸을 앞으로 숙였다. 노키아 수석 디자이너라는 명함을 버릴 만큼 공모전이 중요하지는 않다고 생각했기 때문이었다. 경환은 다른 이유가 궁금했지만, 프랭크의 사생활에 대해 물을 수는 없었다.

"공모전 때문에 결별한 것은 아니니 오해하지 마십시오. 사실 노키아는 R&D에 연간 40억 달러 이상을 투자하고 있습니다. 세틀러에 장착된 컬러 액정이나 벨소리는 물론이고, 터치스크린 방식을 이용해 무선통신이 가능한 노트형 PC를 포함한 여러 형태의 전자기기에 대해 기본적인 연구를 완료한 상태입니다."

경환은 숨이 턱 막히며 말을 잇지 못했다. 노키아가 연구개발에 투자한 금액이 SHJ의 10배 이상이라는 사실보다도 7년 후에나 애플에 의해 개발이 시작되는 스마트폰을 노키아가 이미 연구했다는 것에 충격을 받았다. 프랭크의 말이 사실이라면 컴페니언으로 MP3 시장을 선점한 후 구글의 OS개발을 통해 스마트폰을 개발하려던 경환의 계획은 대폭 수정이 불가피해 보였다. 그러나 스마트폰을 처음 시장에 선보인 것이 애플이라고 알고 있던 경환은 프랭크의 말을 믿어야 할지 혼란에 빠져들고 있었다.

"프랭크의 말이 사실이라면 혁신적인 제품이 탄생할 거 같은데, 노키아의 기밀일 수도 있는 사항을 이 자리에서 말하는 이유가 뭡니까?"

"SHJ도 같은 것을 준비하고 있다는 느낌을 지울 수가 없었기 때문입니다."

경환과 프랭크 사이에 묘한 신경전이 벌어지기 시작했다. 인터뷰 자리를 지키고 있던 어윈과 에릭은 경환이 스쳐 지나가듯 말한 인터넷과 무선통신을 결합한 새로운 형태의 통신기기를 만들면 어떻겠냐는 말을 떠올리며 두 사람의 대화에 숨죽이고 있었다. 프랭크는 당황하는 경환의 모습을 보자 자신의 예상이 맞았다는 것을 확인했다.

"퀄컴으로 무선통신에 진출하며 세틀러를 출시하고, 구글을 통해 인터넷에 진출한다……. 구글스토어와 컴페니언을 만든 SHJ가 다음 작품으로 무엇을 준비하고 있을지 답이 나오더군요. 당황하는 회장님의 얼굴을 보니 제 예상이 맞는 거 같습니다."

"SHJ를 선택한 이유가 무엇입니까?"

정확히 핵심을 파고드는 프랭크는 경환을 당황하게 하기에 충분했다. 경환은 뛰는 심장을 최대한 다독거리며 프랭크의 의중을 파악하기 위해 집중했다.

"노키아는 좋은 기술과 인재를 가지고도 활용하지 못하고 있습니다.

구조 자체가 관료화되어 단기간에 이익을 볼 수 없다면 혁신적인 아이디어나 제품이라도 사장되는 구조라고 보면 될 겁니다. 이 때문에 기술과 아이디어, 혁신적인 디자인을 가지고 있는 인재들의 탈출 러시가 심각한 수준입니다. 제가 말한 제품들도 관료화된 경영진들의 헤게모니에 제품화되지 못한 것들입니다. 저희 팀원들은 혁신에 주저하지 않는 SHJ를 주목하고 있었습니다. 공모전은 통과의례라 생각했고요."

경환은 노키아의 몰락은 타성에 빠져 기술개발에 등한시한 결과라고 생각했다. 하지만 프랑크를 통해 미래를 주도할 제품을 연구하고도 이를 제품화하지 못해 몰락했다는 사실을 확인할 수 있었다. 만약 스티브 잡스가 애플이 아닌 노키아를 선택했다면 스마트폰은 90년대 말 노키아를 통해 선보였을 수도 있다는 생각에 경환은 가슴을 쓸어내렸다.

"프랭크, 팀원이라고 말씀하셨는데 다른 인원들이 있다는 말입니까?"

"곪아서 썩어가는 노키아에 환멸을 느껴 저와 같이 행동한 직원들이 있습니다. 가능하면 같이 일했으면 합니다."

프랭크가 어떤 실력을 발휘할지는 아직 미지수였지만, 노키아의 수석 디자이너 자리는 아무나 할 수 있는 자리가 아니라는 생각이 경환의 머리를 스쳤다.

"SHJ의 디자인 연구소는 바닥에서 시작해야 합니다. 만약 프랭크가 우리와 손을 잡게 된다면 어떤 방향으로 디자인 연구소를 운영할 생각입니까?"

"앞으로 기능은 기본이고, 차별화된 디자인이 소비자의 구매력을 자극하게 될 것입니다. 소비자의 취향에 디자인을 맞춰가기보다는 소비자의 인식을 바꿔 자신이 차별화된 계층이라는 인식을 갖게 하는 것이 제가 추구하는 디자인의 핵심입니다."

경환은 두말없이 프랭크와 악수하며 그의 합류를 공식화했다. 자신의 결정이 성공할지는 아직 미지수였지만, 적어도 프랭크의 합류가 컴페니언의 후속 모델과 스마트폰의 진출을 서두를 계기가 되었다는 점에서 경환은 진심으로 기뻐하고 있었다.

휴스턴 정경을 바라보던 딕 체니는 물고 있던 시가를 재떨이에 걸쳐 놓고는 신문을 펼쳐 들었다. 핵이라는 위험한 수단을 가지고 거래를 시도하던 북한은 8월 인공위성을 탑재했다고 주장하는 광명성 1호를 발사해 미국 정계를 발칵 뒤집어 놓았다. 북핵에 강경한 자세를 보이던 클린턴 행정부는 서서히 대북 포용정책으로 돌아서며 공화당과 네오콘이 주장하는 금창리 핵시설의 선제 파괴 제안을 묵살해 버렸다. 한국 정부는 대화를 통한 북핵 해결을 끊임없이 주장하고 나섰고, 북한은 금창리와 광명성 1호를 통해 판돈을 키우는 상태였다. 클린턴 행정부가 주변국들을 설득하며 금창리 사찰을 관철하기 위해 페리를 조정관으로 삼았다는 기사를 본 딕은 신문을 바닥에 내던진 후 시가를 다시 입에 물었다.

"안 좋은 기사라도 난 겁니까?"

"클린턴이 한국과 북한 놈들에게 놀아나고 있다는 기사야. 철저하게 준비했다고 생각했는데, 지금 대통령은 운이 참 좋아."

사임까지 예상하며 철저하게 터트린 클린턴의 섹스스캔들은 레임덕을 빨리 오게 했을 뿐 클린턴을 끌어내리지는 못했다. 북핵을 포함해 코소보사태와 후세인 처리에 미온적인 자세를 보이는 클린턴이 눈엣가시였지만, 국민이 선택한 대통령을 끌어내린다는 것은 말처럼 쉬운 작업은 아니었다.

"다른 건 몰라도 이라크는 손을 봐 줘야 할 텐데, 앞으로 2년이나 더 기다려야 한다니."

네오콘의 자금줄인 석유와 천연가스를 확보하기 위해서는 이라크와 아프가니스탄이 손에 떨어져야 했지만, 클린턴은 매파의 지속적인 압력에도 움직이질 않아 딕의 속을 끓게 하고 있었다.

"자네에게 부탁한 일은 처리를 하고 있나?"

블랙워터를 서서히 성장시키고 있었던 에릭은 딕의 부탁을 모른 체 넘길 수 없었다. 백악관 재입성이 확실한 딕의 신임을 받지 못하면 지원도 받지 못하기 때문이었다.

"제임스의 동선은 확보해 두었습니다. 알과 카일에게서 훈련을 받았는지, 근거리에서 경호를 뚫기는 어렵다는 판단입니다. 그리고 SHJ의 홍콩 자금 내역을 확보하는 건 은행의 비협조로 어려움이 많습니다."

"홍콩은 내가 따로 준비할 테니 신경 쓰지 말고, 너무 티 내면서 쫓아다니지는 말도록 해. 제임스가 우군이 될 수도 있다고 보고 있으니까."

딕은 하루가 다르게 성장하는 SHJ가 신경이 쓰였다. 아직 아군인지 적군인지 판단을 내리지 못하는 상황에서 SHJ를 자신의 손에서 벗어가게 하고 싶지는 않았다. 그러나 경환이 말한 정보조직이 신경쓰이는 것도 사실이었다. 펜타곤의 비선조직을 이용해 경환이 말한 정보조직을 파악하려 했지만, 어떠한 혐의나 비밀조직과 연결된 고리도 발견하지 못했다는 보고를 받았다. 한참을 고민하던 딕은 수화기를 집어 들었다.

"딕, 어쩐 일이야?"

"조지, 이제 슬슬 기지개를 켜야 하지 않겠나? 제임스 리와 자리를 한

번 만들었으면 좋겠는데 자네 생각은 어떤가?"

"자네가 알아서 하게. 자네가 필요하다면 만나는 것도 좋겠지."

간단한 통화를 마친 딕은 재떨이에서 타들어 가는 시가를 다시 집어 입에 물었다. 그의 머리엔 백악관에 재입성해 강한 미국과 새로운 질서를 만들겠다는 생각이 가득했다.

프랭크 누오보의 SHJ 합류는 노키아와의 관계에서 심각한 마찰을 불러일으켰다. 노키아는 언론을 통해 SHJ를 맹비난하고 나섰지만, 자의로 공모전에 참여했다는 프랭크의 인터뷰가 언론에 기사화되고 SHJ가 법적 대응을 준비 중이라는 소문이 돌기 시작하면서 맹공을 거두기 시작했다. 이는 아시아와 동유럽으로 급격히 퍼지는 CDMA시장 진출을 위한 고육지책이라는 면과, GSM시장에 세틀러를 출시하려는 SHJ의 의도가 맞물린 일이었다. 싸우면서 정든다는 말처럼 노키아와의 분란이 해소되자 SHJ와 노키아의 라이선스 교환은 급물살을 타기 시작해, 세틀러의 GSM 시장이 본격화되는 계기가 되었다.

급하게 설립된 SHJ디자인연구소는 마땅한 거처를 찾지 못해 당분간 SHJ-퀄컴의 유휴공간을 이용할 수밖에 없었다. 사옥이 들어서기 전까지 외부에서 임대건물을 찾자는 의견도 있었지만, 보안에 신경을 쓰고 있던 경환은 이런 제안을 모두 반려했다.

SHJ-퀄컴이 휴스턴으로 이전한 후 계열사 간의 의견교환과 업무진행이 원활하게 이루어졌다. 디자인연구소의 첫 작품을 확인하기 위해 SHJ-구글의 경영진들이 SHJ-퀄컴을 처음 찾았을 때는 승연의 모습도 찾아볼 수 있었다.

"SHJ타운이 이 정도일 줄은 몰랐네. 이거 은근히 배 아프고 부러운 걸."

SHJ타운 입구와 퀄컴의 정문, 사옥 입구의 철저한 보안인증을 통과한 세르게이는 고개를 사방으로 돌리며 엄청난 규모를 자랑하는 SHJ-퀄컴의 사옥을 부러운 듯이 바라보았다.

"너무 부러워하지 마. 구글 사옥도 이보다 못하지 않은 수준이니까."

부러움에 촌티를 내는 세르게이의 어깨에 래리의 손이 얹어졌다. 래리도 세르게이의 부러움은 충분히 이해하고 있었지만, 마무리 공사를 진행하고 있는 SHJ-구글의 사옥을 방문했던 적이 있어 세르게이를 위로할 수 있었다.

"서둘러 가자고. 요즘 회장님 심기가 별로 좋지 못해."

에릭은 지난번 경영회의에 참석해 SHJ 합류한 후 처음으로 경환의 불같은 성격을 확인할 수 있었다. 경환은 세틀러와 컴페니언의 성공에 나태해진 경영진들을 질책하며 기술개발에 박차를 가하라고 지시했다. 에릭은 구글의 경영진들을 독촉하며 디자인연구소를 향해 걸음을 바삐 움직였다.

디자인연구소에 마련된 회의실에는 경환이 이미 도착해 참석한 직원들과 일일이 악수를 교환하고 있었다.

"래리, 세르게이 오랜만이야. 패치 작업이 완료된 구글스토어가 아주 보기 좋더라고. 세르게이 너는 요새 헬스장에 자주 가지 않는다고 하던데 트레이너를 한 명 더 붙여줄까?"

"제임스, 아니 회장님. 자주 가겠습니다. 트레이너가 한 명 더 붙으면 저 죽을 수도 있다니까요."

반갑게 맞아주던 경환의 말에 세르게이는 경기를 일으키며 손사래를 치기 시작했다. 패치 작업에 정신이 없어서인지 래리와 달리 세르게이는 운동에 소홀할 수밖에 없었다. 세르게이는 경환이 자신들의 건강에 특히 신경을 쓰고 있다는 것을 상기했다. 트레이너 두 명이 자신을 학대하는 모습을 상상하자 식은땀이 흘러내렸다.

"저 친구는 지난번 회의에서 딴생각하던 스캇 아닌가? 이번 회의는 보안이 중요한 만큼 밖에서 대기시키도록 해."

통명하게 말을 던진 경환은 먼저 회의실로 들어가 버렸다. 승연은 황당한 표정으로 사라지는 경환의 뒷모습을 쳐다봤지만, 경환이 친형이란 사실을 밝히지 않은 상태라 어쩔 수 없었다. 승연의 굳어있는 표정이 마음에 걸려서인지 래리가 승연의 곁으로 다가왔다.

"스캇, 네가 이해해라. 계급이 깡패란 소리도 있잖아."

래리의 위로에 승연은 썩은 미소를 보이며 고개를 흔들었다. 승연의 그런 모습에 회의실에 들어가던 세르게이가 발걸음을 멈췄다.

"스캇, 회의 끝나고 맥주나 한잔 하자. 미스 야마시타, 이 친구 구글에서 도망가면 절대 안 되는 친구니 회의가 끝날 때까지 잘 좀 살펴 주세요."

세르게이는 하루나를 향해 윙크를 날리고는 재빨리 회의실에 들어갔고 어색한 표정의 두 사람만이 회의실밖에 남겨졌다.

"이상으로 후속 모델에 대한 디자인 설명을 마치겠습니다."

세틀러-3와 컴페니언-2의 모습이 프로젝트를 통해 회의실 스크린에 투영되었고, 프랭크는 긴 시간을 활용해 디자인에 대한 브리핑을 마쳤다.

166

노키아와의 합의로 중국과 유럽에 GSM 칩을 장착한 세틀러-1이 인기를 끌고 있었지만, 1년 넘게 세틀러-1을 뛰어넘을 후속모델을 선보이지 못한 SHJ는 디지털카메라를 장착한 세틀러-3에 큰 기대를 걸고 있었다. 경환은 시제품으로 나온 세틀러-3를 만지작거렸다.

"세틀러-3가 출시된다면 디지털카메라가 장착된 휴대폰이 대세를 이루게 될 것입니다. 입수한 정보로는 오성전자에서도 카메라가 장착된 휴대폰을 개발 중입니다. SHJ-퀄컴에서는 디지털카메라 소형화와 화질 상승 연구에 박차를 가하십시오."

"세틀러-3는 35만 화소에 32POLY, 3인치 256컬러 TFT-LCD로 소비자의 구매 욕구를 자극할 것입니다. 오성전자가 후속모델을 출시할 즈음엔 우리는 달에 가 있을 겁니다."

어윈의 자신 넘치는 말에도 경환은 걱정이 앞섰다. 2000년 후반 오성전자에서 출시한 최초의 플립형 카메라폰을 회사의 강요로 구입했던 때를 기억했기 때문이다. 그 제품은 시장에서 큰 호응을 얻지 못하고 동종업계에 콘셉트만 유출한 후 사라져 갔다. 세틀러-3가 오성전자의 전철을 밟지 말라는 보장이 없었다.

"자신감도 중요하지만, 소비자들의 심리를 면밀하게 모니터링할 필요도 있습니다. 세틀러-3의 후속모델을 빨리 개발해야 할 겁니다."

"알겠습니다. 화소 연구를 협력업체들과 진행 중입니다. 디자인연구소와 후속모델 작업을 바로 시작하겠습니다."

경환은 세틀러-3 보다는 컴페니언-2에 상당한 관심을 보이고 있었다. 수정을 통해 자신의 아이디어를 프랭크에게 전달했고, SHJ-퀄컴은 SHJ홀딩스에서 소유하고 있는 원천기술과 외부 협력업체들과의 공동 작업으로 컴페니언-1보다 훨씬 얇고 획기적인 제품을 설계했다. 경환은 스티브 잡스에게 미안해하면서도, 아직 잡스의 머릿속엔 아이팟의 디자인은 없으리라는 사실을 위안삼았다.

"구글스토어에 트리구조의 카테고리를 적용한 게 상당히 특이하군요. 원형의 조작버튼도 획기적이라고 볼 수 있고요."

"2.2인치 컬러 액정을 사용하며 256MB/512MB 두 가지 모델로 선보일 예정입니다. 오성전자의 플래시메모리 개발에 우리가 참여하면서 개발속도가 빨라지고 있습니다."

이형우와의 합의로 플래시메모리 개발에 참여하자 개발 속도는 날로 빨라지고 있었다. 컴페니언이 워크맨과 CD플레이어 시장을 빠르게 잠식하며 새로운 패러다임으로 주목받기 시작하자 후발주자들의 연구도 본격화되고 있었다.

"선두에 있다고 해서 방심은 절대 금물입니다. 후발주자들에게 자리를 빼앗기지 않도록 연구개발에 집중해 주십시오. 컴페니언-3는 연구를 시작했다고 들었습니다."

"그렇습니다. 후속모델은 동영상을 지원하는 제품으로 선보일 예정입니다. 구글스토어에서 동영상을 지원하는 패치 작업이 완료되기를 기다리고 있습니다."

경환은 컴페니언-2로 애플을 PC에서 벗어나지 못하게 묶어버리고 싶었지만, 컴페니언과 구글스토어에 자극받은 기업들은 서서히 SHJ를 벤치마킹하고 있었다.

"한국에서 IMT-2000 선정 작업에 오성그룹과 제일그룹, 금성그룹과 연합전선을 펴기로 했다는 것은 알고 계실 겁니다. 솔직히 GSM의

WCDMA에 우리의 CDMA2000이 미치지 못하고 있다고 생각합니다. 한국은 CDMA를 상용화한 첫 국가이니만큼 IMT-2000에 우리가 선정될 수 있도록 그룹의 모든 역량을 발휘해 주십시오."

전 세계적으로 진행되는 3세대 무선이동통신망 구축작업에 WCDMA와 CDMA2000이 소리 없는 전쟁을 치르고 있었지만, 기반이 약한 CDMA2000이 밀리고 있는 형세였다. SHJ-퀄컴의 기반이 되었던 한국도 이동통신업체 대부분이 WCDMA로 갈아탔기 때문에 경환은 이를 사전에 방지하고자 오성과 제일, 금성과의 협조구축에 신경을 집중하고 있었다.

"회장님께서 한국을 한번 방문하시는 게 어떻겠습니까? 마침 한국 정부에서도 회장님을 모시기 위해 공을 많이 들이고 있지 않습니까?"

부회장으로 그룹기획실을 맡은 황태수가 넌지시 한국 방문을 제안하고 나섰다. 한국 정부에서는 외환위기를 예상하고 정부에 큰 도움을 준 경환의 방문을 끊임없이 요청하고 있었지만, 경환은 대북사업이란 늪에 빠지는 한국 정부와 관계를 갖고 싶지 않았다. 그러나 네오콘의 정신적 지주인 딕 체니의 관심을 받고 있는 상태에서 자칫 자충수를 두고 싶지 않다는 생각이 강하게 작용했다.

"한국 방문은 신중하게 검토해 보겠습니다. 퀄컴과 구글은 상호 협조 체계를 하시고 다음 달 출시할 세틀러-3와 컴페니언-2의 쇼케이스를 준비하시기 바랍니다."

열띤 회의가 장시간 동안 진행되고 있었지만, 회의실 밖에선 냉랭한 기운이 흐르고 있었다. 하루나는 회의 이후의 스케줄에 대해 알과 대화를 나눌 뿐, 승연에게는 눈길조차 주지 않았다. 승연도 준비해 온 회의 자료에만 온 시선을 집중하고 있었다. 승연이 스토커 취급을 당한 이후 두 사람은 만난 적이 없었다. 그러다 구글스토어 브리핑 자리에서 다시 얼굴을 마주하자 놀라지 않을 수 없었다. 그러나 그것으로 끝이었다. 자존심에 상처를 입은 승연은 더는 하루나의 관심을 끌 생각이 없었다.

길게 이어지는 회의는 승연을 지치게 만들었다. 회의실 밖을 지키고 있는 하루나를 시선에 두지 않기 위해 노력하는 것도 신경이 쓰였다. 회의 자료를 뒤척여도 글이 눈에 들어오지 않아 자료를 덮어버린 승연은 갑자기 몰려드는 피곤함에 커피메이드가 설치된 주방으로 향했다.

'젠장. 뭐가 이리 어려워?'

최고급 커피메이드는 피곤함을 잊기 위해 커피를 마시려던 승연에게 좌절감을 안기기에 충분했다. 복잡한 조작법에 주방을 서성이던 승연은 하루나가 들어오자 잔을 내려놓고 서둘러 자리를 벗어나려 했다.

"최신 제품이라 조작이 어려운 거예요. 기다려 보세요."

주방을 나가려던 승연의 뒤로 하루나의 목소리가 들리자 승연은 어정쩡한 자세로 서 있을 수밖에 없었다. 하루나는 커피메이드를 조작해 내린 커피를 승연에게 건네주었다.

"고맙습니다. 잘 마시겠습니다."

하루나가 건넨 커피를 손에 든 승연은 하루나의 시선을 무시한 채 주방을 벗어나려 했다.

"지난번엔 미안했어요. 구글에서 일하는 분인 줄 몰랐습니다."

승연은 지난번과 다른 하루나의 나긋한 목소리에 정신을 차리기 힘들었다. 주방을 벗어나기 위해 발을 옮기려 했지만, 마음이 이를 허락하지 않아 승연은 당황했다.

"알, 오랜만이야. SHJ시큐리티가 너무 독식하잖아. 나한테도 좀 남겨줘."

딕이 준비한 만찬에 초대를 받은 경환이 예약된 장소에 들어가자 에릭이 알의 신경을 건드리고 나섰다. 자신이 점찍어둔 인력을 SHJ시큐리티가 싹쓸이하다시피 쓸어가 버리자 에릭의 신경은 날카로울 수밖에 없었다.

"블랙워터 인력을 빼 온 것도 아니잖나. 다들 스스로 판단해 결정하는 걸 어쩌겠어? 카일이 안부 전해달라고 하더군."

에릭의 도발을 되받아친 알은 더는 말을 섞지 않기 위해 경환이 들어간 방을 주시하며 자리를 이동했다. 에릭은 알의 뒷모습을 노려보며 입술을 지그시 깨물었다.

"하하하, 반갑습니다. 요즘 SHJ가 아주 잘 나가는 거 같더군요. 시민권 취득을 축하합니다."

"초대해 주셔서 감사합니다. 새해가 얼마 남지 않았는데 대선 준비가 시작되겠군요. 준비는 잘하고 계십니까?"

딕은 경환의 질문에 대답하지 않은 채 미소를 활짝 지으며 포옹으로 경환을 반겼다. 딕과 어떤 관계를 형성할지 고민하며 한동안 밤잠까지 설쳤던 경환은 그가 건네는 위스키를 마다치 않았다.

"식사 전에 가볍게 한잔하는 것도 좋겠네요. 자리에 앉기 전에 부탁할 일이 있습니다. 어느 조직인지는 모르겠지만, SHJ의 홍콩 자금 내역을 캐고 다닌다는군요. 저에겐 미행까지 붙였고요. 경호원들이 미행한 자들을 잡기 위해 작전을 짜려는 걸 막았습니다. 조용히 처리하고 싶은데 딕이 도와주시기 바랍니다."

경환은 에릭의 정보원을 통해 홍콩 자금 내역을 입수하려는 조직이 있다는 소식을 접했다. 그 후 SHJ의 주거래은행인 H은행에 상당한 압력을 행사하며, 왕샹첸에 이를 통보했다. 정권 실세의 비자금 내역이 빠져나갈 수도 있다고 판단한 왕샹첸은 홍콩 H은행에 압력을 행사해 자금 내역이 유출되지 않도록 사전에 차단하고 있었다.

경환이 처음부터 강하게 밀고 들어오자 딕은 어이가 없는 듯 경환을 노려보며 위스키를 급히 마셨다.

"누가 당신을 미행한단 말입니까?"

정색하는 딕을 물끄러미 바라보던 경환은 위스키를 입으로 넘겼다. 니글니글한 그의 면상에 위스키를 퍼붓고 싶었지만, 추측만 할 뿐 딕이 배후에 있다는 증거는 없었다.

"무선통신과 관련해서 국방부가 신경을 쓰는 게 아닌지 추측만 하고 있습니다."

딕은 호락호락하지 않았다. 이렇게 당당하게 얘기를 꺼내는 것은 자신이 개입된 사실을 알기 때문이라는 사실도 어렴풋이 느끼고 있었다. 그러나 경환이 국방부로 책임 소재를 넘기는 것은 문제를 더는 확대하지 않겠다는 의사라 판단하고 맞장구를 쳤다.

"이런 썩어빠질 민주당 놈들 같으니라고. 펜타곤에 연줄을 가지고 있으니 내가 한번 나서 보겠습니다."

민주당으로 책임을 돌리는 딕을 바라보던 경환은 이 정도로 문제를 덮기로 생각했다. 딕이 SHJ를 곤란하게 만들 방법은 많았지만, 대선을 2년 앞두고 구설에 오르는 것은 자제하리라 판단했기 때문이다. 문제는 딕이 백악관에 부통령으로 입성한 후였다.

"이번 일을 당하면서 느끼는 바가 많았습니다. 저만 떳떳해서는 안 되더군요. 제 정치 성향을 밝힐 필요가 있다고 생각을 하고는 있지만, 쉽지가 않습니다."

딕의 눈이 날카롭게 빛나기 시작했다. 무선통신과 인터넷이 21세기를 주도하는 분야라는 것은 여러 경로의 보고를 통해 알고 있었다. 중동의 판세를 새롭게 짤 계획이 물밑에서 진행되고 있는 상황에서 플랜트와 무선통신, 인터넷으로 사세를 넓히는 SHJ를 놓치고 싶지 않았다. 떠오르는 SHJ를 자신의 영향력 안으로 끌어들일 수 있다면 공화당 후보 경선에 유리한 고지를 점령할 수도 있었다. 그러나 속 보이는 짓을 할 정도로 딕은 어수룩하지 않았다.

"시민권을 취득했으니 이제 정치적 성향을 밝히는 것도 좋으리라 생각합니다."

"우선은 공화당과 민주당에 매년 500만 달러씩 정치 후원금을 기부할 생각입니다."

딕은 입맛을 다셨다. 경환을 압박해 자신의 손아귀에 쥘 계획이었지만, 홍콩 계좌와 미행을 먼저 거론하자 페이스를 잃어버렸다. 같은 액수의 후원금을 기부하는 것은 어디에도 속하지 않겠다는 뜻으로 받아들인 딕은 요리조리 빠져나가는 경환의 머리에 총이라도 겨누고 싶었다.

"기업가라면 한 곳에 치우치지 않는 것도 방법일 수 있겠지요. 당신의 생각을 충분히 이해합니다."

"하하하, 이해해 주셔서 감사합니다. 사실 SHJ의 정치 후원금이 한 곳에 몰리게 된다면 까다로운 일들이 많이 생기지 않겠습니까?"

딕의 불편해하는 표정을 확인한 경환의 입꼬리가 살짝 말아 올려졌다. 잔을 들어 위스키 향을 맡던 경환은 감았던 눈을 떴다.

"제 개인적으로 AEI(미국기업연구소)에 매년 200만 달러의 후원금을 기부할 생각입니다. AEI가 추구하는 방향이 제 마음에 들더군요."

미국의 자유와 자본주의를 수호하겠다는 목적으로 설립된 AEI는 미국 공화당의 싱크탱크 역할을 하는 연구소였다. 그러나 레이건 행정부 시절부터 네오콘이 AEI를 장악하면서 AEI는 신보수주의 집단의 이론적인 근거를 제공하는 정책 연구 집단으로 전락해 버렸다. 경환이 AEI에 관심을 보이자 딕은 반갑긴 했지만, 전적으로 경환의 말을 믿을 수는 없었다.

"당신이 AEI에 기부할 생각이 있는 줄 몰랐습니다. AEI에서 상당히 반길 겁니다. 그런데 말입니다, 제임스 당신은 차기 정부가 시급히 해결할 일이 뭐라고 생각합니까?"

"글쎄요. 명분만 얻을 수 있다면 중동이나 동북아시아에 적극적으로 개입해야 한다고 생각합니다. 때로는 당근보다 채찍이 효과를 볼 수도 있으니까요."

경환의 입에서 의외의 답변이 나오자 딕은 놀라지 않을 수 없었다. AEI에서 차기 행정부의 정책을 수립하고 있었지만, 아직 외부에 알려질 내용은 아니었다. 민주당의 차기 주자로 확실시되는 앨 고어와의 정책 대결에 맞춰 준비한 팍스아메리카의 재건이 경환의 입에서 흘러나오자 딕은 입을 닫고 탄식을 흘렸다.

"대화를 통해 북핵이나 중동사태를 해결하려는 민주당에 국민들은 등을 보이기 시작했습니다. 전 단지 국민들의 마음을 읽었을 뿐입니다. 그리고 개인적인 생각이지만, 미국 위주의 새로운 질서를 만든다는 AEI의 방향이 제 마음을 움직였습니다."

위스키를 마시며 한참 동안 경환을 바라보던 딕이 미친 듯 웃기 시작했다.

"하하하, 제임스가 나보다 더 과격한 사람일 줄 짐작도 하지 못했습니다. 그동안의 의중을 내가 몰랐군요. 그런데 말입니다, 당신이 자치 정부의 수장이라면 북핵을 어떻게 처리할까요?"

경환의 얼굴에 묘한 미소가 순간 흐르다 사라졌지만, 딕은 눈치채지 못했다. 하나를 주고 하나를 얻을 시기가 왔다는 것을 느낀 경환은 천천히 입을 열었다.

"중국을 완벽하게 제압할 수 있다면 선제 타격으로 북핵을 지워 버려야 한다고 봅니다."

예상했던 대답과는 다른 답변이 나오자 딕은 고개를 갸웃했다. 시민권을 취득했다고 하지만, 한국계인 그의 입에서 선제 타격을 거론할 줄은 예상하지 못했다.

"한국이 어느 정도 국지전의 피해를 볼 수도 있을 텐데, 선제 타격을 찬성하다니 의외군요."

"문제는 중국을 설득할 수 있느냐에 있다고 봅니다. 중국을 설득하지 못한 상태에서 선제 타격을 하면 한국뿐만 아니라 일본도 여파에 휩싸이지 않겠습니까? 클린턴 행정부도 선제 타격을 강행하지 못한 이유가 이것이라 생각합니다."

군수업체를 등에 업은 네오콘은 끊임없이 클린턴 행정부를 괴롭히면서도, 선제 타격은 최악의 선택이란 것을 알고 있었다. 단지 국민들의 여론을 얻으며 민주당 정부의 힘을 빼려는 정치적 술수에 불과했다. 입으로는 선제 타격을 외치지만, 현실적으로 어렵다는 것을 간접적으로 피력하는 경환의 주장을 반박할 생각은 없었다.

"제임스의 식견에 감탄했습니다. 주지사가 다음 달에 휴스턴을 방문하게 되는데 식사나 같이 하지요."

"저야 영광이지요. 그리고 제가 GSM의 WCDMA와 경쟁을 하는 걸 아시리라 봅니다. 그동안 유럽이 장악하던 무선통신을 이젠 미국이 선도해야 하지 않겠습니까? 외람된 말이지만, 전 은원관계가 확실한 사람입니다. 혼자 살지도 그렇다고 혼자 죽지도 않을 겁니다."

웃음기를 거두고 자신을 노려보는 경환의 시선에 부담감을 느낀 딕은 시선을 돌렸다. 은밀하게 조사한 홍콩 자금 내역에서 AEI의 정책 방향까지 알고 있는 제임스라면 자신의 치부도 파악 가능하다는 생각이 딕의 머리를 스치고 지나갔다.

게다가 그가 위협을 벗어나기 위해 펜타곤에서도 밝히지 못한 정보조직과 다시 거래를 시작했을 수도 있겠다 싶어 딕은 인상을 찡그렸다. 지난번에 만났을 때와는 다른 사람 같은 이 상황을 쉽게 이해할 수가 없었다. 제임스나 그 조직이 무서운 것은 아니지만, 자신의 야심이 휴스턴에서 끝날 수도 있다는 생각에 딕의 고민은 깊어졌다.

경환이 내미는 손을 뿌리치고 대결 구도로 가야 할지, 여러 생각이 딕의 머릿속을 휘젓고 있었다. 위스키를 마시며 생각을 정리한 딕이 오랜 침묵을 깨고 말했다.

"하하하, 나도 당신의 의견에 동감합니다. 미국기업인 SHJ가 유럽 놈들에게 끌려다닐 수는 없지 않습니까. 공화당이 정권 교체를 이룬다면 SHJ의 외국 시장 개척에 큰 도움을 줄 겁니다. 제임스도 우호적인 세력을 구축할 필요가 있을 겁니다"

"하하하, 역시 제가 딕을 선택하길 잘한 거 같습니다. 아울러 중동이 재편된다면 SHJ플랜트가 복구 사업에 참여할 수 있게 다리를 놔 주십시오. 아직 SHJ의 기업 가치가 제대로 평가되지 못하고 있습니다. 제가 생각하는 수준에 도달하게 된다면 먼저 정보를 드리겠습니다."

경환이 중동 복구 사업을 언급하자 딕은 기가 막힌 표정으로 경환을 바라보았다. 자신의 뒷배를 봐 주는 정유와 군수업체들의 도약을 위해 중동에 개입한다는 목표를 설정해 놓고 있었지만, 경환이 알 수 있는 정보는 아니었다. 혼자 죽지 않겠다는 경환의 말이 딕의 귓전을 때리는 듯 했다. 복잡한 문제에 빠지고 싶지 않은데 괜히 벌집을 건드린 것은 아닌지 찝찝하긴 했지만, 사전 정보를 입수해 SHJ의 지분을 확보한다면 남는 장사가 될 수도 있다고 딕은 판단했다.

"식사나 하면서 이야기하죠."

딕과의 신경전이 어느 정도 마무리되자 경환에게 갑자기 허기가 밀려들었다. 테이블 위로 준비된 음식들이 오르자 두 사람은 긴장감을 풀고 식사를 시작했다.

긴장감이 풀어져서인지 아니면 급하게 마신 위스키의 취기가 올라와서인지 경환은 뒷좌석에 널브러져 있었다. 그런 경환이 걱정되었던지 알이 생수를 건넸다.

"딕은 만만한 사람이 아닙니다. 결국 손을 잡으셨습니까?"

"한국 속담에 '호랑이를 잡으려면 호랑이 굴로 들어가라'는 것이 있습니다. 딕은 곧 백악관에 입성하게 될 겁니다. 어쩔 수 없는 선택이지만, 최소한 그에게 끌려다니는 것은 막았다고 생각이 드네요."

경환은 이 말을 끝으로 잠에 빠져들었고 알은 아파트 입구에 도착할 때까지 더 질문하지 않았다. 정신을 겨우 차린 경환은 조용히 현관문을 열고 거실에 들어섰지만, 거실의 불은 꺼져 있었다. 디자인 연구소 고문과 가사를 병행하는 알은 수정은 평소와 다르게 경환을 기다리지 못하고 일찍 잠에 취해 있었다. 조용히 옷을 갈아입은 경환은 깊은 잠에 빠진 아내의 이마에 살며시 입을 맞췄다.

"자기 왔어요?"

눈도 뜨지 못하고 침대에서 일어나려는 수정을 경환은 다시 침대에 눕혔다.

"더 자. 난 아이들 얼굴 보고 올 테니까."

다시 잠에 빠져든 수정을 확인한 경환은 조용히 아이들 방에 들어섰다. 이불을 발로 차버렸는지 맨몸으로 자는 정우에게 이불을 다시 덮어 준 경환은 정우의 머리에 가볍게 입을 맞췄다. 경환의 계획과는 다르게 세상에 나온 정우에게 경환은 늘 미안함이 들었다. 애틋한 감정에 경환은 정우의 머리를 조심스럽게 쓰다듬어 주었다.

"아빠, 희수 안아."

경환의 모습을 확인했는지 희수가 눈을 손으로 비비며 침대에서 일어나려 애썼다. 경환은 급히 희수에게 달려가 조용히 가슴을 토닥였지만, 희수가 양팔을 벌려 안아 달라는 시늉을 하자 경환이 희수를 안아 들고 거실로 나왔다.

"그래, 아빠가 희수 재워 줄게. 우리 공주님은 잠도 없네."

"희수는 아빠 좋아."

부쩍 말수가 많아진 희수는 경환의 품에 안겨 이 한마디를 끝으로 다시 눈을 감았다.

"아빠도 희수 많이 사랑해. 늦었으니까 오늘은 빨리 자고 내일 아빠랑 또 놀자."

희수가 잠들 때까지 안은 채 거실을 서성이던 경환은 그대로 소파로 향했다. 어려운 생활 속에서도 자신의 곁을 끝까지 지켜 준 희수는 경환에게 보물 같은 존재였다. 비록 자신의 영혼이 마몬의 것이 되어 버렸지만, 경환은 후회하지 않았다. 이렇게 다시 딸을 품 안에 안을 수 있다는 것만으로도 가슴이 벅차오르고 있었다.

경환은 잠들어 버린 희수의 얼굴을 무심코 바라보았다. 예전 모습 그대로 자신의 품에 안겨 잠든 희수는 너무도 사랑스러웠다. 두 번 다시 딸의 눈에 눈물이 흐르지 않게 하려고 지금까지 앞만 보고 달려왔다. 희수만 다시 볼 수 있다면 된다는 각오로 선택한 회귀였지만, 예전과는 다른 인생을 딸에게 주고 싶다는 욕심이 생기기 시작했다.

불현듯 인간의 욕심은 끝이 없다는 생각이 경환의 머리를 스쳤다. 바쁜 일상에 얽매여 희수와의 소중한 시간을 방해받고 있는 건 아닌지, 지금 가는 길이 옳은 일인지 확신이 서지 않았다. 경환은 잠든 희수의 얼굴을 쓰다듬으며 한숨을 내쉬었다. 경제적으로 풍요로울 뿐 전생과 크게 달라진 것이 없다는 생각에 경환의 마음이 무거워지면서 눈에서는 굵은 눈물이 흘러내렸다.

"자기 안자고 뭐해요? 희수는 왜 또 안고 있어요?"

"희수가 잠이 깼더라고. 침대에 눕히고 들어갈게."

안방에 들어오지 않는 경환이 걱정된 수정은 희수를 안고 소파에 앉아 있는 경환을 발견하고 놀랐다. 수정은 경환의 눈물이 무엇을 의미하는지 알 수 없었지만, 방해하고 싶지 않아 한참을 바라보고만 있었다. 강하다고만 생각한 남편의 눈물을 보고 수정의 가슴이 먹먹해졌다. 수정은 희수를 안고 일어서는 경환의 등을 조용히 감싸 안았다.

"자기가 내 남편이고 애들 아빠라는 게 너무 감사해요. 그리고 사랑해요."

경환은 수정의 체온을 느끼며 한동안 움직이지 않았다.

98년 연말은 조용한 분위기 속에서 차분하게 지나갔다. 지난달 뉴욕에서 열린 세틀러-3와 컴페니언-2의 쇼케이스는 세틀러-1의 화려하고 동적인 이미지를 탈피하고 정적인 분위기를 극대화해 사람들의 마음을 사로잡았다. 스타트렉의 후속작을 기대하던 일부 언론과 극성팬들은 혹평했지만, 미국의 일반 가정에서 세틀러-3의 디지털카메라로 아이들의 사진을 찍는 모습과, 컴페니언-2의 이어폰을 귀에 꽂고 센트럴파크에서 조깅하는 여성의 모습은 사람들에게 잔잔한 감동을 주기에 충분했다.

특히 컴페니언-2가 컴페니언-1과는 전혀 다른 콘셉트와 기능을 내세운 것이 젊은층을 사로잡았다. 512MB의 확대된 저장 공간과 2.2인치 컬러 액정은 MP3의 새로운 변신을 시도했다는 호평을 받으며 새로운 트렌드로 자리잡았다.

SHJ-구글이 애드센스 가입자가 광고 수익으로 세틀러와 컴페니언을 구입할 수 있는 시스템을 구축하자 가입자는 폭발적으로 증가했다. 애드센스의 효과에 고무된 광고주들은 구글로 몰려들었다. 수작업으로 인터넷 사이트를 분류하는 야후는 더는 SHJ-구글의 경쟁 상대가 될 수 없었다. MS는 윈도우 95에 익스플로러3.0을 무료로 제공하며 컴팩과 IBM, HP를 협박해 넷스케이프를 3년 만에 시장에서 밀어냈다. 이런 횡포는 IT기업에 큰 위협으로 다가오고 있었고 그중에는 SHJ-구글도 포함되어 있었다.

빌 게이츠와의 만남이 얼마 남지 않은 상태에서 경환은 에릭을 불러들였다. 독자적인 OS를 개발 중인 상태에서 MS의 집중 견제를 받기라도 한다면 넷스케이프의 전철을 밟지 말라는 보장도 없었고, 컴페니언-2로 애플의 뒤통수를 후려친 상태에서 욕심 많은 스티브 잡스의 다음 행보를 주목해야 해서였다.

"슈미트 사장님, 매출이 1억 5,000만 달러란 보고를 받았습니다. 큰 적자를 예상했는데 적자 폭이 100만 달러 안이라니 놀랐습니다. 수고하셨습니다."

"세틀러, 컴페니언과 구글스토어가 제대로 시너지 효과를 발휘했다고 판단하고 있습니다. 99년은 우리 회사가 세계로 뻗어 가는 해가 될 것입니다."

당초 8,000만 달러의 매출을 예상했지만, 구글스토어와 애드센스가 결합하자 두 배 가까이 성장한 것이었다. SHJ그룹의 가용 자금 대부분이 SHJ-구글의 연구 개발로 투자되어 아직 적자를 벗어난 수준은 아니었지만, 5,000만 달러 이상의 예상 적자폭이 100만 달러 이하가 되었다는 건 상당한 성과였다. 래리와 세르게이가 10%, 에릭이 5% 소유한 SHJ-구글이 급성장을 보이고 있었지만, 적자로 배당금을 줄 수 없다는 것에 마음이 불편했던 경환은 성과급 명목으로 세 사람에게 각기 300만 달러를 지급하며 사기를 높이려 했다.

"아직은 R&D에 올인해야 할 상황이니, 섭섭하더라도 1~2년만 참아주세요. 독자적인 OS 개발되고 새로운 형태의 무선통신기기가 개발된다면 그룹에서 가장 많은 배당금을 가져가리라 믿고 있습니다."

"너무 신경 쓰지 마십시오. 회장님 덕분에 보람차게 일을 하고 있습니다."

에릭은 SHJ-구글에 애정을 가지고 물심양면으로 관심을 보이는 경환이 고마웠다. 주위의 반대에도 막대한 자금을 투자하며 SHJ-구글을 성장시킨 장본인이기도 했고, 애드센스의 기본적인 방향을 제공한 것도 경환이었다. 에릭은 경환과 자신의 첫 만남을 생각하며 밝은 미소를 지어 보였다.

"다름 아니라 컴페니언-2의 출시로 애플이 발칵 뒤집혔다는 정보를 입수했습니다. 구글스토어를 카피해 독자적인 MP3와 인터페이스를 개발하려던 잡스가 책상을 뒤집었다고 하더군요. 구글스토어의 패치 작업은 잘 진행되고 있지요?"

"컴페니언-3가 이미 개발이 완료되었다고 들었습니다. 구글스토어의 패치 작업은 다음 달이면 완료할 수 있을 겁니다. 문제는 오성전자의 플래시메모리 개발 속도에 달려 있다고 봅니다. 스티브 잡스는 충분히 그러고도 남을 사람이지요."

오성전자에서 야심 차게 준비하던 카메라폰은 세틀러-3의 출시와 함께 그 빛을 잃어가고 있었다. 후발 주자로 MP3에 진출해 컴페니언-1의 한국 시장을 일부 잠식했지만, 컴페니언-2는 다시 시장을 SHJ로 돌아서게 하고 있었다. 전자기기와는 달리 SHJ의 물량을 받은 휴대폰 칩셋과 플래시메모리의 급성장을 위안 삼을 수밖에 없었다. SHJ의 투자에 힘을 얻은 플래시메모리는 예정보다 1년 앞당겨 1G로 선보일 준비를 하고 있었다.

"내년 초에 1G 플래시메모리가 출시된다고 하니 큰 문제는 없으리라 봅니다. 다름이 아니라, 애플의 MP3 시장 진출이 확실한 상태에서 MS와의 관계를 어떻게 맺느냐가 화두로 떠오르고 있습니다. 슈미트 사장님은 어떻게 생각하십니까?"

"흠."

에릭은 쉽게 답하지 못하고 있었다. IT의 공룡인 MS와 힘겨루기를 하면 백전백패라는 생각이 들었기 때문이다. 급성장하는 애드센스나 구글 스토어에 MS의 견제가 들어온다면 버티기 힘들다고 판단한 에릭이 어렵게 의견을 말하기 시작했다.

"회장님도 MS의 횡포에 대해선 잘 아시리라 봅니다. 사실 애플보다 MS가 더 경계할 곳이긴 하지만, 아직은 서로 부딪치는 일이 없다 보니 관망 차원에서 우리와의 만남을 추진한다고 판단합니다."

"그렇군요. 그럼에도 불구하고 빌 게이츠가 만남을 제의한 것을 보면 아마 우리가 독자적인 OS를 개발하고 있다는 것을 어느 정도 눈치채고 있다고 봐야겠군요."

담담히 말하는 경환과 달리 에릭의 얼굴은 굳어졌다. 에릭은 MS가 익스플로러의 시장성을 높이기 위해 넷스케이프를 나락으로 떨어트리는 과정을 생생하게 기억했다. 독자적인 OS 개발은 MS의 집중포화를 맞을 가능성이 컸다. 이미 막대한 자금이 투자된 상태에서 자신의 꿈을 이뤄줄 OS 개발을 중단할 수는 없었다.

"그리 간단하게 볼 수 없습니다. 눈치채고 있다 하더라도 최대한 감춰야 합니다. 회장님."

"감춘다고 쉽게 감춰지겠습니까? 그렇다고 공공연히 MP3 시장에 진출하겠다고 떠드는 애플과 손을 잡을 수도 없지 않습니까? 의견 주셔서 감사합니다. 내년 하반기에는 구글도 타운으로 이주하니, 힘들더라도 조금만 더 고생해 주십시오."

"알겠습니다. 야후에서 우리의 검색엔진을 사들이겠다고 연락해 왔습니다. 그리고 AOL과의 업무제휴를 다음 달부터 시작할 예정입니다."

"슈미트 사장님께 맡기겠습니다. 제가 나설 부분은 아니라고 보네요."

래리와 세르게이는 절망감을 안겨 준 야후에 검색엔진을 제공한다는 계획을 극구 반대했었지만, 야후는 더는 경쟁 상대가 아니라는 에릭의 설득에 동의했다. 에릭은 AOL를 시작으로 구글을 중심으로 한 연합전선을 구축하는 데 온 신경을 집중하고 있었다. 자금력만 해결된다면 지분을 매입해서라도 구글의 입김을 강화하고 싶었지만, 아직은 그럴 여력이 없다는 것을 에릭 본인도 잘 알고 있었다.

"허, 기가 막혀 말도 안 나오네. 도대체 제임스 리는 외계인이라도 된다는 거야?"

애플로 복귀 후 개발한 아이맥이 큰 성공을 거두면서 스티브 잡스는 경영자의 위치를 확고히 할 수 있었다. 넥스트 시절의 개발 인력을 활용해 맥OS X를 개발한 상태였지만, 응용 소프트웨어를 확보하지 못해 어려움을 겪고 있었다. 그나마 다행스러운 것은 MS 오피스를 공급받기로 약속 받은 것이었다. 그 뒤 스티브는 MS와의 협상에서 맛본 굴욕을 타도하기 위해 와신상담의 시간을 보내고 있었다.

"컴페니언-2는 충격적이야. SHJ가 내 머릿속에 들어와 아이디어를 훔쳐간 거 같아."

아이맥을 디자인한 조나단 아이브는 고개를 절레절레 흔들었다. 그는 컴페니언-1의 성공을 지켜보며 사내 비밀 프로젝트로 MP3P 개발을 서두르고 있었다. 그런 그에게 자신이 추구하는 디자인 방향과 정확히 일치하는 컴페니언-2는 좌절을 안겨주었다.

"문제는 구글스토어의 패치 작업이 너무 빠르게 진행되고 있다는 점이야. 우리가 지적했던 문제점들이 패치 작업을 통해 보완되고 있어. 그 다음 순서는 뭐라고 생각해?"

"우리가 생각한 디지털허브 전략을 미리 실현해 버렸어. MP3플레이어를 포함해 디지털카메라와 CD플레이어, 캠코더까지 구글스토어에서 관리가 가능하도록 패치 작업이 이뤄졌다는 게 놀라울 따름이야. 소문엔 RIAA와 저작권 협의가 곧 성사된다고 하던데, 구글스토어가 우리 손에서 멀어져 가는 느낌이야."

조나단은 심각한 표정으로 스티브를 바라봤다. 독선적이라는 비판을 듣는 스티브지만 조나단은 그의 혁신적인 사고방식을 믿으며 든든한 버팀목이 되어 주고 있었다. 하지만 SHJ의 후발 주자로 MP3P 시장에 뛰어든다는 건 큰 모험일 수밖에 없었다.

"치고 달리는 SHJ를 이길 수는 없겠지만, 시장을 SHJ가 독식할 수도 없는 거니까. 우선은 아쉬운 대로 SHJ의 빈틈을 노리면서 기회를 엿보는 전략이 가장 현실적이야. 자네는 컴페니언-2와 차별되는 제품을 디자인해 봐."

"MS와 공동 전략을 세우는 건 어때? MS와 손을 잡게 된다면 당분간 SHJ-구글을 묶어 둘 수 있을 거 같은데."

"MS 얘기는 꺼내지 마. 그때의 굴욕감을 아직도 잊지 않고 있으니까. 차라리 SHJ와 손을 잡는 게 현실적이야."

말을 끝낸 스티브는 아랫입술을 지그시 깨물었다. SHJ와 손을 잡기 위해 노력했지만, SHJ는 자신의 제안을 일언지하에 거절해 버렸다. 또한, 오성전자와의 업무제휴도 CDMA 칩셋을 이용한 SHJ의 물밑작업에 실패하고 말았다. 아이맥의 성공을 뒤이을 차세대 제품으로 MP3플레이어를 선택한 자신의 계획이 SHJ란 벽에 막혀 가는 상황이 마음에 들지 않았다.

2000년을 맞이하는 99년은 SHJ에게도 의미로 다가오고 있었다. 세틀러-3와 컴페니언-2의 성공으로 SHJ 설립 이후 처음으로 자금압박에서 벗어날 수 있었기 때문이었다. 경영회의가 진행되는 회의실엔 여유 있는 웃음들이 오가고 있었다.

"98년 매출이 예상치를 훨씬 웃돌았습니다. 퀄컴이나 구글의 성장도 무시할 수 없지만, SHJ엔지니어링의 약진이 매출성장을 이끌었습니다. 98년 그룹 총 매출은 74억 달러고 영업 이익은 15억 달러입니다. 파슨스에 지급된 10억 달러를 제하고 주식으로 확보한 11억 달러를 더한다면 그룹의 가용자금은 16억 달러입니다. 금년도 매출은 퀄컴과 구글이 이끌 것으로 예상하며 총 매출 100억 달러 돌파는 확실한 상황입니다."

코이치의 활약으로 사우디와 쿠웨이트에 입찰한 SHJ엔지니어링이 연이어 성공하며 SHJ플랜트는 당초 15억 달러라는 예상을 뛰어넘어 43억 달러의 매출을 달성했다. 플랜트 시장이 서서히 살아나고 있다고는 하지만, 코이치의 능력이 아니었다면 쉽게 달성하기 어려운 금액이었다.

"타케우치 사장님, 수고 많으셨습니다."

"아닙니다, 회장님."

경영회의에 참석하기 위해 휴스턴을 방문한 코이치는 경환의 환대에 고개를 숙였다. SHJ엔지니어링의 지분 10%를 가지고 있는 코이치는 이미 갑부 대열에 합류한 상태였지만, 매출 43억 달러에 만족하지 않았다.

"내년엔 증시에 큰 변화가 있으리라 예상하고 있습니다. 특히 IT의 버블이 꺼질 수도 있다는 전제하에 모든 경영 전략을 수립해 주십시오. 특히 구글은 광고주들의 이탈을 염두에 두고 애드센스를 관리하시기 바랍니다."

"상반기 내로 IT 주식을 정리할 준비를 마친 상태입니다. 시스코는 주가의 추이를 지켜본 후 바닥에서 다시 매집하겠습니다."

하늘 높은 줄 모르고 치솟고 있는 IT주가가 붕괴할 수 있다는 경환의 말에 회의장은 술렁이기 시작했다. 단지 린다와 황태수만 경환의 뜻을 이해할 뿐이었다.

"IT버블은 깨질 수밖에 없는 구조입니다. 우리 SHJ도 그동안 큰 어려움 없이 성장해 왔지만, 위기는 내부에 있다는 사실을 잊지 마시기 바랍니다. 시장을 선점했다고 해서 안이함에 빠진다면 들개처럼 달려드는 후발 업체에 먹힐 수밖에 없다는 것을 항상 기억하시고, 금년 계열사의 R&D 예산을 두 배로 책정할 생각입니다. 그래도 노키아의 40억 달러에는 미치지 못하는 수준이라는 걸 항상 기억하십시오."

매출 신장에 고무되었던 경영진들은 경환의 경고성 발언에 급히 마음가짐을 다잡았다. 세틀러에 자극을 받은 휴대폰 업체들은 세틀러의 추격을 뿌리치기 위해 새로운 제품을 수없이 쏟아 내고 있었고 MP3 시장에도 서서히 바람이 불기 시작했다는 것을 상기하기 시작했다. 회의실의 분위기가 무거워질 무렵, SHJ타운을 담당하는 최석현이 슬며시 손을 들었다.

"올해 말에는 구글과 본사의 이전에 시작될 것입니다. 또한, 휴스턴 시 정부와의 협상으로 500에이커의 땅을 확보하게 되었습니다. 아직 금액 조정이 남아 있기는 하지만, 큰 문제는 아닙니다. 그리고 이걸 한번 검토해 주십시오."

최석현이 건네는 자료를 넘기던 경환은 묘한 호기심을 느꼈다. 황태수와 린다와는 얘기를 마쳤다는 듯 세 사람은 동시에 눈을 맞추며 고개를 끄덕였다.

경환은 아무런 말없이 서류만 뒤적이고 있었다. 사업의 규모가 커졌다고 하더라도 최석현의 제안은 망설일 만한 것이었다.

"회장님, 전용기를 사치라고 생각하지 마십시오. 사업의 규모가 커진 만큼 시간을 다투는 일에 적극적으로 대처하려는 목적입니다. 그리고 미국은 절약이 미덕인 사회가 아닙니다."

황태수가 경환의 결정을 다그치고 나섰다. SHJ-퀄컴과 SHJ플랜트는 유독 많은 해외사업으로 출장이 잦았지만, 휴스턴이 허브 공항이 아닌 이유로 항공기 수배에 어려움을 겪고 있었다. 어차피 세금으로 연방정부의 배를 불리기보다 전용기를 구입하는 것이 좋은 선택일 수 있었지만, 막대한 투자를 앞두고 전용기 운영 비용이 부담되는 것도 사실이었다.

"최석현 사장님, 이 기종에 관해 설명을 부탁합니다."

"캐나다 봄바르디에의 새 모델인 BD-700 글로벌익스프레스 기종입니다. 12인승으로 5만 피트 상공에서 비행하여 6,500마일 비행이 가능합니다. 휴스턴-서울 노선에는 부족하다는 문제가 있기는 하지만, 연료 탱크를 추가해 항속거리를 8,500마일로 늘려 해결할 계획입니다."

미국에 오기 전 석우에게 한 농담이 6년 만에 현실로 나타나게 될 줄은 꿈에도 생각하지 못했던 경환은 조용히 미소를 지어 보였다. 전용기 한 대를 운영하려면 조종사와 승무원, 정비사를 포함 20명이 필요하고 미국과 한국을 왕복하는데는 3억 원 이상이라는 경비가 소요되지만, 경환은 경영진들이 합의한 사항을 거절할 생각은 없었다.

"구매비가 4,000만 달러고 개조에 필요한 비용까지 합치면 5,500만 달러가 되겠군요. 승인하겠습니다. BD-700 기종으로 세 대를 구매하세요. 이왕 전용기가 필요하다는 결정이 났다면 저질러 봅시다. 전용기 운영에 필요한 인원은 SHJ매니지먼트에서 주관하십시오."

"세, 세 대를 말입니까?"

"정작 필요한 곳은 제가 아니라 출장이 잦은 퀄컴과 플랜트 아닙니까? 세 대로 운영해야 적재적소에 사용할 수 있지 않겠습니까? 세 대로 시작해서 늘려 갑시다."

단지 한 대를 구입하자고 의견을 냈던 최석현은 세 대를 사들이라는 경환의 지시에 잠시 놀란 표정을 지어 보였지만, 이내 지시에 수긍하며 고개를 깊게 숙였다. 회의에 참석한 경영진들은 공항에서 시간을 허비하지 않아도 된다는 생각에 큰 기대감을 보이고 있었다.

"알겠습니다. 봄바르디에 담당자를 불러 구매 협상을 진행하겠습니다."

SHJ가 주목을 받자 전용기 제작업체들의 러브콜이 쇄도하고 있었다.

그중에서 봄바르디에는 부사장까지 파견하며 적극적으로 SHJ를 유치하기 위해 공을 들였고, 합리적인 가격과 개조 비용으로 최석현을 만족시켰다. 경환의 승인을 받은 최석현은 중동 부호가 막대한 위약금을 내며 인도를 거절한 전용기 한 대가 있다는 사실을 머릿속에 떠올렸다.

주말을 맞은 경환은 최석현의 요청을 받아들여 식구들과 함께 SHJ타운 건설현장을 찾았다. 마무리 공사가 진행하고 있는 SHJ-구글과는 달리 그룹 사옥은 지하 공간의 난공사로 전체 공정의 70%만 진행된 상태였다. SHJ-퀄컴의 넓은 잔디밭을 뛰어다니는 아이들을 바라보는 경환의 곁으로 최석현이 다가왔다.

"회장님, 오늘 모신 이유는 저택이 마무리 공사를 하고 있어서입니다. 한번 보시는 것도 좋지 않겠습니까?"

"2차 주택단지 공사는 무리 없이 진행되고 있죠?"

"파슨스에서 신경을 많이 쓰고 있습니다. 저희가 500에이커의 땅을 확보하고 타운 2차 계획을 수립하고 있다는 소문을 들어서인지, 수의계약을 요청하고 있습니다."

SHJ는 전체 공사 대금 30억 달러 중에서 18억 달러를 지급한 상태였고 유동 자금에 어려움을 겪고 있던 파슨스에 8억 달러의 선지급을 약속해 재정적 어려움을 해결해 주었다. SHJ가 500에이커의 땅을 다시 확보해 대규모의 2차 타운을 조성한다는 소식은 건설업계의 화두로 떠올라 엄청난 로비전이 펼쳐지고 있었다. 이런 와중에 공사를 맡은 파슨스는 회사의 역량을 SHJ타운에 쏟아 붓는 것은 어쩌면 당연할 수밖에 없었다.

"정우야, 희수 데리고 이리로 와. 우리가 살 집 보러 가자."

정우가 도망 다니는 희수를 쫓아가고 있을 때 수정이 경환의 팔짱을 살며시 끼며 최석현을 향해 가볍게 눈인사를 나눴다. 정우가 희수의 손을 잡고 차에 올라타자 알의 지휘에 맞춰 차량은 중앙에 위치한 그룹 사옥을 지나 북쪽을 향해 달리기 시작했다. 알의 무전을 받은 검문소 보안직원들은 바리케이드를 치워 차량을 통과시켰다.

"와, 아빠 저기가 우리 집이에요?"

공사 중인 저택에 도착하자 정우는 탄성을 지르며 뛰어 나갔고 희수가 뒤뚱거리며 정우의 뒤를 쫓아 나갔다. 골프 클럽하우스가 연상될 정도로 고풍스러운 저택이 눈앞에 펼쳐지자 경환의 가슴은 가볍게 뛰기 시작했다. 설계도로만 확인했을 뿐 오늘 처음 눈으로 본 저택은 상상 이상으로 거대했다.

"4,300평방미터로 지상 2층, 지하 2층 구조입니다. 지상층은 침실 8개를 비롯해 자녀분의 공부방과 놀이방, 영화를 관람할 수 있는 소형극장으로 조성되어 있습니다. 회장님의 사생활을 최대한 보호하는 차원에서 주방과 집사와 하우스메이드들이 머물 숙소는 독립되어 있습니다. 지하 1층에는 서재와 회의실, 헬스장이 들어서고 수영장은 지하 2층과 실외, 두 곳에 설치될 예정입니다. 현재 경호팀과 보안팀의 숙소를 저택과 연결하는 공사를 하고 있습니다."

한국 기준으로 1,300평이나 되는 저택은 중세의 성이나 다름없었다. 경환은 저택에서 하나하나 확인하고 싶었지만, 정우와 희수의 안전을 위해 들어갈 수는 없었다.

"자기 보기에는 어때?"

경환은 엄청난 규모의 저택을 살피느라 여념이 없는 수정의 어깨에 손을 얹고는 수정의 볼에 입을 맞췄다.

"놀라서 입을 다물 수가 없어요. 정말 우리가 살 집이 맞는 거예요?"

"맞습니다, 사모님. 회장님이 머무르실 곳인데 이 정도는 돼야죠. 인테리어와 관련해 직원이 사모님을 방문할 예정입니다. 석 달 후면 이곳에서 생활하실 수 있으실 겁니다."

"알겠습니다. 직원을 보내시기 전에 미리 연락을 주세요. 고생하셨습니다, 최 사장님."

최석현에게 고마움을 전한 수정은 아직 공사 중인 저택 주위를 뛰놀고 있는 아이들이 염려되었던지 발걸음을 돌렸다. 경환은 주택단지 안에 자신의 저택을 건설하라는 지시를 내렸지만 최석현과 란다, 황태수의 강력한 반대에 부딪혔다. 회장의 저택은 상징성이 있어야 한다는 세 사람의 의견과 경호 문제를 내세우는 알의 제안에 경환도 어쩔 수 없이 뜻을 굽힐 수밖에 없었다.

저택에서 바라보는 SHJ타운의 전경은 경환의 마음에 잔잔한 감동을 선사했다. 미래를 아는 힘을 이용해 남들보다 한 발짝 앞서며 성공 가도를 달려왔지만, 점점 그 간격이 좁아지고 있다는 것을 피부로 느끼고 있었다. MS의 견제와 애플과 오성의 추격이 예상되는 시점에서 노을이 깔리기 시작하는 SHJ타운은 푸근함과 다시금 마음을 가다듬는 원동력을 제공하고 있었다.

"회장님께서 지시하신 지하 공간은 50%의 공정률을 보이고 있습니다. 파슨스의 인력을 배제하고 SHJ플랜트가 독자적으로 공사를 수행하다 보니 일정보다 많이 지연되고 있습니다."

"조급해하지 마세요. 보안이 더 중요합니다."

"알겠습니다. 시간도 늦었는데 그만 가서야겠습니다."

손짓으로 수정을 부른 경환은 더 놀고 싶어 칭얼거리는 정우와 희수를 안고 차에 올라 서서히 어둠이 깔리는 SHJ타운을 빠져나갔다.

한국은 정부 주도의 재벌 개혁이 한창 진행되고 있었다. 아동엔지니어링을 SHJ에 넘긴 아동그룹도 서슬 퍼런 정부의 칼 앞에 최준석이 구속되며 해체 수순을 밟고 있었고, 2월이 되자 외화 밀반출 혐의가 떠돌던 신아동그룹의 오너가 구속되는 지경까지 이르렀다.

공정한 잣대 대신 정부의 입맛대로 진행되는 재벌 개혁은 살아나려는 경제에 큰 불안감으로 작용하기 시작했다. 이를 만회하기 위해 IT산업을 미래 산업으로 육성하겠다는 정부의 의지로 벤처 열풍이 몰아쳤다. IT 강자로 떠오르고 있는 SHJ의 투자와 대외 홍보를 이끌어 내기 위해 한국 정부는 수차례 경환의 방한을 요청했지만, 공정하지 못한 재벌 개혁에 실망한 경환은 이를 모두 거절하고 있었다.

"손님이 도착하셨습니다."

신아동그룹 회장이 구속되었다는 기사를 읽고 있던 경환은 하루나의 보고를 받으며 급히 컴퓨터 모니터를 끄고 자리에서 일어났다.

"어서 오십시오, 김준성 사장님. 하루나는 황태수 사장님을 불러 주세요."

"회장님, 오랜만에 뵙겠습니다. 좋은 소식을 들고 왔어야 하는데 죄송합니다."

경환은 대후건설의 사장으로 승진한 김준성을 반갑게 맞이했다. 며칠 전 면담 제안에 고민했던 경환은 순순히 그의 요청을 받아들였다. 알제리 입찰에서 김준성의 도움을 잊을 수 없었기 때문이었다.

"알제리 이후 대후에 소홀했던 점, 이해 바랍니다."

"SHJ엔지니어링을 설립하실 줄은 몰랐습니다. SHJ와는 좋은 관계를 유지하고 있다고 자부합니다. 대현중공업과 오성건설이 SHJ에 중요한 파트너인 것은 알지만, 대후에게도 기회를 주셨으면 합니다."

김준성의 말에 경환은 양심의 가책을 느꼈다. 알제리 입찰은 대후의 도움이 없었더라면 성공하지 못했다는 걸 경환도 알고 있지만, 그 후 대후와는 합작 사업을 하지 않았다. 그건 최소 2년 이상이 소요되는 플랜트 공사에서 대후그룹이 몰락하면 모든 부담을 SHJ가 떠안아야 한다고 판단했기 때문이었다. 경환이 씁쓸한 표정을 지어 보일 때 황태수가 들어와 반갑게 김준성과 인사를 나누었다.

"어이쿠, 제가 김 사장님을 섭섭하게 했나 봅니다."

"회장님, 섭섭한 건 절대 아닙니다. 단지, 그룹 사정이 워낙 좋지 못하다 보니……."

금융권을 압박해 자금줄을 막는 정부 탓에 쓰러지기 일보 직전인 대후의 사정을 안 경환은 웃음기를 거두고 김준성에게 조용히 말을 건넸다.

"신아동그룹 회장님이 구속되고 다음은 대후라는 소문이 돌기 시작하더군요. 김 사장님께서 오늘 저를 만나시려는 목적이 그것과 관계가 있다고 생각을 하는데요."

"신아동이야 정치자금 문제로 눈 밖에 난 기업이지만, 대후는 다릅니다. 이번 정부도 우리의 지원이 있어서 들어설 수 있었다는 건 삼척동자도 아는 사실인데, 토사구팽이라니 말이나 됩니까?"

80년부터 시작된 국민 정부와 대후의 밀월은 꾸준히 경제적 지원과

194

정책 지원을 맡아 줄 정도로 끈끈했다. 정권 교체가 성공하자 대후는 유동성 자금에 문제가 있었음에도 쌍용자동차를 인수해 재계를 놀라게 했지만, 그때부터 서서히 몰락의 길에 빠져들기 시작했다.

경제 관료들의 집중 견제가 시작되고 청와대와 대후의 분리 작업이 철저한 계획하에 진행되었다. 대후에 타격을 주기 위해 경제부처에서 CP(기업어음) 발행 한도까지 규제해 버리자 대후의 자금압박은 극에 달할 수밖에 없었다. 김준성의 분노를 이해 못 하는 건 아니지만, 대후그룹도 떳떳하다고만 말할 수 없었다.

"회사채와 CP까지 막혔다고 들었습니다. GM과의 50억 달러 합작에 올인하고 있다고 알고 있습니다. GM이 과연 대후를 도와주겠습니까?"

"쉽지 않으리라 생각합니다. GM 역시 우리를 노리고 있으니까요."

대후의 세계경영은 30년간 협력 관계에 있던 GM과 대립 관계를 만들었고, 동유럽에 무섭게 진출하는 대후자동차 탓에 GM은 번번이 고배를 마시고 있었다. 기댈 곳이라고는 GM밖에 없었던 대후는 GM과의 50억 달러 합작에 목을 매고 있었지만, GM은 역으로 대후자동차를 인수할 작전을 짜며 한국 정부와 물밑협상을 하고 있었다. 경환이 안타까움에 빠져들고 있을 때 갑자기 김준성이 자리에서 일어나 무릎을 꿇었다.

"회장님, 한 번만 도와주십시오."

"김 사장님, 지금 뭐하시는 겁니까?"

김준성의 행동에 화들짝 놀란 경환과 황태수는 급히 김준성을 일으켜 세우려 했지만, 그는 움직이지 않았다.

"저는 대후맨이란 자긍심을 지금 이 순간까지 가지고 있습니다. 분식회계나 외상 수출처럼 문제가 많은 건 사실이지만, 대후는 살아날 수 있습니다. 한국 정부는 IT산업과 관련해 회장님의 방한을 목 빠지게 기다리고 있다고 들었습니다. 한국 정부를 설득해 주십시오. 대후자동차를 GM에 넘겨 줄 수는 없습니다."

"일어나십시오. 그전에는 아무 대답을 드리지 않겠습니다."

겨우 김준성을 일으켜 자리에 앉혔지만, 경환은 대답을 망설일 수밖에 없었다. 미국의 자동차 업계와 한국 정부가 얽혀 있고 경제 관료들이 대후 죽이기에 나선 상태에서 경환으로서도 마땅한 방법이 없었기 때문이었다. 그러나 김준성에게 진 빚은 여전히 경환의 마음에 남아 있었다.

"조만간 부모님을 찾아뵐 예정입니다. 정부와 만나게 될지는 모르겠지만, 혹시라도 만나게 된다면 말은 건네 보겠습니다. 그러나 쉽지는 않을 겁니다. 그러니 너무 기대하지는 마십시오."

연신 고개를 숙여 감사를 표하는 김준성을 경환은 착잡한 표정으로 바라보았다. 회사를 위해 무릎까지 꿇는 그에게 어떠한 위로도 해 줄 수 없었다.

세틀러-1과 세틀러-3은 CDMA 시장을 주도하면서 모토로라와 오성, 금성전자의 단말기 시장에 큰 변화를 가져왔다. 모토로라의 스타텍의 매출이 급감하면서 후속 모델 작업이 어려움을 겪기 시작했지만, 오성과 금성은 PCS 사업으로 무선이동통신 가입자의 급증과 다양한 모델의 저가폰으로 힘겹게 점유율 1, 2위를 지킬 뿐이었다.

SHJ-퀄컴과 노키아의 상호 라이선스 교환으로 유럽과 중국의 GSM 시장에 세틀러 시리즈가 진출하면서 SHJ-퀄컴의 매출은 하루가 다르게 상승했다. 노키아는 안테나를 휴대폰 내부에 장착한 노키아 3210을 CDMA 시장에 출시하면서 반격을 시작했지만, 카메라가 장착된 세틀러-3엔 타격을 주지 못하고 모토로라 시장을 잠식하는 데 만족해야 했다.

휴대폰 시장이 혼전 양상을 벌이며 엎치락뒤치락하고 있을 사이, 컴페니언-2는 독주 체제를 완전히 굳혔다. SHJ-퀄컴은 후발 업체들과 로열티 계약을 체결하기 시작했다. 독과점 기업을 단속하고 관리하는 FTC(연방거래위원회)의 강력한 권고도 있었지만, 실상 동영상 서비스를 준비하는 SHJ의 자신감의 표현이기도 했다. 그러나 유독 애플과의 로열티 협상은 마무리되지 않고 있었다.

SHJ-구글이 RIAA와의 저작권 협상을 3:7의 비율로 타결하면서 음반 업체와 뮤지션과의 제휴는 급물살을 타기 시작했고, 다양한 장르의 음원을 이용자에게 제공할 기반을 다지고 있었다. 그러나 MP3가 선풍적인 인기를 끌며 젊은이들 사이의 새로운 콘텐츠로 자리매김하면서 부작용이 나타나기 시작했다.

"슈미트 사장님, 좀 심각해질 수도 있겠는데요? 음원 추가에도 불구하고 구글스토어의 음원 판매가 보합세를 보이고 있다고 들었습니다."

"0.9달러로 책정된 음원 판매 가격에 부담을 느낀 이용자들의 항의가 있는 것은 사실입니다. 또한, MP3 후발 업체들이 P2P 불법다운로드를 조장하는 것도 문제입니다."

경환은 냅스터를 시작으로 무료 P2P 다운로드 서비스를 하는 웹사이트가 증가했다는 보고서를 우려 섞인 눈으로 바라보았다. 냅스터에서만 하루 평균 10만 건 이상의 다운로드가 이뤄지며 구글스토어의 매출에 큰 영향을 끼치고 있다는 보고가 연이어 올라오기 시작했다.

"소속 변호사들을 통해 냅스터의 P2P 서비스가 구글스토어의 라이선스를 침해했는지 검토를 하며 소송을 준비하고 있습니다. 구글스토어 이용자들의 사용 내역을 분석한 결과 음원 구입 비율은 줄고 불법다운로드한 음원을 동기화하는 비율이 늘어나고 있습니다."

경환은 소송을 준비 중이라는 에릭의 말이 크게 와 닿지 않았다. 구글스토어의 성장을 위해서는 냅스터를 비롯한 불법 P2P 사이트와 일전을 벌여야 하겠지만, 이에 따른 역효과 또한 만만치 않다는 것이 경환을 망설이게 하고 있었다.

"소송은 잠시 중단하십시오. 저작권에 대한 소비자들의 인식이 아직 성숙하지 않은 상태에서 SHJ가 소송에 적극적인 모습을 보인다면 악덕 기업의 이미지만 심어 줄 수 있습니다."

"회장님, 그렇다고 방관만 해서는 안 된다고 생각합니다."

경환 또한 SHJ의 몫을 가로채려는 냅스터를 가만 놔두려는 생각은 추호도 없었다. 단지 SHJ가 피해자라는 인식을 심어 주며 불법 P2P 업체를 손봐 줄 적당한 방법을 찾고 싶을 뿐이었다. 불법 P2P 업체들은 광고로 먹고살아야 하므로 오히려 구글스토어와의 소송을 반길 수도 있다고 경환은 판단했다.

"슈미트 사장님, 동양의 속담에 차도살인이란 말이 있습니다. 남의 칼을 이용해 상대방을 죽인다는 뜻입니다."

"네? 무슨 말씀인지?"

"SHJ-구글은 이 문제에 대해 절대적으로 방관하십시오. 공식적인 멘트는 자제하고 구글스토어의 서비스 향상에 노력하겠다는 입장만 되풀이하세요. 그리고 RIAA와 우리와 제휴한 음반사나 뮤지션에게 음원 판매 보고서를 한 달 단위에서 주 단위로 제공하세요. 우리가 악역을 맡을 필요가 있겠습니까?"

경환은 에릭에게 미소를 지었다. 권위주의로 꽉 찬 RIAA나 수익에 민감한 음반사와 뮤지션이 주 단위의 음원 판매 보고서를 받게 된다면 판매 부진의 원인을 P2P업체로 돌릴 거란 것은 뻔했다. 경환의 의도를 알아챈 에릭은 고개를 끄덕였다.

"냅스터 건은 이 정도로 처리하시고, OS 개발은 어느 수준까지 진행되고 있습니까?"

"너무 광범위하다 보니 이론 정립에 시간이 더 필요합니다. SHJ-퀄컴의 연구진과 SHJ 홀딩스의 라이선스가 집중되고 있고 개발팀장을 스카우트해 왔기 때문에 금년 하반기부터는 본격적으로 시작할 수 있다고 봅니다."

노키아에서 스마트폰에 대한 연구가 진행되고 있었다는 소식을 확인한 경환의 독촉은 수시로 에릭을 괴롭히고 있었다. 경환 자신도 우물가에서 숭늉을 찾는다는 걸 알고 있었다. 하지만 MS에서도 이를 눈치챘다면 강력한 MS OS를 바탕으로 순식간에 시장을 장악하리라는 예상이 경환을 초조하게 만들고 있었다.

"OS 개발에 인력과 자금 지원을 아끼지 않겠습니다. 필요하다고 판단된다면 기업 인수에 적극적으로 나서세요."

"감사합니다. 이제 구글의 메일 서비스와 메신저 서비스를 시작할 예정입니다. 이미 구글을 통해 홍보한 상태인 만큼 MS의 메신저와 경쟁이 불가피합니다."

빌 게이츠와의 만남을 위해 최대한 메신저 출시를 지연하고 있었지만,

만남이 연기되면서 출시를 더는 늦출 수 없는 입장에 처했다. 애드센스와 구글스토어의 가입자들만 사용한다 해도 아직 정착되지 않은 MS의 메신저에게는 큰 타격이 될 수도 있었다.

"MS의 횡포가 무서워서 출시를 연기할 수는 없을 거 같네요. 일정대로 진행을 하세요."

구더기 무서워 장을 담그지 않을 수는 없는 노릇이라고 경환은 생각했다. 구글 메신저로 MS와의 대결구도가 형성된다 하더라도 이번만큼은 양보하고 싶지 않았다. 빌 게이츠와의 만남이 SHJ에 득이 될지 독이 될지 경환의 머리는 복잡해지기 시작했다.

"오호, SHJ가 그새를 못 참고 일을 저질러 버렸군."

빌은 구글에서 출시한 메일링 서비스와 메신저 서비스를 살펴보았다. MSN의 약진에도 메신저는 아직 뚜렷한 성장을 보이지 못한 상태였다. 반대로 애드센스와 구글스토어로 무장한 구글 메신저는 서비스와 동시에 MS메신저를 위협하는 수준에 다다르고 있었다. 구글 메일에 가입자를 확보한 추천인에게 구글스토어에서 음원을 내려받을 수 있는 포인트를 제공하자 가입자 수도 대폭 늘어나고 있었다.

"웃음이 나와? 구글 가입자 수가 이미 2,000만 명을 넘어섰다고. MSN이 뒷방으로 밀려났는데 보고만 있자는 거야?"

발머는 빌의 웃음을 이해할 수 없었다. 구글 메신저만큼은 견제 내지는 퇴출할 필요가 있다고 생각했지만, 빌은 구글 메신저의 기능을 살필 뿐이었다. 인터넷 사용자 수가 엄청난 기세로 증가하고 있는 상황에서 구글의 가입자는 하루가 다르게 늘어나고 있었다.

"우리가 SHJ-구글을 따라가지 못하는 부분이 있는데 뭔지 알아?"

뜬금없는 질문에 발머는 불만이 가득한 눈초리로 빌을 바라보았다. SHJ-구글을 견제할 대책을 세워도 시원찮을 판에 태평하게 말하는 빌의 뒤통수라도 한 대 치고 싶은 기분이었다.

"SHJ-구글에서 스카우트한 직원의 말을 들어 보니 회장인 제임스 리의 지시로 SHJ-구글의 프로그래머들은 업무시간의 20%를 무조건 개인 프로젝트 수행에 쓴다고 하더군. 엉뚱한 프로젝트건 성과가 없는 프로젝트건 상관하지 않고 말이지. 그리고 모든 직원은 하루에 30분은 무조건 헬스장에서 운동해야 한다는 규정도 있더라고."

업무시간에서 20%를 제외한다면 결국 주 4일 근무를 한다는 계산이 나왔다. 밤을 새며 연구해도 시간이 부족하다고 아우성인 MS의 프로그래머들을 떠올린 발머는 빌의 말을 믿을 수가 없었다. 빌은 발머를 쳐다보지도 않고 말을 이어갔다.

"구글 메일의 저장 공간이 확실히 우리를 앞서고 있어. 그리고 메일로 이용자를 분석해 타깃 광고에 활용한다는 점이 기가 막히지 않아? 그게 다 프로그래머의 개인 프로젝트에서 개발된 시스템이라고 하면 믿을 수 있겠어?"

야후나 MSN 메일은 용량이 적어 이용자가 수시로 메일을 지워야 하는 불편함이 존재했다. 평생 지우지 않아도 되는 메일 서비스를 제공한다는 구글 메일은 2G의 저장 공간으로 이용자들에게 큰 호응을 얻었다. 기존에 사용하던 메일을 버리고 구글 메일로 옮기는 일도 비일비재했다.

SHJ-구글에 막대한 투자를 승인한 경환의 결단이 성과를 올리는 순간이었다. 경환은 과할 정도로 장비와 서버 구축에 투자를 집중했다. SHJ

타운의 구글 사옥 지하에 엄청난 규모의 서버실이 따로 마련될 정도였다.

"넷스케이프를 몰아낸 것처럼 우리가 SHJ를 퇴출할 수 있다고 생각해?"

"빌, SHJ가 시대를 앞서간다고 해도 아직 우리의 상대는 되지 못해. 더 크기 전에 SHJ의 협력업체들을 압박하면서 자본으로 고사시키면 버티기 힘들 거야."

"SHJ의 모기업은 플랜트야. 그리고 CDMA의 원천기술을 가지고 있는 퀄컴이 뒤를 받치고 있는데, 자본으로 SHJ-구글을 몰아세울 수는 없다고 봐."

발머는 빌의 답변에 말을 잇지 못했다. 기업공개도 하지 않고 차임금도 없는 SHJ가 가용자금만으로 30억 달러의 SHJ타운 공사를 진행한다는 걸 알고 있었다. SHJ-구글이 성장기에 있어 자본력이 부족하더라도 확고한 위치를 차지하는 플랜트와 급격한 성장세를 보이는 퀄컴의 자금이 투입된다면 싸움은 장기전으로 돌입할 수도 있었다.

"결정적으로 우리가 공세를 취한다면 SHJ-구글도 죽기 살기로 MS의 영역에 도전장을 낼 수도 있겠지. 물론 우리의 시장을 넘볼 수는 없겠지만, 신경 쓰이는 일이 될 수도 있어."

"그럼 어쩌겠다는 거야? 그냥 놔두겠다는 거야?"

빌은 구글 메일과 구글 메신저를 살펴보던 노트북을 닫았다.

"난 제임스 리의 생각을 조금은 알 수 있을 거 같아. 주력인 플랜트에서 과감하게 무선통신과 인터넷으로 진출할 때만 해도 MS OS에 대항할 새로운 PC OS를 개발하리라 생각했어. 내가 큰 착각을 했어."

"도대체 무슨 말을 하는 거야? 이해할 수 있게 설명 좀 해 봐."

뜬구름 잡는 빌의 말에 발머는 인상을 쓰며 짜증을 퍼부었다.

"세틀러와 컴페니언, 구글스토어에 이어 메일과 메신저까지 진출했어. 얼마 전 앤디 루빈이 SHJ-구글에 스카우트되었다는 소식을 듣고 SHJ의 계획을 어렴풋이 알게 되었지."

물밑에서 이어지는 MS와 애플, SHJ의 스카우트 전쟁은 피만 흘리지 않았지 치열하게 이어지고 있었다. 이동이 빈번한 MS와 애플과는 달리 낮은 급여를 복지와 근무환경으로 상쇄하는 SHJ의 인력을 빼 오는 일은 쉽지 않았다. 간혹 두세 배의 급여를 제시하면 넘어오는 직원들이 있긴 하지만, MS와 애플에서 SHJ에 넘어가는 인력에 비해 미미한 수준이었다. 앤디 루빈은 애플에서 MS, 다시 SHJ로 넘어간 직원이었다.

"앤디 루빈이 평소에 모바일 OS를 연구한다고 떠들고 다닌다더군."

"뭐? 모바일 OS? SHJ가 퀄컴과 구글을 손아귀에 틀어쥔 이유가 설명될 수도 있겠군. 모바일 OS를 개발한다 하더라도 성공 여부는 불확실하다고 생각하는데."

"그럴 수도 있겠지. 그런데 말이야. 제임스 리가 아무런 계산도 없이 그런 일을 추진한다고 생각하지는 않아."

발머는 그제야 빌의 고민을 이해할 수 있었다. 단지 구글 메일과 구글 메신저를 죽이기 위해 흥분하던 자신의 모습이 부끄럽기까지 했다. 어리석었던 자신을 반성하며 아까와는 다른 표정으로 빌에게 말을 건넸다.

"빌, 어쩔 계획이야?"

"글쎄, 그건 제임스 리를 만나 보고 결정할 생각이야. 아, 그 전에 애플에 살짝 귀띔해 줘야 하지 않겠어? 컴페니언을 따라잡겠다고 잡스가 열을 내는 거 같은데, 모바일 OS 소식을 들으면 재밌는 일이 벌어질 수도 있겠지. 난 제임스 리를 만나러 출발하겠네."

"알았어. 우리도 모바일 OS에 대한 사업적 타당성을 검토해 보자고. 돈 냄새 잘 맡는 제임스 리가 관심을 보인다면 뭔가가 있겠지."

호적수를 만난다는 기쁨에 빌은 콧노래까지 흥얼거리며 사무실을 나섰다. 수행비서만 대동한 채 휴스턴으로 향하는 빌은 전용기 안에서 경환과의 만남을 기대하며 위스키 잔을 천천히 입에 가져다댔다.

미끈한 외양의 전용기 한 대가 휴스턴 공항에 사뿐히 내려앉았다. 전용기가 주로를 천천히 지나 전용 터미널에 도착하자 시끄러운 엔진 소리가 멈췄다.

"미스터 게이츠, 휴스턴에 오신 걸 환영합니다."

"환영해 주셔서 감사합니다, 미스터 리."

첫 만남이었지만, 경환은 그가 낯설지 않았다. 세기의 유명인 MS 회장의 얼굴을 모를 수야 없었겠지만, 경환은 전생에 빌 게이츠를 본 적이 있었다. 비록 대화는 못 하고 오성전자와의 합작 건으로 방문한 빌을 멀리서 바라봤던 것이 전부였지만, 지금은 자신을 만나기 위해 그가 전용기를 타고 왔다는 사실에 경환은 감회에 빠졌다.

"미스터 리, 옆에 계신 아름다우신 분은 혹시 부인이신가요?"

"아! 미안합니다. 제 아내와 아이들입니다."

"미시즈 리, 빌 게이츠라고 합니다. 빌이라고 불러 주세요."

"반갑습니다. 빌. 휴스턴에서의 일이 모두 잘되시길 바랍니다."

잠시 감회에 빠져 수정과 아이들을 소개할 타이밍을 놓친 경환을 대신해 빌이 직접 수정과 악수를 나누었다.

"저도 아내와 같이 오고 싶었지만, 출산이 얼마 남지 않아서 같이 오지 못했습니다. 이해 부탁합니다. 아내를 대신해 딸과 같이 왔습니다. 제니퍼, 와서 인사해야지?"

빌이 딸과 함께 휴스턴을 방문한다는 정보를 사전에 입수한 경환은 수정과 아이들과 함께 빌을 마중 나왔다. 그건 가족을 매우 사랑하면서도 엄격하게 교육하는 빌과 교감을 형성하려는 계획이었다. 빌의 뒤에서 고개만 빠끔히 내놓는 제니퍼는 낯선 주위 환경이 어색한 듯 빌의 바짓가랑이를 붙들고 떨어질 생각을 하지 않았다. 경환은 그런 제니퍼를 향해 웃어 주고 급히 정우를 찾았다.

"정우도 희수 데리고 와서 인사드리렴."

"안녕하세요. 전 정우라고 하고, 제 동생은 희수예요."

정우가 희수를 데리고 머리를 숙여 인사를 하자, 동양식 인사가 낯설었는지 빌은 무릎을 꿇어 정우에게 악수를 건넸다. 제니퍼는 정우와 희수가 자신의 앞에 나서자 그제야 안심이 되었는지 손가락을 입에 물고 정우를 물끄러미 바라보고만 서 있었다.

"정우라고 했지? 제니퍼하고도 잘 놀아 줄 수 있겠니?"

"네, 걱정하지 마세요. 제니퍼, 우리 같이 그림 그리러 갈래? 그림 그리는 거 좋아하지?"

정우가 손을 내밀자 한참을 망설이던 제니퍼도 슬며시 빌의 바지에서 손을 내려 정우가 내민 손을 슬쩍 잡았고, 비슷한 나이인 희수를 바라보며 환하게 웃음을 지어 보였다. 격식이 필요 없는 아이들이라 그런지 금세 어울리며 공항을 이리저리 뛰어다니기 시작했다.

"정우가 제임스를 닮았나 보군요. 다섯 살이라고는 믿기지 않을 정도입니다."

낯을 가리는 제니퍼가 거리낌 없이 정우의 손에 이끌리는 모습을 신기하게 바라보던 빌의 얼굴엔 환한 미소가 걸려 있었다.

"아이들이야 금세 친해지는 거 아닙니까? 공항에서 이러지 말고 자리를 옮기시죠?"

"아, 제임스. 실례가 아니라면 SHJ타운을 방문해 보고 싶은데, 괜찮으시겠습니까?"

경환은 SHJ타운을 방문하고 싶다는 빌의 요청에 살짝 당황스러운 표정을 지어 보였지만, 이내 얼굴을 풀고 요청을 받아들였다. 방문 목적을 알지 못했지만 SHJ-퀄컴 이외에는 숨길 만한 곳이 없었기 때문이었다.

"빌의 방문을 환영합니다만, 아직 공사 중이라 제니퍼가 가기에는 무리라고 생각하는데, 괜찮겠습니까?"

경환의 말에 일리가 있다고 생각한 빌이 자신의 요청을 취소한다는 말을 꺼내려는 순간 정우가 희수와 제니퍼를 양손에 잡고 두 사람 앞에 나타났다.

"아빠, 제니퍼를 집에 데리고 가서 놀아도 돼요? 제니퍼도 가고 싶어 하는데."

"하하하, 제니퍼가 진짜 가고 싶어 한다고?"

빌은 전용기 안에서도 자신의 곁을 떠나지 않을 정도로 수줍음이 많은 딸이 정우를 따른다는 말이 믿어지지 않았다. 정우의 손에 이끌려온 제니퍼를 물끄러미 바라보았다.

"응, 나 정우 집에 가고 싶어. 장난감도 많다고 희수가 말해 줬어."

"제가 아이들을 집에 데리고 갈게요. 너무 걱정하지 않으셔도 괜찮습니다."

제니퍼의 머리를 쓰다듬으며 수정이 거들자 빌은 어쩔 수 없다는 듯
두 손을 벌리며 어깨를 들썩였다. 빌의 허락이 떨어지자 제니퍼는 환호성
을 지르며 정우와 희수의 손을 잡고 차 안으로 사라져 버렸다.

"부인, 염치 불고하고 신세를 지겠습니다. 일을 마치면 비서를 보내겠
습니다."

미셸이 이끄는 경호팀의 보호를 받으며 수정이 공항을 먼저 빠져나가
자, 경환은 준비된 차량으로 빌을 인도해 SHJ타운으로 향했다.

"제임스, 말로만 듣던 SHJ타운을 직접 보니 규모와 시설이 대단하군
요."

빌은 진심으로 놀라움을 멈출 수 없었다. 그룹 사옥을 중심에 두고
퀄컴과 구글 사옥을 지하로 연결한 모습이 장관이었기 때문이었다. 물론
자신의 저택과 MS 본사의 규모도 이에 못지않지만, 신생 기업인 SHJ가
타운 조성에 많은 투자를 하고 있으며 500에이커의 땅을 2차로 개발한
다는 사실이 호기심을 자극했다. 직원용 주택단지의 규모와 시설을 확인
한 후부터는 말수가 줄어들었다. 이런 고급 주택을 시세보다 저렴하게 직
원들에게 공급하면서 무이자 대출을 해 주고 있다는 경환의 말을 들었을
때는 순간적으로 얼굴이 굳어져 버렸다.

스카우트한 직원들을 통해 SHJ가 직원 복지에 많이 투자하고 있다는
말을 들고서도 크게 신경 쓰지 않았었지만, 자신의 눈으로 확인하자 경환
은 쉽게 상대할 수 없는 인물이라는 결론이 섰다. SHJ-구글의 핵심 인원
들이 자신이 내건 엄청난 금액에도 넘어오지 않는 이유를 알 것 같았다.

직원들을 철저하게 SHJ의 사람으로 만드는 복지제도와 쉽게 사람을 버리지 않는 경환의 카리스마는 높은 연봉을 주며 충성심을 강요하는 MS와 근본이 달랐다.

"아직 MS에는 한참 미치지 못하고 있습니다. 앞으로 더욱 노력해야겠지요."

SHJ타운 방문을 마치고 경환의 집무실로 돌아온 두 사람은 칼을 등 뒤에 숨긴 채 지루한 신경전을 펼치기 시작했다. 빌은 경환의 가벼운 응대에 미소를 지어 보였다. 전형적인 아메리칸 드림을 이룩한 이 남자가 고작 30대 초반이란 사실이 믿기지 않았다. 인간에게는 나이에 맞는 사고방식과 행동이 있다고 믿었지만, 오히려 40대인 자신이 경환의 포커페이스에 말리고 있다는 느낌을 지울 수 없었다. 빌은 새롭게 판을 짜야만 했다.

"세틀러와 컴페니언, 정말 괴물 같은 것을 만들어 냈더군요. 다음 제품도 개인적으로 기대를 많이 하고 있습니다. SHJ 덕분에 모토로라의 주가가 춤을 추기 시작했어요."

"빌을 실망하게 하면 안 되는데, 부담감이 많이 생기네요."

단지 세틀러와 컴페니언을 언급하기 위해 먼 휴스턴까지 오지 않았다는 것을 알고 있었지만, 경환은 빌에게 주도권을 뺏기고 싶지 않았다. IT 업계 폭군과의 만남은 경환을 긴장시켰지만, 반대로 얼굴은 차분하기만 했다.

"이번에 SHJ-구글에서 서비스를 시작한 메일 서비스와 메신저가 이용자들의 호평을 받고 있다고 들었습니다. 제임스의 다음 목표가 무엇인지 궁금해서 잠을 못 잘 정도입니다. 하하하."

겉으로는 빌을 따라 웃는 경환도 슬쩍 찔러 오는 질문에 긴장할 수밖에 없었다. 구글은 이미 MSN을 넘어섰고, 이번에 출시한 구글 메신저는 MSN 메신저의 이용자를 엄청난 속도로 갉아먹고 있었다. 이런 상황에서 MS가 맘만 먹는다면 구글 메신저를 퇴출하기 위해 수단과 방법을 가리지 않을 것은 자명했다.

"하하하, 구글이 서비스를 시작한 지 2년째입니다. 제자리에만 머문다면 시장이 기다려 주겠습니까? 이용자들의 눈높이에 맞추는 작업이 보통 어려운 게 아니더군요. MS를 통해 많이 배우고 있습니다."

"오호, 그렇군요. 이용자의 눈높이를 맞춘다는 말 기억하겠습니다. 제가 요새 고민이 많아요. 혹시 제임스가 저라면 MSN과 MSN 메신저를 살리기 위해 어떤 방법을 취하겠습니까?"

경환은 울화통이 치밀어 오르는 것을 참으며 환한 웃음을 빌에게 보여 주었다. 자신의 패를 먼저 꺼내며 도발해 오는 빌이 이해가 되지 않았다. 경환은 빌의 다음 수를 읽기 위해 양해를 구하며 담배를 꺼내 입에 물었다.

"글쎄요, 넷스케이프의 전적이 있는 MS가 어떤 방법을 취해야 할까요? 자금을 쏟아 붓고 협력업체들을 협박하는 방법으로 상대방을 숨통을 확실하게 끊는 게 좋을 거 같긴 합니다. 하지만 상대방이 다른 사업의 이윤을 퍼부으며 덤빈다면 MS도 꽤 깊은 상처를 얻을 수 있겠지요."

여기에서 밀린다면 빌의 다음 노림수에 당할 수도 있다는 생각에 경환은 MS와의 대결도 주저하지 않겠다는 의사를 빌에게 전달했다. 뜻밖의 강공에 당황한 빌은 경환을 잠시 노려보며 아무런 대꾸도 하지 않았다. 쉬운 상대가 아니라고 생각하고 있었지만, 전면전을 각오한 듯 강하게 밀어붙이는 경환을 보자 살짝 질리기까지 했다.

"하하하, 그것도 좋은 방법이겠네요. MS도 상처를 입는다는 조언 깊게 받아들이겠습니다. 그렇지만, 저는 좀 달리 생각을 해 봤습니다. MS가 상대방의 지분을 일부 인수해 우호 관계를 구축한다면 서로 윈-윈할 수 있지 않겠습니까?"

전혀 예상하지 못한 말이 빌에게서 나오자 경환은 잠시 주춤했다. SHJ-구글의 지분을 확보하고 싶다는 제안은 경환의 성격상 절대 받아들일 수 없는 것이었다. 하지만 쉽게 지분 인수 이야기를 꺼낼 빌이 아니란 것을 알고 있었기에 의중을 파악하기 위해 경환의 머리는 빠르게 회전했다. 빌은 경환의 대답도 기다리지 않은 채 다음 말을 이어 갔다.

"제임스, 정보를 하나 드리겠습니다. 애플에서 MP3 제품과 이를 관리할 인터페이스를 개발하고 있다는 것은 아실 겁니다. 소문엔 모바일 OS 개발에도 큰 관심을 보이고 있다고 하더군요. 시간이야 몇 년 걸리겠지만, 스티브 잡스가 만만한 인물이 아니란 것은 제임스도 알고 있으리라 봅니다."

경환은 그제야 빌이 휴스턴까지 온 이유를 알 수 있었다. 언젠가는 알려지리라 생각은 하고 있었지만, 눈에 띄는 개발 성과가 아직 나오지 않은 상태에서 너무 빨리 빌에게 정보가 들어가고 말았다. 시기적으로 애플이 모바일 OS 개발에 뛰어든다는 건 말이 되지 않았다. 분명 정보를 입수한 MS에서 SHJ와의 경쟁을 위해 애플에 정보를 흘렸다고 판단했지만, 빌을 다그칠 증거는 아무것도 없었다. 빌에게 제대로 뒤통수를 얻어맞은 경환은 분노를 참으며 태연한 표정을 유지하기 위해 사력을 다하고 있었다.

"좋은 정보를 주셔서 감사합니다."

이 정도로 자극을 줬으면 반응을 보일 거라 생각한 빌은 태연한 경환의 모습에 고개를 절레절레 흔들며 졌다는 듯이 두 손을 들어보였다.

"제임스, 정말 지독하군요. 우리와 손을 잡고 애플을 견제합시다. 우호 관계 차원에서 SHJ-구글의 지분 5%를 30억 달러에 인수할 의향이 있습니다."

SHJ-구글의 기업 가치를 600억 달러로 인정하겠다는 빌의 제안은 야후의 시가 총액이 900억 달러에 못 미치는 상황에서 나쁜 조건은 아니었지만, 경환이 생각하는 SHJ-구글의 가치에는 한참 모자라는 금액이었다. 그러나 애플이 모바일 OS 개발에 뛰어든다면 우호 세력이 없는 SHJ에겐 큰 타격이 될 수도 있었다. 경환은 다시금 고민에 빠졌다.

"빌, 5년 전 MS의 시가 총액은 400억 달러 수준이었습니다. IT버블이 심하다고는 하지만, 지금은 5,000억 달러를 넘어섰고요. SHJ-구글의 가치를 야후에도 못 미치는 600억 달러로 보다니 좀 실망스럽군요. 지금 상장하더라도 AOL보단 높지 않겠습니까?"

내년부터 IT버블이 깨지면 시가 총액은 바닥으로 떨어지겠지만, 지금은 고공행진을 하는 중이다. AOL의 시가 총액이 1,400억 달러 수준었다는 기억을 떠올린 경환은 빌의 제안을 과감히 거절했다.

"빌, 저도 MS와의 협력엔 관심을 많이 가지고 있습니다. 그래서 하는 말인데, 만약 SHJ 홀딩스를 상장한다면 어떤 대접을 받을 수 있겠습니까?"

제안을 단칼에 거절당한 빌은 SHJ-구글과의 전면전이냐 애플과의 전략적 협조냐를 고민했다. 그런데 느닷없이 경환이 SHJ 홀딩스의 기업공개를 거론하자 궁금증이 일었다.

"플랜트를 시작으로 퀄컴과 구글, 만만치 않을 거 같은데, 저는 지금

이야 MS에 약간 미치지 못하겠지만, 잠재성은 그에 버금간다고 생각합니다."

"부정도 긍정도 하지 않겠습니다. 제임스, 시장의 반응은 우리 생각과는 다를 수 있어요."

빌은 퉁명스럽게 경환의 질문에 대답하고선 팔짱을 낀 채 다음 말을 기다렸다.

"MS와 SHJ의 전략적 파트너십엔 저도 찬성합니다. 그래서 제안을 하나 드립니다. SHJ 홀딩스의 지분 5%와 MS의 지분 5%를 평등한 조건으로 교환하는 것은 어떻습니까?"

경환의 제안에 빌은 그동안의 포커페이스도 잊은 채 손에 쥐고 있던 안경을 떨어뜨렸다. 경환은 퀄컴과 구글만으로도 MS를 넘어설 수 있는 SHJ 홀딩스 지분을 맞교환하자니 속이 쓰렸지만, MS와의 협력 체제 구축은 애플과의 전쟁을 대비하는 전략이었기에 어쩔 수 없다고 다짐했다.

"오빠, 제니퍼 그림 잘 그려."

제니퍼는 거실 탁자에 앉아 정우가 건네준 크레파스 쥐고 열심히 그림을 그렸다. 큰 저택에서 또래 없이 지내던 제니퍼에겐 정우와 희수와 같이 노는 시간이 즐겁기만 했다. 희수가 자신을 칭찬해 주자 제니퍼는 별일 아니라는 듯 고개를 으쓱하며 정우의 눈치를 슬쩍 살피기 시작했다. 희수와 똑같이 자신을 대하는 정우는 제니퍼에게 신세계였다.

"희수, 왜 정우한테 오빠라고 불러? 오빠가 무슨 뜻이야?"

"몰라. 그냥 정우 오빠야. 너도 정우 오빠라고 불러."

대화를 듣고 있던 수정은 오빠의 뜻을 설명해 주려다 아이들을 방해하고 싶지 않아 슬며시 간식거리만 탁자에 올려놓았다. 어린 나이임에도 예의범절에 익숙한 제니퍼를 보자 빌의 엄격한 가정교육을 느낄 수 있었다. 정우는 간식으로 나온 쿠키를 집어 희수와 제니퍼에게 건네주었다.

"희수, 제니퍼, 하나씩 먹어. 우리 엄마가 직접 만든 거야."

"정우 오파, 고마워."

"오파가 아니라 오빠야."

오빠라는 발음은 어색했지만, 제니퍼는 희수를 따라하며 열심히 단어를 익히고 있었다. 정우 방으로 자리를 옮겨 놀고 있을 때 수정이 조용히 문을 열고 들어왔다.

"제니퍼, 아빠가 데리러 오셨다. 어서 준비하고 나와야지."

제니퍼는 아쉬운 표정을 지으며 정우가 선물로 건네준 스케치북을 손에 꼭 쥐었다. 수정을 따라 현관문을 나서면서도 뒤에 서 있는 정우와 희수에게서 시선을 떼지 못했다.

"정우 오빠, 희수하고 꼭 우리 집에 놀러 와야 해? 알았지?"

"알았어. 꼭 갈게."

희수에게 배운 대로 정우와 새끼손가락을 걸며 약속을 하던 제니퍼는 까치발을 하며 정우의 입술에 기습적으로 입을 맞추고는 뒤도 돌아보지 않고 현관을 뛰쳐나갔다. 정우가 놀라 연신 입술을 손으로 닦기 시작하자 희수가 수정에게 안기며 크게 외쳤다.

"엄마, 제니퍼가 오빠한테 뽀뽀했어."

주식을 교환하자는 경환의 제안 이후에 냉랭한 분위기가 두 사람을 휘몰아 감쌌다. 빌은 빠르게 머리를 굴리고 있었지만, 도저히 경환의 제안을 이해할 수 없었다. 모기업인 플랜트를 200억 달러로 두고, CDMA의 원천기술을 가지고 있는 퀄컴을 2,000억 달러로 예상해도 SHJ 홀딩스의 기업 가치는 3,000억 달러가 한계선이었다.

빌은 고개를 흔들었다. PC OS 시장을 확실히 잡고 있는 MS와 SHJ를 비교한다는 자체가 말이 되지 않았다. 빌은 태연하게 앉아 있는 경환을 바라보며 의도를 짐작하려 했다.

"제임스, SHJ와 주식 교환을 하자고 하면 주주들이 날 잡아먹으려고 안달할 겁니다. 제임스의 제안은 받아들이기 힘들겠네요. 대신 SHJ-구글의 지분 5%를 50억 달러까지 올릴 의향은 있습니다. 그 이상은 나로서도 어쩔 수 없네요."

빌은 내심 50억 달러라면 제임스도 쉽게 거절하지 못하리라 생각했다. 주식 맞교환이라는 생각하지도 못한 카드로 20억 달러를 끌어올린 제임스를 인정하려는 마음도 샘솟았다. 그러나 그건 자신만의 생각이었다.

"이해합니다. 아무리 계산해도 SHJ 홀딩스의 가치는 3,000억 달러 정도밖에는 나오지 않겠죠. 50억 달러가 큰돈이긴 하지만, 전 돈보다는 MS와의 협력을 먼저 생각했습니다."

"도대체 제임스의 생각이 뭡니까? 우리와의 협력을 원한다면서 내 제안을 거절하는 이유가 이해되지 않는군요."

SHJ-구글로도 MS의 시가 총액은 넘길 수 있다는 말을 해 봐야 미친 놈 취급받을 것이 뻔했다. 모바일 OS에 대한 정보가 애플에 들어간 상태에서 MS라는 공룡을 적으로 돌릴 생각은 없었지만, 빌을 설득할 마땅한 방법이 보이지는 않았다.

214

경환은 50억 달러까지 부른 빌의 의도를 알기 위해 전체 판을 머리에 떠올렸다. MS OS로 PS 시장을 장악한 MS는 대체할 원동력을 만들고자 다양한 시도를 하고 있었지만, 마땅한 성과를 거두지 못하고 있었다. 검색 엔진인 구글이 서비스를 시작할 때도 기존 포털사이트와 같은 수준으로 인식할 뿐 특별한 관심은 기울이지 않았다.

그러나 구글이 획기적인 검색 알고리즘과 애드센스로 가입자의 수를 증폭시킨 후, 컴페니언과 연계된 구글스토어를 발표하며 음반 시장의 새로운 패러다임을 만들어가자 MS도 관심을 기울일 수밖에 없었다는 결론을 내릴 수 있었다. 그렇다 하더라도, 구글 메일과 구글 메신저로 입은 타격은 그리 크지 않은 MS의 입장에서 50억 달러를 배팅하는 속내가 무엇인지는 쉽게 답을 찾을 수 없었다.

"빌, 혹시 SHJ-구글이 모바일 OS의 상용화에 성공한다면 과연 1,000억 달러의 가치로만 끝날까요? SHJ-구글의 지분 75%를 관리하고 있는 SHJ 홀딩스의 가치를 너무 과소평가하시는군요."

"미안합니다. 난 제임스와 의견이 좀 다릅니다. 컴페니언이 시장을 확실히 선점하고 있긴 하지만, 후발 주자들의 반격도 만만치 않을 겁니다. 오성전자나 애플이 쉬운 상대라고는 생각하지 않으니까요."

빌은 모바일 OS의 개발과 상용화가 성공하더라도 시장에 미치는 영향은 크지 않다고 판단했다. 단지 모바일 OS 개발을 바탕으로 MS가 독점하고 있는 PC OS 개발에 나설 것이 신경 쓰일 뿐이었다. 세틀러에 추가되는 기능과 컴페니언 시리즈로 입지를 다진 SHJ-구글이 MS의 경쟁자로 나설 수도 있다는 생각에 어느 정도 영향력을 행사하려 던진 인수 제안이었을 뿐이었다. 쉬울 줄 알았던 경환과의 협상이 팽팽한 기 싸움으로 번지는 상황이 마음에 들지 않았다.

"빌, 한 가지는 약속할 수 있습니다. 제가 SHJ에 남아 있을 때까지는 PC OS 시장에 진출할 생각이 없습니다. 남의 뒤를 따라갈 생각은 없기 때문입니다."

경환의 말이 정곡을 찔러오자 빌은 순간 흠칫했다. 진중한 성격의 제임스가 쉽게 한 말이라고는 생각하지 않았다. 자신의 계획이 이미 읽혔다고 판단하자 허탈했다. 덫을 놓으려던 자신이 반대로 덫에 빠질 수도 있다는 생각이 들었다. 그러나 SHJ의 다음 행보가 모바일 OS라는 것은 확신할 수 있었다.

"SHJ-구글 지분은 넘길 생각이 없는 겁니까?"

"상호 맞교환이 아니라면 어떠한 경우라도 SHJ-구글의 지분은 확보할 수 없을 겁니다."

MS와의 피 튀기는 전쟁까지 각오한 경환은 평정심을 찾아가고 있었다. 벽에 부딪혀 보지도 않고 도망가려던 생각이 얼마나 어리석었는지 반성하며 빌을 바라봤다.

"빌, 아이맥으로 재미를 본 애플이 MP3와 인터페이스를 개발하면서도 올겨울이나 내년 초에 아이북 SE과 아이맥 DV를 출시한다더군요. 저는 좀 신경이 쓰이는데 빌은 아닌가 봅니다."

경환은 아이맥이 MS의 아성에 도전할 정도는 아니라고 생각하면서도, 은근히 빌의 경쟁심을 부추겼다. 빌은 정보분석팀의 보고로 애플의 개발 상황은 알고 있었지만, 제품명까지 파악하지는 못했다. 만만치 않다고 느낀 경환이 경쟁 업체의 정보에도 심혈을 기울이는 모습을 보자, 50억 달러를 걷어차는 다른 이유가 있을 수 있다는 고민에 빠지기 시작했다.

"MS와 SHJ가 전략적 제휴 관계를 맺어 애플을 초기에 무력화하자는 겁니까?"

"판단은 빌이 하시길 바랍니다. 아까도 말했듯이 SHJ는 MS의 영역에 도전할 생각이 없습니다. 따라서 MS도 SHJ의 영역에 들어오지 않기를 바랄 뿐입니다."

빌의 고민은 깊어만 갔다. 직접 밝히지는 않았지만, 이 남자의 계획이 자신이 생각한 것 이상의 규모라는 판단이 들었다. MS의 독재를 알고 있으면서도 SHJ의 영역에 들어오지 말라고 당당히 말하는 그가 도대체 무슨 생각을 하고 있는지 궁금함이 커져만 갔다. 50억 달러로 시작해 서서히 SHJ-구글을 MS화하려는 자신의 계획이 어리석었을 수도 있었다는 생각이 들자 빌의 입가에 미소가 걸렸다.

"주위에선 나를 탐욕스럽고 음흉하다고 하는데, 내가 보기엔 제임스가 더하네요. 우선 실무진을 통해 MS와 SHJ 간의 협력 관계 구축을 협의해 봅시다. WIP를 공동 연구한 경험이 있으니 그 경험을 살린다면 좋은 결과가 있지 않겠습니까?"

급한 불은 껐다고 생각한 경환은 그제야 얼굴을 풀고 환한 표정으로 빌을 대할 수 있었다. 기업 간의 협력 관계는 상황에 따라 적으로 돌변할 수 있다는 것은 알고 있었지만, 지금은 이 정도로 MS와의 문제를 일단락하는 게 최선이라는 판단을 내렸다. 전용기에 제니퍼가 도착했다는 소식을 전해 들은 빌은 서둘러 경환과의 만남을 정리하고 자리에서 일어섰다.

"제임스, 기회가 된다면 시애틀을 방문해 주세요. 우린 좋은 친구가 될 수 있겠다는 생각이 듭니다."

"빌의 초대를 고맙게 받아들이겠습니다. 조만간 한국을 방문할 예정입니다. 그때 시애틀을 거치도록 일정을 조정해 보겠습니다."

"하하하, 그땐 좀 편한 대화를 나누도록 합시다. 그리고 제임스가 제안한 주식 맞교환은 긍정적으로 검토해 보겠습니다. 내가 개인적으로 SHJ의 지분을 가지고 있는 것도 나쁜 선택이 아닐 거 같아서요."

멍하게 자신을 바라보는 경환을 뒤에 두고 빌은 빠르게 SHJ를 벗어났다. 이성적인 판단은 말이 안 되는 거래라고 빌을 나무라고 있었지만, MS를 키웠던 자신만의 감각이 SHJ의 지분을 탐내고 있었다. 백미러를 통해 경환의 찡그린 얼굴을 확인한 빌의 입가에 미소가 걸렸다.

빌의 마지막 말을 상기하며 경환은 손가락으로 책상을 두드리며 깊은 생각에 빠져 있었다.

"회장님, 빌 게이츠가 지분 교환에 긍정적이라는 말을 들었습니다."

대화 내용이 궁금했던지 린다와 황태수가 경환을 찾았다. 빌을 배웅하면서 마지막 말을 들은 두 사람은 환한 얼굴로 축하를 나누고 있었다.

"MS와의 협력 체제 구축에 합의했습니다. 실무진을 구성해서 협상을 진행하세요."

"MS의 지분 5% 확보는 엄청난 일 아닌가요? 회장님의 안색이 좋지 않은 게 이해가 되지 않습니다."

고개를 갸웃거리며 린다가 경환의 신경을 건드렸다. 아직 결정된 일은 아니지만, 빌이 자신이 가진 MS의 지분을 이용해 거래에 응한다면 말을 꺼낸 책임을 질 수밖에 없었다. 구글 하나만으로도 MS를 넘어설 수 있다고 자신하는 경환은 이불을 싸고 드러누울 판이었다.

"린다, 퀄컴이나 구글이 MS에 미치지 못한다고 생각을 하나요? 난 구글 하나로도 MS를 넘어설 수 있다고 생각을 합니다. 하물며 세틀러와 컴페니언, CDMA의 원천기술을 가지고 있는 퀄컴은 말할 필요도 없겠지요."

"네?"

린다는 뭐라 말을 하려다 급히 입을 닫았다. 퀄컴의 인수와 구글의 설립은 온전히 경환의 판단으로 이뤄진 것이었다. 자신은 항상 부정적인 의견을 내놓았지만, 그 판단이 틀렸다는 것을 알기까지 그리 많은 시간이 필요하지 않았다. 지금도 경환의 말이 쉽게 이해가 되지 않더라도 분명 이유가 있으리란 생각이 들었다.

"두 분은 한국 방문 일정에 신경을 써 주세요."

명백한 축객령에 뻘쭘해진 두 사람은 조용히 경환의 사무실을 빠져나갔다.

짙게 깔린 어둠을 뚫고 시애틀로 돌아가는 전용기 안은 조용하기만 했다. 빌은 경환과의 만남을 되새기며 SHJ가 단시간에 플랜트와 IT의 강자로 부상하는 중심에 그가 있다는 것을 확인했다. 큰 도박이 될 수도 있겠지만, SHJ 홀딩스의 지분을 소유하는 것도 나쁘지 않으리란 생각이 들었다. 조용히 정우가 선물한 스케치북만 바라보는 제니퍼의 머리를 쓰다듬었다.

"제니퍼, 재밌게 놀았니?"

"응, 희수가 나 그림 잘 그린대. 정우 오빠도 나 칭찬했어."

"오빠? 오빠가 뭐지?

"그냥, 정우 오빠라고 불러야 돼. 정우 오빠."

다행히 경환의 아이들과 잘 어울렸는지 제니퍼는 밝게 웃었다.

"제니퍼 너 정우가 좋은가 보구나?"

"응, 아빠 다음으로 좋아. 나 정우 오빠하고 결혼할 거야. 뽀뽀도 했어."

"뭐? 그 자식이 너한테 뽀뽀를 했다고?"

빌이 당장에라도 비행기를 돌려 경환과 정우의 멱살을 쥐고 싶어 안절부절못하고 있을 때 충격적인 말이 제니퍼의 입에서 터져 나왔다.

"아니, 내가 했어. 아빠도 엄마하고 뽀뽀하잖아."

빌은 허탈하게 웃으며 제니퍼를 안아 들었다. SHJ가 자신의 예상대로 커진다면 제니퍼의 짝으로 손색이 없겠다는 생각에 빌은 흐뭇하게 웃었다.

빌 게이츠가 자신이 소유한 MS의 지분 5%를 SHJ 홀딩스의 지분 5%와 동등한 조건으로 교환한다는 기사가 발표되자 MS의 주가가 들썩거리기 시작했다. PC OS를 주도하는 MS와 플랜트, CDMA, 인터넷의 새로운 강자로 부상하는 SHJ와의 협력 체제 강화라는 이슈가 연일 보도되면서 MS의 시가 총액은 연일 상한가를 찍고 있었다.

주주들의 강력한 반대를 무시하고 맞교환을 추진한 빌 게이츠였지만 연일 상한가를 달리는 시장의 분위기에 편승해 MS의 입지도 공고히 다져졌다. 윈도 98의 실패를 SHJ와의 지분 맞교환으로 돌파한 빌의 사업적 감각이 아직 날카롭다는 분석이 나오자 MS 주주들의 입지는 추락을 거듭했다.

사람들의 관심은 MS 주가에 큰 영향력을 행사한 SHJ에 쏠리고 있었지만, SHJ에선 MS와의 협력을 기쁘게 생각한다는 발표 후 어떤 이야기도 하지 않았다. 언론은 SHJ가 기업을 공개한다면 세계 1위 부호는 이경환이 될 거라는 기사를 시작으로 경환의 성공담과 가족에 대한 추측성 보도를 연일 내보내며 사람들의 호기심을 자극했다.

이런 분위기와는 달리 경환의 집무실에는 답답한 공기가 흐르고 있었다. 빌의 개인 변호사를 통해 지분 교환 협상이 진행되면서, 시도 때도 없이 내뱉는 경환의 한숨에 회장실을 찾는 직원들은 표정 관리에 신경을 쓸수밖에 없었다. 경환의 왼팔인 최석현이 개인적으로 축하 인사를 건네자 엄청난 양의 지시사항이 내려왔을 정도였다. 회장실을 찾는 직원들은 지분 교환에 대해 말도 꺼내지 말라는 조언이 공공연히 떠돌았다.

"회장님, 커피 한 잔 가지고 왔습니다."

"어, 고마워요. 그렇지 않아도 커피가 생각나던 참이었는데."

조용히 커피를 내려놓은 하루나가 경환의 앞에 서 있었다. SHJ가 그룹 경영을 시작하자 회장 비서실의 인원과 기능은 대폭 강화됐다. 연륜 있는 비서실장이 여럿 추천되었지만, 경환은 이를 모두 고사하고 하루나를 비서실장에 앉히는 파격적인 인사를 단행했다. 서른이 안 되는 하루나의 기용은 황태수의 반대에 부딪히기도 했었지만, 나이가 문제라면 30대 초반에 회장을 단 자신은 뭐가 되냐는 경환의 말에 황태수는 뜻을 굽힐수밖에 없었다. 하루나는 평소와 다르게 한참을 망설이며 집무실을 나가지 않고 있었다.

"무슨 할 말이라도 있나요?"

"저, 저 그게, 직원들이 많이 불편해합니다."

경환 앞에서 한 번도 자신의 의견을 말하지 않았던 하루나의 입술은 심하게 떨렸다. 경환은 그런 하루나를 바라보다 피식 웃음을 터트렸다.

"제가 그렇게 심했나요?"

"아닙니다. 평소 직원들과 서슴없이 어울리시던 회장님의 모습이 아니라고 생각했습니다. 그리고 회장실을 모든 직원에게 개방하겠다는 말씀이 생각나서 드린 말씀입니다."

경환은 사내 온라인망에 수시로 접속해 직원들과 허물없이 대화를 나눴다. 사내 온라인망으로 올라오는 많은 의견 중에서 이해가 되지 않는 부분이 있으면 직급에 상관없이 회장실로 불러 대화를 나누자, 사내 온라인망에는 하루에도 수백 건씩 의견이 올라오기 시작했다. 이제는 직원들의 의견을 정리하는 게 비서실의 큰 업무 중 하나가 될 정도였다. 경환은 말수 적은 하루나까지 이런 말을 할 정도라면 직원들이 받았을 스트레스는 이루 말할 수 없으리라 생각했다.

"잘못은 내가 했는데, 괜히 직원들에게 화풀이했나 보네요. 하루나, 고마워요."

"회장님께서 잘못하셨다니요? 절대 아닙니다. 단지 예전의 모습이 훨씬 회장님과 어울리시는 거 같아서요."

경환은 하루나의 말을 진심으로 받아들이며 인지상정이란 말을 머리에 떠올렸다. SHJ가 커가면서 자신도 모르게 권위주의적인 모습으로 변해 가고 있을 수도 있다고 생각하자 경환은 마음을 다시금 고쳐 잡을 수 있었다. 경환은 하루나의 지적이 고마웠다.

"하루나는 요새 몰라보게 예뻐지네요. 연애라도 하는 겁니까?"

"회, 회장님. 무슨 말씀이세요? 나가 보겠습니다."

떨리는 가슴을 움켜쥐고 하루나는 서둘러 집무실을 벗어났다. 사과의 의미에서 스캇과 저녁 식사를 했을 뿐인데, 죄를 짓는 기분을 멈출 수 없었다.

"어서 오십시오, 회장님. 크리스토퍼라고 불러 주십시오."

"반갑습니다. 앞으로 잘 부탁합니다, 크리스토퍼."

완벽한 집사 차림인 크리스토퍼 안내를 받아 저택에 들어서자 좌우에 정렬한 하우스메이드들이 무릎을 가볍게 구부리며 경환의 식구들을 맞이했다. 영국 왕실의 부수석 집사였던 크리스토퍼는 다이애나 왕세자비의 죽음에 환멸을 느껴 영국의 한적한 시골에 정착했다. 조용하게 전원생활을 즐기려던 그의 계획은 SHJ매니지먼트의 방문으로 산산이 깨지고 말았다. 들어 보지도 못한 SHJ란 기업의 제안을 여러 번 거절했지만, 인사 책임자의 끈질긴 설득과 자신과 같이 일했던 안토넬라 프레소노레가 이미 하우스메이드 책임자로 채용되었다는 말에 계약을 결심했다.

크리스토퍼의 안내를 받으며 집안을 살피던 경환은 슬쩍 수정의 손을 잡았다. 집안 구석구석 수정의 손이 닿지 않는 곳이 없을 정도로 수정은 자신의 예술적 감각을 첫 집에 쏟아 부었다. 정우와 희수는 예쁘게 꾸며진 자기 방에서 환호성을 지르며 뛰어다녔다.

"인테리어 하느라 고생했어."

"아니에요. 정말 즐거웠어요. 이런 집을 갖게 해 줘서 고마워요."

눈물을 글썽거리는 수정을 돌아 세운 경환은 주위를 의식하지 않고 살포시 수정을 품에 안아 주었다.

"회장님, 사람들 보는 눈이 이렇게 많은데 너무 풍기문란 하시는 거 아닙니까?"

경환과 수정의 오붓한 포옹이 최석현의 등장에 깨져 버리자, 수정은 황급히 경환의 품을 떠나 아이들이 놀고 있는 곳으로 뛰어갔다. 수정에게 점수를 따보려다 물거품이 되자, 경환은 음흉한 미소를 지으며 최석현을 바라봤다.

"최 사장님 요새 많이 바쁘시죠?"

경환의 음흉한 미소에 최석현은 등골이 서늘해지며 불안감이 엄습해 옴을 느끼고 있었다. 가뜩이나 지분 교환 건으로 엄청난 양의 일을 하느라 잠까지 설친 최석현은 어색한 웃음을 보이며 뒷걸음치기 시작했다.

"아무래도 최 사장님이 너무 혹사하는 거 아닌지 모르겠네요. 제 입장에선 아쉽지만, 최 사장님까지 한국 방문에 동행시키는 건 포기해야겠습니다."

"헉! 회장님, 제가 좀 바쁘긴 하지만, 전용기 정비사 스카우트와 알의 부탁도 있고, 꼭 한국에 가야 합니다."

정비사 채용과 SHJ시큐리티에 한국 특수부대 출신들을 채용하는 문제는 굳이 최석현이 아니더라도 지장이 없는 업무였다. 미국에 온 이후 최석현은 한국에 갈 기회가 없었다. 묵묵히 일에만 매진한 최석현에게 미안했던 경환은 포상 차원에서 동행을 지시했다. 표현은 하지 않았지만, 최석현은 이번 한국 방문에 기대를 많이 하고 있었다. 경환의 뒤끝이 무섭다는 것을 아는 최석현은 치사하다는 생각을 하면서도 자리를 벗어나는 경환에게 사정조로 매달리기 시작했다.

"아이고, 회장님. 죽을죄를 지었습니다. 저 요번에 꼭 가야 합니다."

"하는 거 봐서요."

굽실거리며 따라가는 최석현의 모습을 크리스토퍼가 미소를 지으며 바라보았다. 젊은 나이에 갑부 대열에 합류한 사람이라고는 볼 수 없을 정도로 겸손하고 부하 직원들과도 허물없이 지내는 모습에 크리스토퍼는 자신의 결정이 틀리지 않았음을 느꼈다.

SHJ의 아시아 본사를 선정한다는 목적하에 한국과 일본, 중국, 싱가포르 방문 계획을 발표하자 각 국가에서 치열한 물밑경쟁이 가속화되기 시작했다. SHJ와의 합작을 제안하는 기업의 수가 늘어나는 것은 물론 미국 주재 각국 대사관들까지 나서 경환과의 회담 일정을 잡기 위해 부산하게 움직였다.

"MS와의 지분 교환은 협상을 완료했습니다. 조인식은 회장님의 시애틀 방문에 맞추기로 합의했습니다."

"수고하셨습니다. 그동안 제가 삐딱하게 대한 점 이해 바랍니다. 이번 출장은 아시아에 SHJ의 입지를 강화하는 포석인 만큼 신경을 써 주십시오."

출장 일정을 최종 점검하기 위해 경환은 황태수와 린다를 집무실로 불러들였다. 무게감을 살리기 위해서는 그룹 부회장인 황태수를 동행시켜야 했지만, 경환의 자리를 메우기 위해 황태수는 휴스턴에 남아야 했다. 투자를 집행하고 치열한 머리싸움을 펼치는 일에는 린다가 제격이라는 판단도 한몫했다.

"저는 직원들을 이끌고 먼저 출발하겠습니다. 조인식에서는 에릭이 회장님을 보좌할 겁니다."

경환은 이번 출장에 플랜트와 퀄컴, 구글은 물론이고 매니지먼트와 에이전트 등 모든 계열사의 사장단과 실무진을 대동했다. 전용기는 세 대 중 한 대만 인도되었기에 직원들의 편의를 위해 전세기를 계약하라고 지시했다. 비용 문제가 있긴 하지만, 경호팀까지 포함해 100명이 넘는 인원을 공항에서 지치게 하고 싶지 않았다. 직원들은 경환의 배려에 감사하며 열의를 다졌지만, 경환의 생각은 달랐다. 직원들이 최상의 컨디션으로 치열한 협상 테이블에서 이익을 내게 하려는 뜻이었다.

"그렇게 하세요. 전 시애틀 일정이 끝나면 바로 도쿄로 넘어가겠습니다."

"이번 출장에는 펜타곤의 존 해밀턴 대령이 동행하게 되었습니다. SHJ-퀄컴이 펜타곤의 프로젝트를 수행하고 있어 거절할 수 없었습니다."

주지사가 개최한 모임에서 만난 존을 떠올린 경환은 인상을 구겼다. 펜타곤 소속이라고는 하지만, 그에게서 NSA나 CIA의 냄새가 나고 있었기 때문이었다. 황태수의 난처한 표정을 바라보던 경환은 이 문제는 딕에게 맡겨 투자한 돈을 받아 내자고 결심했다.

"알아서 움직이라고 하십시오. 직원들이 존 대령과 접촉하는 일이 없도록 주의를 시키세요. 혹시 정보를 주는 직원은 해고한다는 제 뜻도 전해 주세요."

"알겠습니다. 그리고 한국 정부가 당황하는 거 같습니다."

경환의 부모가 한국에 있고 SHJ의 해외 법인이 한국에 몰려 있다는 점에서 아시아 본부의 한국 유치는 당연하다고 판단했던 한국 정부는 일본과 중국, 싱가포르까지 다각적으로 검토하겠다는 SHJ의 발표에 우왕좌왕하기 시작했다.

"입만 벌리고 있으면 감이 떨어지리라 생각했나 봅니다. 애국심에 호소하는 것도 한두 번이지, 국민들은 생각 안 하고 자기 밥그릇만 지키려는 행태에 욕지거리가 납니다."

"사장님이 일본으로 향하고 계실 때쯤이면 한국 정부가 뒤집어질 겁니다. 준비는 다 끝냈습니다."

경환은 아시아 본사를 한국에 설립한다는 당초의 계획을 변경하고 싶지 않았지만, 끝내 한국 정부가 자신과 평행선을 가게 된다면 계획을 수정할 생각이었다. 정부를 압박하기 위해 황태수가 작전을 짜고 있었지만, 성공할 확률이 어느 정도인지는 아직 가늠하기 어려웠다. 이번 출장을 위해 세 사람의 머리가 빠르게 굴러가고 있을 때 노크 소리와 함께 하루나가 급히 인사를 하며 들어왔다.

"회의 중이신데 죄송합니다. MS에서 급한 전문이 들어왔습니다. 회장님께서 확인하셔야 할 거 같아서요."

경환은 하루나가 건넨 팩스를 읽으며 어이가 없는 듯 연신 헛기침을 해대기 시작했다. 경환에게서 건네받은 전문의 내용을 확인한 황태수와 린다의 표정도 경환과 같아질 수밖에 없었다.

"빌 게이츠는 1년 단위의 스케줄로 움직일 텐데, 갑자기 우리와 같은 일정으로 각국을 방문하겠다는 이유가 뭐라고 생각합니까?"

MS는 SHJ와 같은 일정으로 일본과 한국, 중국을 방문하고 싶다는 전문을 보냈다. SHJ가 제안을 받아들인다면 개인적으로 최소한의 인원만 동행해 SHJ의 서포트 역할만 수행하겠다는 내용이었다. 빌의 의도를 알지 못한 경환은 고민할 수밖에 없었다.

"자칫 스포트라이트가 회장님이 아닌 빌 게이츠에게 쏠릴 수도 있습니다. 별로 좋은 제안은 아니라고 봅니다."

"온다는 놈을 막을 수는 없지만, 일본과 한국은 어렵다는 뜻을 확실히 밝히세요. 중국과 싱가포르라면 동행을 환영한다고 하시고요."

자꾸 SHJ의 밥상에 수저를 올려놓으려는 빌 게이츠가 못마땅한 경환은 심호흡을 내쉬며 감정을 조절하기 시작했다. 가뜩이나 SHJ 홀딩스의 지분 5%를 내 줄 생각에 자다가도 벌떡 일어나는 일이 빈번한 지금, 빌은 계속해서 경환의 신경을 건드리고 있었다.

"아빠, 비행기가 너무 쪼그매. 큰 비행기 탈래."

"하하하, 희수는 큰 비행기가 좋은가 보구나."

린다가 대규모의 실무진을 이끌고 일본으로 출발한 다음 날 경환은 식구들과 함께 휴스턴 공항에 도착했다. 희수가 태어난 후 제대로 여행을 할 기회가 없었던 경환은 부모님들의 성화와 수정의 압력에 굴복할 수밖에 없었다. 처음 비행기를 타 보는 희수는 공항 내 큰 비행기들에 비해 상대적으로 작은 전용기에 불만이 가득한 얼굴로 떼를 써 경환과 수정을 난처하게 만들었다.

전용기를 꽤 빨리 인도받을 수 있었던 이유는 최석현이 중동 부호가 인도를 거부한 전용기를 빠르게 구매했기 때문이었다. 최석현이 전용기를 구입하며 독단적으로 처리한 내용이 하나 있었는데, 계약을 체결하며 SHJ의 각 전용기에 부여되는 코드명을 경환과 수정의 성을 따 LK로 정한 것이었다. 나중에 이런 사실을 보고받은 경환은 웃을 수밖에 없었다.

"희수야. 엄마가 그러는데 비행기 안에 침대도 있대. 제니퍼도 작은 비행기 타고 왔잖아. 그러니 오빠랑 같이 타자."

떼를 쓰는 희수를 조용히 달래는 정우를 경환은 물끄러미 바라보았다. 어느새 부쩍 커 버린 정우는 희수가 태어난 후부터 생각이 깊어지고 나이답지 않은 조숙함마저 보여 주었다. 정우와 수정의 손에 이끌려 희수가 전용기에 탑승하자 그제야 한숨 돌린 경환은 배웅 나온 황태수와 마주 설 수 있었다.

"잘 다녀오십시오, 회장님. 회사는 너무 걱정하지 마시고요."

"부회장님이 계시는데 걱정할 일이 있겠습니까? 잘 다녀오겠습니다. 부회장님은 내년 상반기를 목표로 재단 설립을 검토해 주세요. 기부하는 것만으로는 한계에 도달한 상태입니다. 무턱대고 돈만 뿌리는 것보다 사회에 기여하며 SHJ의 인지도를 높일 수 있는 재단이 되어야 합니다."

"알겠습니다. 여러모로 검토하겠습니다."

MS와의 지분 교환으로 SHJ가 부각되자 비판도 고개를 들기 시작했다. 경환은 휴스턴 시 정부와 라이스, 휴스턴대에 적지 않은 돈을 기부하고 있었지만, 사회적 기여도가 약하다는 지적이 대두하자 복지재단 설립을 미룰 수 없었다. 부자에게는 관대할지라도 사회 기여도나 기부에 인색한 기업에 대해서는 사회적 지탄이 쏟아지는 미국이었다. 세금 공제와 SHJ의 이미지를 살리기 위해서도 재단의 설립은 필수불가결했다. 경환은 부의 사회 환원에 대해 고민할 필요성을 느끼며 전용기에 올라탔다.

"LK-1의 사무장을 맡은 김혜원입니다. 회장님을 모시게 돼 영광입니다."

"승무원 강규리입니다."

두 명의 승무원이 고개를 숙이며 경환의 탑승을 맞이했다. 최석현의 배려로 한국항공의 베테랑 승무원을 스카우트해서인지 이들의 얼굴에는 노련함이 깃들여 있었다. 좌석을 8석으로 최소화하고 침대와 샤워 공간까지 갖춘 전용기는 부담스러울 정도로 화려했다. 정우와 희수는 침대로 사라졌는지 보이지 않았고 좌석에 앉아 있는 수정만 눈에 들어왔다.

"앞으로 잘 부탁합니다. 오래간만에 한국어를 사용하니 편하고 좋네요. 음료수 한 잔만 부탁할게요."

간단하게 인사를 나눈 경환은 수정의 손을 슬쩍 잡아 자리에 앉았다. 사무장이 침대에서 놀고 있는 정우와 희수의 손을 잡고서 좌석에 앉히자 비행기는 천천히 활주로를 향해 움직이기 시작했다.

"아빠 되게 좋아. 침대도 크고. 맨날 비행기 타면 안 돼?"

처음 타는 비행기가 신기해서인지 희수는 자리에 앉아서도 입을 다물지 않고 재잘거렸다. 사무장이 건네주는 음료수를 한 잔 마시고 있을 때 하루나가 조용히 책 몇 권을 가져다 놓았다. 경환은 정우와 희수의 머리를 쓰다듬고는 그동안 시간이 없어 읽지 못했던 경제서 한 권을 집어 들었다.

"아빠도 책 읽으시니까, 정우하고 희수도 책 읽어야지?"

수정의 말에 정우는 책을 꺼내 읽기 시작했지만, 희수는 창밖으로 보이는 활주로가 신기했던지 수정의 말을 흘려들었다. 희수가 창밖에 온 신경을 집중하고 있을 때 LK-1은 서서히 속력을 높여 활주로에서 이륙했다.

오카다 마사토는 전세기가 도착하는 나리타공항에서 분주하게 움직이고 있었다. SHJ가 그룹 경영을 시작한 후부터 SHJ 도쿄사무소는 인원과 기능을 확대해 SHJ플랜트의 사무소가 아닌 그룹의 전반적인 업무를 수행하고 있었다. 세틀러와 컴페니언, 구글스토어의 일본 매출이 급증하면서 SHJ 도쿄사무소가 법인 작업을 서두르고 있었기에 이번 방문의 기대도 남달랐다.

나리타공항에서 분주하게 움직이던 마사토는 전세기가 도착했다는 직원을 말에 서둘러 발걸음을 옮겼다. 본사의 지시에 의해 석 달 전부터 은밀히 준비하던 경환의 일본 방문은 일본 정부와 각 기업들의 무수한 러브콜로 이어졌고, 마사토는 그 중심에 서 있었다.

"사장님, 도쿄사무소의 오카다 마사토입니다. 일본에 오신 걸 환영합니다."

"오카다 소장님, 수고 많으셨어요. 우선 회장님이 묵으실 호텔을 확인하고 싶으니 안내를 부탁합니다."

SHJ의 대규모 실무진이 방일한다는 소식에 일본 경제계는 큰 관심을 보였고, 이를 방증이라도 하듯 수많은 기자들이 공항에 모여 SHJ 실무진을 향해 카메라를 들이대기 시작했다. 린다는 간단한 인사만 남긴 후 서둘러 자리를 벗어나 준비된 차량을 이용해 숙소로 향했다.

"좋군요. 도쿄 한복판에 이런 정원을 가진 호텔이 있을 줄은 몰랐습니다. 수고 많으셨습니다."

도쿄의 특급호텔들은 MS와 버금가는 가치를 지닌 SHJ의 방일팀을 유치하기 위해 치열한 경쟁을 펼쳤지만, 마사토는 석 달 전에 이미 최적의 호텔과 계약을 마친 상태였다. SHJ와 계약을 체결한 친잔소호텔은 3개 층을 SHJ에 할애하고 경환의 가족이 머물 프레지덴셜룸의 가전제품과 가구를 재배치하는 등 많은 공을 들였다. 린다의 만족스러운 답변에 호텔 총 지배인과 마사토는 안도의 한숨을 내쉬었다.

"사장님, 총리관저에서 회장님과의 만남을 하루 연기해 달라는 요청이 있었습니다."

"불가합니다. 일본 총리와의 만남은 우리의 요청이 아니란 점을 강조하세요. 회장님께서 굳이 총리와 만날 필요는 없습니다."

경환을 하루 더 일본에 잡아두려 수를 부리자, 린다는 이를 단호히 거절하라고 지시했다. 일본 정부는 SHJ의 아시아 본사 유치를 일본 경제를 다시 살리기 위한 계기로 만들기 위해 공을 들이고 있었지만, 린다는 일본 정부에 끌려 다닐 생각이 손톱만큼도 없었다.

"알겠습니다. 소니 사장단이 도착할 시간입니다."

"그래요. 회장님이 도착하시기 전에 할 일은 마무리를 지읍시다."

12시간이 넘는 장거리 비행에도 지친 기색도 없이 일정을 진행하는 린다가 왜 여전사로 불리는지 알 것만 같았다. 마사토는 고개를 절레절레 흔들며 린다를 쫓아 서둘러 회의실로 향했다.

비의 도시라 알려진 시애틀답게 부슬부슬 비가 내리는 시애틀공항의 활주로에 BD-700 한 대가 사뿐히 내려앉았다. 천천히 활주로를 돌아 전용터미널에 도착한 전용기의 문이 열리자, 잠에 빠져 있는 희수를 안아들은 경환과 일행이 모습을 드러냈다.

"하하하, 제임스. 시애틀에 온 걸 환영합니다. 부인의 미모 때문인지 공항이 다 환해지는 거 같습니다."

"환영해 주셔서 감사합니다, 빌."

잠든 희수를 수정에게 맡기고 경환은 그리 반갑지 않은 빌과 악수를 나눴다. 원피스를 곱게 차려입은 제니퍼가 급히 정우에게 뛰어갔다.

"정우 오빠, 우리 집 가자. 희수는 왜 자는 거야?"

제니퍼가 달려오자 정우는 재빨리 손등으로 입을 막았다. 아랑곳하지 않고 정우의 곁을 맴도는 제니퍼의 모습이 빌의 눈에 들어왔다.

"제니퍼가 정우와 결혼하겠다고 합니다. 하하하."

"네? 거참, 둘째가 태어났다는 소식은 들었습니다. 축하합니다."

"감사합니다. 자, 공항에서 이러지 말고 출발합시다. 아이들과 부인은 집으로 보내고 우린 사무실로 갑시다."

수정과 아이들이 탑승한 리무진이 공항을 출발하자 경환은 빌과 함께 시애틀을 벗어났다. 북쪽을 향한지 얼마 되지 않아 대학 캠퍼스를 연상시키는 MS 본사가 경환의 눈에 들어왔다. SHJ타운이 500에이커의 대지를 개발하기 전까지는 명함도 내밀지 못할 만큼 규모가 엄청났다.

경환은 MS본사를 눈으로 확인하면서 아직 갈 길이 멀었다는 생각을 뇌리에서 지우지 못했다. 빌의 안내를 받아 조인식이 준비된 회의실로 자리를 옮겨 준비된 자리에 앉자 에릭과 변호사들이 주식 교환 계약서를 건네주었다. 이미 시애틀에 오기 전 세심한 검토를 마친 상태였기에 경환은 망설임 없이 계약서에 사인을 할 수 있었다. 경환이 씁쓸한 표정을 지으며 계약서를 빌과 교환하자 여기저기에서 카메라가 터지는 소리가 들리기 시작했다.

"비록 15년 동안 매매가 금지되었다고는 하지만, 260억 달러를 손에 거머쥔 사람 얼굴이 도살장에 끌려가는 송아지 같네요? 기자들도 많이 왔으니 좀 웃어요. 하하하."

"갑자기 벼락부자가 되다 보니 어이가 없어서 그런 거 같습니다. 저는 260억 달러를 벌었는데 빌은 도대체 얼마를 번겁니까?"

빌은 두 어깨를 가볍게 들어 올리며 대답을 대신했고, 경환은 쓰린 속을 달래며 기자들의 요청에 오랫동안 빌과 손을 맞잡고 있어야만 했다. 조인식을 마친 두 사람은 브리핑을 에릭과 스티브에게 맡기고 빌의 집무실로 자리를 옮겼다.

"빌, 이왕지사 이렇게 되었는데 누가 손해인지 계산하는 것은 의미가 없다고 생각합니다. SHJ와 MS가 한 배에 탄 이상, 최고의 시너지를 발휘했으면 합니다."

"하하하, 제임스. 그건 내가 하고 싶은 말입니다. 시장의 반응이 아주 뜨겁습니다."

주식 맞교환은 빌에게 엄청난 이득과 함께 말 많은 주주들의 입을 다물게 하는 효과를 내고 있었다. MS와의 협력 체제 구축이란 성과를 경환에게 가져다주긴 했지만, 빌도 절대 손해를 보는 거래는 아니었다.

"제임스, 우리 내부에는 모바일 OS 개발에 부정적인 의견이 많습니다. 당신이 생각하는 걸 내가 좀 훔쳐봐도 되겠습니까?"

"제가 뭘 보는지 사실 확신이 서지 않습니다. 빌 덕분에 애플이 땀을 내고 있을 테니 부지런히 저도 준비해야겠습니다. 어느 정도 시간이 지나면 MS에 도움을 요청하겠습니다."

우호 관계가 형성되었다고는 하지만, 빌에게 속마음을 여는 바보짓을 할 생각은 전혀 없었다. 이미 모바일 OS에 대한 시장성까지 조사를 마친 마당에 빌의 호기심을 채워 준다면 그가 태도를 바꿔 강력한 경쟁자로 나설 거라는 건 당연지사였다.

"그럽시다. 아쉽기는 하지만, 제임스가 도움을 요청하면 언제든지 달려갈 준비를 하고 있겠습니다. SHJ의 아시아 본사는 일본이나 한국이 될 거 같은데 어떻습니까?"

"아직 결정된 사항은 아무것도 없습니다. 실무진들이 잘 판단하겠죠.

저는 기다릴 뿐입니다."

빌은 자신처럼 속마음을 털어놓지 않는 경환의 머리통을 후려치고 싶은 마음을 참았다. 경환과의 친분을 과시하기 위해 바쁜 스케줄을 변경해 비즈니스 투어에 동행하려 했지만, 경환은 중국과 싱가포르를 제외한 일본과 한국의 동행은 극구 거절했다. 자존심에 상처를 입긴 했지만, 경환의 의중이 일본과 한국에 있음을 알 수 있었던 빌은 중국에서 합류하기로 결정을 내린 상태였다.

"제임스의 입을 열게 하기 위해선 술이 필요할 거 같네요. 아내와 제니퍼가 종일 음식을 준비했다고 하니, 서둘러 집으로 갑시다."

"그렇지 않아도 배가 많이 고프군요. 염치불구하고 신세 좀 지겠습니다."

빌의 강력한 요청에 경환은 예약했던 호텔을 취소하고 빌의 저택에서 묵기로 결정했다. 여기에 제니퍼의 입김이 작용했다는 것을 경환은 전혀 알 수가 없었다.

"게스트 룸이 별채와 따로 떨어져 있을 줄은 몰랐어요."

사적인 대화가 오간 빌 가족과의 저녁식사는 끝까지 화기애애한 분위기가 이어졌다. 멜린다는 미모뿐만 아니라 경영에도 조예가 깊었지만, 수정을 배려해 미술과 디자인에 초점을 맞춰 대화를 이끌어 갔다. 식사를 마치고 제니퍼와 희수가 같이 자겠다고 고집을 부리는 통에 경환과 수정은 둘만 게스트 룸으로 향할 수밖에 없었다.

"우리 둘만 시간을 보내는 게 얼마만인지 모르겠네."

샤워를 마치고 나온 수정에게 와인을 건넨 경환은 수정의 몸을 아래

위로 훑어보며 음흉한 미소를 보였다. 두 아이의 엄마라는 것이 실감이 나지 않을 정도로 완벽한 수정의 몸은 경환의 심호흡을 거칠게 하기에 충분했다.

"자기 여기와 봐. 아무래도 오늘 희수 동생을 만들어야 할 거 같아. 도저히 참을 수가 없네."

"자기 왜 그래? 피곤할 텐데."

수정의 비음 섞인 목소리가 경환을 더욱 자극하자 경환은 급하게 수정을 안아들어 침대로 향했다.

최악의 외환위기를 넘긴 한국 경제는 아동과 신아동그룹의 그룹 총수가 구속된 후 99년을 기점으로 서서히 동력을 되찾기 시작했다. 그러나 투기자본만 증시와 부동산에 쏟아져 들어올 뿐, 살아나는 경제에 기폭제가 될 만한 양질의 해외자본 유치가 부족하다는 점이 문제였다. 이런 와중에 아시아 본사를 설립하려는 SHJ의 방한은 북핵으로 위기감이 고조되는 한국의 정치 상황과 불공정한 재벌 개혁에 대한 비판을 잠재울 호기가 되었다.

업무보고를 마치고 대통령 집무실을 빠져 나온 김우상 비서실장의 얼굴은 심각하게 굳어 있었다. 서둘러 자신의 사무실에 들어가자 이미 김대동 경제수석과 이찬종 국정원장, 이성규 재정부 장관이 도착해 있었다.

"다들 아시리라고 봅니다. 대통령의 노기가 상당하십니다. 이경환 회장이 입국하기도 전에 이런 문제가 터진 이유가 뭡니까?"

김우상은 신경질적으로 월스트리트저널을 책상 위로 던졌다. 신문 1면에는 제임스 리 회장이 모국인 한국에 아시아 본사를 설립하는 것은 큰 모험이라는 내용이 실려 있었다. 한국의 실정을 꼬집는 이 기사는 한국 정부 관료들과 정치인들의 부도덕성, 뒷돈 거래, 정권의 입맛에 맞지 않는다는 이유로 기업을 탄압하는 한국 정부의 태도를 까발리며 시장성과 투명성을 위해서라면 일본과 싱가포르가 적격이라는 결론을 내고 있었다.

"정보를 입수하고 있는 중이라 자세한 내용은 파악할 수 없지만, 일본 정부나 미국 정부의 입김이 작용한 것으로 분석하고 있습니다."

기사를 가장 먼저 접한 이찬종은 미국에 파견된 직원들을 동원해 사실을 파악하고 있었지만, 이미 대다수 국정원 직원이 노출된 상태에서 이에 대한 정보를 입수하기란 사실 불가능했다.

"일본이야 그렇다 치더라도 미국 정부가 나설 일은 아니지 않습니까?"

"우리 정부가 추진하는 대북 정책에 강한 불만을 표출한 거라고 판단합니다. SHJ를 유치하기 위해 우리 이상으로 일본도 적극적이다 보니 미국과 뜻을 같이 했을 거라고 봅니다."

금창리 핵시설 의혹과 관련해서 미국 정부는 대북 정책에 온건한 태도를 보이는 한국 정부와 심각한 의견 충돌을 벌이고 있는 중이었다. 92년 북핵문제가 터지자 미국은 북한을 선제 타격하기 위한 5027계획을 세웠지만, 중국과 한국 정부의 강력한 반대에 부딪혀 실행을 중단할 수밖에 없었다. 이런 사실을 기억하고 있는 이번 정권은 화해 분위기를 만들기 위해 미국과의 의견 충돌도 감수하며 대북 지원에 적극적으로 나섰다. 김우상은 이찬종의 분석에 어느 정도 동감했다.

"SHJ에선 어떻게 반응하고 있습니까?"

"아직 공식적인 답변은 하지 않고 있지만, 기사에 부담을 느끼고 있는 거 같습니다. 기사 발표 후에 타케우치 코이치 사장과 박화수 사장이 급히 일본으로 출국한 사실이 포착되었습니다."

SHJ플랜트를 이끄는 코이치와 박화수까지 출국한 것은, 일본에 무게감을 싣겠다는 전략임을 말하지 않아도 알 수 있었다. 그룹 회장이 한국계라고는 하지만, 전 방위 비난을 감수하며 미국 정부의 의사에 반하는 행동은 할 수 없는 것이었다.

"분위기가 일본으로 흐르고 있는 것이 여러 곳에서 나타나고 있습니다. SHJ의 실무진들이 이경환 회장이 도착하기도 전에 이미 일본 기업들과 합작을 협의하고 있다고 합니다."

"대통령님은 무조건 SHJ 아시아 본사를 한국에 유치하라는 지시를 내린 상태입니다. 아시아 본사에 투자될 금액이 50억 달러란 말입니다. 분위기를 반전시킬 방안을 말씀해 주세요."

SHJ는 아시아 본사에 순차적으로 50억 달러 이상을 투자하겠다고 발표한 상태였다. 단순한 50억 달러가 아니라, 플랜트와 퀄컴, 구글로 이어지는 SHJ의 아시아 본사를 일본에 넘겨주기라도 한다면 서서히 살아나는 한국 경제는 큰 타격을 받을 수 있었다. 미국에서도 주목받는 SHJ를 설득한 카드가 쉽게 떠오르지 않자 비서실은 깊은 침묵에 휩싸이기 시작했다.

"저, 이경환 회장이 오성그룹과 대후그룹 회장들과 회동하는 것에 주목을 해야 되지 않겠습니까? 두 그룹에 협조를 당부하는 게 우선시 되어야할 거 같습니다만."

"안 됩니다. 오성그룹이야 협조를 하겠지만, 대후는 이미 결정을 하지 않았습니까. SHJ가 무슨 이유로 대후와 회동하는지 모르겠지만, 대후를 전면에 나서게 해서는 안 됩니다."

재정부의 수장인 이성규가 대후 불가론을 펼치자, 이찬종의 표정이 굳어지기 시작했다. 가뜩이나 국정원 인사에서 대통령의 뜻을 거절해 경질이 임박했다는 소문이 도는 이찬종의 발언엔 힘이 실리지 않았다. 대후 회장과 친분이 있는 찬종이 경질되면 대후그룹 해체가 본격화된다는 말이 파다하게 퍼진 상태였다. 김우상이 급히 두 사람의 고조된 감정을 가라앉히려 했다.

"자, 자. 여기는 대책을 논의하는 자리입니다. 만약 아시아 본사가 일본으로 확정된다면 SHJ엔지니어링과 플랜트, 퀄컴이 빠져나갈 수도 있어요."

"그렇습니다. SHJ엔지니어링만 하더라도 작년 30억 달러가 넘는 해외 공사를 성공시켰습니다. 올해는 사우디 해수담수화 공사를 포함해서 규모가 더 커지리라 봅니다. SHJ-퀄컴에서 생산하는 휴대폰과 MP3플레이어도 무시할 수 없는 수준이고요. 만약 일본에 아시아 본사가 설립된다면 그쪽으로 사업장을 옮길 것이고 우리 경제는 큰 타격을 입을 수도 있습니다."

김대동의 발언에 세 사람은 큰 한숨을 쉬며 허공을 바라보기 시작했다. SHJ가 빠져나간다면 협력업체들의 도산은 불 보듯 뻔했고, IT를 육성한다는 계획에 차질이 생길 수 있어 분위기는 무거워만 갔다.

"이경환 회장도 한국인인데 감정적으로 좋지 않은 일본에 뜻이 있겠습니까?"

"이것 보세요, 이 장관. 이경환 회장이 한국 정부와 악연이 깊다는 거 모르십니까? 특히 재경부와는 상극입니다. 그리고 기브 앤 테이크가 이 회장의 신조라고 하는군요."

이찬종의 목소리가 높아지자, 이성규는 헛기침을 하며 무안한 감정을 숨겼다. 오랜 시간이 흐른 뒤에도 비서실을 나서는 사람이 없을 정도로 SHJ 아시아 본사를 유치하기 위한 회의는 길어지고 있었다.

나리타공항 입국장으로 선글라스를 낀 10여 명의 서양인 경호원들이 자리 잡자, 그 뒤로 일본 경찰들이 입국장에 모인 사람들을 통제하기 시작했다. 잠시 후 입국장 문이 열리고 캐주얼을 입은 경환과 수정이 정우와 희수의 손을 잡고 모습을 드러냈다. 일본 정부에서는 VIP전용통로 이용을 제안했지만, 경환은 대중에게 친근한 이미지를 주기 위한 홍보전략 차원에서 일반 입국장을 이용해 일본에 발을 내디뎠다.

여기저기서 카메라 플래시가 터지자 희수가 놀라 울듯이 경환에게 안겼다. 경환과 인터뷰를 하려는 기자들의 질문 공세가 이어졌지만, 경환은 웃는 얼굴로 손만 흔들 뿐, 경찰들과 경호팀의 호위를 받으며 공항을 빠져나가고 있었다.

"회장님! 일본에 대해서 어떻게 생각하십니까?"

앙칼진 목소리의 영어 질문이 공항을 빠져나가려는 경환의 귀에 담겼다. 경찰의 팔에 매달려 허우적거리는 여기자가 눈에 들어오자 경환은 알과 함께 천천히 그 기자를 향했다.

"어디 소속이시죠?"

"저, 아, 아사히신문의 사노 유코라고 합니다."

작은 키의 유코가 급히 마이크를 경환의 입을 향해 올리자 주위의 기자들이 몰려들었다. 다른 기자들은 경환과 유코의 대화에 집중하며 귀를 기울였다.

"미즈 사노, 저는 기업가지 정치가가 아닙니다. 그래도 제 개인적인 생각은 말씀드리겠습니다. 일본은 기술력이 높고 상당히 매력적인 나라입니다. 단지 주변국들과의 껄끄러운 관계를 해소하지 못하고 있는 게 안타까울 뿐입니다. 이번 일본 방문에 많은 기대를 하고 있습니다. 감사합니다."

경환은 답변을 마치고 멍한 표정의 기자를 뒤로하고 공항을 빠져 나갔다. 짧은 인터뷰에 자극 받은 다른 기자들이 영어로 질문을 퍼부었지만, 경환은 일절 대꾸하지 않았다. 경환이 준비된 리무진에 오르자 일본 경찰차의 호위를 받으며 숙소인 친잔소호텔로 향했다.

"회장님, 그 여기자에게 한 발언이 호도될까 걱정입니다."

"그러라고 한 말입니다. 아사히신문이야 좌익 신문으로 소문이 자자하니 제 발언을 그대로 보도하겠지만, 우익 언론들은 내정간섭이라고 난리를 치겠지요. 일본 총리와의 만남이 살짝 기대가 되네요."

한국에서 급히 달려와 호텔 앞에서 경환을 맞이한 코이치가 걱정스럽게 자신을 바라봤지만, 경환은 오히려 이 상황을 즐기고 있었다.

"린다는 바쁜가 보네요."

"쿡 사장님은 어윈 사장님과 함께 도시바와 미팅 중에 있습니다. 협상이 좀 길어지는 거 같습니다."

"일이 우선이지요. 그나저나 호텔이 정말 아름답네요. 도쿄 한복판에 이런 정원을 가지고 있다니. 오늘은 호텔에서 휴식을 취해야겠습니다."

공항에서 많이 놀란 희수는 호텔에 도착할 때까지 경환의 품을 떠나지 않다가 우거진 숲 속 정자와 호수가 눈앞에 펼쳐지자 그제야 마음이 놓였는지 정우와 함께 잔디밭으로 뛰어나갔다. 호텔 주위는 일본 경찰들이 순찰을 강화하고 있었고, 알이 합류한 경호팀은 밀착 경호를 하고 있어 어디로 튈지 모르는 정우와 희수에 대한 걱정은 잠시 접어 두기로 했다.

작년에 있었던 참의원 선거에서 충격적인 패배를 당한 하시모토 류타로의 뒤를 이어 오부치 게이조가 새 총리로 선출되었다. 그는 평범하고 온건하다는 비판 속에서도 은행들의 악성 채무를 줄이는 법안을 통과시켰고, 세금을 줄이면서 소비를 늘리는 경제 정책으로 일본 경제에 활력을 불어넣었다. 또한, 한국과의 정상회담을 통해 한일 협력을 담은 공동선언까지 발표하며 외교력을 인정받고 있었다.

"총리, 내일 산케이신문의 사설입니다. 역시 이 회장이 공항에서 한 발언을 문제 삼고 있습니다."

급히 총리실을 찾은 노나카 히로무 관방장관이 '기업인은 정치인이 아니다'는 제목으로 경환의 발언을 비판한 우익 대표신문인 산케이의 사설을 게이조에게 건넸다.

"다른 신문의 논조는 어떻습니까?"

"아사히를 포함해 다른 신문들은 대체로 사실만을 보도하며 이 회장이 일본을 매력적인 나라로 표현한 것을 부각하고 있습니다."

게이조는 두통을 줄이기 위해 관자놀이를 지그시 눌렀다. 산케이신문의 사설이 보도된다면 자민당 내 우익 보수파가 경환을 초정한 자신을 압박하리라는 생각에 한숨이 깊어졌다. 게이조는 무선통신과 IT의 신흥 강자인 SHJ를 일본으로 유치해 자민당 내의 파벌 싸움에서 우위를 점하며 정치적 입지를 강화할 생각이었다.

"이 회장은 도대체 무슨 생각으로 이런 발언을 한 건지, 답답하네요."

"산케이신문에 협조를 요청하고는 있습니다. 그나마 다행인 게 월스트리트저널에서 한국 투자의 부당성을 보도했다는 겁니다. 이 회장도 미국 여론을 무시하고 한국 투자를 쉽게 결정하지는 못할 거라고 판단합니다."

"기업들의 협조를 받아서 사설이 실리지 않게 조처를 하세요. 우호적인 분위기를 엎으면 안 됩니다."

SHJ 아시아 본사에 투자될 50억 달러가 탐나는 것은 아니었다. 새롭게 경제 대국으로 떠오르는 중국에 해외 자본과 기업들이 몰려들기 시작하자 일본은 성장 동력을 빼앗기고 있다는 피해의식에 사로잡혀 가고 있었다. 빠른 경제성장을 이룩한 한국과는 비교할 수 없을 정도의 위기감이 퍼지는 상황에서, SHJ 아시아 본사가 한국이나 중국에 유치된다면 살아나는 경제에 찬물을 끼얹을 수도 있었다. 경환과의 만남이 이뤄지지도 않은 상태에서 회담 분위기를 망칠 기사는 사전에 봉쇄할 필요가 있었다.

"이 회장은 어떤 일정을 보내고 있나요?"

"호텔에서 가족들과 휴식 중이라는 보고를 받았습니다. 이 회장을 제외한 실무진들은 일본 기업들과 합작 협상을 진행하고 있다고 합니다. 소니와 MP3의 원천기술 사용 계약을 맺는 것을 시작으로 JSC와 미쓰이조선과 플랜트 합작을 협의하는 중입니다."

"미쓰비시중공업이 부탁해 오고 있는데, SHJ는 강경한가요?"

히로무는 고개를 가로저었다. 자민당 실세를 동원해 SHJ와의 합작을 추진하려던 미쓰비시중공업은 SHJ의 강력한 반대에 부딪히며 뒷방 신세로 전락해 버렸다. LNG와 FPSO 입찰로 JSC와 미쓰이조선과 합작을 추진하는 것과는 반대로, SHJ는 공공연하게 미쓰비시중공업에게 적대감을 숨기지 않고 있었기 때문이었다. 총리실은 내일 있을 경환과의 만남을 준비해 바쁘게 움직이고 있었지만, 경환은 가족들과 여유 있는 휴식을 즐기고 있었다.

장시간의 비행에다 시차 적응 때문인지, 정우와 희수는 아침도 거른 채, 침대에서 일어나지 못하고 있었다. 사장단들과 간단히 조찬을 같이한 경환은 어제 미뤘던 보고를 받는 티타임을 가졌다.

"JSC와 파푸아뉴기니 LNG플랜트 건설에 공동 입찰하기로 합의했습니다. 2억 달러로 입찰가는 높지 않으나, 총 사업비가 100억 달러가 되는 만큼 스타트가 중요하다고 판단했습니다. 미쓰이조선에서 제안한 나이지리아와 앙골라의 FPSO 합작은 오성중공업과 대현중공업의 조건과 비교 중입니다."

코이치의 보고를 받은 경환은 고개를 끄덕였다. SHJ 탓에 위기에 빠졌고 다시 SHJ 덕에 위기에서 벗어난 JSC는 대규모의 구조조정과 개혁을 통해 옛 명성을 되찾아가고 있었다. LNG기술을 이전받았다고는 하지만, LNG플랜트의 기술력은 SHJ보다 한 수 위였다. 그런 의미에서 적은 금액이긴 하지만, JSC와의 합작은 경환에게도 큰 의미가 있었다.

그 뒤에 아시아 국가로는 처음으로 일본에 진출을 확정했다는 에릭의 보고와 일본 휴대폰 제조업체와 공동기술개발, MP3 원천기술 사용 계약을 체결했다는 어원의 보고가 이어졌다. 일본사무소의 법인 작업이 곧 마무리된다는 마사토의 보고를 끝으로 티타임이 끝났다.

"린다는 한국으로 넘어가기 전 SHJ와 일본 기업과의 합작 내용을 발표하세요. 제가 일본 총리와 만나기 전에 이뤄져야 합니다. 그리고 산케이

244

신문의 기자들은 회견장 근처에도 오지 못하도록 철저히 통제하세요."

경환은 하루나가 번역해 넘겨준 산케이신문의 사설을 읽었다. 우익신문의 대표답게 공항의 발언을 신랄하게 비판하며 한국계인 경환에 대한 인신공격까지 서슴지 않고 있었다. 의도된 행동이었다고는 하지만, 자신을 비하하는 기사를 기분 좋게 받아들일 수는 없었다.

"예상대로 한국 정부에서 민감하게 반응하고 있습니다. 일본 주재 대사관을 동원해 사실과 다른 기사에 유감을 표하면서도 회장님의 일정에 변화가 생기지 않을까, 노심초사하는 모습입니다."

"우선은 일정을 변경할 계획은 없다고 전달하세요. 일본 기업과의 합작 내용을 확인하면 아마 다른 조치가 나올지도 모르겠군요. 린다는 최소한의 일정만 소화하시고 오늘은 직원들과 서울에서 푹 쉬도록 하세요."

월스트리트저널의 기사는 한국 정부를 당황하게 하기에 충분했다. SHJ뿐만 아니라 한국의 해외 자본 유치에 큰 악재로 작용할 수 있다는 판단에 해외 공관들을 동원해 해명 기사를 내며 적극 대처했지만, 효과는 미지수였다. SHJ의 아시아 본사 유치를 낙관하던 분위기가 급격히 냉각되다못해 SHJ가 한국에서 철수할 수도 있다는 유언비어가 퍼져 한국 정부를 더욱 곤혹스럽게 만들었다.

산케이신문 기자들은 거친 항의에도 불구하고 SHJ 회견장에 발을 들여놓을 수 없었다. 린다가 주재한 회견에서 예상외의 합작과 투자가 발표되면서 SHJ 아시아 본사가 일본으로 결정된 것이 아니냐는 기자들의 질문 공세가 이어졌다. 린다는 아시아 본사는 4개국 방문이 끝난 뒤 결정한다는 답변으로 일축했다. 일본 기자들 사이에서는 산케이신문의 비난이 아시아 본사 유치에 악영향을 미쳤고, 마지막 결정은 총리와 경환과의 만남을 통해 이뤄질 것이라는 추측이 난무하기 시작했다.

총리관저로 경찰의 호위를 받으며 리무진 두 대가 천천히 진입을 시도했다. 완공한 지 70년이 넘어서인지, 철골 콘크리트 구조의 총리관저는 규모와 비교하면 음산할 정도의 한기가 돌고 있었다. 태평양 전쟁이 이 관저에서 시작되었다는 사실이 주변을 살피는 경환의 머리를 차갑게 만들었다. 리무진에서 내린 경환은 총리 비서의 안내에 따라 서쪽 계단을 천천히 오르기 시작했다.

"하하하, 이 회장님의 방문을 진심으로 환영합니다."

"환대해 주셔서 감사합니다, 총리님. SHJ를 맡은 이경환입니다."

총리실에서 대동한 통역가가 있었지만, 경환의 통역은 하루나를 통해 이뤄졌다. 최소한의 인원을 추려 총리와의 만남을 준비한 경환은 관방장관 및 게이조의 측근들과 인사를 나눈 뒤 포토타임을 거쳐 준비된 접견실로 자리를 이동했다.

산케이신문의 사설을 막지 못한 히로무의 얼굴을 굳어 있었다. 기사를 막기 위해 기업들의 협조까지 얻어 산케이신문을 압박했지만, 자민당 내 보수파와 오부치 내각의 벽에 부딪혀 뜻을 이룰 수 없었다. 일본 정부의 요청을 받아 경환의 방일이 이루어졌지만, 첫 단추부터 어긋나 버렸다.

"호텔에서 휴식을 취했다고 들었습니다. 좋은 밤 보내셨습니까?"

"좋은 시간을 보냈습니다. 호텔의 경치에 제 아내와 아이들이 푹 빠졌습니다. 총리와의 만남까지 그 기분을 살리려고 했는데, 그렇지 못해 아쉽습니다."

미소를 짓는 경환의 표정엔 변화가 없었다. 웃는 얼굴에 침 못 뱉는다는 격으로 웃으면서 불편한 심기를 표출하는 경환을 보며 게이조는 어색한 웃음을 보일 뿐이었다.

"이해해 주십시오. 일본은 다양한 시각의 언론을 통제하는 국가가 아닙니다. 그러나 일본 정부는 산케이신문의 사설을 인정하지 않습니다."

경환은 게이조의 노련함에 입가로 미소를 흘렸다. 산케이신문의 사설에 반대한다는 표현이 아닌 인정하지 않는다는 표현으로 우익보수파와의 충돌을 피했고, 언론을 통제하지 않는다는 말로 한국과 중국을 견제했기 때문이었다. 수많은 정적을 물리치고 경제 대국 일본의 총리 자리에 오른 게이조의 얼굴엔 여유마저 흘렀다.

"저는 개의치 않습니다만, 해외 기업에 배타적인 일본의 정서를 우려하는 목소리가 SHJ 경영진들 사이에 팽배해 문제긴 합니다. 서둘러 투자와 합작 내용을 발표한 이유도 이런 부정적인 의견을 무마하기 위해서였습니다."

게이조는 얼굴에 웃음을 가득 띠고 경환의 말에 고개를 끄덕였다. 경환이 어리다고 방심하지 말라는 보좌진들의 조언이 틀리지 않았다는 것을 느끼고 있었다. 자신과의 만남이 끝난 후 합작 내용을 발표해 달라는 요청을 SHJ는 받아들이지 않고 오전에 서둘러 회견을 마쳐 버렸다. 산케이신문에 대한 항의라는 걸 모르지 않았지만, 경환이 자신의 손아귀에서 벗어나는 게 마음에 들지 않았다.

"하하하, 이 회장님의 배려에 감사합니다. 일본 정부는 SHJ의 아시아 본사를 유치하는 데 적극적인 자세로 협조를 아끼지 않을 것입니다."

"총리님의 지지 감사합니다. 일본 시장은 분명 매력적이지만, IT산업은 한국과 인도에 추월을 당했고, 수시로 발생하는 주변국들과의 외교 마찰로 인해 고민이 많은 것도 사실입니다. 그리고 중국 시장을 무시할 수는 없지 않겠습니까?"

게이조는 산케이신문의 주필을 씹어 먹어버리고 싶다고 생각했다. 미국 언론의 후방 지원까지 받으며 조성된 분위기가 쉽게 무너질 수도 있다는 생각에 게이조의 마음은 다급해졌다.

"이 회장님께서 오해가 있으시네요. 일본은 작년 한국과의 정상회담을 시작으로 올해도 중국과 정상회담이 예정되어 있습니다. 손해를 감수하면서까지 주변국들과의 관계에 최선을 다하고 있다고 말씀드리겠습니다."

"글쎄요. 한국이 외환위기를 어렵게 극복하는 중에 외교적으로 심각한 문제가 될 어업 협정을 체결하셨더군요. 기업가인 제가 드릴 말씀은 아니지만, 일본의 치밀한 전략적 승리라는 생각이 듭니다."

문민정부의 버르장머리 발언을 시작으로 일본은 치밀한 전략을 수립해 독도를 포함한 잠정공동수역 안을 받아들이라는 압력을 행사했고, 1998년 1월에 1965년 체결된 한일어업협정 종료 선언을 했다. 한국의 두 손을 묶어 놓은 상태에서 한일 간 분위기를 쇄신한다는 명분으로 선심 쓰듯 정상회담을 개최하고, 뒤로는 독도를 중간 수역에 포함하는 새 어업협정을 체결해 독도를 분쟁지역으로 만드는 데 성공했다. 예상하지 못한 경환의 강공에 정치 9단인 게이조의 얼굴에는 미소가 사라지고 있었다.

"하하하, 총리님. 제가 주제넘었습니다. 신문지상에서 하도 욕을 먹다 보니 감정이 격해졌나 봅니다. 죄송합니다."

"흠, 흠. 아닙니다. 이 회장님은 국제정세에도 대단한 식견이 있으신가 봅니다."

접견실의 분위기가 살벌해지자, 접견에 참가하고 있던 히로무는 좌불안석이었다. 인신공격을 당했다고 생각했는지 경환은 시종일관 공격적인 태도를 보였지만, 이를 제지할 마땅한 방안이 떠오르지 않고 있었기 때문이었다.

"역시 정치와 외교는 어렵군요. 화제를 바꾸겠습니다. SHJ는 이번 방일로 15억 달러 이상의 합작을 일본 기업과 체결 내지는 추진할 계획입니다. 또한, 도쿄사무소를 법인으로 승격시켜 일본 시장에 적극 진출하려 합니다."

경환이 화제를 급히 바꾸자, 게이조는 마지못해 굳었던 인상을 풀며 끓어오르는 분노를 삼키기 위해 피나는 노력을 기울였다. 15억 달러라고는 하지만, SHJ의 직접적인 투자는 법인 작업에 투자되는 자본금 외에는 없다시피 했다. 게이조는 휴대폰과 MP3의 생산 기지를 일본으로 이전시킬 묘수를 찾고았다.

"큰 결정을 해 주셔서 감사합니다. SHJ의 투자에 정부는 적극적으로 협조할 생각입니다."

"어떤 협조를 말씀하시는 건지요? 총리님이 말씀하신 실질적인 협조가 무엇인지 매우 궁금합니다."

원론만 내세우는 게이조를 경환은 한 번 더 몰아세웠다. 란다의 회견으로 생색은 냈지만, 경환도 일본 시장을 크게 보지는 않았다. 배타주의가 강한 일본에 대규모로 투자해 봤자 남는 건 별로 없다는 계산이 이미 나왔기 때문이었다. 그렇다 하더라도 시장을 포기할 수도 없었기 때문에 일본은 경환에게 있어 계륵 그 이상도 이하도 아니었다.

예정된 시간보다 한 시간을 더 끈 후에야 총리관저를 나온 경환은 기자들의 인터뷰 요청에 '총리와의 만남은 대단히 유익했으며 SHJ는 일본 시장에 적극적으로 진출하겠다'는 짤막한 답변만 남겼다. 호텔로 돌아온 경환은 오후 계획을 모두 취소한 채, 가족과 함께 아사쿠사의 회전초밥집을 방문해 저녁식사를 하는 것으로 일본 일정을 마무리했다.

"회장님, 이경환 회장과의 만남에 대후의 미래가 걸려 있습니다."

대후그룹 김현태 회장의 머리에는 김준성의 충언이 들어오지 않았다. 창밖의 서울역을 물끄러미 바라보는 김현태의 약해진 모습에 김준성은 고개를 돌렸다. 김현태는 무엇이 어디서부터 잘못되었는지, 왜 사방에서 자신을 조여드는지 생각했다. GM과의 합작으로 시간을 벌고는 있었지만, 이것이 성공하리라고는 믿지 않았다. 마지막 희망을 SHJ에게 걸어야 한다는 현실도 쉽게 받아들이기 어려웠다.

"김 사장. SHJ가 막힌 상황을 풀 수 있다고 보는 건가?"

"GM과의 합작이 물 건너간 상태에서 지푸라기라도 잡아야 하지 않겠습니까?"

대출과 CP, 회사채 발행이 모두 막힌 상태에서 계열사 간 돌려막기로 근근이 목숨을 연명하고 있었지만, 자금이 바닥을 보이며 한계치에 다다르는 상태였다. 대출로 기업을 인수하고, 인수한 기업으로 대출을 일으키는 일이 반복되자 대후의 부채는 기하급수적으로 불어났고 외환위기가 닥치며 그룹의 재정 상태는 손을 쓸 수 없을 정도로 급속히 악화되었다.

"회장님, SHJ플랜트에서 FPSO 2기와 해수담수화 프로젝트 입찰을 준비하는 중입니다. FPSO가 각 25억 달러, 해수담수화 프로젝트가 15억 달러 규모입니다. 우리가 전체 시공을 맡게 된다면 GM과의 합작 실패를 만회할 기회가 될 수 있습니다."

"SHJ가 입찰에 성공한다는 보장도 없지 않나."

김준성은 부쩍 약해진 김현태의 모습에 마음이 아팠다. 신사업을 적극적으로 구상하고 마음에 차지 않으면 조인트도 서슴없이 날리던 과거의 모습이 떠올랐다.

"회장님, SHJ가 사우디 SWCC(해수담수청)와 물밑 작업을 마쳤다는 정보가 있습니다. SHJ의 정보력과 기술력을 본다면 3건 중 2건은 성공을 할 것입니다. SHJ는 가장 어려운 시기에 우리의 도움을 받은 적이 있습니다. 이 점을 최대한 이용하십시오."

김현태의 고민은 깊어갔다. SHJ를 설득해 공동 입찰에 성공해도 이번 정권과의 매듭을 풀지 못한다면 회생할 수 없다는 걸 알고 있었기 때문이었다. 대출로 대출을 막는 악순환의 고리는 쉽게 끊을 수 없었다.

"이경환 회장이 성인군자는 아닐 거고, 우리의 목숨을 연장하는 조건으로 무엇을 요구할 것으로 보는가?"

"그, 그게……."

김준성은 고개를 떨구며 말을 잇지 못했다. 자신이 무릎까지 꿇으며 매달리긴 했지만, 이경환이 철저하게 SHJ의 이익을 따지는 사람이라는 걸 너무나 잘 알고 있었기 때문이었다. 지금 SHJ와 이익을 교환할 수단이 없는 대후의 상태를 직시한 김준성은 침묵을 지킬 수밖에 없었다.

일본 입국 때와 마찬가지로 청바지에 티셔츠 차림으로 공항에 도착한 경환은 별도 인터뷰 없이 서둘러 공항을 빠져나갔다. 한국 언론은 산케이 신문의 인신공격을 대서특필하며 SHJ 아시아 본사를 일본에 유치한다는 것은 부당하다는 보도를 연일 내보내고 있었다. 그러나 SHJ에서는 어떠한 논평도 하지 않아 궁금증은 커져만 갔다.

"아버지, 죄송합니다. 눈들도 많고 경호팀에서 호텔 투숙을 권장해서 이쪽으로 모실 수밖에 없었습니다."

"괜찮다. 집 앞에도 기자들이 장사진을 치고 있더구나."

MS와의 주식 맞교환을 성사시킨 SHJ는 한국의 가장 뜨거운 뉴스거리였다. 그중에서도 아메리칸 드림을 이룩한 경환의 방한은 한국 정부의 의도와 맞아떨어져 언론 보도의 대부분을 차지했다. 경환의 충고가 없었다면 최악의 외환위기를 맞이할 수도 있었다는 기사가 보도되면서 경환의 일거수일투족을 취재하려는 기자들의 경쟁도 극에 달했다. 이런 탓에 알의 충고를 받아들여 경환은 본가에 머무르려던 계획을 급히 힐튼호텔 프레지덴셜룸으로 변경했다.

"청와대에서 몇 번 연락이 왔었다. 내가 아는 게 없어 거절은 했다만, 괜찮은 게냐?"

"너무 걱정하지 마세요. 당당하게 큰소리치셔도 됩니다."

월스트리트저널의 기사가 실린 이후 경환과의 직접 연락이 차단되자, 한국 정부는 SHJ 고문을 맡은 경환의 아버지를 설득하기 위해 집요할 정도로 접근했다. 하지만 경환에게 부담을 주지 않으려는 아버지의 거절로 뜻을 이룰 수 없었다. 가족에게까지 피해를 주는 한국 정부의 행태를 웃고 넘길 수만은 없었다.

"할아버지."

"오냐, 희수야. 역시 피는 물보다 진하다는 말이 틀린 게 아니구나. 허허허."

옷을 갈아입고 나오던 희수가 뛰어와 할아버지 품 안에 얼굴을 묻으며 안겼다. 할아버지를 낯설어하는 정우가 수정의 손만 만지며 뻘쭘하게 선 것과는 대조적으로 희수는 할아버지에게 안겨 재롱을 부리고 있었다. 순간 경환은 말로 형용할 수 없는 묘한 감정에 빠져들기 시작했다. 태어나서 처음 본 할아버지를 알아보고 달려와 재롱을 부릴 세 살짜리 아이가 과연 몇 명이나 될지 의문이 들었기 때문이었다.

"사진으로만 봤는데도 희수가 아버님을 기억하나 보네요. 어머님 섭섭하시겠어요."

"희수 저것도 전주 이씨라고 핏줄 따라가는가 보다. 그나저나 정아 결혼식엔 참석할 수 있는 게냐?"

"참석해야죠. 중국과 싱가포르는 저 혼자만 갈 거예요. 승연이는 결혼식에 참석하긴 힘들 거예요."

경환은 수정의 말을 믿으며 희수의 돌발 행동에 큰 의미를 두지 않기 위해 고개를 한 번 좌우로 저었다. 정아는 오랜 약혼 기간을 끝내고 결혼을 준비하고 있었지만, 관심을 받기 싫다는 이유로 호텔엔 오지 않았다.

"아버지, 애들과 같이 있어 주세요. 저는 일정이 있어서 잠시 나갔다 들어오겠습니다."

"그래라. 너무 무리하지 말고. 가급적 네가 한국에 투자했으면 좋겠다."

경환은 말없이 고개만 숙인 후 급히 호텔에 마련된 접견실을 향해 바삐 발걸음을 옮겼다. SHJ의 방한에 맞춰 오성그룹에서 경영하는 나신호텔과 회장 이형우까지 직접 나서 투숙을 권유했다. 하지만 경환이 이를 정중히 거절하고 대후그룹이 경영하는 힐튼호텔과 계약을 체결해 많은 의구심을 자아내고 있었다.

한국 일정의 첫 시작으로 이형우 회장과의 회담을 선택한 경환은 화기애애한 분위기 속에서 대화를 이끌어 나갔다. 이미 SHJ-퀄컴과 오성전자가 IMT 2000에 CDMA 2000 1X가 선정되도록 공동 추진하겠다고 합의한 상태에서 형식적인 만남이 될 수도 있었지만, 이형우는 한국 정부의 메신저 역할을 맡아 SHJ 아시아 본사 유치에 협조해 달라고 요청했다. 그러나 경환은 회담의 내용을 SHJ와 오성그룹과의 합작에 한정 지으며 답변을 회피해 버렸다.

이번 방한 일정에서 대현그룹과의 면담은 이뤄지지 않았다. 정상길 대현중공업 사장은 FPSO 공동 입찰을 제안하며 집요하게 경환과의 면담을 시도했지만, 경환은 대북 사업에 깊게 관여하고 있는 대현그룹과 선을 그었다.

"하하하, 이 회장님, 좋은 시간이었습니다. 우리 오성그룹은 SHJ의 결정에 지지를 보낼 것입니다."

"유익한 시간이었습니다. SHJ도 합작이 성공할 수 있도록 최대한 협조하겠습니다."

SHJ와 오성그룹의 총수들의 만남을 취재하기 위해 힐튼호텔에 대기하는 기자들을 위해 두 사람은 간단한 포즈를 취했다. 경환은 이형우가 때를 기다리고 있다는 사실을 누구보다도 잘 알고 있었다. SHJ의 원동력이 약해지거나 SHJ를 넘어설 획기적인 무기를 손에 쥔다면 당장 내일이라도 안면을 바꿀 사람이란 것을 회귀 전부터 깨달았기 때문이었다. 경환은 자신이 CDMA 로열티 일부를 오성전자의 주식으로 대체하고 외환위기로 반 토막 난 주식을 매집해 회사의 발목을 잡으려 한다는 사실을 깨달으면 이형우가 어떤 표정을 할 지 궁금해졌다.

"린다, 오성전자의 주식은 어느 정도 확보했습니까?"

"작년 한화 3만 원대에서 집중적으로 매입했습니다. 또 오성중공업 회사채를 오성전자 주식으로 대체해 3.4%까지 확보했습니다."

"오성전자의 주주인 시티은행과 교분을 나누면서 꾸준히 매입하세요. 당분간 로열티도 전량 주식으로 대체하는 방안을 협의하시고요. 저는 대후와의 만남을 준비하고 있겠습니다."

SHJ에 뒷덜미를 잡혀 있다고는 하지만, 반도체와 플래시메모리, 가전 강자인 오성전자의 저평가된 주식은 상당히 매력적이었다. 경환은 이형우의 한 방을 대비하기 위해 서서히 준비를 시작했다.

힐튼호텔 정문에 대후그룹 회장인 김현태와 김준성의 모습이 나타나자 기자들이 술렁거리기 시작했다. 이미 정치부와 경제부 기자들 사이에는 대후그룹이 쉽게 살아나기 어려울 것이란 소문이 퍼져 있었다. 이런 와중에 SHJ와 밀접한 관계에 있는 대현중공업을 밀어내고 대후그룹을 선택한 SHJ의 의도에 대해 기자들은 의견을 교환하며 억측을 쏟아 내고 있었다. 김현태는 빗발치는 기자들의 질문공세에 굳게 입술을 걸어 잠근 채, 서둘러 엘리베이터로 사라졌다.

"처음 뵙겠습니다. 이경환이라고 합니다."

"김현태라고 합니다. 반갑습니다."

한 시대를 풍미했던 김현태와의 만남은 경환에게 호기심과 착잡함을 동시에 느끼게 하고 있었다. 김현태 개인에 대한 평가는 호불호가 갈렸지만, 최후의 순간 해외 도피를 선택한 김현태에게 후한 점수를 줄 생각은 없었다. 김현태와 동행한 김준성에게 간단히 인사를 나눈 경환은 린다와 함께 자리를 잡았다.

"대현그룹을 물리치고 회장님을 만났다는 이유만으로 여러 억측이 난무한다고 들었습니다. 어떠셨습니까? 제 행동이."

처음부터 경환의 도발이 강하게 들어오자 김현태의 미간이 순간 좁아졌다 펴졌다. 직설적이고 급한 성격의 김현태가 자리를 박차고 일어나지 않을까 김준성이 조바심을 낼 때, 안경을 추켜올린 김현태가 입을 열었다.

"이 회장님에 대한 얘기는 많이 들었습니다. 젊으신 나이인데도 SHJ를 세계적인 기업으로 성장시킨 강한 추진력에 탄복했습니다."

우문현답. 어리석은 질문에 대답하지 않겠다는 김현태의 성격이 녹아났다. 썩어도 준치라고 세계경영을 모토로 전 세계를 안방처럼 누비고 다닌 기세가 아직 꺾이지 않았다는 것을 알 수 있었다. 경환은 가벼운 미소와 함께 고개를 살짝 숙여 감사함을 표현했다.

"회장님의 칭찬 감사히 받겠습니다. 다른 건 몰라도 남의 돈 빌려 쓰지 않고 회사를 키웠다는 자긍심은 가지고 있습니다."

김현태는 안경을 만지작거리며 불편한 속마음을 감추지 못했지만, 경환은 김현태의 기를 살려 주고 싶은 생각은 없었다. 국내 부채가 60조, 해외 부채 30조 원으로 대후의 총자산 60조 원을 넘은 지 오래였고 외환위기로 유동 자금이 막히고 정부 제재로 자금 조달이 어려운 대후에게 얻어낼 것은 하나도 없었기 때문이었다. 적어도 이 자리만큼은 SHJ가 손해라는 계산이 경환의 머릿속에 가득했지만 예의상 말을 건넸다.

"김 회장님. 어려운 시기에 제가 괜한 말을 했습니다."

김현태가 기다렸다는 듯 말했다.

"아닙니다. 이건 대후만의 문제는 아닙니다. 대다수 한국 기업이 같은 문제를 가지고 있습니다. 유독 저희만 피해를 보고 있는 것입니다."

경환은 김현태의 말에 동의할 수 없었다. 자체 기술력을 높여 대후의 브랜드 가치를 높이기보다 대출을 통해 기업을 인수하며 외형만 키운 점이 가장 큰 문제였다고 생각했다. 경제가 호황기에 있던 80년대는 이런 전략이 성공할 수 있었지만, 기술력의 가치가 높아지는 불황기를 뚫고 나갈 동력이 대후에겐 없어 보였다.

"한국 기업의 관행이라고는 하지만, 여러 외압에도 버텨 내지 못한다면 일차적인 책임은 대후에 있는 게 아닌가 생각합니다. 건방지다고 생각하셨다면 죄송합니다."

"흠, 흠."

김현태는 자리를 박차고 일어나고 싶었다. 아들 정도의 나이밖에 먹지 않은 경환의 훈계가 탐탁지 않았기 때문이었다. 청와대의 요청만 없었다면 이 자리에 나올 생각도 없었던 김현태는 불만이 가득한 표정으로 경환을 노려보고 있었다.

"이 회장님의 충고 가슴에 새기도록 하죠. 현재 SHJ엔지니어링에서 FPSO와 해수담수화플랜트, LNG플랜트를 추진한다고 들었습니다. 대후건설은 SHJ와 합작을 진행한 경험도 있어 파트너로 손색이 없다고 생각합니다."

"그런가요? 알제리 건으로 대후의 신세를 진 것은 인정합니다. SHJ가 추진하는 세 건은 모두 고도의 기술력이 없으면 불가능한 프로젝트입니다. 그 점에서 대후와의 합작은 쉽지 않을 수도 있습니다. 또 대후그룹이 해체된다는 소문이 현실로 나타나기라도 한다면 그 리스크를 SHJ가 덮어 쓸 수도 있는데, 회장님이라면 가능하다고 보십니까?"

경환의 직설적인 표현에 김현태의 입술이 파르르 떨려왔다. FPSO나 LNG에 관한 기술력은 아직 확보하지 못한 상태였다. 만약 SHJ와 합작이 성공하더라도 모든 기술력을 SHJ에 의존할 수밖에 없는 처지였다. 자신이 경환의 입장이라도 절대 대후와는 합작할 수 없었다.

"SHJ와 기술 제휴를 통해 이 문제를 극복할 수 있지 않겠습니까? 그 비용은 저희가 부담하겠습니다."

"이 회장님, 그게 말이 된다고 생각하십니까? FPSO나 LNG는 2000년대를 이끌 플랜트의 핵심 기술입니다. SHJ는 대현중공업이나 JSC와 손을 잡는 게 수월할 수 있습니다."

모든 걸 돈으로 해결하려는 김현태를 보자 경환은 웃음을 거둬들였다. 김준성이 필사적으로 매달리지 않았다면 이 자리는 이루어질 수 없었다. 경환은 계획성 없는 대출로 그룹을 위기에 빠트린 김현태나 이를 빌미로 소액주주를 무시하고 대후를 해체하려는 한국 정부 모두에게 실망했다.

"김 회장님, 돈줄이 막힌 상태에서 대후가 살아날 방법이 있다고 보십니까? GM과의 50억 달러 합작은 제외하시고요."

"대마불사라고 했습니다. 대후나 나 김현태, 쉽게 죽지 않습니다. 잠시간의 어려움은 곧 해결될 겁니다."

경환은 아직도 큰소리치는 김현태를 답답한 심정으로 바라보았다. 소수의 이익을 위해 대후를 해체하는 정부에 반대해 괜한 짓을 하는 건 아닌지 후회가 깊어졌다. 두 사람의 분위기가 심상치 않다는 것을 느낀 김준성이 급히 끼어들었다.

"이 회장님, 제가 나설 자리는 아니지만, 대후는 이번 SHJ와의 합작에 큰 기대를 걸고 있습니다. 말씀하신 대로 아직은 기술력이 부족할 수는 있지만, 대후는 저력이 있는 기업입니다. SHJ의 어떠한 조건이라도 경청하겠습니다."

말을 마친 김준성은 간절한 눈빛을 담아 김현태를 바라봤다. 이 기회를 놓친다면 대후의 회생은 사실상 끝이라고 봐도 무리가 없었기 때문이었다. 김현태의 굳었던 입술이 열리기 시작했다.

"흠, 내가 좀 심했던 거 같습니다. 이 자리를 만든 게 이 회장님이니 좋은 의견이 있으시다면 말씀해 주십시오. 경청하겠습니다."

김준성의 간절함에 한풀 꺾였는지 말을 마친 김현태는 지그시 눈을 감았다. 허세를 부려 봐야 경환에게 통용되지 않는다는 것을 절실히 느꼈기 때문이었다. 기세 높게 덤벼들던 김현태의 풀 죽은 모습에 경환은 당황할 수밖에 없었다. 그러나 사정을 봐 줄 생각은 애당초 없었다.

경환의 장고는 깊어만 갔다. 자신의 계획을 설사 김현태가 받아들인다 해도 한국 정부의 동의를 얻어 내지 못한다면 사면초가에 빠지는 건 대후가 아닌 자신이 될 가능성이 농후했기 때문이었다. 통역을 통해 두 사람의 대화를 듣고 있던 린다가 조심스럽게 자신의 의견을 꺼내들었다.

"현재 SHJ는 한국 정부와 원만한 관계를 유지하고 있습니다. 혹시라도 대후의 일에 관여를 한다면 역풍이 불어올 수도 있다고 생각합니다. 합작은 전향적으로 검토할 수 있겠지만, 한국 정부의 보증이 이뤄지지 않는다면 그것 또한 쉽지 않다는 게 문제라면 문제지요. 이 부문을 대후에선 해결할 수 있으신가요?"

뜬금없이 한국 정부의 보증이 린다의 입에서 나오자 김준성이 급히 반문하고 나섰다. 과거 해외 실적이 전무한 한국기업을 위해 정부가 이행 보증을 선 전례가 있긴 하지만, 대후는 보증을 받을 정도로 정부와 밀접한 관계가 아니었다.

"해외 공사에 한국 정부의 보증을 원한다는 건 무리라고 봅니다. 전례가 없는 건 아니지만, 불가능한 조건입니다.

"그럼 주거래 은행의 이행 보증은 받으실 수 있다는 말씀이겠군요."

"그, 그게……."

김준성은 린다의 질문에 답을 줄 수 없었다. 정부가 대후의 자금을 철저히 통제하고 있는 상황에서 주거래 은행의 이행 보증을 받는다는 건 사실상 불가능했기 때문이었다. 정부의 동의가 없다면 SHJ와 합작을 하게 되더라도 대후를 위해 이행 보증을 설 은행들은 국내에 없다고 보는 게 진실이었다.

"그럼 시공과 관련한 P-BOND(이행 보증금)는 어떻게 처리할 계획입니까? 대후증권은 인정하지 않겠습니다."

김준성의 머릿속을 들여다보았는지 린다는 처음부터 대후증권을 분리시켜 버렸다. 린다와 사전에 입을 맞추긴 했지만, 린다의 집요함에 경환도 고개를 절레절레 흔들고 있었다. 린다의 계속된 질문이 이어지는 가운데 김현태와 김준성은 SHJ와의 합작이 어렵다는 것을 피부로 느끼고 있었다.

"이 회장님, 한국 정부에서는 SHJ 아시아 본사가 유치되기를 희망하고 있습니다. 혹시 변수가 생기더라도 한국의 생산 시설이 타국으로 이전되는 것은 반대한다는 입장을 한국 정부를 대신해 전달해 드립니다."

SHJ와의 합작을 포기한 듯 김현태는 정부와의 관계를 모색하는 방향으로 급히 선회했다. 지금까지 살펴본 경환이 자신의 의견에 따라 움직이지 않는다는 건 알 수 있었지만, 김현태는 불편한 이 자리를 벗어나고 싶었다.

"제가 한국인이기 때문에 아시아 본사를 한국에 설립할 생각은 전혀 없습니다. 미국 기업인 SHJ가 미국 여론을 무시할 수도 없지 않겠습니까? 김 회장님, 혹시 대후를 살릴 방도가 있다면 어떻게 하시겠습니까? 모든 걸 다 던지고라도 대후를 살리고 싶은지 여쭤 보고 싶습니다."

"그게 무슨 말씀이십니까?"

자신의 분신과도 같은 대후를 살릴 수 있다는 소리에 김현태의 눈빛이 살아나기 시작했다. 한동안 접견실에는 김현태의 고함과 탄식이 교차되었다. 늦은 오후까지 접견실을 나서는 사람은 아무도 없었다.

"이 서방, 바쁜지 뻔히 아는데 우리까지 불러줘서 고맙네. 사실은 나도 정우와 희수가 보고 싶어 밤잠을 다 설쳤다네. 허허."

김현태와의 긴 회의를 마치고 호텔 룸으로 돌아온 경환은 양가 부모님들과 오붓한 저녁 식사를 마련했다. 룸서비스로 주문한 음식이 프레지던트 룸을 화려하게 장식하며 식탁에 가지런히 차려져 있었다.

"사돈도 저와 똑같으셨네요. 저도 아이들이 눈에 밟혀 일이 손에 안 잡히더군요."

"하하, 그러셨습니까? 나이가 들어서 그런지 자식을 가까이 둔 친구들이 부러울 때가 종종 있습니다."

경환은 죄송한 마음으로 두 분의 얘기를 듣고 있었다. 한국에서 살고 싶은 생각에 밤잠을 설치는 건 경환도 마찬가지였지만, 회귀의 조건이었다는 말을 꺼낼 수는 없었다.

"죄송합니다. 자주 찾아뵈어야 하는데 일 핑계로 소홀했습니다. 그래서 드리는 말씀인데 미국에 오셔서 사시는 건 어떠시겠습니까?"

"아니야, 이 서방. 내가 괜히 해 본 소릴세. 난 친구들이 있는 한국이 좋아. 시간이 되면 수정이와 아이들은 자주 한국으로 보내게."

경환은 두 분께 공손히 술을 따라 드렸다. 수정은 두 어머니와 함께 수다 삼매경에 빠진 지 오래되었고 희수는 외할아버지가 낯선지 친할아버지의 품을 벗어나지 않았다. 경환은 희수의 이해할 수 없는 행동에 마몬을 떠올렸지만, 지금까지 본 희수의 모습에서는 의심갈 만한 일이 없었다. 경환은 자신이 너무 과민하다는 생각에 급히 화제를 바꿨다.

"아버님, 조만간 미국과 한국에 재단을 설립할 생각입니다. 그래서 아버님께서 한국 쪽을 맡아 주셨으면 좋겠습니다."

"경환아, 그게 좋겠다. 사돈이야 사회 경험도 풍부하시고 공정하시기로 소문이 자자한 분이시니 당연한 일이지."

대기업 임원을 지내다 은퇴한 장인은 한가롭게 지내고 있었다. 그러나 열정을 바쳐 일에 매진한 사람이 은퇴 생활을 즐긴다는 건 결코 쉬운 일이 아니었다. 경환은 아버지를 SHJ 고문으로 초빙할 때부터 장인에 대한 죄송한 마음을 가지고 있었다. 수정은 장인에게도 신경을 써 주는 경환의 배려에 고마움을 느끼며 살짝 미소를 보냈다.

"일에서 손을 뗀 지가 오래되었는데, 괜히 자네가 하려는 일에 방해가 되지 않을까 고민이 많아. 그래도 기회가 된다면 다시 사회생활을 해 보고는 싶네."

"미국에 돌아가면 세부적인 계획이 나올 겁니다. 자세한 내용은 아버님께 따로 전달해 드리겠습니다. 재단은 투명성이 중요해서 아버님께서 맡아 주신다면 저도 한시름 놓을 수 있을 거 같습니다."

경환의 장인은 공항에서 경환을 처음 만났던 기억을 떠올렸다. 학벌도 변변치 않고 가진 것도 없었던 경환이 정말 싫었다. 수정과 이미 몸을 섞었다는 얘기를 들었을 때만 해도 끓어오르는 분노를 참을 수 없었지만, 딸 하나 버린 셈 친다는 생각으로 결혼을 허락해 버렸다. 그러나 지금의 경환은 정부도 함부로 하지 못할 정도로 성공했고 가족을 생각하는 한결같은 마음 또한 변치 않았다. 한국에서의 첫날밤은 가족들과의 재회와 함께 서서히 저물어 갔다.

사장단의 업무 보고를 시작으로 둘째 날을 시작한 경환은 SHJ-퀄컴과 SHJ-구글 실무진을 먼저 중국으로 출국시키고 린다와 SHJ플랜트는 자신을 수행하도록 지시했다. 그러자 여러 추측이 기자들 사이에 퍼졌다. SHJ의 실세인 린다가 한국에 남았으니 중국의 아시아 본사 유치는 사실상 물 건너갔고 한국과 일본의 경쟁으로 좁혀진 게 아니냐는 것이었지만, SHJ에선 어떠한 내용도 확인해 주지 않았다. 일본 일정과 또 하나 다른 점은 오성전자와의 합작 이외에는 특별한 투자가 전혀 없었다는 것이었다.

"회장님, 리무진이 대기 중입니다. 청와대 경호팀도 이미 도착했습니다."

수정이 입혀 주는 양복 상의를 걸치고 하루나의 보고를 들으며 경환은 자리에서 일어섰다. 오랫동안 민주화 투쟁의 선봉장에 섰고 경제적으로 박식한 정치 9단 대통령과의 만남은 경환을 긴장하게 했다.

"그래요. 린다, 같이 내려갑시다."

힐튼호텔에서 청와대까지는 너무나 가까웠다. 생각을 정리할 시간도 없이 어느새 청와대 정문에 도착하고 신분확인절차도 생략하고 청와대 본관까지 단숨에 도착했다. 관례를 깨고 본관 앞까지 나와 있는 대통령의 모습을 확인한 경환은 서둘러 차문을 열었다.

"처음 뵙겠습니다, 대통령님. SHJ를 맡은 이경환입니다."

"하하하, 청와대에 오신 걸 환영합니다. 김환기입니다."

옆집 할아버지처럼 인상 좋은 김환기가 청하는 악수를 받으며 경환은 굳었던 인상을 풀고 환하게 웃음지었다. 이번 면담에 참여할 인원들을 소개받은 경환은 간단히 사진을 찍은 후, 청와대 비서들의 안내를 받으며 접견실로 향했다.

"저는 한국인인 이 회장님이 자랑스럽습니다. 재작년 외환위기 때 이 회장님의 조언으로 그나마 피해를 줄였다는 것도 잘 압니다. 정부를 대신해서 감사하다는 말을 전하겠습니다."

"별 말씀을 다 하십니다. 정부를 위한 것은 아니었습니다. 단지, 더 많은 희생을 강요받을 국민들을 위해 최소한의 조언을 했을 뿐입니다."

대통령이 경환을 한국인으로 묶으려 하자 경환은 정부를 위해 한 일이 아니라는 말로 선을 그어 버렸다. 기업인들과 달리 정치인들과의 만남은 언제나 피곤했다. 말 하나하나에 의미를 부여하며 본심을 감추는 정치인들은 직설적인 경환을 피곤하게 만들었기 때문이다. 심호흡을 내쉰 경환은 김환기와의 머리싸움에 말려들지 않기 위해 선공을 선택했다.

"SHJ가 미국기업이긴 하지만, 미국 언론에 휘둘릴 생각은 전혀 없습

264

니다. 그러나 제가 한국인이란 사실이 SHJ 아시아 본사를 결정하는 수단으로 작용하지도 않을 것입니다."

말을 마친 경환은 대통령의 표정을 살폈지만, 손톱만큼의 변화도 찾아낼 수 없었다. 역시 정치 9단은 나이로 되는 게 아니라는 걸 절실히 느끼는 순간이었다.

"모든 일은 공정해야 한다고 생각합니다. 미국의 실리콘밸리와는 비교할 수 없겠지만, 한국은 IT를 핵심 사업으로 키우는 중입니다. 미국 언론에서 말하듯이 투명하지 못한 관료 체제가 있는 것도 어느 정도 인정합니다만, 그건 어느 나라나 조금씩은 안고 있는 문제라고 생각합니다. 현재한국이 그런 구습을 척결하고자 부단히 노력하고 있다는 점을 강조하고싶군요."

경환은 청산유수처럼 쏟아지는 대통령의 답변에 혀를 내둘렀다. 자신이 계획한 판 안으로 김환기를 끌어들이려는 생각은 처음부터 잘못된 것이라는 것을 뼈저리게 느끼고 있었다. 그만큼, 대통령에게서 느껴지는 연륜은 자신도 쉽게 넘을 수 없어 보였다.

"솔직하게 말씀해 주셔서 감사합니다. 대통령님의 박식함을 전부터 존경해 왔습니다. 그러나 저는 일개 기업인에 불과하다 보니 국가보다는 제노력의 결정체인 SHJ의 이득에 눈이 먼저 간다는 것을 말씀드릴 수밖에 없습니다. 사실 그런 이유로 일본에서 제시한 조건을 한국이 넘어설 수있을지 확신이 없습니다."

서로 공치사하는 데 정력을 소비하고 싶은 생각이 없었다. 경환은 대통령과의 만남을 오래 끈다면 결국엔 그가 파 놓은 덫에 자신이 빠질 수도 있다는 생각에 정공법을 선택하기로 마음을 굳혔다. 김환기는 여전히 돌부처처럼 묘한 미소를 띠고 있었다.

"일본이 제시한 조건을 알 수 없는 상태에서 한국 정부가 SHJ에게 마냥 퍼 줄 수도 없는 처지지요. 일본의 조건이 월등하다면 SHJ의 이익을 위해서 그쪽으로 갈 수밖에 없겠죠. 이 회장님의 고민을 충분히 이해합니다."

경환은 처음으로 김환기에게서 벽을 느꼈다. 갈 생각이면 가라는 식의 답변에 말문이 막혔다. 경환은 최대한 포커페이스를 유지하며 내심 마음에 결심을 굳혔다는 듯이 천천히 입을 열었다.

"대통령님의 조언에 감사드립니다. 무거웠던 마음이 편해질 수 있었습니다. 저는 SHJ의 이익을 위해 움직일 수밖에 없지만, 제 뿌리가 한국이란 사실은 잊지 않을 것입니다."

대통령은 나름대로 경환이 쉽게 엮여 들어오지 않자, 태연한 표정과는 달리 당황하고 있었다. 본론에 들어가기도 전에 가라고 하면 미련 털고 가겠다는 경환의 직설적인 답변은 김환기의 승부욕을 자극했다. SHJ가 이전을 선택한다면 수출에 크게 이바지하는 휴대폰과 MP3플레이어 생산 공장이 있는 경기 지역, SHJ플랜트가 위치한 경남 마산 지역의 경기가 위축돼 지역감정에 불을 지필 수도 있었다. 김환기는 엷은 미소를 흘렸다.

"결정은 SHJ가 하는 거겠지만, 아직 한국 정부는 어떠한 조건도 말하지 않았습니다. 이 회장님께서 너무 서두르시는 거 아닌지 모르겠습니다. 평소 지론이 윈-윈이라고 들었는데, 좀 당황스럽군요."

경환은 당혹함에 눈썹을 꿈틀거렸다. 도저히 말로써 대통령을 이길 자신이 없었다. 경환은 김환기와의 만남 전부터 고민해 온 비수를 꺼내

들었다. 이마저 통하지 않는다면 미련을 버릴 생각이었다.

"제가 대통령님의 말씀을 오해했나 봅니다. 사실 SHJ는 휴스턴의 SHJ 타운 2차 개발을 완료하면 제2의 SHJ타운을 조성할 계획을 하고 있습니다. 그곳이 아시아가 될 수도 있고 유럽이 될 수도 있지만요. 저는 연륜이 짧다 보니 직설적인 표현을 좋아합니다. 대통령님과 허심탄회하게 대화하고 싶습니다."

"허허, 뒷방 노인네 취급을 하시네요. 저도 솔직한 표현 좋아합니다. 그럼 처음부터 다시 시작해 봐야겠군요."

두 사람의 팽팽한 기 싸움에 접견실의 분위기가 좀처럼 가라앉지 않았다. 경환은 김환기의 정치적 연륜을 피부로 느끼고 있었고 김환기 역시 나이로 경환을 판단하려 했던 자신의 실수를 체감하고 있었다. 여유 있는 모습과는 달리 서로 꼬투리를 잡히지 않기 위해 처절한 수 싸움이 벌어졌다. 기다리기 지쳤는지 김환기의 입이 먼저 떨어졌다.

"한국 기업들과의 합작 진행이 잘 되고 있다는 보고를 받았습니다. 그런데 플랜트 쪽이 지지부진하더군요. 정부에서 해결해야 할 문제가 있으면 서슴없이 말씀해 주세요."

경환의 입꼬리가 살짝 올라갔다 내려앉았다. 지금부터 본격적인 전쟁이 시작되었다는 생각에 온 신경을 집중하기 시작했다.

"저희가 올해 추진하는 프로젝트는 크게 세 가지입니다. LNG플랜트는 일본의 JSC와 이미 합작하기로 했으니 넘어가도록 하겠습니다. 아직 결론을 내리지 않은 프로젝트는 사우디의 해수담수화 프로젝트와 나이지리아와 앙골라의 FPSO 사업입니다."

"그렇군요. FPSO는 대현중공업과 합작하지 않는 이유를 잘 모르겠군요. 대후그룹이 SHJ의 파트너가 될 정도의 기술력은 없다고 생각이 듭니다만."

역시 김환기는 대후그룹과의 만남에 대해 어느 정도 정보를 가지고 있는 듯했다. 서울 한복판에서 이루어진 김현태와의 협상 내용이 김환기에게 보고되지 않는다는 게 오히려 이상할 수도 있다고 생각했기에 별 개의치 않았다. 오히려 청와대에 보고되기를 바랐다는 것이 솔직한 표현일 수도 있었다. 김환기의 답변을 통해 이미 대후의 처리 방향이 결정되어 있다는 것을 확인한 경환은 망설임 없이 뒷말을 이어갔다.

"대통령님, 외람된 말씀이지만, 기업에게 의리나 우정을 논할 수는 없다고 봅니다. SHJ도 마찬가지이지만 대현중공업도 이 프로젝트와 관련해서 SHJ와 페트로팍, 두 회사를 비교하고 있습니다. 어떤 면에서는 당연한 일이기도 하고요. 저는 이번 FPSO 프로젝트 파트너로 대후를 고려하고는 있지만, 여의치 않는다면 미쓰이조선과 함께 할 생각입니다."

김환기의 미간이 살짝 좁혀졌다. FPSO 발주처인 프랑스의 TOTAL과 SHJ와의 밀착 관계는 이미 정보 라인을 통해 확인한 상태였다. 또한 해수담수화플랜트 역시 사우디의 SWCC와 SHJ와의 물밑협상이 끝난 상태였다. 세계 유수한 플랜트 시공업체들이 SHJ와 합작하기 위해 치열한 로비전을 펼치고 있다는 사실도 알고 있었다. 혹시 SHJ가 일본으로 방향을 돌린다면 한국 기업은 결국 손가락만 빨아댈 수밖에 없었고 건설 산업은 침체기에서 헤어 나오지 못할 수도 있었다. 새로운 한일어업 협정으로 말이 많은 상태에서, 아시아 본사 유치를 제외하더라도 SHJ의 플랜트 프로젝트가 일본 기업과의 합작으로 끝나게 된다면 여론의 뭇매를 맞을 수도 있는 문제였다.

"대후는 부채를 해결할 능력이 없는 기업입니다. SHJ와의 합작 기간 중 심각한 문제가 발생한다면 이 회장님의 발등을 찍을 수도 있어요."

"걱정해 주셔서 감사합니다. SHJ가 그런 위험을 부담할 수는 없죠. 단지 한국 정부에서 대후그룹이 성실하게 프로젝트를 이행한다는 보장을 해 주시면 됩니다. P-BOND는 SHJ가 책임질 생각입니다."

태연하게 웃음 짓던 김환기의 표정이 급격히 굳어지기 시작했다. 이미 국정원의 보고를 통해 이 내용에 대해 듣긴 했지만, 경환이 직접적으로 거론하리라곤 생각하지 않았기 때문이었다. 이미 내부적으로 불가 판정을 내린 상태였기에 김환기는 뜸을 들이지 않았다.

"불가합니다. 기업의 일에 정부가 나설 수는 없는 노릇입니다."

"혹시 김현태 회장의 개인재산과 지분을 모두 사회에 환원하고, 대후그룹의 일부 계열사와 해외 법인을 매각하는 자구책을 발표한다면 어떻습니까? 대후그룹은 전문 경영인 체제로 운영되는 조건으로요."

김환기는 이런 내용까지 보고받지는 못했다. 도청을 의식한 경환이 마지막에는 필담으로 김현태와 협의했기 때문이었다. 김현태를 설득하는 일은 쉽지 않았지만, 경환이 반년을 넘기기 전에 대후그룹이 사라진다는 객관적인 자료를 넘겨주자 김현태는 무너지기 시작했다. 경환은 대후라는 이름을 남길 건지, 아니면 그룹이 공중분해 되고 해외에서 떠돌이 생활을 할 건지 양자택일밖에 없다는 것을 설명했고, 결국 김현태는 명예로운 퇴진을 선택했다.

물론 대후의 메신저 역할을 그냥 하지는 않았다. 대후통신과 대후정보시스템을 SHJ에 매각하고 사원지주제로 독립한 대우엔지니어링의 인수에 그룹차원에서 협조를 하겠다면 한국 정부와의 협상에 나서겠다는 제안이었다. 사면초가인 대후는 경환의 조건을 받아들일 수밖에 없었지만 그건 김현태와의 협상일 뿐, 대통령을 설득하는 건 별개의 문제였다.

"이 회장님이 이런 조건을 내밀다니 생각 밖이군요."

"대통령님도 아시지 않습니까? GM이 대후자동차를 탐내고 있다는 것을요. 대후자동차가 넘어간다면 현 정부의 큰 패착이 될 것입니다."

경환은 쌍용자동차도 중국에 넘어가 기술을 뺏기고 버려진다는 말은 하지 않았다. GM 또한 현재 정부에 엄청난 로비를 하고 있어 대통령을 설득하는 게 가능할지 확신이 없는 상태에서 중국까지 걸고 넘어갈 필요가 없었기 때문이었다.

"SHJ에 이득이 있습니까?"

"큰 이득은 없겠지만, 대후그룹이 구조조정을 하게 된다면 대후통신과 대후정보시스템, 대후엔지니어링은 인수하고 싶습니다. 만약 이 세 회사를 인수할 수 있다면, 한국에 투자를 확대할 수 있습니다"

김환기는 눈살을 찌푸렸다. 경제가 호황기라면 경환의 이런 건방진 말을 일축하며 내정간섭으로 미국에 항의라도 해 보겠지만, 외환위기를 겪은 한국의 상황이 그리 녹록하지 않다는 것이 발목을 잡았다. 경환은 경환 나름대로 필요도 없는 대후 때문에 한국 정부와 척을 지게 될지도 모르는 상황이 만족스럽지 않았다. 한국에 제2의 SHJ타운을 설립하려던 계획이 자칫 무산될 수도 있었기 때문이었다.

"만약 불가 입장을 고수하면 투자는 없다는 말로 들리는군요."

"제겐 대후그룹이나 한국 정부보다 SHJ의 직원들이 더 소중합니다. 죄송합니다."

이미 칼은 빼 들었다. 여기서 물러서게 된다면 우스운 꼴로 전락해

SHJ가 한국 정부에 발목을 잡힐 수도 있는 문제였다. 부인하고는 있었지만, 한국에 휴대폰과 MP3P의 생산 시설을 마련한 것은 자신이 한국인이기 때문이었다. 그러나나 끝내 한국 정부와 타협이 이뤄지지 않는다면 손해가 발생하더라도 점차 생산 기지를 이전할 수밖에 없다고 결심했다.

"그렇군요. 지금 추진하고 있는 IMT 2000사업에 정부가 WCDMA를 지원하게 될 수도 있습니다."

대통령이 마지막 칼을 뽑아들자 경환은 움찔할 수밖에 없었다. 오성그룹, 금성그룹과 공동으로 추진하기로 합의했다고는 하지만, 한국 정부의 입김이 작용하기 시작한다면 이동통신사들도 반기를 들 수는 없었기 때문이었다. 경환의 당혹스러운 표정에 김환기의 입가에 미소가 피어오르며, 어서 대답해 보라는 듯이 두 손을 탁자 위에 올려놓았다. 경환은 고개를 좌우로 흔들며 마지막 수를 던졌다.

"호미로 막을 수 있는 것을 가래로 막으실 생각이시군요. CDMA가 있기 때문에 GSM의 독과점에서 한국이 자유로울 수 있다는 것을 기억해 주셨으면 합니다. 한국 정부의 뜻이 그렇다면 저도 어쩔 수 없겠네요. SHJ가 미국 기업이란 사실을 기억해 주십시오."

북핵과 관련해 삐거덕거리는 한미관계에서 한국 정부가 정책적으로 미국 기업을 배척했다는 말은 대통령에게도 큰 부담일 수밖에 없었다. 경환은 미국을 팔아야 하는 현실이 짜증스러웠다.

"허허, 한국 정부는 기업들의 경제 활동에 관여할 생각이 없습니다. 농담으로 던진 말에 회장님이 이렇게 반응하실 줄 몰랐습니다."

사람을 들었다 놨다 하는 김환기의 달변에 경환은 어이가 없는 듯 허탈한 웃음을 지어 보였다. 경환은 이 만남을 더 끌고 싶지 않았다. 결론이 없는 대화라면 자신이 결론낼 필요가 있다는 것을 느꼈기 때문이었다. 경환이 탁자 위에서 깍지를 낀 후 마지막 말을 건네려는 순간 대통령이 한발 빨리 행동했다.

"이 회장님이 제안하신 내용은 검토해 보겠습니다. 긍정적으로 진행하겠다는 말씀은 드릴 수 없겠군요."

"감사합니다, 중국과 싱가포르를 방문한 후 잠시 한국에 들를 예정입니다. 그때에 맞춰 SHJ의 투자 계획을 발표하겠습니다. 오늘 시간 내 주셔서 감사합니다."

지루한 회담 속에서도 결론을 내지 못한 채 청와대를 빠져나올 수밖에 없었다. 무리한 제안이란 건 경환도 알고 있었다. 스스로도 한국 정부를 이길 생각은 없었다. 단지 이익을 공유하고 싶은 생각뿐이었다. 그러나 정부에서 아무것도 주지 않겠다고 한다면 경환도 정부를 위해 어느 것도 내놓을 생각이 없었다.

"김환기 대통령, 속을 알 수 없는 사람이더군요."

"그러게 말입니다. 괜히 정치 9단이 아니더군요. 란다 100명과 말싸움을 한 것 같아요."

호텔로 돌아온 경환은 남아 있는 실무진을 회의실로 급히 불러들였다. 김환기와의 면담에서도 결론이 나지 않았기 때문에 최악의 상황을 준비하지 않을 수 없었다. 자칫 준비가 안 된 상태에서 뒤통수를 맞으면 피해가 심각할 수도 있었다.

"타케우치 사장님은 플랜트 실무진을 이끌고 일본으로 가십시오."

"알겠습니다, 회장님. 당장 일본으로 출국하겠습니다."

한국 정부를 압박하려는 조치임을 안 코이치는 서둘러 회의실을 빠져나가려 했다 그러나 경환은 그런 코이치를 급히 불러 세웠다.

"일본 정부는 SHJ아시아 본사와 SHJ-퀼컴 생산 기지를 위해 국유지 100만 평을 50년간 총 1억 달러에 임대해 주겠다고 했습니다. 또 건설 비용의 50%를 부담하겠다고 하더군요. 실무진들과 검토해 보세요."

휴대폰과 MP3P의 생산 기지를 일본으로 이전하는 것은 SHJ에게도 큰 메리트가 없었다. 해외 기업에 배타적인 일본의 분위기와 높은 인건비 때문에 높은 생산 원가로 수출 가격에 부담을 줄 수 있었기 때문이었다. 경환은 이런 조치들이 한국 정부의 귀에 들어가기를 바랐다.

"그리고 린다는 베이징에 나가 있는 어원과 에릭에게 아시아 본사에 대해서도 진지하게 의견을 교환하라고 하십시오."

경환은 결코 중국에 생산 기지를 둘 생각은 없었다. 모든 기업의 생산 기지가 중국으로 몰리고 있었고 중국 정부는 수입 제한을 통해 자국에서 생산된 제품의 소비를 유도하고 있었지만, 경환은 최후까지 버텨 볼 생각이었다. 중국은 모토로라와 오성전자, 금성전자 등 휴대폰 공장을 통해 엄청난 기술을 빼돌렸고, 이는 고스란히 중국 기업에 전달되었다. 이런 중국 정부의 노력으로 기술력의 차이는 빠른 속도로 줄어들고 있었다.

"중국과 협상을 진행하라는 말씀이십니까?"

중국이라면 알레르기 반응을 보여 왔던 경환의 지시를 듣고 린다는 놀란 눈으로 되물었다. 본래 중국에 생산 기지를 만들자던 자신의 의견을 매번 경환이 반대했기 때문에 이 지시를 어떻게 받아들여야 할 지 분간할 수 없었다.

"디자인을 제외한 휴대폰 제조 기술은 이미 다른 업체를 통해 확보했을 겁니다. 최신기종이 아니라면 중국도 그 대상에 포함시킬 수 있다고 봅니다."

경환이 두 손가락으로 탁자를 톡톡 치고 다시 말하자 린다는 경환의 의도를 짐작하며 고개를 끄덕였다.

"알겠습니다. 바로 지시를 내리겠습니다."

"한국 정부와의 회담이 부정적이라는 전제로 대책을 준비하세요. 철저히 우리의 이익을 우선으로 해야 합니다."

회의를 마치자 코이치는 플랜트 실무진들과 함께 일본으로 출국하기 위해 서둘러 회의실을 빠져나갔다. 린다는 베이징에 도착한 어원과 에릭에게 새로운 지시사항을 전달하고자 분주하게 움직였다. 한국 정부와의 협상이 부정적임을 김현태에게 전한 경환은 가족들과 시간을 보내며 일정을 마무리했다.

일본과 달리 대통령과의 만남이 이뤄진 후에도 SHJ의 공식발표가 나오지 않자 호텔에 모여 있던 기자들은 삼삼오오 모여 SHJ와 한국 정부와의 이상기류에 대해 정보를 교환하기 시작했다. 코이치와 플랜트 실무진이 급히 일본으로 출국하자, 소문은 눈덩이처럼 불어나기 시작했다. 한국 언론들은 여러 경로를 통해 청와대와 SHJ의 논평을 요구했지만, 둘 다 어떠한 반응도 보이지 않았다.

전용기 두 대가 한 시간 간격으로 베이징수도공항 활주로에 내려앉았다. 그러나 탑승한 인물에 대한 중국의 반응은 확연히 차이가 있었다. 입국장을 빠져나온 경환과 린다는 단지 중국 정부의 형식적인 환영만 받았고, 기자 한 명 보지 못했다. 일본과 한국과는 다른 분위기를 실감하며 준비된 리무진에 올라 하얏트호텔로 향했다.

"회장님, 중국의 관심이 온통 빌 게이츠에게 쏠리고 있는 거 같습니다."

"저는 각오하고 왔는데 린다는 너무 큰 기대를 했나 보네요. 이틀 정도 푹 쉰다고 가볍게 생각하자고요."

확연히 차이가 나는 중국 언론의 반응을 담담히 넘기는 경환과 달리 린다의 표정은 좋지 못했다. 빌 게이츠의 방문은 신문 1면에 실으면서도, SHJ에 대한 기사는 전혀 내지 않았기 때문이었다. 경환은 중국의 반응을 어느 정도 예상하고 있었다. 이때까지 한국과 일본에 비해 중국에는 상대적으로 신경을 쓰지 않았다. SHJ-퀄컴과의 로열티 계약, 세틀러와 컴페니언의 판매가 꾸준히 증가하는 상황에서도 실질적인 투자는 전혀 이뤄지지 않고 있었다. 형식적으로 SHJ를 초청한 중국 정부가 이 기회에 SHJ를 길들이고자 한다는 사실을 경환은 알고 있었다. MS 역시 부동산을 제외하고는 중국에 실질적으로 투자하는 기업은 아니었지만, SHJ와는 다르게 중국 정부의 뜨거운 환영을 받고 있었다.

경환은 중국 시장을 무시할 생각은 없었지만, 중국 정부가 짜 놓은 각본에 맞춰 줄 생각은 없었다. 호텔에 도착한 경환은 어윈과 에릭의 환영을 받는 데 만족해야만 했다.

"두 분 고생하셨습니다. 잠깐 휴식을 취한 뒤에 경과를 보고받겠습니다."

간단히 샤워를 마친 경환은 리모컨을 들어 TV를 틀었다. 방금 도착한 빌 게이츠의 모습과 공항을 가득 메운 기자들의 모습이 실시간으로 방영되고 있었다. 중국 정보통신부 부장인 우지추완이 빌과 반갑게 악수하는 모습을 보고 경환은 기지개를 한번 켜고는 침대에 누워 깊은 잠에 빠져들었다.

중국의 수도 베이징의 심장부에 위치한 중난하이에서는 중국의 모든 정책과 미래의 청사진이 그려졌다. 작년에 국무원의 수장으로 임명된 주룽지 총리의 집무실엔 MSS(국가안전부) 제6국 국장인 쉬바이성이 자리를 같이했다. 대외첩보를 담당하는 MSS에서 6국은 과학기술 정보 수집 및 통신 공작을 담당하는 부서로 이번 MS와 SHJ 방중과 관련해 가장 바쁘게 움직이고 있었다.

"쉬 국장, SHJ 회장은 뭘 하고 있습니까?"

"하얏트호텔 프레지덴셜룸에서 쉬고 있습니다, 총리."

부패척결을 외치며 수많은 암살 위협 속에서도 군대와 경찰 조직이 영리기업을 소유하지 못하도록 조치해 인민들의 열광적인 지지를 얻고 있는 주룽지도 해외 기업인들의 도청과 미행에는 관대했다. 아직 열악한 중국의 기술력을 높이려면 산업 스파이를 이용해 해외 기업의 기술을 빼돌리는 게 가장 빠른 길이라는 걸 알고 있었기 때문이었다.

SHJ는 CDMA의 원천기술에다 다른 업체보다 한발 앞서는 휴대폰 제조 기술까지 확보하고 있었기 때문에 좋은 표적일 수밖에 없었지만, 중국에 서둘러 진출하는 다른 기업과는 달리 중국 정부의 적극적인 투자 유치 제안에도 시큰둥한 반응만 보여 자존심에 상처를 입히기까지 했다. 주룽지는 SHJ와 일본, 한국과의 회담 내용에 대한 첩보 보고서를 덮으며 쉬바이성을 바라보았다.

"이경환 회장의 반응은 보고가 되었나요?"

"SHJ 내부에서는 MS에 비해 푸대접을 받았다는 불만이 있지만, 이경환 회장은 별 반응을 보이지 않고 있습니다. 오히려 직원들에게 휴식하라고 지시했다고 합니다. 잠시 후 회의를 한다는 보고가 들어왔는데 회의 내용은 따로 보고드리겠습니다."

쉬바이싱의 보고를 받은 주룽지의 입가에서 미소가 사라졌다. 노골적인 푸대접에도 일절 반응을 보이지 않는다는 것은 큰 것을 얻기 위해 중국을 자극하지 않겠다는 의지, 혹은 중국이란 나라에 관심을 가지지 않고 있다는 것을 뜻하는 것이었다. 그동안 SHJ의 행동을 보자면 후자일 가능성이 많다는 것을 어렵지 않게 알 수 있었다. 도발을 통해 조급증을 유발하려던 계획이 쉽게 풀려 가지 않았다. 주룽지는 쓰고 있던 안경을 벗어들었다.

"흠, 이 회장이 쉬운 상대는 아니라는 보고를 받긴 했지만, 만만히 볼 상대는 아니겠군요."

"그렇습니다, 총리. 1991년에 이경환 회장이 교통부와 경무부의 프로젝트에서 내놓은 결과물을 본다면 결코 쉬운 인물은 아닙니다."

1991년 당시만 해도 경환의 제안은 관료들의 호기심을 자극하는 수준에 지나지 않았었다. 그러나 1990년대 중반이 지나자 경환의 제안서는 주목받기 시작했고, 지금은 교통부와 경무부에 들어오는 신입 관료들의 필독서로 자리매김할 정도였다. 주룽지 자신도 시대를 앞선 경환의 제안서에 감탄할 수밖에 없었다. 이 기회에 아시아 본사는 힘들더라도 세틀러와 컴페니언의 생산 시설은 반드시 유치할 생각으로 계획을 수립한 것이었다.

"이 회장이 중국을 너무 잘 안다는 게 우리에게 불리하게 작용할 수도 있겠군요. 밀착 감시는 하고 있겠지요?"

"걱정하지 마십시오. 이미 모든 조치가 되어 있습니다. 이경환 회장의 동선은 24시간 모니터링하고 있습니다."

수백 개의 눈이 경환을 지켜보는 가운데 빠져나갈 구멍조차도 막아버렸다. 베이징이 아무리 큰 도시라고 하더라도 경환을 표적으로 한 이상 그의 일거수일투족은 자신의 손안에서 움직일 수밖에 없었다.

"그런데 총리께서도 말씀하셨듯이 이경환 회장이 중국을 너무 잘 알고 있다는 게 맘에 걸립니다. 계획대로 진행해도 되겠습니까?"

"배부른 놈은 진수성찬도 마다하게 됩니다. 우선은 SHJ의 배를 고프게 할 필요도 있어요. 바로 진행하세요."

주룽지는 경무부 부장인 왕샹첸과 화동의 장성궈를 손보면 경환의 약점을 찾을 수 있다고 생각했지만, 그건 보기보다 쉬운 일이 아니었다. 자신이 부패를 척결하는 사신으로 알려졌지만, 건드리지 못하는 부분은 분명 있었다. 두 사람을 쳐내기 위해서는 시간이 필요했다. 주룽지는 입맛을 다시며 빌 게이츠와의 만남을 위해 서둘러 자리에서 일어났다.

"빌 게이츠는 우리를 도와주기 위해 중국을 방문한 게 아닙니까? 중국 방송만 봐서는 우리는 존재감이 전혀 없네요."

빌 게이츠가 주룽지와 회담하는 모습을 방송으로 본 어윈의 불만은 극에 달했다. 관련 부서인 정보통신부나 경무부 어느 곳에서도 문의해 오는 곳이 없었고 주룽지 총리와의 면담도 성사 가능성이 희박하다는 말만 되풀이하고 있었기 때문이었다.

"너무 신경 쓰지 마십시다. 중국에 진출하지 않은 SHJ에 대한 무언

278

의 항의라고 생각하세요. 이런 사소한 부분까지 신경 쓴다면 중국에서 살아남을 수 없다고 봅니다. 중국 기업과의 합작은 어디까지 성사가 되었습니까?"

"그게 좀 이상합니다. CHINA UNICOM을 비롯해서 여러 기업과 협상을 진행했지만, 결론은 똑같았습니다. 합작으로 세틀러와 컴페니언의 생산 공장을 건설하자는 내용입니다."

SHJ와 CHINA UNICOM은 좋은 관계를 유지하며 CDMA의 테스트기간을 거쳐 올해 말부터 본격적인 사업을 목전에 두고 있었다. SHJ는 로열티 계약 시 확보한 장비 공급을 오성전자에 발주함으로써 CHINA UNICOM의 사업개시를 지원하고 있었다. 이런 관계에서 생산 공장을 건설하자는 제안은 외부의 입김이 작용한 결과라고 경환은 생각했다.

"조건은 어떻습니까? 50 대 50입니까? 51 대 49입니까?"

"토지와 비준, 인허가를 중방이 담당하고 건설비의 20%를 제공하는 선에서 51 대 49로 하자는 제안입니다."

경환이 예상한 범위를 벗어나지 못하는 수준의 제안이었다. 중국은 토지 사유화를 인정하지 않는다는 것을 내세우며 고작 30년의 토지 사용 비준을 내주고 지분의 49%를 요청했다. 중국다운 발상에 경환은 허탈한 웃음을 지었다.

"휴대폰과 MP3플레이어의 생산 공장은 긍정적으로 검토하지만, 독자투자를 선호한다고 전달하세요. 그러나 중방이 지분에 맞게 현찰로 인수하고 경영 참여를 하지 않는 조건이라면 합작도 고려할 수도 있습니다."

중국 시장을 무시할 수는 없었지만, 그렇다고 목맬 수는 없는 노릇이었다. 경환은 손을 털어도 손해를 보지 않을 정도의 투자를 생각하고 있었다. 마땅한 합작 회사가 나오지 않는다거나 독자 투자가 어렵다고 판단이 된다면 구모델의 OEM생산 위주로 철저히 치고 빠지는 전략으로 중국 시장에 접근하려고 했다.

"구글은 어떻습니까?"

"긍정적인 답변을 받았습니다. 컴페니언 사용자들이 홍콩이나 미국 사이트를 이용하고 있다 보니 구글의 중국 진출에 상당한 기대를 하고 있습니다. 그러나 중국의 언론 통제 정책에 우리가 어떤 대응책을 가질 수 있느냐가 관건입니다."

경환도 에릭과 같은 고민에 쉽게 구글의 진출을 결정할 수가 없었다. 얼마 지나지 않아 BAIDU가 서비스를 시작한다면 자국 기업을 보호한다는 명분으로 구글에 대한 탄압이 시작될 것을 알고 있는 경환은 말을 아꼈다.

"다각도로 검토해서 가장 합리적인 결정을 내리도록 합시다. 중국 방문은 기업들과의 협상이 목적인 만큼 중국 정부의 태도에 너무 민감하게 반응하지 말기 바랍니다. 우리의 역할을 빌이 잘하고 있지 않습니까? 일본과 한국에서 빠듯한 일정을 보내느라 다들 피곤했을 텐데 편하게 쉬었다 갑시다."

경환은 중국 정부의 치졸한 대응에 놀아 줄 생각이 없었다. 이들이 자신의 인내심과 자존심을 건드린다면 무관심으로 궁금증을 유발할 생각이었다. 받는 것도 없는데 덥석 미끼를 물어 줄 정도는 아니었다. 당한 만큼 돌려줄 생각에 경환은 세틀러와 컴페니언의 판매를 담당하는 김창동을 바라보았다.

"김 사장님, 준비는 되셨나요?"

"네, 회장님. 기자들이 도착해 있습니다."

"중국 정부에 뒤통수 맞기 전에 우리가 먼저 움직입시다. 김 사장님, 부탁합니다."

회견장에는 대부분이 미국, 일본, 한국의 특파원들이었지만, 일부 중국인 기자들도 있었다. 이 기자회견은 경환이 미국을 떠나기 전 받은 한 통의 전화에서 시작되었다. 전화를 건 사람은 경환에게 좋지 못한 기억을 남긴 왕샹첸이었다. 부패척결을 시대적 사명으로 여기는 주룽지의 탄압이 시작되자 왕샹첸의 불안감은 나날이 커지고 있었다. 만약 윗선이 꼬리 자르기라도 한다면 자신과 형제들은 꼼짝없이 사라져 갈 운명이었다. 결국 왕샹첸은 주룽지에게 반격할 카드로 경환을 선택했고 정보를 넘겨줌으로써 만약을 대비하려고 했다.

회견장에 도착한 김창동과 어원은 자리를 잡고 주위를 살폈다. 경환이 도착하고 하루가 지나기도 전에 이루어진 회견에 기자들도 큰 기대를 하지 않는 듯한 분위기였다. 중국어에 능통한 김창동이 조용히 마이크에 입을 가져다댔다.

"먼저 SHJ-퀄컴의 세틀러와 컴페니언을 사용하시는 중국 소비자들에게 감사를 드립니다. 우리 SHJ에이전트에서는 급격하게 증가하는 AS 문제에 큰 우려를 느껴 대대적으로 자체 조사를 하게 되었습니다. 조사 과정에서 경악할 만한 내용을 포착하고 중국공상총국에 신고했습니다만, 제대로 된 해결책이 나오지 않았고 피해자는 더욱 증가하는 현실에 어쩔 수 없이 이런 자리를 마련할 수밖에 없었습니다."

잠시 말을 끊은 김창동의 지시를 받은 SHJ 직원들이 큰 박스에 담긴 수백 개의 세틀러-1,2,3과 컴페니언-1,2를 준비된 탁자 위에 쏟아 냈다.

"이 기기들은 모두 불량 판정을 받은 것들입니다. 저희가 확인한 불량품의 1%도 안 되는 수준입니다."

수백 개의 불량품이 쏟아져 나오자 회견장은 크게 웅성거리기 시작했다. 특종이라는 듯 여기저기에서 카메라 플래시가 터지기 시작했지만, 담담한 표정으로 김창동은 말을 이었다.

"겉모양을 봐서는 잘 구분이 되지 않겠지만, 이 기기들은 모두 광저우와 선전에서 만든 불법 복제품입니다. 당연히 불법 복제품들은 AS가 되지 않습니다. 이런 이유로 소비자들과 AS 직원들과의 마찰이 발생해 SHJ에 대한 이미지가 크게 실추되는 상황입니다. 중국 소비자들은 정품을 구입하실 것을 당부드리며, 정부의 빠른 대처를 요청하는 바입니다."

그 뒤로 한참 동안 회견이 진행되었다. 왕샹쳰을 통해 경환은 중국 공영채널인 CCTV의 사회고발 프로그램이 SHJ 제품의 잦은 고장과 불친절한 AS 문제를 방영한다는 정보를 입수했다. 경환은 방송 하루 전 이 문제를 기사화하기로 마음먹었다. 중국 언론이야 통제되겠지만, 미국과 일본, 한국의 언론에선 중국의 저작권 침해와 맞물려 대대적인 보도가 이뤄질 게 뻔했다. 경환은 주룽지의 다음 수가 무엇일지 무척 궁금했다.

SHJ의 불법 복제 관련 기자회견은 큰 파문을 일으키기에 충분했다. 미국과 유럽의 언론들이 일제히 중국의 실태와 중국 정부의 방관을 비판하는 기사를 베이징발 뉴스로 전송하며 강경한 자세를 취하기 시작했다. 그러나 중국 언론은 정부의 통제에 순응했다. SHJ의 회견 내용을 보도하는 곳은 한 곳도 없었다.

SHJ의 기자회견에 대한 첩보를 입수한 주룽지는 빌 게이츠와의 단독 면담을 급히 중단한 채 집무실에 들어가 사태 파악에 골머리를 썩이고 있었다. SHJ가 중국 정부와 정면대결을 하리라고는 전혀 생각하지 못했기 때문이었다. WTO 가입과 관련해 저작권 문제가 대두하고 있는 상황에서 SHJ의 기자회견은 큰 악재가 될 수밖에 없었다.

"쉬 국장은 SHJ의 회견 내용을 사전에 파악도 못 했단 말입니까?"

"단순한 기자회견으로 생각했습니다. SHJ에서 불법 복제 문제를 들고 나오리라곤 전혀 예상하지 못했습니다. 죄송합니다."

주룽지는 회견내용이 찍힌 동영상을 살피며 인상을 구겼다. SHJ의 기를 죽여 조종하려던 회심의 한 수가 SHJ에게 막힌 상황을 납득하기 어려웠다. 예정대로 내일 CCTV의 고발 프로를 방영한다면 불법 복제를 묵인하고 조장한다는 오해까지 받을 수 있는 문제였다. 그렇다고 오만방자한 SHJ를 놔두면 자신의 체면이 땅에 떨어질 수밖에 없었다. 부패척결과 공명정대를 무기로 쌓아올린 명성에 치명타를 맞을 수 있어 주룽지의 고민은 깊어만 갔다.

"CCTV에 연락해 내일 방영 예정이었던 프로를 중단하라고 하세요. 이경환 회장에게 제대로 뒤통수를 맞았습니다."

"총리님, 이렇게 물러날 수는 없지 않겠습니까?"

주룽지 또한 이대로 흐지부지 물러날 생각은 없었다. 그러나 지금은 때가 좋지 않았다. 해외투자 유치가 본격적으로 진행되고 있는 상황에서 SHJ에 보복성 조치를 한다면 거센 후폭풍을 맞을 수도 있기 때문이었다. 생각할수록 절묘한 SHJ의 선공이 뼈아플 수밖에 없었다.

"때를 기다립시다. 홍콩을 돌려받기 위해 100년을 기다린 중화 민족입니다. 햇병아리인 SHJ를 길들이는 건 언제든지 가능한 일이에요. 그나저나 정황으로는 SHJ에 정보가 들어간 거 같은데, 짚이는 일 없습니까?"

"이경환 회장은 입국 후 가족들과 통화한 것을 제외하고는 특별한 활동을 전혀 하지 않았습니다. 이번 기자회견은 미국에서부터 준비한 것으로 판단됩니다."

주룽지는 심한 두통을 느끼며 관자놀이를 손으로 누르며 담배를 입에 물었다. 생각할수록 괘씸했지만, 참고 때를 기다리자니 울화통이 치밀어 올랐다. 주룽지의 표정이 시시각각 변하는 모습을 지켜보던 쉬바이성이 입을 열었다.

"저, 총리님. 한국을 담당한 3국의 보고를 주목할 필요가 있습니다. 한국으로 수출하는 농산물 때문에 한국 정부가 농민들의 저항에 부딪히고 있다고 합니다. 이걸 기회로 삼으면 SHJ에 타격을 줄 수도 있다고 봅니다."

쉬바이성의 제안을 이해하지 못한 주룽지가 고개를 갸우뚱거리자, 쉬바이성은 다음 말을 이어 갔다.

"한국 정부는 농민들의 마음을 가라앉히기 위해 우리 농산물에 고관세를 부여할 수밖에 없습니다. 우리는 한국산 폴리에틸렌을 수입 금지해 보복하려 했지만, 여기에 휴대폰을 추가한다면 중국으로 수입되는 SHJ 제품들이 한국에서 생산되는 만큼 SHJ도 그 피해를 벗어날 수 없습니다."

주룽지의 얼굴에 다시 화색이 돌기 시작했다. 언제가 될지는 모르겠지만, 한국을 담당하고 있는 3국의 분석이 끝났다면 한국을 길들이기 위한 무역 분쟁은 때만 기다리면 되는 문제였다. SHJ가 중국에 생산 시설을 만들게 할 카드를 손에 쥐는 순간이었다.

"이번 문제로 서방 언론들이 시끄러우니, 공상총국 국장 명의로 불법 복제품에 대한 단속을 강화한다는 성명을 발표하라고 하세요. 그리고 아깝기는 하지만, 휴대폰 제조사 두 곳 정도를 엮어 넣으라고 지시를 내리세요."

앓던 이가 빠진 듯 시원함을 느낀 주룽지는 깊게 들이마신 담배 연기를 세차게 뿜어냈다.

중국 정부의 대응을 기다리며 방으로 돌아온 경환은 조용히 혼자만의 저녁 식사를 즐기고 있었다. 이미 방 어딘가에 자신을 감시하려는 도청장치가 숨겨졌다는 사실을 알았지만 개의치 않았다. 막을 수 있는 것도 아니고, 오히려 도청 장치를 역이용할 수도 있다고 생각해서였다. SHJ의 선공으로 중국 정부에 당혹감을 줄 수는 있었지만, 체면을 중시하는 중국인들의 특성을 고려하면 자신도 역공을 대비해야만 했다. 그러나 어떤 도발을 해올지는 경환도 자신할 수는 없었다.

'따르릉, 따르릉'

식사를 즐기던 경환은 무의식적으로 전화기로 손을 뻗었다. 프런트와 하루나에 의해 두 번 걸려진 전화가 울린다는 건 자신이 받아야만 되는 전화라는 뜻이었다.

"제임스 리입니다. 말씀하세요."

"하하하, 제임스, 나 빌입니다. 어찌하다 보니 내가 스포트라이트를 받게 돼 좀 미안하네요."

예상하지 못한 빌의 전화에 경환은 씁쓸한 인상을 지으며 담배에 불을 붙였다. 말리는 시누이가 더 밉다는 말처럼 빌의 중국 방문으로 계획이 꼬여 버린 탓에 이 난리가 생겼으니 좋은 소리를 할 수는 없었다.

"전혀 미안하지 않은 목소리로 들립니다. 그나저나 MS가 할 일을 SHJ 가 대신해 줬는데 보너스 없습니까?"

"그러게 말입니다. 불법 복제로 가장 큰 피해를 보고 있는 곳은 우리 MS인데 SHJ가 대신 나섰으니 보너스라도 줘야겠지요. 정보통신부에서 주최하는 만찬에 참석해야 해서 길게는 통화 못 합니다. 싱가포르에서 골 프나 같이 칩시다."

"난 현찰이 좋습니다. 두둑한 보너스 기대합니다."

뭐가 좋은지 연신 웃음을 그치지 않는 빌의 목소리를 듣기 싫어 급히 전화를 끊은 경환은 담배 연기를 내뿜으며 어두컴컴한 베이징의 야경을 주시했다. 아직 경제 대국이라 말할 수는 없지만, 몇 년 지나지 않아 중국 은 화려하게 세계무대에 등장할 것이었다. 중국 시장을 포기하면 간단하 게 해결될 일이었지만, 그러기엔 너무 아깝다는 생각이 들었다. 그렇다고 중국 정부의 비위를 맞추며 간과 쓸개를 빼내 바치기는 죽기보다 싫었다.

경환은 회귀 전 중국의 동북공정에 이를 간 적이 한두 번이 아니었다. 고구려와 발해를 중국의 소수민족으로 규정하고, 한국의 역사를 백제와 신라로 국한해 고대 중국의 영토를 평양까지 넓히는 중국의 치밀한 전략 에 울분을 토해 내곤 했다. 아직도 식민사관의 잔재에 빠져 자신의 역사 마저 부정하는 한국을 생각하니 경환의 마음은 무거워져만 갔다. 큰 결심 을 하지 않고서는 중국의 손바닥을 벗어나기 어렵다는 결론에 도달한 경 환은 생즉사 사즉생(生卽死 死卽生)이란 글자를 떠올렸다.

다음 날, SHJ의 기자회견이 외신을 통해 이슈화되는 것과는 달리 중 국 언론은 어떠한 반응도 보이지 않고 있었다. 경환을 제외한 SHJ 실무팀들은 예정된 일정을 소화하며 중국 기업들과의 협상을 준비하고 있었다.

"회장님, 중국 정부가 대범하게 이번 일을 넘길 생각인가 봅니다."

"아닐 겁니다. 아직 마땅한 대응책을 찾지 못한 거겠지요. 중국인들이 대범하다는 생각은 지워 버리세요. 오늘이 될 수도 있고 10년 후가 될 수도 있지만, 반드시 어제의 일을 복수하려 들 겁니다. 이 점 잊지 마시고 철저히 준비해야 합니다."

린다는 경환의 말을 이해하지 못하고 있었다. 서양인의 입장에서 중국을 이해하기란 쉽지 않았다. 경환은 중국인들이 대륙적이고 호방하다는 린다의 말에 동의하지 않았다. 대륙적인 기질이라는 허울 좋은 눈속임으로 상대방의 눈을 멀게 만들어 이익을 취하는 중국인들을 자주 경험했기 때문이었다.

"다각도로 준비하겠습니다. 빌 게이츠가 중국 정부의 환대를 받는 것과 너무 대조적입니다. 오전에 확인을 한 바로는 회장님과의 면담은 아직도 결론 나지 않았다고 합니다."

"저도 급할 거 없습니다. 만남에 목매달지는 않겠다는 말입니다. 우리는 일정대로 내일 싱가포르로 출국합니다. 더는 중국 정부와 연락하지 마세요."

중국인들과 협상을 하려면 그들보다 한 박자 늦게 움직이고, 빨리 결론을 내지 않아야 한다는 생각이 경환을 느긋하게 만들고 있었다. 경환은 목마른 놈이 우물을 판다는 말로 린다의 초조함을 달래주었다.

"회장님, TV를 틀겠습니다. 보셔야 할 거 같습니다."

하루나가 급히 들어와 TV를 틀었다. CCTV에서 공상총국의 국장이 불법 복제를 제조하는 업체를 강력하게 단속하겠다는 성명을 냈다. 불법 복제 휴대폰을 제조하는 업체를 기습하는 공안들의 모습도 보였다. 밀수한 부품으로 제조된 휴대폰도 강력하게 단속하겠다는 성명이 뒤를 이었다. CCTV 기자는 공상총국의 성명을 다시 보도하며 홍콩과 선전을 경유해 부품을 밀수한 모토로라와 오성전자를 공상총국에서 조사 중이며, 밀수가 확인되면 엄청난 액수의 과징금과 형사처분이 불가피하다는 내용을 설명했다.

중국어를 모르는 두 사람에게 내용을 간단히 설명해 준 경환은 생각보다 빠르면서도 치졸한 중국 정부의 대응에 고개를 흔들었다. WTO 가입을 위해 총력을 기울이고 있던 중국 정부의 단속은 피할 수 없는 선택이었지만, 눈 가리고 아웅하는 식은 근본적인 대책이 될 수 없었다. 원가를 줄이기 위한 하청 업체의 부품 밀수는 공공연한 비밀이었지만, SHJ의 기자회견 여파를 줄이려 원청인 오성전자와 모토로라를 대상으로 삼았다는 것을 알 수 있었다.

"오성전자의 가전과 모토로라의 휴대폰이 큰 타격을 입겠는데요."

사실 여부를 떠나서 두 업체의 중국 시장 점유율에 지각변동을 일으킬 수도 있는 문제였다. 경환은 도청을 신경 쓰지 않고 방송에 대한 의견을 두 사람에게 피력했다.

"아마 우리의 기자회견에 대한 불편한 심정을 이런 식으로 표현한 거겠지요. 제가 린다에게 준비하란 말을 이 방송을 통해 알았으리라 봅니다. 중국은 특히 기업 논리보다는 정치 논리가 강조되는 국가입니다. 이런 점을 다시 확인할 수 있게 되어 이번 방문은 유익했다고 봅니다."

"무슨 말씀이신지 알게 되었습니다. 저도 중국에 대한 기대를 접겠습니다."

애꿎은 오성전자와 모토로라가 피해를 보게 되었지만, 언젠가는 두 업체도 겪어야 할 일이었다고 경환은 생각했다. 그러나 그 상황이 SHJ로 인해 앞당겨져 준비할 시간을 벌지 못했다는 점에선 경환도 일말의 미안함은 가지고 있었다.

세 사람의 정적은 오랫동안 계속되었다. 공명정대하기로 소문난 주룽지도 결국 중국의 발전과 중국 기업의 성장을 위해 이런 치졸한 수까지 동원한다는 것이 경환의 마음에 들지 않았다. 주룽지와의 면담을 어느 정도 기대했던 자신이 얼마나 어리석었는지를 다시 한 번 뼈저리게 깨닫고 있었다.

"자, 중국 일정을 정리합시다. 큰 소득도 없었지만, 그렇다고 피해를 본 것도 없으니 이 정도면 성공한 방문이라고 생각을 합니다. 회의는 내일 싱가포르에서 진행하겠습니다."

개인적인 시간을 보내려는 경환의 의도를 눈치챈 런다와 하루나가 서둘러 자리에서 일어나려 할 때 노크와 함께 하루나의 부하 직원이 메모지를 전달했다.

"회장님, 중국 총리 비서실에서 전문이 도착했습니다. 오늘은 다른 일정으로 면담이 불가하니 내일 오후에 시간을 내겠다고 합니다."

"예정된 출국 시간이 언제죠?"

"오전 10시입니다."

도청을 통해 경환의 분위기가 심상치 않다고 생각한 중국 정부가 행동에 나섰음을 알 수 있었다. 체면을 살리기 위해 출국이 10시란 사실을 알면서도 오후에 시간을 내겠다는 중국 정부에 비위가 상했다. 힘으로야 중국을 이길 수는 없겠지만, 주룽지와의 자존심 싸움에선 지고 싶은 생각이 전혀 없었다.

"최대한 정중하게 거절하십시오. 싱가포르의 일정도 중국만큼 우리에게는 중요합니다. 설령, 중국 시장을 잃게 되더라도 우리는 예정대로 오전 10시에 베이징을 떠날 겁니다."

경환의 지시를 받은 하루나가 급히 빠져나가자 린다는 한숨을 내쉬었다. 중국 정부의 안하무인 식의 행동도 마음에 들지 않았지만, 과격한 경환의 대응도 아쉬웠기 때문이었다. 세틀러와 컴페니언의 중국 매출이 큰 성장세를 보이고 있는 와중에 중국 시장을 포기한다면 대체 시장을 확보할 때까지 고전할 수도 있는 문제였다. 린다의 한숨에도 경환은 아무런 동요 없이 휴식을 위해 책을 집어 들 뿐이었다. 린다는 고개를 절레절레 흔들며 조용히 방을 빠져나갔다.

중국 정부와의 기 싸움으로 경환은 예정된 일정을 소화하지 못한 채 호텔 안에서만 지낼 수밖에 없었다. SHJ의 기자회견으로 정부의 눈 밖에 났다는 억측과 중국과의 힘겨루기는 SHJ도 감당하기 어려울 것이란 기사가 외신을 통해 보도되다. 반대로 이번 사태의 피해자인 오성전자와 모토로라는 중국 당국에 협조하겠다는 짤막한 논평만 해 SHJ의 행보와는 큰 차이를 보이고 있었다.

그러나 주변의 우려와는 달리 경환은 태연하기만 했다. 기대감을 버려서인지는 그동안 밀렸던 업무를 살피며 휴식을 취해 장기간의 출장으로 지친 몸을 추스르고 있을 뿐이었다. 총리 비서실은 예상하지 못한 방향으로 상황이 전개되자 당황할 수밖에 없었다. 그렇다고 중국의 총리가 일개 미국 기업의 총수에 끌려다닐 수는 없었기에 급히 정보통신부 부장인 우지추완을 호텔에 파견해 일정 조정을 시도하려 했지만, 경환이 일찍 잠들었다는 이유로 만남 자체를 거절당했다.

업무가 시작되기도 전인데도 불구하고, 중난하이 총리집무실엔 주룽지와 쉬바이성이 심각한 대화를 나누고 있었다.

"SHJ는 지금 어떤 상황입니까?"

"저, 그게 이경환 회장과 SHJ 직원들이 아침 식사를 하는 중이라고 합니다. 전용기와 전세기는 출국을 준비하고 있다고 합니다."

주룽지는 SHJ의 반응을 어떻게 받아들여야 할지 고민스러웠다. 일정을 변경하기 어렵다는 SHJ의 통보를 받긴 했지만, 다른 서방 기업들이 그렇듯이 결국엔 자신의 제안을 받아들일 거라고 판단하고 있었다. 거대 소비 시장으로 부상하는 중국의 총리와 맞서는 것은 중국 시장에서 퇴출당할 각오를 하는 것과 마찬가지였다. 그러나 SHJ는 마치 자신을 비웃기라도 하듯 쳐 놓은 그물 사이를 쥐새끼처럼 빠져나가고 있었다.

"이경환 회장이 결국 내 제안을 거부하고 출국할 것으로 보입니까?"

"죄송하지만, 일정을 변경할 가능성은 희박한 것으로 보입니다."

"허, 참."

주룽지는 기가 막혔는지 더는 말을 잇지 않고 SHJ의 중국 판매 실적 보고서를 들춰 보기 시작했다. 세틀러와 컴페니언의 작년 총 판매 대수는 154만대였고 올해 99년에는 300만대로 두 배 가까이 성장하리라는 보고서를 보자 아쉬움이 밀려왔다. 거기에 SHJ-퀄컴에 지불하는 로열티를 포함하면 10억 달러를 훨씬 넘는 금액이었다. 꼬투리를 잡아 세틀러와 컴페니언의 수입을 금지하고 싶었지만, GSM의 독과점에서 벗어나기 위해 준비한 CDMA 서비스에 지장을 초래할 수도 있다는 문제점이 제기되면서 이러지도 저러지도 못하고 있었다.

"저, 총리님. 이경환 회장이 끝내 일정을 변경하지 않는다면 우리 입장도 난처해질 수 있습니다. 결과가 어떻게 되든 SHJ가 우리 정부의 초청을 받고 방중한 사실은 변하지 않습니다. 또한, 미국대사관이 정식으로 항의를 준비하고 있다는 첩보도 들어왔습니다."

"MS는 미국 기업이 아니랍니까? 빌 게이츠를 이용하려다 우리가 자가당착에 빠진 느낌입니다."

자국 기업 보호에 철저한 미국이 이런 호기를 놓치지 않을 거란 건 주룽지도 잘 알고 있었다. SHJ의 앞선 기술을 얻기 위해서라도 어떻게든 생산 시설을 중국 안으로 끌어들여야 했지만, SHJ는 모두가 들어오기 위해 안달인 중국 시장을 거들떠보지도 않고 있었다. 주룽지의 고민은 깊어질 수밖에 없었다.

"끝내 총리와의 면담은 성사되지 못할 거 같습니다. 중국 정부의 후폭풍이 거셀 텐데 대책을 마련해야겠습니다."

식사를 마치고 출국을 준비 중인 경환에게 걱정스러운 모습의 린다와 어윈이 다가왔다. 경제 대국으로 빠르게 성장하는 중국에서 SHJ가 도태될 수 있다는 우려가 외신을 통해 흘러나오자 두 사람은 민감하게 반응하고 있었다.

"중국은 한 번 끌려가기 시작하면, 속옷까지 벗겨 가는 나라입니다. 외형이 커질 수는 있겠지만, 그 외형이 우리의 이익으로 돌아온다는 보장도 없습니다. 저는 중국이란 늪에 빠지기보다는 외형을 포기하는 것도 나쁜 선택은 아니라고 생각합니다."

"그래도 중국이란 거대한 시장을 포기할 수는 없지 않겠습니까?"

경환의 주장이 안타까운 듯 조심스럽게 어윈이 입을 열었다. 경환도 중국이란 시장을 놓치고 싶은 생각은 없지만, 그렇다고 끌려다니며 피를 빨리고 싶지도 않았다. 확실한 원천기술을 가지고 있는 CDMA는 문제라고 볼 수 없겠지만, 휴대폰과 MP3P는 상황이 달랐다. 결국 기술만 뺏긴 채 중국 기업의 배만 불려 줄 수도 있는 문제였기 때문이었다.

"이왕 이렇게 된 거 싱가포르에서 고민해 봅시다. 이틀 동안 아무 일도 하지 않은 채 호텔에만 있어서 그런지 좀이 쑤시네요. 어서 공항으로 출발합시다."

불안한 표정의 린다와 어윈을 다독이며 호텔을 나선 경환은 입국 때와는 다르게 호텔 주위를 삼엄하게 경비하는 공안들을 볼 수 있었다.

"회장님, 중국 공안에서 교통을 통제하고 우리를 공항까지 인도하겠다고 합니다. 나쁜 조건은 아닌 거 같아 제안을 받아들였습니다."

경호팀을 선도하며 경환의 주의를 경호하던 알이 나지막이 공안의 제안을 전달했다. 상황이 바뀌고 있다는 것을 감지한 경환이 고개를 끄덕인 후 서둘러 리무진에 탑승하자 공안들도 부산하게 움직이기 시작했다. 도로 중앙선에 50미터 간격으로 서 있는 공안들의 수신호를 받으며 차량은 통제된 도로를 따라 공항을 향해 빠르게 질주하기 시작했다.

20분도 채 지나지 않아 공항에 도착한 일행은 출국 수속을 서둘렀고 경환은 알과 하루나의 안내를 받으며 VIP 전용 출국장으로 향했다.

"제임스, 공항에서 만나게 되는군요. 싱가포르에서는 같이 움직입시다."

경환보다 먼저 도착해 있던 빌이 경환을 향해 멋쩍게 손을 흔들고 있었다. 의도한 행동은 아니었겠지만, 빌의 중국 방문이 경환의 일정에 큰 차질을 만들었기에 반갑게 맞아 주고 싶지 않았다. 그러나 웃는 얼굴에 침 못 뱉는다고 환한 미소를 띠며 다가오는 빌을 무시할 수는 없었다.

"빌, 저보다 바쁜 일정을 보내셨더군요. 보너스는 얼마나 준비했습니까?"

"하하하, 제임스 눈에서 레이저가 쏟아져 나오네요. 두둑한 보너스를 준비하지 않으면 타 죽을 수도 있겠는데요? 제니퍼가 정우와 결혼이라도 한다면, 우린 식구가 되는데 좀 살살해 주세요."

"뭐라고요? 무슨 말도 안 되는……."

"사랑은 움직이는 거겠지만, 또 누가 압니까? 제 딸이라서가 아니라 제니퍼도 한 고집 합니다. 정우가 여름에 놀러 오라고 제니퍼를 초청했다고 하네요. 전 보낼 생각입니다."

경환은 빌의 농담에 어이가 없어 말문이 막혔다. 정우가 자신이 사랑하는 사람과 결혼을 하겠다면 반대할 생각은 없었지만, 그건 성인이 된 후에 고민할 문제였다. 자신의 방중으로 경환의 일정이 엉망이 되었다는 걸 알고 있던 빌은 딸을 팔아 어색한 자리를 모면했다. 경환은 손사래를 치며 농담하지 말라고 나무랐지만, 빌은 묘한 웃음만 경환에게 보여 주었다. 그때, 하루나가 조용히 문을 열고 들어와 경환에게 메모지를 전달했다.

"빌, 먼저 일어나겠습니다. 급한 일이 생겨서요."

"그래요. 중국 정부가 SHJ를 무시할 수는 없겠죠. 싱가포르에서 봅시다."

무슨 일인지 아는 듯 빌은 고개를 끄덕였다. 경환은 삼엄한 경호원들의 눈초리를 받으며 공항에서 따로 마련한 극비 공간으로 이동했다. 경환의 경호원들이 중국 경호원들과 기 싸움을 벌이고 있을 때 우지추완이 경환을 마중하기 위해 급히 달려왔다.

"하하하, 이 회장님. 정보통신부 부장 우지추완입니다. 같이 들어가시죠. 총리님께서 기다리고 계십니다."

중국에 대한 미련을 버린 상태에서 총리가 공항까지 나오리라곤 생각지도 못 한 일이었다. 이미 도착해 있던 린다와 어윈, 에릭과 함께 접견실에 들어서자 속을 알 수 없는 표정의 주룽지가 경환을 반겼다. 경환은 중국 총리에 대한 예우 차원에서 먼저 다가섰다.

"SHJ 회장 제임스 리입니다. 총리님께서 공항까지 오실 줄은 몰랐습니다."

"반갑습니다, 주룽지입니다. 이경환 회장님, 앉아서 얘기를 나눕시다."

주룽지의 맞은 편에 자리를 잡은 경환은 작은 눈의 주룽지를 주시했다. 인민은행장을 거친 그는 중국 역사상 가장 공명정대하다는 평을 받으며 인민들의 사랑을 얻었지만, 경환에게는 SHJ의 이익을 위해 싸우는 경쟁자일 뿐이었다. 경환은 제임스라는 미국 이름을 무시하고 한국 이름으로 호칭하는 주룽지의 치밀함에 씁쓸한 웃음을 지었다.

"SHJ가 우려하는 불법 복제에 대해서 중국 정부도 심각하게 상황을 보고 있습니다. 강력한 단속을 하고 있으니, 조만간 좋은 결과가 있을 겁니다."

"총리께서 그렇게 말씀해 주시니 기대가 큽니다. 중국 소비자들의 불만을 잠재우기 위해 어쩔 수 없는 선택이었습니다."

주룽지는 자연스러운 중국어로 대화를 나누는 경환이 쉽지 않은 인물이란 걸 느낄 수 있었다. 주룽지는 경환이 작성한 두 편의 제안서를 떠올렸다. 중국에 정통한 경환을 당시에 잡았다면 SHJ가 미국 기업이 아닌 중국 기업이 됐을 수도 있었다는 아쉬움을 삼켰다.

"초청하고도 바쁜 일정 때문에 오늘에야 만나게 된 점, 이해 바랍니다. 중국 정부는 중국통인 이 회장님이 중국에 어느 정도 투자를 할지 관심이 많습니다."

"SHJ도 중국 투자를 긍정적으로 검토하고 있습니다. 그러나 선행 조건이 해결되지 않아 고민이 많습니다."

"선행 조건이라뇨? 설명해 주실 수 있으신가요?"

이미 보고를 통해 모든 것을 알고 있었지만, 주룽지는 놀란 표정으로 경환에게 되물었다. 경환은 총리가 자존심을 버리면서까지 공항에 나온 이유가 자신이 예뻐서가 아니라 SHJ의 신기술을 탐내기 때문이란 걸 모르지 않았다. 이 자리에서까지 주룽지의 자존심을 뭉개 버린다면 SHJ와 중국은 루비콘 강을 건너게 되는 것이었다. 경환은 주룽지의 뻔뻔함을 미소로 흘리며 답변을 시작했다.

"SHJ는 독자 투자를 원합니다. 물론 중국의 외상투자법에 저촉되기는 하지만, 중국 정부의 의지만 있다면 이 문제는 쉽게 풀릴 수도 있다고 봅니다. 합작법인 설립도 검토하고는 있지만, 경영권 간섭은 허용하지 않는다는 방침입니다. 또한, 100% 내수판매도 가능한 법인을 원합니다."

"중국은 자국 기업을 보호할 의무가 있습니다. SHJ처럼 신기술로 무장한 제품을 이길 힘이 없습니다. 다른 건 몰라도 내수판매 비율은 조정하기 쉽지 않습니다."

중국은 수출을 장려하고 자국 기업을 보호하기 위해 해외 투자로 설립된 공장들에 대해 생산품의 50~80%를 수출해야 한다는 조건으로 법인 설립을 허가해 주고 있었다. 이런 조건으로 중국에 SHJ 공장이 들어서게 된다면, 아시아와 동유럽 수출을 담당하는 한국 공장은 경쟁력이 떨어져 유명무실할 수밖에 없었다. 경환은 중국의 내수 시장을 위해 투자를 고려할 뿐, 중국을 수출 전진 기지로 삼을 생각은 없었다.

"총리님의 고민은 충분히 이해합니다. 그러나 수출 전진 기지로만 중국을 이용하는 것은 중국인들의 정서와는 맞지 않는다고 봅니다. 저는 중국 기업의 경쟁력을 높이기 위해서라도 내수 시장을 개방해야 한다고 생각합니다."

"물론 이 제도는 점차 사라지겠지만, 지금 중국엔 필요한 제도입니다. 독자 투자는 긍정적으로 검토하겠습니다. 또한, 수출 비율도 최저로 적용하도록 하겠습니다."

주룽지는 독자 투자를 허용하더라도 내수 시장을 100% 내줄 생각은 없었다. 독자 투자로 SHJ가 중국에 들어오더라도 기술을 빼낼 방법은 다양하기 때문이었다. 그러나 현재 관세를 부과했는데도 엄청난 판매를 보이는 세틀러와 컴페니언에 내수 시장을 개방한다면 서서히 싹이 돋는 중국 기업들이 밟혀 버릴 수도 있었다. SHJ 아시아 본사 유치는 진즉 포기했지만, SHJ-퀄컴의 생산 공장만 유치하게 된다면 한국 공장은 자연스럽게 중국으로 이전된다는 것까지 계산하고 있는 주룽지의 미간이 좁혀지기 시작했다.

경환과 주룽지는 서로 양보하지 않고 평행선을 걷기 시작했다. 이어 SHJ-구글의 진출과 관련한 인터넷 통제 문제가 화두에 올랐지만, 주룽지는 통제 없는 자유는 있을 수 없다는 말로 경환이 요청한 SHJ-구글의 자유로운 서비스 보장을 일축해 버렸다.

"총리님의 제안을 검토해 보겠습니다. 시간이 없어 충분한 대화를 나눌 수 없어 아쉽습니다."

"SHJ의 현명한 결정을 기대합니다."

CDMA에 대한 합작을 제외하고 서로의 이견만 확인한 채 주룽지와의 만남은 마무리되었다. 주룽지는 경환과의 만남을 통해 미국대사관의 항의를 무마했다는 성과를 얻었고, 경환은 중국 투자보류에 대한 명분을 확보했다는 것으로 만족할 수밖에 없었다.

SHJ의 전세기와 경환의 전용기가 차례로 창이국제공항에 도착했다. SHJ가 중국 정부와의 대립으로 눈에 띄는 결과 없이 출국했다는 사실은 싱가포르엔 희소식이었다. 싱가포르가 중국과는 반대로 실질적인 투자와 고용 효과를 창출할 수 있는 SHJ에 집중하자 빌 게이츠는 꿔다 놓은 보릿자루처럼 경환의 일정에 동행했다.

싱가포르 정부는 SHJ와 합의한 일정을 추진하는 것을 넘어 전 총리인 리콴유까지 단독 면담에 참여할 정도로 철저한 준비를 했다. SHJ는 싱가포르의 정성에 화답하듯 SHJ 싱가포르지사 설립을 결정하고 SHJ-구글의 동남아시아 서비스 거점을 싱가포르로 선정한다고 발표하면서도 SHJ 아시아 본사 유치에 대해서는 말을 아꼈다.

중국과 달리 시간 단위로 이뤄지는 빡빡한 일정으로 환심을 산 싱가포르 정부는 급기야 싱가포르국립대의 강연까지 요청해 경환을 당황스럽게 만들었다. 빌은 골프 약속을 취소하는 경환에게 하소연했지만, 중국에서 대접받은 것으로 넘기자는 경환의 말에 투덜거리던 입을 닫아 버렸다. 대학 강연까지 포함해 빡빡한 2박 3일의 싱가포르방문을 마친 경환은 린다와 실무진을 휴스턴으로 보낸 후 정아의 결혼식 참석을 위해 서울로 향했다.

"회장님, 이번 싱가포르 방문은 나름의 성과가 있었다고 봅니다."

SHJ시큐리티 충원을 위한 한국 특전사 채용은 최종면접만 남겨 놓고 있었다. 최석현은 알과 함께 최종 면접을 진행하기 위해 전용기에 동승했다다. 경환은 읽던 책을 갈무리하고 최석현을 바라봤다. 싱가포르의 환대를 성과라고 생각하는 최석현의 말에 경환은 인상을 찡그렸다.

"싱가포르도 화교 자본으로 움직이는 국가입니다. 초록은 동색이란 말도 있지 않습니까. 싱가포르 지사는 말레이시아와 인도네시아, 필리핀을 아우르는 화교 자본과 힘겨운 싸움을 해야 할지도 모릅니다. 이 점을 항상 기억하세요."

동남아시아의 경제를 좌지우지하는 뿌리 깊은 화교 자본은 유대 자본만큼 위험한 존재라는 경환의 생각엔 변함이 없었다. 화교 자본이 뿌리를 내리지 못한 나라는 한국과 일본이 유일할 정도로 아시아 내에서 그 힘은 상상 이상이었다. 경환의 질책에 최석현은 헛기침을 연신 내뱉으며 알의 뒤로 자리를 옮겨 앉았다.

"알, 직원 채용은 잘 진행되고 있나요?"

"한국 출신들의 실력이 의외로 상당해서 놀랐습니다. 실전과 다름없는 테스트를 대부분 통과했다고 합니다. 1차로 100명 정도 채용할 예정입니다. 성과를 봐서 인원을 늘릴 생각입니다."

"개인적인 실력도 중요하지만, 우리 사람이 될 수 있는지가 중요합니다. 영어 교육과 함께 충성도를 높일 수 있는 교육에 중점을 두세요."

"알겠습니다. 카일이 새로운 방식의 교육을 준비하고 있습니다."

현재 SHJ시큐리티에는 건물 경비를 제외하고 실제 전투에 투입할 인원만 600명을 넘어서고 있었지만, 경환은 엄청난 숫자에도 인재를 충원하라는 지시만 내리고 있었다.

최석현과 알은 SHJ시큐리티의 규모를 키우려는 의도가 궁금했지만, 경환을 믿어서인지 반론을 제시하지는 않았다. SHJ그룹 사옥과 경환의 저택 지하로 연결되는 공간과 관계가 있을 거라는 추측만 할 뿐 무엇을 대비하기 위해 네이비 실이 무색할 만큼 장비를 사들이는지에 대해선 누구도 묻는 사람이 없었다.

"회장님, 한 시간 후에 도착합니다. 가볍게 식사라도 하시겠습니까?"

"아닙니다. 사무장. 커피만 한 잔 주세요."

며칠 떨어져 있지 않았지만, 경환은 수정과 아이들이 몹시 그리웠다. 첫사랑과 사는 게 이런 기분일지는 모르겠지만, 경환은 수정을 제외하고는 누구에게도 마음을 빼앗긴 적이 없었다. 경환은 앞좌석에서 일정을 확인하느라 정신이 없는 하루나를 슬쩍 쳐다보고는 고개를 흔들었다.

김포 공항에 도착한 경환은 준비된 리무진을 이용해 나신호텔로 향했다. 한국 정부의 답을 받지 못한 상태에서 오성과의 협력이 필요하다고 판단한 경환은 오성그룹의 요청을 받아들여 내일 있을 정아의 결혼식을 나신호텔에서 하기로 한 상태였다. 수정과 아이들의 숙소도 나신호텔로 옮겼다.

호텔에 도착한 경환은 식구들과 잠시 시간을 보낸 후 이번 출장에 동행한 존 해밀턴 대령과의 만남을 위해 호텔에 준비된 사무실로 내려갔다. 경환이 중국과 싱가포르를 방문하는 동한 한국에 남아 있던 존은 이미 회의실에 도착해 경환을 기다리고 있었다.

"오랜만에 뵙겠습니다, 제임스 리 회장님."

"오랜만입니다, 해밀턴 대령님. 급한 용건이 있다는 보고를 받았습니다. 제가 다른 일정이 있어 시간을 많이 할애할 수는 없습니다."

40대 중반으로 보이는 존은 다부진 체격과 함께 날카로운 눈매를 가지고 있어 한 눈에도 군인임을 알 수 있었다. 자신의 앞에 있는 인물을 움직이는 조직이 누구인지 모르는 상태에서 경환은 최대한 말을 아꼈다. 펜타곤이나 NSA, CIA 소속이라면 딕과 어느 정도 선이 닿았다는 판단이 들긴 하지만, 딕이 존을 이번 출장에 동행시켰다는 정황은 어디에서도 발견할 수 없었다.

"중국에서의 일은 상당히 의외였습니다. 중국이 SHJ에 대한 제재를 준비하고 있다는 정보가 있습니다. 대책을 마련하셔야 할 것입니다."

"신경 써 주셔서 고맙긴 하지만, 펜타곤에 도움을 요청할 정도는 아니라고 봅니다. 이 정보를 주시기 위해 저를 방해한 것은 아닌 거 같습니다만."

경환의 살갑지 않은 말에 존의 표정이 살짝 굳어졌다. 기술력을 바탕으로 무서운 속도로 성장하는 SHJ는 미국 각 정보기관의 주목을 받고 있었다. 특히 SHJ의 기술을 빼내려는 경쟁국들의 움직임이 여러 곳에서 포착되어 미 정보기관이 긴장하고 있었다. 그러나 존은 그 사실을 경환에게 말해 줄 생각은 없었다.

"저희는 SHJ와 적대적인 관계가 아닙니다. 회장님과 단둘이 대화를 나눴으면 하는데, 자리를 만들어 주시겠습니까?"

존을 경계하며 경환의 뒤를 호위하고 있던 알을 의식해서인지 존은 경환과의 단독 대화를 원했다. 경환은 어떠한 지시도 내리지 않은 채 존을 향해 입을 열었다.

"내 목숨을 맡길 수 있는 사람입니다. 이 자리에서 말하기 곤란하다
면 저도 듣고 싶은 생각이 없네요."

"흠, 회장님께서 믿는다고 하시니 더는 거론하지 않겠습니다. 우선 한
국 정부와의 일은 SHJ의 뜻대로 원만하게 진행이 될 것입니다. 그러나 이
문제로 SHJ는 기업공개에 대한 압박을 받게 될 것입니다."

한국 정부를 설득하기 위해 압력을 행사했다는 뜻으로 해석한 경환
은 존의 정체가 궁금했다. 단순히 펜타곤의 연락관 신분으로 한국 정부
에 압력을 행사할 수는 없었기 때문이었다. 또한, SHJ가 기업공개 압박을
받게 된다는 말이 궁금증을 자극했다.

"그게 무슨 말입니까?"

"SHJ가 한국의 외환위기에 개입하면서 헤지펀드와 불편한 관계에 놓
였다는 것은 회장님도 아시리라 봅니다. 대후그룹에 개입하면서 문제가
복잡하게 흘러가기 시작했습니다. 미국의 경제는 보이지 않는 통제로 운
영됩니다. 여기서 벗어난 SHJ를 끌어들이기 위해서도 기업공개는 필요하
지 않겠습니까?"

경환은 존이 단순한 군인이 아님을 확신했다. 자신이 한국의 외환위
기와 대후그룹에 관여하지 않으려 했던 이유도 이런 상황이 발생할 수 있
다고 생각했기 때문이었다. 기업공개에 반대했던 이유도 이익을 나누지
않으려는 것보다 SHJ를 보이지 않는 거대한 조직의 통제 속에 넣지 않기
위해서였다. 예상은 하고 있었지만, 아직 준비되지 않은 상태에서 너무 빨
리 다가온 현실이 경환을 안타깝게 만들고 있었다. 경환이 알을 슬쩍 바
라보며 눈짓하자 알은 고개를 끄덕였다.

"걱정하지 마십시오. 이 방은 완벽하게 도청이 차단돼 있습니다."

"좋습니다. 무슨 말인지 이해는 했습니다. 그럼 하나 묻겠습니다. 해밀턴 대령은 어디에 속한 사람입니까? 펜타곤이라고 말한다면 그만 일어나겠습니다."

경환은 도청이 차단되고 있다는 존의 말을 믿지 않았다. 보안팀과 함께 회의실 전체를 탐색한 후 SHJ-퀄컴에서 개발한 도청방지 장치를 장치하고 나서야 입을 열었다. 존은 경환의 철두철미함에 조용히 미소를 지었다. 여러 경로로 SHJ에 대한 정보를 입수하려 했지만, 내부의 이야기를 입수할 수 없었던 이유를 납득했다.

"저희는 SHJ가 남들보다 빠른 정보로 플랜트 시장을 접수하고 퀄컴을 인수할 때부터 주시하고 있었습니다. 기업공개로 떼돈을 벌 기회도 마다하며 SHJ를 조직화하고 SHJ타운과 SHJ시큐리티를 무장하는 것을 보고 우리와 뜻을 같이한다고 판단했습니다. 헤지펀드와 대립하면서까지 한국 문제에 개입하는 것도 호기심을 자극했고요."

"저는 욕심이 많은 사람입니다. SHJ의 이익을 위해 뛸 뿐이지, 알지도 못하는 조직과 뜻을 같이할 생각은 없습니다. 약속이 있어 먼저 일어나겠습니다."

아직 존이 적인지 아군인지 구분할 수 없는 상황에서 이 만남은 자신에게 독이 될 수 있다는 생각에 경환은 서둘러 자리를 정리하려 했다. 존은 자리에서 미동도 하지 않고 경환에게 나지막이 질문을 던졌다.

"회장님은 누구십니까? 남들보다 한발 앞서는 정보와 기술은 모두 회장님의 머리에서 나온다는 걸 잘 알고 있습니다. IT로 주가가 천정부지로 솟구치는 지금 SHJ는 발을 빼더군요. IT버블이 내년에 꺼진다는 걸 어떻게 알고 계십니까?"

느닷없는 존의 질문에 밖으로 향하던 경환은 걸음을 멈췄다. 뒤를 돌아본 경환에게 위기감이 밀려왔다.

"경제를 아는 사람이라면 세력이 IT를 부풀리고 있다는 것쯤은 파악할 수 있을 겁니다."

존은 자신의 속마음을 쉽게 보이지 않는 경환을 바라보며 한숨을 내쉰 후 자리에서 일어났다. 존이 손을 양복 안주머니에 넣자, 알이 급히 나서 존을 막아섰다.

"목숨을 맡겼다는 말이 틀리지 않는군요. 시간 나실 때 읽어 보십시오. 저희는 토머스 제퍼슨, 제임스 매디슨, 앤드루 잭슨, 에이브러햄 링컨, 존 F. 케네디와 뜻을 같이하고 있습니다."

사무실을 빠져나가는 존을 멍하게 바라본 경환은 존이 건넨 문서를 열었다. 문서를 확인한 경환의 미간이 좁혀지며 가벼운 한숨이 터져 나왔다. 급히 문서를 불살라 버린 경환은 이 변수를 어떻게 활용할지에 깊은 고민에 빠졌다.

"왜 이렇게 늦으셨어요?"

"미안, 일이 좀 있어서. 정우하고 희수는?"

"아버님과 어머님이 데리고 계세요."

존과의 만남이 길어져 정아와 석우와의 약속에 늦은 경환은 수정의 핀잔을 웃음으로 넘겼다. 내일 결혼식이 끝나면 바로 출국이 예정되어 있었다. 경환은 간단히 저녁을 하기 위해 두 사람을 호텔로 불러들였다.

"형님, 우리 결혼식까지 신경 써 주셔서 감사합니다. 잘 살겠습니다."

"어이, 매제. 정아 눈에 피눈물 흘리게 하면, 밥숟가락 놓을 각오하는 게 좋을 거야. 아랫도리 항상 조심해."

"석우 씨, 우리 오빠 말 잘 새겨들어. 밥숟가락 놓지 않으려면."

두 남매의 협박에 석우는 인상을 찡그렸다. 군대 동기지만, 대통령과도 단독으로 만날 정도로 커 버린 경환에게 함부로 할 수도 없는 노릇이었다. 정아와의 결혼을 심각하게 고민해 봤지만, 경환의 뒤끝 있는 성격을 알고 있기에 이내 포기할 수밖에 없었다.

"말을 왜 그렇게 험악하게 해요? 아가씨, 어서 앉아요."

네 사람이 자리에 앉아 준비된 음식이 나오자 수정과 정아는 결혼식을 주제로 수다에 빠져들었다. 말없이 식사에 열중하던 경환은 오랜만에 만난 석우의 안부를 물었다.

"보좌관 생활은 어때?"

"저, 그게 여당이든 야당이든 하나같이 개새끼들밖에 없습니다. 말로는 국민들을 위해 한목숨 바치겠다고 떠들어대지만, 밥그릇 챙기느라 바쁜 놈들입니다."

졸업 후 여당 2선 의원의 보좌관으로 정치 인생을 시작한 석우는 외환위기와 정권 교체를 거치면서 정치인들에 대한 환멸을 느끼고 있었다. 9년 전 경환과의 약속이 없었다면 어쩔 수 없이 그들을 따라갔겠지만, 경환이 자신의 뒤에 있는 지금은 상황이 달랐다.

"정아와 결혼하면 정치권에서 너 끌어들이려고 혈안이 될 거야. 이참에 보좌관 그만둬라."

"네? 그건 사실이지만, 그래도 정치를 그만두라고 하면……."

석우는 손에 쥐었던 포크를 급히 접시에 내려놓으며 경환을 쳐다봤다. 썩은 정치판이지만, 자신의 꿈인 정치가를 포기할 수는 없었다. 경환은 그런 석우를 바라보며 피식 웃으며 말을 이었다.

"SHJ 재단이 한국에 곧 만들어질 거야. 재단 이사장은 장인어른이 될 거고. 네가 장인어른을 도와 재단을 이끌어 봐. 외부와 타협하지 말고, 소신껏 약자를 위해서 운영한다면, 10년 후면 네가 원하는 길이 열리게 되지 않겠어?"

경환의 말에 눈이 번쩍 뜨인 석우는 이어지는 경환의 말에 집중하며 연신 고개를 끄덕였다.

다음 날 정아의 결혼식으로 경환은 한바탕 곤욕을 치를 수밖에 없었다. 양가 친척들만 참석해 소박하게 치르고 축의금과 화환도 일절 받지 않겠다고 선포했지만, 상황은 경환의 생각대로 풀리지 않았다.

나신호텔 보안팀들은 SHJ시큐리티의 요청에 따라 명단에 포함되지 않은 사람들을 호텔 입구부터 차단하고 있었지만, 경환에게 눈도장을 찍기 위해 아침부터 몰려드는 인파 때문에 호텔 입구는 고성이 오가고 있었다. 경환과 일면식도 없는 야당과 여당의원들도 간간이 눈에 띄었다.

"회장님, 죄송하지만, 잠깐 시간을 내셔야겠습니다."

평소에 만나기 힘들던 친척들과 웃음꽃을 피우고 있던 경환에게 하루나가 귓속말로 속삭였다. 이 정도면 상당히 급한 일이란 것을 알아챈 경환은 하루나를 따라 접견실에 들어섰다.

"하하하, 이 회장님. 동생분의 결혼 진심으로 축하합니다. 대통령께서는 화환을 준비하라고 지시하셨지만, 회장님의 의견을 존중해 빈손으로 왔습니다."

"말씀만으로도 감사합니다. 조용히 치르려고 했는데 죄송합니다."

"별말씀을 다 하십니다. 오다 보니 일본 대사도 보이더군요. 일본에 아시아 본사가 유치된다는 소문이 사실이 아니길 바랍니다. 하하하."

대통령 비서실장인 김우상의 방문은 새삼스럽지 않았다. 어제 있었던 해밀턴 대령과의 만남으로 정부의 입장 변화를 예측했고, 자신감 넘치는 김우상의 태도도 대충 짐작이 갔다. 한국에 지나치게 개입해 SHJ가 주목 받는 상황은 자신에게도 큰 약점일 수밖에 없었지만, 그들의 눈을 가리기 위해서라도 SHJ가 이익을 추구하는 모습을 보여 줘야만 했다.

"아직은 모든 게 미정입니다. 저는 SHJ의 이익을 최우선으로 하고 있습니다. 실장님께서 어려운 발걸음을 하신 걸 보면 아마 좋은 소식이겠군요."

"흠, 흠. 이해합니다. 대후그룹은 한 달 안으로 그룹 회장의 퇴진과 함께 자구책을 내놓게 될 것입니다. 그리고 SHJ에서 요청한 대후건설과의 합작에 따른 이행 보증은 주거래은행을 통해 진행될 겁니다. 정부가 나선다는 게 형평성에 어긋나기도 하고요."

강경할 줄 알았던 한국 정부의 태도 변화를 어떻게 받아들여야 할지 경환은 고민이 앞섰다. GM만 하더라도 눈엣가시인 대후자동차를 인수하기 위해 대후그룹의 해체를 바라고 있었기 때문에 쉽지 않은 결정이었음이 분명했다.

"제가 관심 가질 부분은 아니지만, 대후자동차는 어떤 식으로 처리될 거 같습니까?"

"작년에 인수한 쌍용자동차를 다시 매각하는 수준의 자구책이 나오지 않겠습니까?"

이 말로 GM의 대후자동차 인수는 사실상 진행이 중단되었다는 것을 알 수 있었다. 대후그룹의 자구 노력이 정부의 입맛에 맞지 않는다면 언제든지 대후를 압박할 수 있는 여지가 있어 보였지만, 경환은 이 정도 선에서 물러나기로 결심했다. 한국 정부의 이행 보증을 받지 못한 것이 아쉽기는 하지만, 대후의 계열사를 인수하고 플랜트 공사를 시작한다면 급한 자금압박에선 벗어날 수 있다는 판단이 들었다. 가장 중요한 건 김현태 회장이 자신을 온전히 내려놓을 수 있느냐는 것이었다. 혹시 기득권을 포기하지 않는다면 한국 정부의 양보를 다시 얻는다는 건 불가능했다. 경환 자신도 두 번 다시 대후 문제에 개입하지 않을 생각이었다.

"대통령께서 큰 결단을 하셨습니다."

김우상은 우리도 할 만큼 했으니 너도 뭔가 줘야 하지 않겠느냐는 듯 경환을 바라보며 입맛을 다셨다. 이 결정이 한국 정부의 의지인지 다른 세력의 조언을 받아들인 것인지 지금 경환에겐 중요하지 않았다. 대후 해체로 인해 한국 경제가 후퇴하고 중국으로 대후의 기술이 빠지는 것을 막았다는 것으로 만족했다. 이 이상의 감정 싸움은 한국 정부를 자극할 수도 있었다.

"경제를 생각하시는 대통령님의 결단에 기업인으로서 감사하다는 말씀을 전해 주십시오. SHJ의 투자 방향은 제가 미국으로 돌아간 후에 발표되겠지만, 한국의 생산 기반이 타국으로 이전되는 일은 없을 것입니다."

"그럼 SHJ 아시아 본사가 한국으로 결정되었다고 생각해도 되겠습니까?"

경환은 김우상의 독촉에도 말을 아꼈다. 이 자리에서 확답을 주기라고 한다면 한국 정부는 서둘러 유치 결정을 발표할 것이고 이것은 일본과 동남아시아 시장을 자극할 수도 있었기 때문이었다.

"최종 판단은 SHJ 경영진과의 의견 교환을 통해 결정될 것입니다. 그러나 개인적으로는 한국 정부의 노력에 깊은 감사를 드립니다."

"무슨 말씀인지 알겠습니다. SHJ의 결정을 기쁜 마음으로 기다리겠습니다."

정치 연륜이 많은 김우상은 경환의 말뜻을 이해하며 밝은 미소를 지어 보였다. 일을 만족스럽게 끝낸 김우상은 자리에서 일어나 경환에게 악수를 건넸다. 가장 힘들게 생각했던 한국 정부와의 협상은 서로 만족할 만한 선에서 타결되었다. 경환은 접견실을 빠져나가는 김우상을 물끄러미 바라보고 있었다. 이번 결정이 한국 정부 스스로 판단한 선택이기를 진심으로 바랐다.

김우상과의 만남을 끝내고 식장에 돌아온 경환은 웨딩드레스를 입고 식장에 들어가는 정아와 하객들의 축하를 받는 부모님을 보며 막연한 불안감에 사로잡혔다. 회귀의 기쁨을 누리기보다, 행복을 놓치지 않으려 발버둥치는 자신에게 확신이 들지 않았다. 가진 것이 많아질수록 강박관념에 사로잡혀가는 것은 아닌지 스스로 되묻고 있었다.

"아빠, 안아 줘."

자리에 앉지도 못하고 깊은 고민에 빠져 있던 경환에게 희수가 아장아장 걸어와 팔을 벌렸다. 경환은 희수를 번쩍 안아 들고는 볼에 입을 맞췄다.

"고모 예쁘지? 희수가 결혼하면 아빠 많이 슬플 거야."

"난 계속 아빠하고 살 거야."

경환은 씩 웃으며 희수의 머리를 쓰다듬었다. 정말 어떤 놈이 희수를 데려갈지는 모르겠지만, 자신은 그놈을 절대 좋아하지 않겠노라고 다짐했다. 희수는 큰 눈을 끔뻑거리며 조그만 입을 오물거렸다.

"아빠, 나 불쌍한 애 봤어. 아빠가 껌 다 사 주면 안 돼?"

"희수야, 그게 무슨 말이야?"

경환은 무슨 말인지 이해할 수 없어 희수를 안은 상태로 수정을 찾았다. 희수가 길에서 정우 또래의 껌 파는 아이를 보고 떼를 부렸다는 말을 듣자 마음이 찡해 왔다.

"껌 파는 아이가 불쌍해 보였니?"

"응, 걘 아빠도 없고, 엄마도 없잖아. 근데 엄마가 껌 안 사 줬어. 아빠 돈 많으니까 아빠가 사 줘. 알았지?"

"그래, 알았어. 아빠가 다시 만나면, 꼭 다 사 줄게."

경환은 먹먹해지는 가슴을 고쳐 잡으며 희수의 머리에 입을 맞췄다. 평생 희생만 하던 희수의 옛 모습이 떠오른 경환은 답답한 마음이 뚫리는 것을 느꼈다. 희수와 새끼손가락을 걸며 약속한 경환은 정아의 결혼식을 지켜보며 회귀 전과는 달리 행복한 가족을 만들겠노라 다짐했다.

10여 일의 긴 출장을 마치고 돌아온 경환과 가족들은 크리스토퍼의 환대를 받으며 저택에 들어섰다. 영국 왕실의 전 집사답게 저택 내부와 외부의 정원은 최적의 상태를 유지하고 있었다.

며칠 가족과 휴식을 취하며 일을 손에서 놓고 있었던 경환은 SHJ계열사 경영진을 저택 회의실로 소집했다. 철저하게 보안을 유지하고 있다고는 하지만, 그룹 사옥이 완공되기 전까지는 조심할 필요가 있다는 것을 이번 출장을 통해 절실히 느꼈기 때문이었다. 이번 출장의 성과와 중국 정부의 보복에 대한 대책을 마련하기 위한 자리였다.

"햐, 제가 만들어서 그러는 게 아니라, 정말 멋있는 저택이지 않습니까? 이런 곳에서 사시는 우리 회장님, 부럽습니다."

"그럼 바꿔 드릴까요?"

최석현이 회의실에 들어오며 너스레를 떨자 경환은 먹잇감을 찾은 하이에나의 눈빛으로 농담을 받아 주었다.

"거, 최 사장은 회장님을 이기지도 못하면서 꼭 매를 벌어요."

"하하하."

황태수가 나서 핀잔을 주자 회의실의 분위기는 한결 가벼워졌다. 한국에 나가 있는 코이치와 박화수를 제외하고 SHJ의 공신들이 다 모이자 경환은 마음이 든든해졌다. 이 자리에 모인 인물들 한 명 한 명과 눈을 맞춘 경환은 먼저 입을 열었다.

"여기까지 저와 함께해 주셔서 감사합니다. 이 말을 먼저 하고 싶었습니다. 앞으로 더 큰 어려움이 SHJ에 닥칠 수도 있겠지만, 여기 계신 분들이 있기에 두렵지 않습니다. 저는 우리가 이익으로만 모인 사이가 아닌 진정한 가족이라고 생각합니다. 모든 가족이 행복할 수 있도록 함께 노력합시다."

과거 린다와 어윈, 에릭은 이 말을 쉽게 받아들일 수 없었었다. 기업은 은 피고용인의 노력을 고용인이 금전으로 보장하는 관계로 생각해 왔었다. 그러나 단순한 계약 관계를 떠나 자신들의 허물을 덮어 주고 개인적인 문제에도 귀 기울이는 경환의 모습을 보아 왔기에 이제는 고개를 끄덕일 수 있었다. 경환은 SHJ타운이 완공되고 모든 직원이 울타리 안으로 모인다면 그 의미가 직원들에게도 자연스럽게 전해지길 바랐다.

"그럼 먼저 쿡 사장님이 정리를 좀 해 주십시오."

"오늘 한국 정부에서 대후에게 자구 노력을 위해 한 달을 유예 기간으로 주고 유동 자금 압박을 일시적으로 풀어 줬습니다. SHJ와 대후건설의 플랜트 합작이 성공할 수 있도록 지원을 아끼지 않겠다는 한국 정부의 문서도 도착했습니다. 일본 정부의 파격적인 조건이 있긴 하지만, SHJ-퀄컴의 생산기반이 한국에 있다는 점에서 아시아 본사는 한국에 설립하는 게 우리에게 유리하다는 판단을 내렸습니다."

린다는 경환의 마음을 읽었는지 아시아 본사를 한국에 설립한다는 계획을 수립해 경환에게 보고했다. 경환은 황태수를 바라봤다.

"회장님, 도쿄 지사를 확대하고 SHJ-퀄컴과의 기술 제휴를 확대하는 조건이라면, 일본 정부의 불만은 잠재울 수 있다고 봅니다."

"알겠습니다. 아시아 본사에 대한 계획 발표는 부회장님이 주관해 주십시오. 가장 골치 아픈 중국과의 불협화음은 어떻게 정리를 하는 게 좋겠습니까?"

중국이라는 큰 시장을 놓칠 수는 없었다. 그러나 끝내 중국 정부가 SHJ와 평행선을 유지하겠다고 한다면 미련 없이 중국을 포기할 뜻도 가지고 있었다. 마땅한 대안을 내놓지 못하자 어원이 급히 나섰다.

"중국은 테스트 기간을 거쳐 올해부터 본격적인 CDMA 서비스를 시작합니다. GSM의 독과점에 치를 떠는 중국엔 아직 우리가 필요합니다. 혹시라도 보복 조치를 한다면, CDMA 칩셋 수출을 중단하고 중국과의 기술 제휴를 보류할 수도 있습니다. 로펌과 상의해 혹시 모를 소송에 대한 법적 검토를 진행하고 있습니다."

"당장 보복 조치가 이뤄지지는 않을 거라고 봅니다만, 준비는 해 놓으십시오. 한국 정부와 긴밀하게 연락을 취하시고 불법 복제와 관련해 MS에 협조를 구하십시오."

경환은 중국 정부가 명분을 얻기 전에는 보복 조치를 쉽게 강행하지 않으리라 생각했다. 중국 정부와 SHJ 누구에게 명분이 먼저 떨어질지 모르는 상황에서 경환은 미끼를 던져 볼 생각으로 에릭에게 질문을 던졌다.

"슈미트 사장님, 최소한의 자본으로 중국 진출을 검토하는 건 어떻겠습니까? 물론 중국 정부에서 인터넷 통제에 강경하게 대처하는 것은 알지만, 로펌을 통해 계약서 조항을 최대한 두루뭉술하게 만들어서요. 중국이 구글 서비스를 중단한다면 명분이 우리 손에 떨어질 수도 있습니다. 또한, 중국 사용자들이 불만을 조성할 수도 있고요."

"무슨 말씀인지 알겠습니다. 바로 진행하겠습니다."

손해 봐도 아깝지 않을 정도의 최소한의 자금으로 명분을 얻게 된다면, 결코 실패한 투자는 아니라고 생각했다. 스마트폰의 OS가 개발되기 전까지는 구글이 중국에서 버텨 주기만 하면 되는 문제였다.

"회장님, 지시하신 재단 설립과 관련해 몇 가지 방안을 만들었습니다."

황태수가 건네는 재단 설립 계획서를 받아 든 경환이 천천히 서류를 넘겼다. 경환의 의견과 세무전문 변호사의 조언을 가미한 계획서는 일목요연하게 정리되어 있었다.

"수고하셨습니다. 창피하긴 하지만, 이 재단 설립과 관련해서 딸의 도움을 많이 받았습니다. 단순한 보여주기식 재단보다 실질적인 도움을 줄 수 있는 재단이 되도록 할 생각입니다."

"네? 희수가 도움을 줬다고요?"

아직 세 살인 희수의 도움을 받았다는 말에 최석현이 눈을 크게 뜨고 주위를 바라보았다. 모두 이해하기 어렵다는 듯이 고개를 갸우뚱거렸지만, 경환은 궁금증을 풀어 줄 생각은 없었다.

"자, 그렇게들 알고 계시고 식사가 준비되어 있으니, 같이 술 한잔 하면서 회포나 좀 풉시다."

저택 외부에 조성된 연회장으로 경영진을 이끈 경환은 SHJ타운이 완공되기 전까진 본사 출근을 최소한으로 자제하고 저택에서 일하겠다는 생각을 밝힐 예정이었다.

아시아 본사를 위해 출장을 다녀온 지 반년이 훌쩍 지나갔다. 우려했던 중국의 보복 조치는 아직 실행되지 않고 있었다. SHJ는 중국의 보복을 대비하는 매뉴얼을 항시 가동하며 일본에 이어 한국과 중국에 서비스를 시작했고, 구글은 구글스토어와 애드센스의 영향력에 힘입어 사용자를 크게 늘려갔다. 중국 정부는 구글 이메일이 반체제 세력들의 연락 수단으로 이용된다는 점을 들어 SHJ에 서서히 압력을 행사하기 시작했지만 CDMA로 SHJ-퀄컴의 협조가 필요한 상태에서 SHJ를 제재하기 위한 마땅한 명분이 없어 고심했다. 아시아 본사의 한국 유치로 일본 정부의 불만이 극에 달했지만, SHJ는 일본 휴대폰 제조사와의 합작을 늘리고 JSC와 LNG 플랜트 공사를 시작으로 플랜트 부문의 기술 제휴와 합작을 증가시키는 선에서 불만을 잠재웠다.

한국 정부는 대후그룹의 자구 계획을 받아들여 일시적으로 자금을 풀어 주었고, 소유한 지분과 개인 재산을 사회에 환원하고 경영에서 물러난 김현태를 대신해 김준성이 대후그룹을 이끌게 되었다. SHJ는 대후건

314

설과의 합작을 통해 사우디아라비아의 해수담수화플랜트와 나이지리아 FPSO 입찰에 성공했고 앙골라에서 발주한 FPSO 입찰을 준비했다. 또한 대후통신과 대후정보시스템의 지분을 주식매수청구권을 통해 100% 인수해 SHJ-퀄컴에 합병시키고 대후그룹의 유동 자금에 숨통을 열어 주었다.

그러나 대후엔지니어링의 인수작업은 우리사주 측의 과도한 요구와 한국 정부의 반대에 부딪혀 인수를 포기할 수밖에 없었다. 아직 갈 길이 멀긴 했지만, 대후그룹은 경영 정상화를 위해 뼈를 깎는 인고의 시간을 보내고 있었다.

아시아 본사를 한국으로 결정한 SHJ는 1차로 50억 달러의 투자금을 조성하는 단계적인 투자 계획을 발표했다. 경기도 이천에 위치한 SHJ-퀄컴의 생산 공장은 대현그룹의 부지를 임차하는 형식으로 사용하고 있어 더 이상의 증축이 어렵다고 판단하고 제2의 SHJ타운이 조성될 부지를 서둘러 확보할 예정이었다. 이런 소문은 죽어가던 부동산 시장에 활력을 불어넣고 있었지만, SHJ타운이 들어설 지역이 어디일지는 미지수였다.

디지털카메라를 장착한 세틀러-3의 성공으로 휴대폰의 새로운 패러다임이 등장했고, 경쟁은 시간이 지날수록 치열해지고 있었다. SHJ-퀄컴은 카메라 화질을 높이고 선명한 TFT LCD 액정과 간단한 게임 프로그램을 장착한 폴더형 세틀러-4를 준비하고 있었고, 아직 마땅한 적수가 없는 MP3P 시장을 선점하기 위해 오성전자에서 개발한 4G 플래시메모리를 장착한 컴페니언-3와 터치스크린 방식의 컴페니언-4의 동시 출시를 계획했다. 아직 스마트폰의 기초가 될 OS의 개발이 완료되지 않은 상태에서 세틀러를 추격하기 위한 경쟁 업체들의 물량 공세를 힘겹게 막아 내고 있었다.

일주일에 한두 번 출근하며 저택 서재에서 업무를 보던 경환은 해결되지 않은 문제를 결정하기 위해 사무실에 도착해 있었다. 린다, 황태수와 검게 탄 얼굴을 한 잭이 경환을 맞이하기 위해 서둘러 자리에서 일어났다.

"잭, 그동안 고생 많았습니다. 이번 플랜트 입찰 성공은 잭이 없었다면 불가능했다는 걸 알고 있습니다. 쉬게 하지도 못하고 이렇게 불러들여 미안합니다."

"아닙니다. 휴스턴은 아직도 불편합니다."

거칠면서도 호탕한 텍사스 주민들은 배신자를 쉽게 용서하지 않았다. 이들은 알라모 전투에서 주민 187명이 2,000여 명의 멕시코 병사를 대상으로 11일을 버틴 역사를 자랑스러워했다. 몰살당하면서도 항복하지 않았다는 것은 이들에게 자긍심의 뿌리였다. 제삼자인 경환의 입장에서는 멕시코의 땅을 빼앗은 치졸한 영토 전쟁이었지만 텍사스 주민들의 생각은 달랐다. 휴스턴은 KBR을 배신했다는 낙인이 퍼진 잭을 자유롭게 놔두지 않았다.

"시간이 아직 더 필요할 뿐입니다. 조안나와는 상의해 보셨나요? 잭의 능력이 절실히 필요합니다."

"잭, SHJ에서만큼은 주홍글씨가 존재하지 않아요. 회장님도 잭의 의견을 충분히 반영한다고 했고요."

경환은 능력 있는 잭을 사우디에 박아 둔다는 것은 성장해 가는 SHJ에 큰 손해라고 판단했다. 그룹기획실과 SHJ플랜트를 맡은 황태수의 과도한 업무를 아는 경환은 SHJ플랜트와 SHJ 아시아 본사의 사장 자리를 놓고 잭의 결정을 기다리고 있었다. 잭은 큰 한숨을 내쉬면서 어렵게 입을 열었다.

"힘들긴 했지만, 사우디가 저에겐 편했습니다. 그러나 식구들과 오래 떨어져 있다는 게 쉽지는 않더군요. 조안나는 제 의견을 따라 주겠다고는 하지만, 아직 휴스턴이 불편한 것도 사실입니다. 회장님께서 반대하지 않으신다면 한국에 가고 싶습니다."

"하하하, 제가 왜 반대를 합니까? 오히려 잭을 붙들고 부탁해야 할 상황인데. 한국은 제 모국이기도 하지만, 제2의 SHJ타운을 조성할 정도로 우리에겐 상당히 중요합니다. 잭이라면 저도 걱정 없이 맡길 수 있고요."

"그렇게 말씀해 주셔서 감사합니다."

경환은 아시아 본사를 한국으로 결정할 당시부터 잭을 사장으로 점찍어 놓았다. SHJ 아시아 본사의 한국 설립이 발표되기가 무섭게 한국 정부는 자기 사람을 SHJ에 심기 위해 이력서 몇 부를 보내는 민첩함을 보였다. SHJ에 관여하려는 한국 정부의 강한 의지와 복잡한 정치 상황, 국제 관계를 풀어가기에 코이치나 박화수는 무게감이 떨어진다고 판단했기에 문제를 강단 있게 풀어 갈 인물로 잭이 적격이었다.

"잭, 고맙습니다. 당분간 조안나와 여행이라도 좀 다녀오세요."

경환은 두 사람의 이름으로 예약한 하와이 왕복 항공권과 호텔 바우처를 잭에게 건네주었다. 아람코의 텃세에도 사우디 합작 공장을 궤도에 올려놓는 일은 잭이 아니었다면 불가능했을 수 있었다. 망설이며 경환이 내민 봉투를 받아 든 잭은 경환과 악수를 한 후 린다와 짧은 대화를 나우었다.

"고마워요. 잭에게 항상 빚을 지고 있었어요."

"린다는 별말을 다 하네요. 이제부턴 잭을 가족으로 받아들여야 합니다. SHJ홀딩스는 어렵겠지만, SHJ플랜트의 일정 지분을 잭에게 주는 방안을 검토해 보세요."

"알겠어요. 그런데 아시아 본사를 어느 규모로 키울 생각인 거예요?"

"휴스턴 본사와 같은 규모라고 하면 믿을 수 있겠어요?"

린다는 잠시 머리를 망치로 얻어맞은 듯한 충격에 휩싸였다. 경환이 한국 정부와 매번 각을 세우면서도 모국을 남다르게 생각한다는 것은 외환위기에 개입하는 것을 보며 어느 정도 짐작했었다. 그렇기에 일본과 중국을 들러리 삼아 아시아 본사가 한국에 설립되는 것을 반대하지 않았었다. 린다는 농담처럼 던지는 경환의 말을 흘려듣지 못했다. 경환은 린다의 표정이 시시각각으로 변하자 급히 화제를 바꿨다.

"며칠 전 제이콥스 사장과 식사를 같이 하며 SHJ-퀄컴의 수익이 대폭 증가했다는 보고를 받았습니다. 금년도 예상치는 어느 정도인가요?"

"목표치를 훨씬 웃돕니다. 세틀러와 컴페니언의 폭발적인 수요도 있었지만, 오성전자와 금성전자의 CDMA 휴대폰 판매가 성장한 것도 있습니다. 10월 기준으로 매출 102억 달러, 영업 이익은 25억 달러입니다. SHJ-구글은 올해 53억 달러의 매출을 기록해 적자에서 완전히 벗어났지만, 플랜트 부문은 작년보다 조금 높은 55억 달러입니다."

남은 두 달의 매출을 합친다면 올해 목표치인 100억 달러를 넘어, 220억 달러 달성이 무난해 보였다. 작년의 74억 달러와 비교해 세 배 가까운 성장을 했지만, 280억 달러에 달하는 오성전자의 매출에 아직 미치지 못했기에 경환의 표정은 그리 밝을 수 없었다. 그나마 SHJ-구글이 40배 넘게 성장했다는 것에 만족할 뿐이었다.

"보유한 주식 처분은 어떻게 진행되고 있습니까?"

"지난달부터 처분하고 있습니다. 이번 달 말쯤이면 계획대로 모두 완료할 수 있습니다. 주식 처분을 완료하면 22억 달러의 자금을 확보할 수 있습니다."

"업체를 선정해 내년 말부터 매입을 시작하세요. 그리고 확보한 자금 일부는 재단에 납입하세요."

아시아 본사가 결정된 후, SHJ는 사회에 이익을 환원한다는 계획하에 L&K재단을 미국과 한국에 동시 설립했다. 비영리 재단인 L&K는 경환의 사비를 이용해 설립되었고 경환은 미국과 한국에 각 1억 달러의 현찰과 경환이 소유한 SHJ 홀딩스의 지분 3%씩을 기부해 재단이 자유롭게 운영될 기반을 마련해 주었다.

경환은 재단을 통해 미국과 한국의 공과대학과 손을 잡고 신기술 프로젝트를 추진하는 한편, 직업훈련원을 설립해 형편이 어려운 학생들이 기술을 습득할 환경을 조성했다. 물류와 플랜트, 기계 조립과 환경 등으로 세분화해 실무 위주의 교육을 진행했고, 우수한 성적으로 졸업한 학생들은 SHJ에 입사를 보장해 사기를 높였다.

"SHJ와 별개라고는 하지만, 부회장님이 재단 업무를 챙겨 주십시오. SHJ가 좀 더 성장한다면 L&K재단을 각 나라로 확대할 생각입니다."

"알겠습니다. 회장님. 잭이 플랜트를 맡아 준다면 재단 일을 저도 거들겠습니다."

"빌의 정보로는 애플이 내년 상반기에 신형 MP3P를 선보일 예정이라고 합니다. 린다는 이 제품과 관리 플랫폼이 우리가 가진 특허를 원천 사용료를 내지 않고 침해했는지 살펴, 의혹이 있다면 바로 소송을 진행하세요. 초장에 애플을 잡지 못하면 우리가 당할 수도 있습니다."

"MS에서 받은 정보를 토대로 퀄컴과 구글, MS의 연구진들까지 합류해 침해 여부를 검토하고 있습니다. 문제가 발견된다면 로펌과 소송 준비를 하겠습니다. 그리고 퀄컴과 구글이 대규모 기업 인수를 검토하고 있습니다."

애플도 1년을 앞당겨 아이튠즈와 아이팟을 선보일 준비를 하고 있었다. 아이맥의 약발이 떨어져 가고 있는 상황에서 아이팟의 개발은 스티브 잡스의 어쩔 수 없는 선택이었지만, 경환은 잡스가 컴페니언과 구글스토어가 만든 시장에서 날뛰게 할 생각이 전혀 없었다.

"타당성을 검토해 필요한 기업이라면 승인하겠습니다. 앞으론 기술과 디자인의 싸움입니다. 내년 IT버블이 터지는 시점을 이용한다면 낮은 가격으로 인수 합병을 성사할 수 있을 겁니다. 모자란 기술을 확보하는 일이라면 돈을 아끼지 않아도 된다고 두 회사 경영진들에게 확실히 주지시키십시오."

"알겠습니다. 한국에서는 제일텔레콤과 금성텔레콤, 신세계가 CDMA 2000을 선택할 거 같습니다. IMT 2000에 맞춰 동영상 멀티서비스가 가능한 세틀러-5의 개발은 이미 완료한 상태입니다."

"그 정도로 만족합시다. 지금부터는 SHJ-구글의 OS 개발에 총력을 기울여야 합니다. 컴페니언과 세틀러는 그 밑바탕을 깔기 위한 서막에 불과하니까요."

경환은 자신의 회귀로 기술의 진보가 빨라지고 있음을 절실히 느꼈다. 내년 주식시장 폭락 등 전 세계가 동요하는 굵직한 사건들은 예정대로 흘러가겠지만 이것도 SHJ의 성장과 함께 다른 양상으로 나타날 수도 있었다. 경환은 예상하지 못하는 상황을 대비하기 위해 안전장치를 만들 필요성을 실감했다.

"회장님."

내년에 있을 애플과의 본격적인 경쟁이 어떤 방향으로 진행될지를 고민하던 경환에게 황태수가 조용히 말을 건넸다.

"네, 부회장님. 중요한 얘기는 끝낸 거 같은데 하실 말씀이 있으신가요?"

"지난번 지시하신 존 해밀턴 대령과 관련된 일입니다."

경환은 하던 일을 멈추고 황태수를 바라봤다. 경환은 존에 대한 조사를 황태수에게 지시했고, 황태수는 알의 협조를 받아 SHJ시큐리티의 정보팀을 움직였다. 반년이 지난 후까지 특별한 보고를 받지 못했던 경환은 존의 일을 잊고 있었다. 최첨단 장비와 최고의 인력으로 구성된 정보팀을 활용하고도 지금에야 보고를 받을 수 있다는 것을 경환은 쉽게 받아들일 수 없었다.

"특별한 내용이 있나요?"

"저, 그게 결론을 말씀드리자면 회장님께서 만났던 존 해밀턴이란 인물은 실체가 없는 인물입니다."

"그게 무슨 말입니까? 그럼 제가 만난 인물은 누굽니까?"

"펜타곤의 존 해밀턴 대령은 실존하는 인물입니다. 그러나 사진으로 대조한 결과 다른 인물로 판명되었습니다. 제이콥스 사장에게 확인한 바로는 우리가 퀄컴을 인수한 시점에 펜타곤의 연락관이 존 해밀턴으로 대체되었다고 합니다. 계속 탐문을 하고 있으니 정보가 입수되면 다시 보고드리겠습니다. SHJ시큐리티는 이 문제를 계기로 보안 시스템을 재정비하고 있습니다."

경환은 황당한 마음에 헛웃음만 지었다. 한국 정부 내부의 사정까지 알 정도라면 단순한 인물은 아니라고 판단했지만, 신분을 숨기며 접근한 인물을 신뢰할 수는 없었다. 경환은 한국에서 전달받은 문서의 내용을 머리에 떠올렸다.

노을이 짙게 깔린 휴스턴 남쪽을 향해 한참을 달린 리무진 한 대와 SUV 한 대가 갈베스톤 선착장에 서서히 접근했다. 선착장에는 3층 높이의 호화 요트 한 척이 정박해 있었고 주위에는 사설 경호원으로 보이는 정장 차림의 사내들이 주변을 삼엄하게 경계하고 있었다.

SUV의 문이 열리고 서너 명의 경호원이 내려 리무진의 앞뒤에서 주위를 살피자, 턱시도 차림의 경환이 리무진에서 내렸다. 재즈풍의 음악과 턱시도 차림의 남성들, 파티드레스 차림의 여성들이 요트 위를 걷는 모습이 경환의 눈에 들어왔다.

"제임스 리 회장님, 저를 따라오세요."

푸른 눈의 금발 미녀가 잇몸이 보일 정도로 환하게 웃으며 요트로 안내했다. 알과 함께 요트에 오른 경환은 웨이터가 건네는 샴페인으로 가볍게 목을 축였다. 특급호텔의 프레지덴셜룸보다 화려하게 치장된 내부엔 휴스턴의 기업 CEO들이 삼삼오오 모여 입담을 과시하고 있었고 그 주위로 20대 초반으로 보이는 여성들이 짙은 향수 냄새를 풍기며 몸매를 과시해 남성들의 혼을 빼놓고 있었다. 참석자는 대부분 백인들이었지만, 동양계로는 비교적 큰 184cm의 경환은 그 사이를 여유 있게 걸어나갔다. 안면이 있던 몇몇 CEO들과 눈인사를 나누던 경환 앞으로 이번 모임을 주최한 딕이 다가왔다.

"하하하, 제임스. 오늘 모임에 참석해 줘서 고맙습니다. SHJ의 활약이 너무 대단하군요."

"딕, 초대해 주셔서 감사합니다. 휴스턴의 내로라하는 거물들은 다 모인 거 같군요."

"그동안 신세 진 사람들이 많아서 자리를 마련했지요. 잠시 목이나 축이세요. 심심하면 맘에 드는 여자를 골라 보고. 하하하."

사라지는 딕의 뒷모습을 물끄러미 바라보던 경환은 피식 웃음을 흘렸다. 초대를 받은 순간, 대선 준비를 위해 홀리버튼 사장직에서 물러나려는 딕이 휴스턴 기업인들의 지지와 정치 자금을 모집하려 자리를 만들었다는 알아챘다. 새로운 밀레니엄을 시작하는 2000년을 한 달 남겨 둔 시점에서 그의 행보가 빨라지고 있었다.

묵직한 엔진 소리와 함께 요트가 출항하자, 요트 내부에 잔잔하게 흐르던 재즈는 시끄러운 기계음이 섞인 빠른 비트의 음악으로 바뀌기 시작했다. 젊은 여성들이 하나둘 중앙으로 모여 남자들을 유혹하는 듯 몸을 흔들었다. 비교적 젊은 축에 속하는 경환을 향해 몇 명의 여자들이 끈적거리는 시선과 함께 손을 뻗쳤지만, 경환은 웃음을 보이며 정중히 거절했다. 그러나 경환의 의지와는 상관없이 아랫도리는 여자들의 몸짓에 서서히 반응하고 있었다.

"회장님, 괜찮으십니까?"

"휴, 나도 남자라고 여자들을 보니 어지럽네요. 정신 좀 차려야겠습니다."

어두운 조명과 젊은 여자들의 몸에서 뿜어져 나오는 향수 냄새에 정신을 차릴 수 없었던 경환은 서둘러 밖으로 왔다. 지나가던 웨이터에게 위스키 한 잔을 주문한 경환은 바닷바람을 쐬기 위해 요트의 최상부인 3층으로 향했다. 실외에서 대기하던 알과 함께 요트 3층에 오른 경환은 비키니 차림으로 자쿠지에 있는 여자들을 보고 눈에 급히 시선을 바다로 돌렸다. 자쿠지 안에 있는 여자 중 몇명이 상의를 풀어헤쳐 풍만한 가슴을 노출하며 경환을 향해 손짓했다.

웨이터가 건네준 위스키를 단번에 마신 경환이 자리를 옮기기 위해 몸을 돌리자, 40대 후반의 남성이 경환에게 다가갔다.

"SHJ의 제임스 리 회장님이시군요."

"제가 기억력이 떨어지다 보니, 실례지만 성함을 알려 주시겠습니까?"

"내년부터 AEI(미국기업연구소) 소장으로 근무하게 될 데이비드 프럼입니다."

경환은 어정쩡한 자세로 악수를 받으며 상대의 눈을 바라봤다. AEI의 소장이라면 네오콘의 전략을 수립하는 인물이었다. 딕 역시 AEI의 이사였다. 데이비드가 AEI의 소장으로 부임한다는 것은 대선을 준비하는 포석임이 분명했다.

"아, 그러시군요. 축하합니다."

"리 회장님의 지원이 큰 힘이 되고 있다는 것을 알고 있습니다. 작년에 이어 올해도 변함없이 같은 금액을 기부해 주셨더군요. AEI를 대신해 감사를 전합니다."

경환은 데이비드를 향해 씁쓸한 웃음을 보였다. 경환은 딕과 맺은 약속을 지키기 위해 올해도 민주당과 공화당에 SHJ 명의로 500만 달러, AEI엔 자신의 명의로 200만 달러를 기부했다. AEI의 1년 예산이 2,000

만 달러임을 고려하면, 200만 달러는 적지 않은 금액이었다. 타의에 의해 이뤄진 기부였지만, 경환은 울분을 삭이며 억지웃음을 지어 보였다.

"AEI의 연구 방향이 제 관심을 끌었을 뿐입니다. 앞으로도 좋은 정책을 연구해 주십시오."

데이비드와의 합석이 불편했던 경환은 말을 끊고 자리를 벗어나려 했지만, 그 바람은 이뤄지지 않았다. 도수 높은 안경을 매만지던 데이비드는 자리를 벗어나려는 경환을 향해 충격적인 말을 건넸다.

"리 회장님을 AEI 이사로 선임하려고 딕이 추진하고 있습니다. 이사들 간의 이견을 조율 중이긴 하지만, 그가 나선 이상 큰 무리는 없을 겁니다."

"그래요? 금시초문입니다. 제가 AEI 이사라니 이해하기가 힘들군요."

경환은 어이가 없었다. 네오콘의 싱크탱크인 AEI에 이사로 선임하겠다는 계획은 결국 안정적인 연구소 운영 자금을 뽑아내겠다는 것이라는 생각에 화가 솟구쳤지만 내색하지는 않았다.

"정권 교체가 이뤄진다면 미국의 정책은 크게 변하게 될 것입니다. AEI에 큰 지원을 해 주신 회장님이 이사가 되어 주신다면 저희도 큰 힘을 받으리라 봅니다."

경환은 가타부타없이 데이비드를 향해 가볍게 고개만 숙인 후 그 자리를 벗어났다. 시끄러운 1층의 분위기를 피해 2층으로 자리를 옮긴 경환은 소파에 자리를 잡았다. 남자들은 여자들의 손에 이끌려 방으로 사라지고 있었다. 정권 교체가 이뤄진다면 국제정세는 요동치게 되고, 9·11사태 이후 전쟁의 소용돌이에서 SHJ는 선택의 갈림길에 서게 될 것이었다. 딕의 제안을 받아들여 AEI 이사에 선임된다면 당분간 막대한 이득을 볼 수도 있었지만, 쉽게 선택할 일은 아니었다.

"여기 있었군. 한참 찾았습니다."

"촌스럽게 뱃멀미가 와서 쉬고 있었습니다."

"하하하, 천하의 제임스가 뱃멀미라니. 맘에 드는 여자는 없었습니까?"

"제 아내보다 예쁜 아가씨는 없더군요."

1년 후면 미국 역사상 가장 강력한 부통령으로 무소불위의 권력을 휘두를 딕이지만, 현재는 클린턴 행정부의 정책들이 호응을 얻어 민주당과 공화당의 형세는 엇비슷했다. 한 치 앞을 예측할 수 없는 대선이라는 분석이 곳곳에서 등장했고 딕의 초조함은 극에 달해 있었다.

"데이비드를 이미 만났다고 하던데, 내가 추진하는 계획이 맘에 들지 않습니까?"

"물론 개인적인 성향으로 AEI를 지원하고 있지만, 기업은 한 곳에 치우치면 안 된다고 생각합니다. 대선을 준비하신다고 알고 있습니다. 저는 최대한 딕을 후방에서 지원하겠습니다. AEI 이사 건은 당분간 접어 주십시오."

제 뜻대로 움직이지 않던 조지 소로스를 내치면서까지 잡았던 경환이 한 발 뒤로 물러서자 딕은 아쉬운 표정을 보였다. 그러나 개인 자격으로 대선에 한 손 거들겠다는 말에 아쉬움을 애써 감출 수밖에 없었다.

"민주당은 제가 이 자리에 참석했다는 사실만으로도 주목할 것입니다. AEI 이사 선임은 우리 두 사람에게 좋은 결정은 아니라고 봅니다."

대선에 가까워지면서 홀리버튼의 회계 조작과 적성 국가들과의 불법 거래 의혹이 떠올라 CEO인 딕에게 화살이 돌아오고 있었다. AEI 이사

선임에 압력을 행사했다는 것이 알려지는 것은 좋지 않다는 뜻을 알아차린 딕은 고개를 끄덕였다.

"어떤 생각인지 알겠군. 오늘 당신을 찾은 이유는 누굴 소개해 주고 싶어서인데, 마침 그 친구도 올라왔으니 인사나 나누세요."

경환은 딕의 뒤로 다가오는 남자를 확인하고 급히 자리에서 일어났다.

"케네스 레일 회장님, 만나 뵙게 돼서 영광입니다. 제임스 리입니다."

"오, 휴스턴에 새 바람을 일으키고 있는 SHJ의 오너를 만나게 돼서 기쁘군요."

휴스턴에서 가장 뜨거운 뉴스를 만드는 기업으로 경환의 SHJ와 함께 거론되는 곳이 케네스의 엔론이었다. 엔론은 미국 최대의 에너지 기업으로 포천 500대 기업에서 7위에 선정되기도 했다. 경환은 케네스를 보는 순간 이 초호화 요트와 파티의 주도자가 누구인지 깨달았다. 정확히 2년 후면 300억 달러가 넘는 부채와 함께 사라질 엔론이었지만, IT버블이 최고조에 도달한 지금 엔론의 도산을 예측하는 사람은 아무도 없었다.

"SHJ가 소유한 주식을 모두 정리했다는 기사를 읽었습니다. 우리 연구소의 분석으로는 성급한 결정이라고 하던데, 특별한 문제가 있는 건가요?"

경환의 입에서 어떤 말이 나올지 두 사람의 눈빛이 반짝이고 있었다. 전혀 예상하지 못한 질문이 나오자 경환은 숨을 고르며 위스키로 입술을 적셨다.

"글쎄요. 저희는 FRB(연방준비제도이사회)의 분석에 타당성이 있다고 판단했습니다. 어느 정도 이익도 실현했고 자금도 필요하다 보니 정리하게 되었습니다."

IT버블을 우려하는 목소리는 1999년 하반기부터 나오기 시작했다 연준은 과열된 주식 시장을 진정시키기 위해 금리 인상 정책을 들고 나왔지만, 이미 솟아오른 주식 시장을 진정시킬 수는 없었다. 한번 부풀어 오른 거품이 터질 때까지 기다릴 뿐이었다.

"제임스, 엔론에 대해선 자네도 잘 알 겁니다. 필요하다면 엔론에 투자하게끔 도와줄 수도 있는데, 어떻습니까?"

"다른 사람도 아닌 딕의 부탁이고, IT를 선도하는 SHJ의 투자라면 기꺼이 환영합니다."

경환은 기가 막혀 말도 할 수 없었다. 80달러에 달하는 주가가 1년도 지나지 않아 40센트로 떨어질 것임을 알고 있었기에 둘의 작당에 호구가 된 듯했다. 딕과 케네스가 이미 엔론의 심각한 내부 문제를 감지했다고 생각될 만큼 두 사람은 호흡이 척척 맞았다.

"저도 이런 기회를 잡아야 하는데 무척 아쉽습니다. 세틀러-4와 컴페니언-3,4를 출시하고 차기 모델을 개발하다보니 자금이 상당히 부족한 상황입니다. 돈 벌 기회를 눈앞에서 놓치다니 억울하군요."

"여유가 안 된다면 어쩔 수 없지만, 잘 고민해 보세요. 필요하다면 나한테 연락하고요. 그나저나 SHJ가 지금보다 안정적인 성장을 하려면 주식이 활황인 지금 기업공개를 해야 할 텐데. 자금이 있어야 성장도 있다는 걸 모를 리 없을 텐데 말입니다."

경환은 딕의 이 말을 한 귀로 흘릴 수 없었다. 의도했든 의도하지 않았든 기업공개에 대한 말은 경환을 신경 쓰이게 했다. 경환의 딕의 의중을 살필 필요를 느꼈다.

"제가 욕심이 좀 많습니다. 지금 SHJ를 공개해 봐야 푼돈밖에 손에 쥐질 못하는데 이 정도에 만족하려면 시작도 안 했습니다. 적어도 MS에 근접했다는 분석이 나올 때까지 기다려 볼 생각입니다. 딕과의 약속은 잊지 않고 있으니 때를 기다려 주십시오."

"하긴 그 정도 배포는 가지고 있어야지. 당신과 얘기를 나누다 보면 나이가 비슷한 듯한 착각에 빠지게 되곤 하지. 나도 힘껏 돕겠소."

경환은 딕의 본심을 파악하기 위해 머리를 굴리고 있었다. 케네스와 작당해 엔론의 블랙홀에 빠트리려는 것이 진심인지, 도와주겠다는 것이 진심인지 구분할 수가 없었다.

이미 광란의 밤은 어느 정도 정리되어 가고 있었다. 요트의 엔진 소음이 서서히 줄어들며 선착장에 접안하자, 밀회를 끝낸 남자들이 하나둘 방을 빠져나오기 시작했다. 대선 준비로 바쁜 딕과 당분간 부딪칠 기회는 없었다. 경환은 딕의 백악관 입성이 자신에게 유리하게 작용할 정도로만 관계를 유지할 생각이었다. 그와의 만남을 끝으로 길었던 1999년은 서서히 저물어 갔다.

새로운 밀레니엄이 시작된 지도 3개월이 지나고 있었다. 엄청난 공포감을 조장하며 IT버블에 한몫을 담당했던 Y2K 문제도 조용히 흘러갔다. 1999년에만 85% 상승하면서 최고점을 향해 끝없이 달려가던 주가지수는 3월을 기점으로 동력을 상실하며 급속히 하강을 시작했다. 주주들의 비난을 받으면서도 닷컴기업에 투자하지 않은 워런 버핏의 IT 버블론이 다시 관심을 얻었다. 한국의 상황 또한 미국과 별 차이가 없었다. 벤처 열풍을 장착한 한국 코스닥 시장은 2,920포인트를 정점으로 몇몇 졸부를 양산한 후 끝없는 나락으로 떨어지고 있었다.

경환의 저택을 찾은 린다는 주가 폭락을 예측한 경환의 통찰력에 감탄을 금치 못했다. 작년 말 구글이 오랜 월세살이를 끝내고 SHJ타운으로 이전한 후부터, 경환은 타운 밖을 거의 나가지 않았다. 구글과 퀄컴을 오가며 세틀러와 컴페니언의 차기 모델 개발을 독려할 뿐, 그룹의 전반적인 운영은 황태수와 함께 린다에게 일임하고 있었다. 그룹 사옥의 지하 공사가 지연되는 관계로 중요한 업무가 있는 날이면 오늘처럼 저택을 찾을 수밖에 없었다. 린다는 크리스토퍼의 안내를 받으며 경환의 서재에 들어섰다.

"제임스, 회사에도 가끔은 얼굴을 보이는 게 좋지 않겠어요?"

"하하하, 다음 달 본사 사옥이 완공되면 지겹게 얼굴을 볼 텐데, 이 기회에 린다도 좀 쉬면서 일해 봐요."

"휴, 말하는 내가 바보 같네요. 제임스가 없는데 부회장과 제가 쉴 수 있겠어요?"

"SHJ를 감시하는 조직들이 늘어나고 있어요. 꼬투리를 잡히지 않으려는 노력이니 불편하더라도 좀 참아 줘요."

경환은 퀄컴과 구글의 일부 연구원을 SHJ시큐리티 소속으로 변경하면서까지 최첨단 보안 시스템을 개발해 SHJ타운을 철벽 방어했다. 뚫으려는 자와 막으려는 자의 싸움이었다. 경환은 NSA의 첨단 도청시스템인 에셜런을 방어하고자 보안 시스템 개발에 심혈을 기울였다. 120개의 위성을 이용해 지구의 통신을 감청하는 에셜런은 최고의 정보수집력과 독해력을 지니고 있었다. 반대로 이를 방어할 수 있는 시스템은 가장 강한 존재가 되리라 판단했다.

"SHJ의 작년 총 매출은 234억 달러입니다. 총 매출 이익은 78억 달러, 순이익은 56억 달러입니다. 주식 처분으로 예상보다 많은 25억 달러를 확보해 SHJ타운 2차 공사자금과 한국의 투자에는 문제가 없습니다."

"다들 고생한 결과입니다. 아직 갈 길이 멀긴 하지만, 300% 성장에 대한 보너스 지급은 추진하고 있나요?"

그동안 SHJ는 이익을 대부분 재투자했기에 사원에게 배분할 여력이 없었다. 경환은 300%의 성장률을 기록하고 가용 자금이 늘어난 지금 미루었던 이익 배분을 지시했다. 연봉제로 운영되는 고용체계에 익숙한 경영진은 지시를 이해하지 못했지만, 나눔에 인색하면 안 된다는 경환의 지론에 설득당하고 말았다.

"그것 때문에 결재를 받으려고 온 거예요."

작년 말 출시한 세틀러-4는 노키아와 오성전자의 후속 모델과 치열한 경쟁에서 근소한 우세를 점하고 있었지만, 컴페니언-3,4 시리즈는 특별한 경쟁 없이 승승장구하고 있었다. 특히 터치스크린 액정을 사용한 컴페니언-4는 마니아들의 호평 속에 순항을 거듭했다. 애플의 아이팟이 SHJ의 눈치를 보며 출시일을 조정하는 지금 린다의 목소리엔 약간의 짜증이 섞여 있었다.

"이대로 실행하시면 되겠네요. 매출에선 뒤지지만, MS보다 높은 순이익을 달성했어요. 빌은 가만히 앉아서 이익을 얻겠군요."

"MS와의 공동 전선을 구축한 후 애플이나 다른 경쟁 업체들은 우리의 눈치를 보고 있습니다. 이 정도의 출혈은 감수해야 하지 않겠어요?"

SHJ가 MS보다 높은 순이익을 기록하자, SHJ의 가치가 저평가되었다는 기업 분석가들의 발표가 이어졌다. 버크셔해서웨이의 회장인 워런 버핏은 공식 석상에서 SHJ라는 최고의 투자처이며, SHJ의 상장만이 추락하는 주식 시장에 동력을 제공할 수 있다고 이야기했다. 덕분에 지분 교환으로 주주들에게 비난받았던 빌은 반대파를 일시에 잠재울 수 있었다.

"린다, 부시와 고어를 놓고 봤을 때 누가 당선되는 것이 우리에게 유리할까요?"

조지 부시는 존 매케인의 추격을 일찌감치 따돌리고 지난주 필라델피아 전당대회에서 대선 후보로 공식 지명되었다. 린다는 경환이 AEI에 2년째 기부하며 딕 체니와 개인적 교분을 쌓는다는 것을 알았기에 질문이 잘 이해되지 않았다.

"사실 조지 부시는 총명한 사람은 아니에요. 러닝메이트로 거론되는 딕 체니가 실질적인 두뇌 역할을 하고 있어요. 그에 비해 앨 고어는 너무 똑똑하고 주관이 뚜렷한 것이 문제지요. 제임스가 딕 체니와 개인적인 교분이 있으니 공화당이 우리에게 유리하지 않겠어요? 하지만 이번 대선은 앨 고어가 승리한다는 분석이 많아요."

"그렇군요. 너무 똑똑해도 문제는 문제지요."

여운을 남기는 경환의 눈을 바라보던 린다는 긴 한숨을 내쉬었다. 경환이 입을 다문 채, 미간을 좁히는 표정을 한 후에는 자신은 상상도 못한 결정을 내린다는 것을 알았기 때문이었다. 린다는 조용히 경환의 다음 말을 기다렸다.

"다른 보고 사항은 있나요?"

"특별한 건 없습니다. 퀄컴과 구글의 인수전은 곧 진행할 예정입니다. IT버블이 터지면서 상대 업체가 몸을 낮췄습니다. 좀 뜸을 들인다면 예상보다 낮은 금액으로 인수할 수 있을 겁니다."

"본사 사옥이 완공되는 다음 달까지 수고해 주세요. 애플의 MP3P 출시가 얼마 남지 않았다니 주시하시고요."

별다른 말이 나오지 않자 린다의 눈빛은 불안감에 살짝 흔들렸지만, 경환을 재촉하지는 않았다. 서류를 정리한 린다는 가벼운 눈인사를 마치고 경환의 서재를 벗어났다.

"회장님, 부회장과 쿡 사장은 알아야 하지 않겠습니까?"

"아니에요. 아는 사람이 적을수록 문제의 소지가 줄어듭니다."

린다의 뒤를 이어 서재에 들어온 알이 조용히 경환의 곁으로 다가왔다. 한국인 특전사를 대폭 받아들인 SHJ시큐리티는 이제 1,000명을 넘는 규모에 육박했다. 홀리버튼의 지원으로 설립된 블랙워터와 쌍벽을 이루게 되자 PMC로 방향을 트는 것이 아니냐는 의혹이 제기될 정도였다. SHJ시큐리티는 SHJ타운과 계열사의 보안 업무와 경호 업무만 전담한다는 발표로 PMC 가능성을 일축했지만, SHJ시큐리티가 고속도로 성장할 수 있었던 뒷면에는 사실 딕의 보이지 않는 지원이 크게 작용했다.

"전달했습니까?"

"이상 없이 전달했습니다. 출처는 절대 알 수 없도록 조처했습니다."

오랜 고민과 망설임 끝에 경환이 조준한 활시위가 당겨졌다. 어떤 결과를 가지고 올지에 대해서는 자신할 수 없었지만, SHJ의 성장에 방해될 인물들은 이쯤 정리해야만 했다. 상대가 경환의 노림수를 받아들이지 않는다면 이 계획은 처음부터 없었던 일로 묻어 둘 생각이었다.

"알은 사장 자리가 아깝지도 않습니까?"

"전 처음부터 사장 재목은 아니었습니다. 카일이 제격입니다."

알과의 대화는 항상 단답형으로 끝났다. 경환의 경호에 집중하기 위해 알은 SHJ시큐리티 사장 자리를 카일에게 미련 없이 넘겨 버렸다. 경환은 알의 어깨를 두드리며 신뢰감을 표하는 것으로 대답을 대신했다.

3월 말로 접어들자 워싱턴DC에는 벚꽃이 만발했다. 공화당이 전당대회를 시작으로 본격적으로 대선에 뛰어들 채비를 하자 백악관 부통령 사무실도 비상체제로 운영되었다. 대선준비 작업 때문에 사흘 만에야 집에 온 보좌관 마이클 펠드만은 녹초가 된 몸을 벽에 기대며 전등 스위치를 올렸다. 혼자인 그의 집은 다소 적적하게 느껴졌다.

옷걸이에 걸기 위해 코트를 벗으려던 마이클은 현관 바닥에 떨어진 서류봉투를 발견하고 조심스럽게 들어 올렸다. 발신인이 적혀 있지 않은 봉투의 겉면에는 'WHAT HAVE YOU GOT TO LOSE(밑져야 본전이지)?'라는 활자가 인쇄돼 있었다.

'왠 미친놈이 발악이야.'

마이클은 밀려오는 짜증에 서류봉투를 쓰레기통에 처박아 버리고는 냉장고에서 맥주캔을 집어 들었다. 차가운 맥주가 식도를 타고 넘어가자, 짜릿함이 몰려오며 마이클의 말초신경을 자극하기 시작했다.

'젠장. 섹스를 못 한 지도 석 달이 지났군.'

묵직해지는 자신의 분신을 손으로 움켜쥔 마이클은 석 달 전 몸을 섞었던 여자를 생각하며 입맛을 다셨다. 맥주를 한 모금 더 들이키며 소파에 앉은 마이클의 눈에 쓰레기통에 처박힌 서류봉투가 들어왔다. 넘겨버리려 했지만, 평소 호기심투성이인 그에겐 어려운 일이었다. 몇 번 망설이다 소파에서 일어난 마이클은 쓰레기통에 박혀 있는 서류봉투를 조심스럽게 열었다. 10페이지 정도의 문서를 넘기던 마이클의 동작이 서서히 느려지기 시작했다. 이윽고 마이클은 벌어진 입을 손으로 막으며 미동도 하지 않았다.

아파트 입구에 설치된 자동문이 급히 열리고 코트도 걸치지 않은 마이클이 차를 운전해 어디론가 사라졌다. 마이클의 승용차가 자리를 이탈하자, 술에 취한 듯 비틀거리는 두 명의 사내가 그 자리를 벗어났다.

"다니엘, 웬일인가? 눈 좀 붙이려고 했더니, 쉽게 안 되는군."

"죄송합니다, 부통령님. 잠시 확인할 일이 생겼습니다."

8월에 있을 민주당 전당대회와 대선 전략을 위해 24시간이 모자란 앨 고어는 수석 비서가 자신을 급히 깨우자, 마뜩잖은 표정으로 잠옷 가운만 걸친 채 따라 나섰다. 집무실에 들어선 앨 고어의 눈에 마이클 보좌관의 흥분한 표정이 들어왔다.

"부통령님, 출처는 알 수 없으나 이 서류를 한번 봐 주십시오."

마이클이 건넨 서류를 받아든 앨 고어는 서류봉투에 적힌 장난스러운 글씨를 보자 어이가 없었다.

"자네 지금 나하고 장난하자는 말인가?"

"부통령님, 안의 문서를 먼저 확인해 주십시오."

화를 참으며 서류를 꺼낸 앨 고어의 눈이 커지기 시작했다. 서류를 한 장 한장 넘기던 심각해진 그는 다 읽은 서류를 조용히 책상 위에 놓았다.

"이 서류가 공화당 진영의 공작이라면 우리에게 심각한 타격을 줄 수도 있는데, FBI에 출처를 조사해야 하지 않겠나?"

"부통령님, 출처가 의심스럽긴 하지만, 허무맹랑한 내용은 아니라고 봅니다. 우선 우리의 대선 전략은 핵심 인원을 제외하고는 알지 못하는 내용입니다. 또한, 부시 진영이 IT 세력을 끌어들이기 위해 NMD(국가미사일방어) 시스템을 주요 이슈로 삼는다는 것은 저희도 파악하지 못한 내용입니다."

클린턴 행정부와 선을 긋기 위해 현 행정부의 업적 홍보를 대선 전략에서 제외하는 것이, 대선 패배의 원인이 된다는 심도있는 분석이었다. 득표에선 앞서고 선거인단 수에선 패배한다는 결론을 믿을 수는 없지만, 압박감을 주기에는 충분했다.

"마이클, 혹하는 내용이긴 하지만, 난 이 서류를 신뢰할 수는 없네. FBI에 출처와 배후에 대해 의뢰하는 게 좋겠네."

"부통령님, 서류를 전적으로 신뢰할 수 없지만, 8월 14일 전당대회에서 1만여 명이 참가하는 시위가 있다는 내용에 주목해야 합니다. 시위 중에 옥시덴탈 페트롤리엄 문제가 쟁점이 된다는 것은 좋지 않습니다."

앨 고어는 얼굴을 찡그렸다. 아버지인 앨버트 고어 상원으로부터 50만 달러 상당의 옥시덴탈 페트롤리엄 주식을 물려받는 것이 사실이었기 때문이다. 이 사실이 시위의 쟁점이 된다면 대선에 악영향을 줄 여지는 충분했다.

"그럼 어쩌자는 건가?"

"제 느낌으론 이 시위가 부시 진영의 공작일 수도 있습니다. 문서를 전달한 사람이 누구인진 모르겠지만, 8월 14일 시위가 발생한 후에 다시 연락을 주겠다고 하니, 그때까지 상황을 지켜보는 것도 나쁜 선택은 아니라고 봅니다."

"좋네. 우선 이 서류는 우리 세 명만 알기로 하지. 그리고 마이클 자네는 이 문서에 나온 내용을 면밀하게 분석해 대응 방안을 만들어 봐."

앨 고어는 이 문서가 독배가 될지 축배가 될지 분간할 수가 없었다. 이 문서를 건넨 인물에 대한 궁금증이 깊어질수록, 승리에 대한 욕심이 앨 고어를 휘감았다. 늦은 시간이 지나도록 부통령 집무실의 불은 꺼지지 않았다.

SHJ타운의 중앙에 그룹 사옥이 완공되자 SHJ는 일주일 동안 휴스턴 다운타운 전 계열사의 사무실을 본사 사옥으로 이전했다. 3년이라는 긴 기다림 끝에 완공된 사옥의 최상층에 마련된 경환의 집무실은 이전과는 큰 차이가 있었다.

10년 동안 쉬지 않고 달려온 결과물이 자신의 발밑에 펼쳐지자 경환은 이를 바라보며 깊은 감회에 빠졌다. SHJ의 심장부라 할 수 있는 그룹 사옥 좌우로는 퀄컴과 구글, 수많은 연구소 건물들이 위치했다. 북쪽에는 숲으로 가려져 보이지 않는 저택과 SHJ시큐리티 훈련소가 있어 그룹의 미래를 담당했고 외곽으로 보이는 주택단지들은 잘 정비된 신도시처럼 보였지만, 외부인들의 출입은 철저히 차단되고 있었다. SHJ 직원들도 출입시에 보안 절차를 필수적으로 거쳐야 하기에 휴스턴 시내에 거주하던 직원들도 SHJ타운 내 주택단지로 끊임없이 이주를 신청했다. 주택단지와 미래 산업단지의 필요성이 대두하자, 휴스턴 시와의 협상한 250에이커의 부지를 개발하기 시작했고 이는 1차 공사를 무리 없이 마무리한 파슨스에게 돌아갔다.

"회장님, 뭘 그렇게 생각하십니까?"

창밖을 바라보며 우두커니 서 있는 경환은 그제야 인기척을 느끼며 뒤를 돌아봤다. 흐르는 세월을 잡지 못하는지 듬성듬성 흰머리가 내려앉은 황태수의 모습이 눈에 들어왔다.

"아닙니다. 그동안 달려온 시간이 주마등처럼 스쳐 지나가네요. 부회장님은 저와 같이 보낸 시간이 후회되지 않으십니까?"

"후회라니요, 전 회장님과 동행한 시간이 제 인생에서 가장 자랑스러운 시간입니다."

경환은 흔들림 없는 황태수의 눈을 바라보았다. 쉰을 훨씬 넘긴 나이에도 황태수는 SHJ 부회장직을 열정적으로 수행하고 있었다. 경환에 대한 황태수의 신뢰는 린다의 그것과는 차이가 있었다. 경환 또한 SHJ를 맡길 인물을 꼽으라고 한다면 주저 없이 황태수를 꼽을 정도로 신뢰가 확고했다.

"그렇게 말씀해 주서서 감사합니다. 부회장님이 계시니 제가 든든합니다. 건강에도 신경을 좀 쓰세요."

"그렇지 않아도 비서실장의 닦달에 못 이겨 매일 운동하고 있습니다. 오늘은 아시아 본사 일을 말씀드리고자 합니다."

잭이 아시아 본사 총괄 사장으로 파견된 후 아시아 본사는 놀라운 성과를 이뤄 내고 있었다. SHJ엔지니어링의 플랜트 수주에 적극적으로 지원해 SHJ-퀄컴과 SHJ-구글의 아시아 투자를 설계했다. 경환은 5,000만 달러 이하의 투자와 사업은 잭의 전결하에 추진될 수 있도록 권한을 부여해 L&K 재단의 후원을 지시해 놓은 상태였다. 경환의 장인인 김철수를 이사장으로, 매제인 심석우를 본부장으로 설립된 재단은 서울과 부산, 광주, 원주에 직업훈련원을 건설하며 최고의 교수진을 구성하기 위해 정신없이 움직였다.

"특별한 문제는 없다는 보고를 받았는데요."

"문제는 없습니다. 솔직히 잭이 저보다 유능하다고 봅니다. 다름 아니라 한국 L&K 재단이 직업훈련원 일로 카이스트와 서울대의 연구지원 업무에 손을 대지 못하고 있습니다. 이 일을 임시로 주관하는 잭이 두 건에 대해 투자 승인을 요청 중입니다."

5,000만 달러에 이하의 전결권을 부여했는데도 투자 승인을 요청한다는 것은 상당히 굵직한 연구라는 사실을 의미했다. 한국 대학에서 연구하는 프로젝트치곤 이해하지 못할 정도로 규모가 크다는 사실에 경환은 고개를 갸우뚱했다.

"자세히 말씀해 주세요."

"하나는 카이스트에서 개발한 프로그램인데 에릭과 래리가 상당히 관심을 두고 있습니다. 그건 곧 도착하는 두 사람에게 확인하시는 것이 좋겠습니다. 다른 하나는 국가핵융합연구소에서 진행하는 KSTAR(케이스타) 프로젝트입니다."

"KSTAR라고요?"

경환은 회귀 전의 기억을 어렴풋이 떠올렸다. 세계 최초로 개발된 한국형 핵융합 장치기술이 대통령에 의해 일본에 유출되었다며 온라인이 뜨겁게 달궈졌던 일이 있었다. 당시 경환은 오성건설을 퇴사하고 먹고살기에 벅차 관심을 두지 않았다. 경환은 서둘러 황태수의 다음 말을 기다렸다.

"그렇습니다. 현재 한국에서 국가사업으로 진행돼 대현중공업과 두산중공업, 오성중공업 등 30여 개의 기업과 연구소가 참여하는 대형프로젝트입니다. 한국이 미국과 유럽연합, 일본, 러시아가 참여하는 ITER 프로젝트에 배제되자 독자적으로 연구를 시작한 거 같습니다. 이 핵융합 에너지는 에너지 고갈에 대비하는 대체에너지원으로 여러 나라가 사활을 걸고 있는 분야이기도 합니다."

핵융합에너지는 고갈될 염려가 없으며 방사능의 양과 기간이 짧은 꿈의 에너지로 주목받았다. 독자적인 개발이 실패하자 기초 기술을 가진 몇 개 나라가 연합해 집중적으로 연구하는 분야이기도 했다. 이 연구가 성공한다면 세계의 패권이 개편될 수도 있었기 때문에 ITER 사업에 참여한 국가들은 일절 정보 공유를 하지 않고 있었다.

"이런 국책사업이 우리에게까지 온 이유가 있습니까? 우린 미국 기업이란 인식이 한국 정부에 깔렸을 텐데요."

"개발 사업단이 96년 출범했지만, 막대한 자금이 투입되는 연구 개발이다보니 예산과 투자가 제대로 지원되지 못하는 것 같습니다. 미국과 일본도 아직 큰 성과를 보지 못하고 있으니까요. 정식 루트는 아니지만, 한국 정부의 비선조직에서 투자 가능 여부를 문의했다고 합니다."

"투자금은 어느 정도입니까?"

"총 사업비는 3억 달러 규모라고 합니다. 핵융합로 개발사업이 성공한다면 플랜트나 IT와는 비교조차 할 수 없지요. 개인적인 의견이지만, 투자 가치는 충분하다고 봅니다."

경환은 핵융합 분야에 대해 지식이 없었지만, 연구 개발이 성공한다면 SHJ의 안정적인 미래가 보장된다는 황태수의 말에 동의했다. 그러나 이 연구가 성공한다면 주변국과 강대국들의 논리에 한국이 처할 상황이 걱정되었다. 경제 살리기에 집중하라고 뽑아준 대통령 때문에 핵융합로 사업이 큰 위기를 겪었다고 기억하기 때문이었다.

고민은 그리 길지 않았다. 플랜트와 IT 이후의 미래 산업이 절실한

SHJ에게 이 핵융합에너지는 하나의 전환점이 될 수도 있다는 생각이 들었다.

"우선 잭에게 오성과 대현에 접촉하라고 지시하세요. 투자뿐만 아니라 연구 개발에 SHJ의 참여를 보장하고 정당한 지분이 할당된다면 적극적으로 투자할 용의가 있다고 전하세요. 우선은 잭에게 협상을 맡기시고 때가 무르익으면 부회장님이 직접 나서십시오. 이 기술이 성공한다면 자료가 강대국, 특히 미국이나 일본에 들어가게 해서는 안 됩니다. 총 사업비가 3억 달러라니 우리는 핵융합로 이후의 연구 개발에도 투자하겠다는 의사를 전달하시면 대화가 쉬워질 수도 있을 겁니다."

"알겠습니다. SHJ타운의 부지 조성으로 한국에 들어갈 예정이니, 그것과 맞물려 한국 정부와 협상을 벌이겠습니다. 그런데 회장님께서는 이 연구가 성공한다는 가정하에 말씀하시는 거 같습니다."

"투자를 결정했으면 성공을 가정하고 일을 추진해야 하지 않겠습니까? 한국 정부도 지금은 성공 가능성을 판단할 수 없을 테니, 무리한 조건만 아니라면 수용할 것으로 봅니다. 절대 이 기술이 한국 밖으로 빠져나가지 않도록 안전장치를 마련하세요."

경환과 황태수의 대화가 길어지자, 밖에서 대기하던 세르게이가 기다림을 참지 못하고 하루나의 만류에도 집무실 문을 빼꼼히 열어젖혔다.

"회장님, 저희도 시간 없습니다. 연구할 시간도 부족한데 자꾸 이러시면 곤란한데요."

경환은 실실 웃으며 머리를 긁적이는 세르게이가 싫지 않았다. 신중한 에릭과 래리과 비교해 장난을 좋아하는 세르게이는 SHJ-구글에서 활력소 노릇을 했고, 실력도 SHJ-구글 안에서 당해 낼 자가 없었다. 황태수는 청바지 차림의 세르게이가 못마땅했던지 불편한 심정을 헛기침으로 표현했지만, 경환은 개의치 않고 손을 까딱거리며 수신호를 보낼 뿐이었다.

"부회장님한테 찍혀 봐야 자네만 손해야. 빨리 들어와."

경환은 세르게이와 에릭, 래리와 승연이 들어오자 눈을 크게 떴다. 연구소에서 숙식을 해결하는지 그동안 자주 볼 수 없었던 승연이 반가웠지만, 아직 둘의 관계를 아는 사람이 소수였기에 내색할 수는 없었다.

"슈미트 사장님, 보고를 들었는데 한국의 카이스트와 무슨 관계가 있습니까?"

"네, 회장님. 이건 저보다는 스캇에게 듣는 게 좋으실 거 같습니다."

경환은 고개를 살짝 옆으로 숙여 의문을 보였다. 적응했다고는 하지만, 아직 하나의 프로젝트를 맡을 정도로 승연의 실력이 높다고는 볼 수 없었기 때문이었다. 경환이 긴장한 승연의 얼굴을 무심히 바라보자 래리가 대신 노트북을 꺼내며 입을 열었다.

"회장님, 이 사이트를 보십시오. 한국어로 되어 있으니 무슨 사이트인지 이해할 수 있으실 겁니다."

경환은 래리의 노트북을 바라보고는 헛웃음을 지었다. 노트북에 2000년대 초 한국을 뒤흔든 한 사이트가 보였기 때문이었다. 경환도 동창생을 찾아주는 이 사이트를 통해 수정의 근황을 알고자 노력했던 기억이 있었다.

"동창을 찾는 사이트인 거 같은데, 무슨 문제라도 있는 거야? SHJ-구글의 최고 경영진들이 모두 모일 정도로?"

"이 사이트의 가능성을 처음 알아본 사람은 스캇입니다. 스캇, 자네가 회장님께 직접 보고해 봐."

경환은 승연을 바라보았다. 친형이긴 하지만, SHJ의 회장이란 위치에는 주눅이 들었다. 가끔 형수와 조카들과 통화하는 것 외에는 경환과 연락도 거의 하지 않았다. 경환은 재밌는 장난감을 발견한 듯 승연을 빤히 쳐다보았다. 심호흡을 한 뒤 승연의 입이 떨어졌다.

"이 사이트는 한국에서 폭발적인 인기를 끌고 있는 사이트입니다. 이 사이트를 우리가 인수해 수정한 후 사용자가 각자 블로그를 만들게 해서로 연결할 수 있다고 생각했습니다. 그 인맥을 여러 방향으로 사용한다면 애드센스 이상의 가입자를 확보할 수 있을 겁니다. 애드센스와 구글스토어를 이 프로그램과 상호 연동되게끔 한다면 더 큰 시너지 효과도 볼수 있습니다."

경환은 승연의 말에 놀라움을 금치 못했다. 애플이 아이팟을 출시하자 애플의 골수팬들은 자연스럽게 이동했고 컴페니언-3,4의 구매율은 5% 정도 감소했다. 아이튠즈의 활용성이 떨어져 구매율에 큰 영향력을 보이지는 않지만, MS에 의해 정보를 얻은 스티브 잡스가 스마트폰 개발에 박차를 가할 것이 분명해 방심할 수는 없었다. 그 중에 페이스북의 기초가될 만한 아이러브스쿨을 인수하자는 아이디어가 승연의 입에서 나올 줄은 몰랐다.

"재밌는 제안이네요. 인수하는 것도 좋을 거 같은데, 구글에서 협상을 진행해 보시지요."

"그게 좀 문제가 있습니다. 아시아 본사를 통해 확인한 결과 이 사이트의 개발자는 카이스트 박사 과정에 재학 중입니다. 최대 주주는 40%의 지분을 보유한 금영이라는 제조업체로 투자금은 100만 달러 정도인데, 그 금영과 개발자 사이에 불협화음이 있습니다. 또 다른 문제는 야후가 눈독을 들이고 있다는 겁니다."

아이러브스쿨이 야후에 인수되었다는 기억은 없었다. 구글에서 소셜 네트워크 서비스에 눈을 떴다면 굳이 이 사이트를 인수할 필요성은 없지만, 동생인 승연의 첫 제안을 거절하고 싶지는 않았다.

"좋습니다. 스캇, 당신이 제안한 만큼 한국에 가서 인수에 성공하고 돌아오세요. 모든 권한을 주겠습니다. 가능하겠습니까?"

"알, 알겠습니다. 회장님. 성공하고 돌아오겠습니다."

집무실을 빠져나가는 스캇의 어깨를 래리와 세르게이가 두들기는 모습이 경환의 눈에 들어왔다. 텅 빈 사무실에 혼자 남은 경환은 앨 고어 부통령의 담화를 듣기 위해 TV를 켰다.

"저는 부친에게 물려받은 옥시덴탈 페트롤리엄의 전 주식을 지구온난화 방지를 위한 재단 설립에 기부하기로 했습니다."

이후에도 앨 고어의 장황한 말이 흘러나왔지만, 경환은 서둘러 TV를 끄고 노을이 내려앉은 SHJ타운을 바라보았다. 앨 고어의 화답을 받은 지금, 백악관의 주인을 바꾸기 위한 다음 수가 천천히 머릿속에 떠오르기 시작했다.

《다시 사는 인생》5권에 계속